Google of Insight Guides

异国风情千百度

亚洲 非洲 大洋洲 南极洲 北极

顾德宁 顾燕 著

如何在行走中发现不同的世界？如何将流浪的心情投入时间的海洋？将记忆留住可否有更好的方法？收拾起都市的心情吧，与我们一起上路。学会用自己的方式丈量这个世界。此刻开始，携手去山的那边，城市的角落，海洋的尽头。从这里到那里，从现在到未来……

我们在路上……

14:00 巴黎

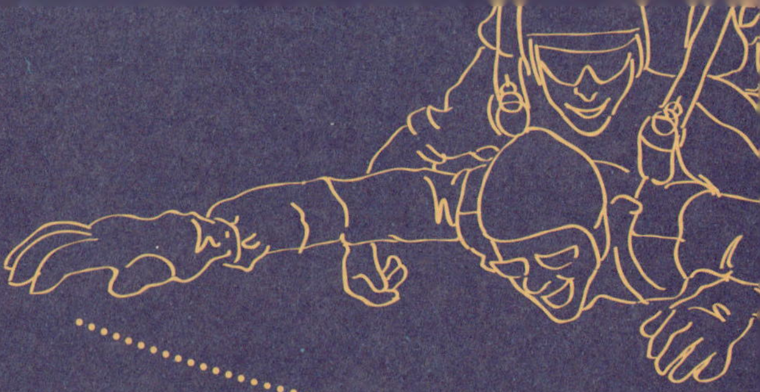

Oceania
第六目的地 大洋洲

第一站　澳大利亚 · 224
第二站　新西兰 · 232

Antarctica
第七目的地 南极洲

第一节　南极游不是高不可攀 · 259
第二节　踏上南极的第一步是长城站 · 276
第三节　地球上最大的"白富美"和
　　　　"冷美人" · 288
第四节　极地探险的奸雄和英雄 · 310

仰光 Rangoon

Africa
第五目的地 非洲

第一站　埃及 · 172
第二站　南非 · 192
第三站　肯尼亚 · 210

Arctic
第八目的地 北极

第一节　世界最北的城镇 · 321
第二节　斯瓦尔巴德全球种子库 · 326
第三节　探险家航程 · 331
第四节　世界最北的首都 · 338
第五节　在格陵兰观鲸 · 344
第六节　比格岛上看历史 · 348

南非 South Africa

16:00 好望角

目录 contents

Asia
第四目的地 亚洲

第一站	斯里兰卡	·008
第二站	尼泊尔	·032
第三站	不丹	·038
第四站	印度	·054
第五站	缅甸	·070
第六站	以色列	·088
第七站	约旦	·096
第八站	伊朗	·102
第九站	阿联酋	·120
第十站	柬埔寨	·134
第十一站	越南	·140
第十二站	泰国	·146
第十三站	马来西亚	·150
第十四站	新加坡	·154
第十五站	日本	·158
第十六站	韩国	·166

首尔 Seoul

10:00 皇后镇

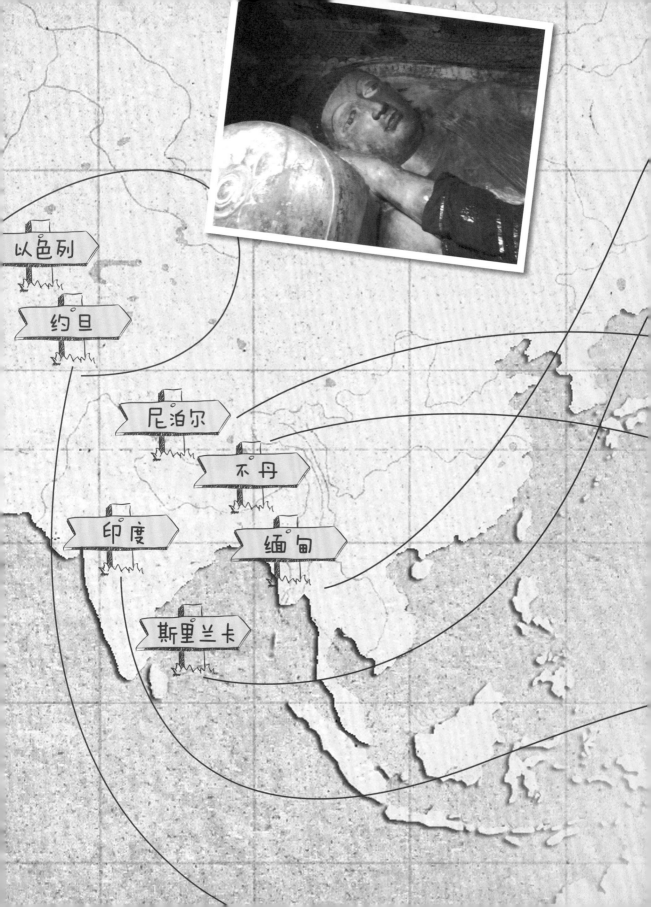

第四目的地 亚洲

第一站 斯里兰卡
大象孤儿院 · · 009
缠绵的狮子岩 · · 014
敬拜佛迹 · · 021
景点推荐 · · 030

第二站 尼泊尔
杜巴广场 · · 033
景点推荐 · · 037

第三站 不丹
爱唠叨的"幸福哥" · · 039
拜访虎穴寺 · · 042
不丹的宗 · · 044
飞越珠峰 · · 047
景点推荐 · · 052

第四站 印度
甘地陵 · · 055
一滴爱的泪珠 · · 058
印度小伙——小魏 · · 060
看印度人看电影 · · 062
人类的朋友 · · 064
景点推荐 · · 066

第五站 缅甸
神圣大金塔 · · 071
手指之处必有浮屠 · · 077
景点推荐 · · 085

第六站 以色列
移步见神迹 · · 089
海滩的大旗 · · 092
景点推荐 · · 095

第七站 约旦
夕阳下的佩特拉 · · 097
漂浮在死海 · · 100
景点推荐 · · 101

第八站 伊朗
波斯帝国的舞台 ··103
伊斯法罕半天下 ··108
波斯地毯 ··113
景点推荐 ··117

第九站 阿联酋
迪拜机场 ··121
难忘酒店 ··124
景点推荐 ··131

第十站 柬埔寨
塔布隆寺的精神气质 ··135
微笑的石雕 ··137
景点推荐 ··139

第十一站 越南
宁静的下龙湾 ··141
越南趣闻 ··143
景点推荐 ··145

第十二站 泰国
阳光下的芭堤雅 ··147
景点推荐 ··149

第十三站 马来西亚
黑风洞的虔诚 ··151
景点推荐 ··153

第十四站 新加坡
安宁的圣淘沙 ··155
景点推荐 ··157

第十五站 日本
保护文化遗产心细如发 ··159
景点推荐 ··161

第十六站 韩国
垃圾山上建公园 ··167
景点推荐 ··169

异国风情千百度

06:07
科伦坡
斯里兰卡

斯里兰卡

14:33
Sigiriya
狮子岩

大象孤儿院

大象公园

目前,世界上只有两所大象孤儿院,专门收养失去父母、迷途离群、无家可归、身受重伤或染病残疾的幼象。

这种体现人类对幼象充满浓浓爱意和精心呵护的大象孤儿院,一所在非洲肯尼亚首都内罗毕市郊,我们在肯尼亚旅游时,由于行程紧张,未能参观,令人扼腕叹息。另一所在亚洲的斯里兰卡,2012年10月,我们在斯里兰卡旅游时,不想再错过机会,第一站就去了大象孤儿院,不仅弥补了在肯尼亚留下的遗憾,还收获了许多温馨的画面和记忆。

我们飞抵斯里兰卡的科伦坡后,就直接乘车去了尼甘布。在尼甘布住下。第二天再乘车约2个小时,就到了平纳瓦拉。我们的斯里兰卡导游哈普先生是一位资深水利工程师,上世纪70年代末在我国留学,会一些中文。一下车,他就指着小镇和附近一大片绿树遮蔽的地方说,这就是大象孤儿院。大象孤儿院距科伦坡以东大约80公里。

哈普告诉我们,在1972年,斯里兰卡野生动物局就建了大象孤儿院。1975年,搬到此地。40年来,孤儿院不仅收养了许多头成为孤儿的幼象,还收养了一些严重伤残的大象。幼象成为孤儿,还有大象落下残疾,大多不是自然界的物竞天择,而是受到人类

异国风情千百度

顾燕身旁这座大象雕像是宾馆大门

贪婪和暴力的伤害。现在，政府已禁止在斯里兰卡原始森林中乱开采玉石，但被废弃的旧矿井仍遗留在林中，常有一些小象掉入井里，无法爬出。还有战争的伤害，大象孤儿院有一头叫萨玛的25岁母象，只有3条腿，它在10岁时被地雷炸断了右前腿。今年68岁的拉贾是孤儿院里最老的象，它的双眼就是被盗猎者打瞎的。

设立大象孤儿院不仅是人类对大象的保护，也是人类对其他动物的一种良心忏悔和道德救赎。

大象孤儿院也有幸运儿，他们就是大象孤儿院里出生的第二代小象，生下来就安全，衣食无忧，整日自由自在地玩乐，健康成长，有的还出使异国，担负着外交使命。北京动物园的米盖拉就出生和成长于大象孤儿院。2007年2月，为祝贺中斯建交50周年，斯里兰卡马欣达·拉贾帕克萨总统向北京动物园赠送了5岁公象米盖拉。在斯里兰卡，赠送大象表示友善，代表着崇高的敬意。总统表示，斯中友谊通过大象的传递，深深印在两国人民的心中，今天带来的大象代表斯国人民尤其是儿童们的爱心。早在1972年，斯里兰卡前总理西里玛沃·班达拉奈克夫人就曾向中国赠送了一头1岁公象米杜拉，周恩来总理亲自出席了交接仪式。1979年，斯里兰卡再次向中国赠送一头雌性幼象阿拉丽亚。

这几年，米盖拉在北京动物园大受欢迎，它的老家——斯里兰卡及大象孤儿院也名声大震。现在不少到大象孤儿院观光的中国游客，最初都是由米盖拉才知道这座大象孤儿院的。动物真是一国友善的形象大使。所以，中国也要多送熊猫给世界各国哟。

我们先去了大象孤儿院门外的大象公园，也就是平纳瓦拉镇中心，经过一条主街，来到平纳瓦拉宾馆，宾馆大门是一头大象雕像，从大象肚子里进入。宾馆的餐厅像剧院里的座位，分开层次，面对着一条河，河水很浅，河面也不宽，河两岸长着椰树。十几头大象正在河中嬉戏。主街地面上遗留着一坨坨大象粪便，这是大象从大象孤儿院来到这里时留下的。哈普说，最多时，有近七八十头大象浩浩荡荡地经过主街，来到这条河喝水、洗澡，行进队伍蔚为大观。

平纳瓦拉宾馆餐厅的设计，是让游客边吃边欣赏河边的大象，可我们一看到憨态可掬的大象近在咫尺，也就无心品尝美食了，急忙吃了几口，就沿着石阶，来到河边，想与它们亲密接触一下。

在肯尼亚马赛马拉看大象，我们只能坐在车内，在几十米外静静观察；在印度，虽然坐过"象的"，但坐在庞大身躯上摇摇晃晃，也没有亲切感。可这次不一样，我们可以与大象肌肤相亲。用一美元从小贩手上买了一袋香蕉，算是给大象的见面礼。河里共有11头大小不一的大象。与我们在非洲和亚洲其他地方看到的野象不一样，这些认养的孤儿大象显然皮肤要细腻许多，耳朵也小，体态也"纤细"，与3米多高、6吨多重、有两米多长耳朵的非洲象相比，这些象似乎有宠物一样的精致。它们对人没有警觉，有点养尊处优和优哉游哉的神态。我们走过去喂一头幼象，它的块头不大，如同大一些的水牛，看起来很温顺，它舒展长鼻，意欲拿取香蕉。我们以前一直以为，大象吃食是用长鼻卷住，放入嘴中，可这头大象径直把香蕉一个接一个地吸入鼻孔，吸得顺溜适意。然后，它把吸入鼻孔的香蕉射入口中，这种进食方法，让我们大开眼界。

把香蕉放入大象鼻子时，仔细欣赏了它的鼻子，鼻子约有1米多长，伸直时如同一尊大炮筒，粗壮有力；弯曲时如同自动卷扬机，收放自如；鼻孔里面呈淡红色，很湿润；鼻腔很深，容量很大，我们放入的几个香蕉是小菜一碟。大象的鼻子是生命的奇迹，也是它们特别与众不同之处，可以说，没有长鼻子，就没有大象。包括人在内的其他动物鼻子主要用来闻味，可大象鼻子不仅具有灵敏的嗅觉，还有许多作用，比如有胳膊和手的功能，象的长鼻子是由上唇和鼻子合并向前伸长而形成的，大象有了长鼻子，就能弥补身体笨重的缺陷，不用低头猫腰，就能吃到身体四周的食物，大象用鼻子很方便地把水和食物送进嘴里。长鼻子由五万块肌肉组成，像一台有力的起重机，力气很大，有的大象能拔起10米高的大树。有趣的是，长鼻子是粗中有细，也可做一些精巧纤

幼象洗澡

异国风情千百度

细的动作，如捡一颗豆子放入口中。大象鼻子还是洗澡的花洒，大象用鼻子把水或土吸入，再喷到自己的身上，做水或土淋浴，享受无比。大象是群居性动物，性情温和，彼此间很会表达感情，长鼻子也是它们传达感情的重要工具。大象鼻头看起来很柔软，孤儿院的"男护士"鼓励我们摸一摸，我们不敢造次，因为我们知道，象鼻是大象攻击其他动物和保护自己的绝好武器，被这条比我们大腿还粗的鼻子甩一下，可不是闹着玩的。

大象如何使用鼻子不是天生的，新生的小象不会使用自己的鼻子，它们甚至有时还会踩上自己的鼻子而摔倒。在大象出生的最初六个月中，大象妈妈会十分耐心地教会小象如何使用鼻子，通常这个过程最困难，小象需要两年的时间才可以灵活运用它。大象的寿命可高达八九十年，大象妈妈要陪伴自己的幼象长达12年之久。一头大象对孩子的感情就像人类母亲对自己孩子的感情一样热烈。大象孤儿不仅失去了母爱，也失去了教它们如何使用鼻子的最好老师。我们在大象孤儿院看到的这些大象，不少已是孤儿院的第二代，它们在孤儿院里学会了使用鼻子。

从大象公园步行几分钟，过一条公路，就到了大象孤儿院的正门，门前有一座古铜色的大象浮雕，下面用僧伽罗文记录着大象孤儿院的建立。我们买了门票，每位约10美元，与一队队穿着校服、兴高采烈的斯里兰卡学生一起，进了孤儿院。一进去，一眼就看到一座凉棚，这里是幼象的"摇篮"，有3头小象正在接受游客的喂奶和喂树叶。一头小象脚上带着粗大的铁链。哈普说，这是一头刚刚入院不久的野象，对人仍有潜在的威胁，不可大意。游客花一两美元就可以拿到一大瓶奶，在孤儿院工作人员协助下，把奶嘴放入幼象口中，幼象一饮而尽，很享受的样子，十分逗趣。凉棚对面有一座木台子，游人花一两美元就可以登上去，把一大把干草送到台下的象鼻子上。这两项饲喂活动大受孩子们的欢迎，也是他们欢笑最多的地方。这里也是大象在孤儿院最受宠爱的地方。

这座孤儿院成立以来，共收养了近百头大象，像米盖拉这样出使国外、三千宠爱在一身的幸运儿也是凤毛麟角，大多数成年后的大象，要接受工作训练，如帮助人们搬运木材等，干活谋生。在斯里兰卡，大象是神圣动物，虐待大象是要获刑的。一头死亡大象埋葬前需接受司法调查。大象孤儿院曾死过一头名为"黑石"的大象，经调查，大象孤儿院的一名管理人员和3名饲养员有虐待"黑石"的行为，结果，每人被高级法院判1年监禁和770美元罚金。大象孤儿院院长也表示他为"黑石"的夭折而深感悲痛。

我们走进孤儿院的深处，看到最壮观的

大象孤儿院里快乐的孩子

一幕：游客们自由自在、无拘无束地与几十头大象一起嬉戏，眼前的绿树，远方的群山，直连蓝天白云，这图景由低到高，层次分明，鲜明温馨，十分动人。我们虽然不能全部弄清这些大大小小和高高低低大象的名字，但我们依次接近它们，与它们合影，有着一种特别的亲切感。

与大象在一起

我们为何特别喜欢大象？这种情愫，自己也弄不清。在我们所购买的国际旅游纪念品中，大象艺术品位居首位。在印度，印度小伙小魏陪着我们，晚上坐着小三轮去买大象木雕，硬把吃婚宴的店主从酒席上拉回店里。偌大的手工艺商店里就我们两位顾客，在一大堆大象木雕中淘出一座精品。它的神态祥和，体态逼真，身上披着精雕细刻的披风，颈项戴着美丽的花环，雍容大度，从容不迫，虽然价格不菲，我们也立即买下。在南非，我们特别幸运，在一家艺术品店的角落，找到一座落满灰尘的"非洲五霸"木雕，这座木雕的奇特，令我们眼睛一亮，因为它是利用一段木头上自然凹凸和结节刻成的五种动物头型，浑然天成，十分神似，其中也有大象。在埃及，我们买了阿斯旺大理石刻的大象。在肯尼亚也买了两座非洲象木雕……或许，性情温和、敦厚质朴的大象是我们理想品格所投射出的一种意象。或许是因为我们儿子从小就特别喜爱大象。一个黄色长毛绒的坐姿大象几乎伴随着他的整个童年，至今还留在家中。或许，还有潜意识对好运和安详的祈福，在我国文化中，大象被人们看作瑞兽，喻意"太平景象"、"喜象升平"。在斯里兰卡，大象是吉祥象征，有特殊的宗教和文化含义，是有驮负佛牙资格的唯一动物。每年"佛牙节"，古代圣城康提都会举行盛大的游行庆典，七八十头披红挂绿的大象成为必不可少的成员。在万人簇拥下，领头大象驮着装有佛牙舍利的银匣子，引领着游行队伍。

在大象孤儿院，我们特意拍了好几坨大象粪便，细看里面的内容。这倒不是我们有"扒粪"的怪癖，而是因为大象孤儿院里的大象粪便大有名堂。一家公司把大象粪便加工处理成纸张，用这种纸做成的笔记本成了目前斯里兰卡最有名的旅游纪念品之一，也是斯里兰卡人赠与朋友的最好礼品之一，美国总统和第一夫人等各国政要都接受过这一特殊礼物。我们也买了5本作纪念，笔记本的封面设计很独特，在一大坨隆起的粪便上有一头大象，很有喜感。哈普说，大象粪便笔记本有一股特别的清香，我们使劲闻闻，好像不明显。

异国风情千百度

👆 缠绵的狮子岩

这世上再坚硬、再冷酷的东西,有了女性后,就有了缠绵和温情。斯里兰卡的狮子岩看起来坚如磐石,挺拔突兀,刀劈斧砍,尽显冷漠无情,可正是因为拥有一组美丽女性的壁画,平添了几许柔情蜜意、温存体贴和暗香飘逸,也有了这延续千年的无尽缠绵。

狮子岩景区位于科伦坡以北160多公里处。门票30美元,制作颇为精致,封面是飞来峰一样的狮子岩全貌,封底是巨狮雕塑的锐利爪子,一打开,里面的两面上有四幅美女壁画,还有一张介绍狮子岩的DVD,真是不错。后来,我们看了斯里兰卡其他的联合国教科文组织所保护的世界遗产,发现虽然价格和画面各异,但门票样式都与狮子岩的一样,也都含有拍摄很棒、介绍详细的DVD。这在其他国家景区里不多见,值得各国学习和推广。

狮子岩门票上用大字写着"Sigiriya",小字写着"狮子岩",我国有人将"Sigiriya译为"锡吉里耶"或"西格利亚",可我们看过狮子岩后,觉得译为"茜格利亚"更妥,对中文游客而言,"茜"比"西"更有味道和意境,因为美女壁画现在已成为所有狮子岩景观的灵魂,也是游客们不辞辛苦攀登的最大动力。"茜格利亚"译名可使粗犷的狮子岩带上一丝妩媚。所以,本书就用"茜格利亚"

狮子岩全貌

了。Sigiriya源于僧伽罗语，就是"狮子岩"的意思。现在，人们所称的"茜格利亚壁画"、"茜格利亚仕女图"和"狮子岩壁画"都是特指斯里兰卡狮子岩上的女性系列壁画。一些旅游、艺术或古建筑类的书常用不同的表述，容易让人以为是不同的艺术珍品。

我们的狮子岩导游是一位叫萨米让的斯里兰卡小伙子，大学英语专业毕业，自称还会德语和俄语，他风趣幽默，热情友好，解说也很到位。

我们验票后，通过一座桥。萨米让说，过了这座桥，我们就正式进入了卡西雅伯一世国王的王宫领域，这是公元473至491年的一个王朝。桥下流淌的就是千年之前的护城河，当年，河里养着无数条鳄鱼，用以威慑入侵者，沿河有成千上万的士兵把守，严阵以待。这个王宫东西长3公里，南北宽1公里，两条护城河和三面城墙环绕着东城、西城两个长方形城区。水榭、池塘、蓄水池、庭院和喷泉组成了宫内的各类花园。虽然千年前的繁花似锦和莺歌燕舞盛景已不在，可从庞大整齐的废墟中仍能想象出当时的美丽气派。特别是地下沟沟渠渠的灌溉系统，令人称奇，其中既有排列整齐的明道和暗渠，也有合理分配的蓄水池，甚至还有循环用水的喷泉。这些水的源头来自狮子岩顶人工积蓄雨水的水库。王宫最高处就是一块橘红色的巨大岩石，这就是狮子岩。卡西雅伯一世国王和几百名妻子住在岩顶的宫殿里。

走近狮子岩，才感到它的高大。萨米让说，狮子岩垂直高度200米，仅岩顶平台就有2万平方米。仰头看，狮子岩十分陡峭，

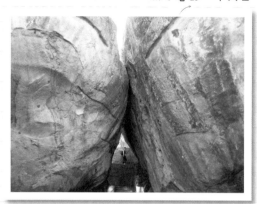

狮子岩的一个入口

现在有一段供游人直上直下的螺旋铁梯，就几乎贴着悬崖壁。惯于享乐的国王干嘛要住在这个险峻不便的地方？这里有一个宫廷内斗和亲人相残的故事。国王卡西雅伯一世是当时斯里兰卡国王的大儿子，他父亲想把皇位传给小儿子莫加兰，卡西雅伯不服，发动政变，杀掉了自己的老父，自己做了国王，莫加兰逃跑。弑父登基的卡西雅伯为了逃避莫加兰的报复，离开了原来的首都阿努拉达普拉，选中了离首都约70公里的狮子岩，把这个易守难攻的地方作为自己统治的中心，建立属于自己的宫殿和王朝。

我们才爬了一小段狮子岩，就感到古代在岩上建造宫殿是多么的不易。在登岩途中的各狭隘关口或极其陡峭之处，都有一些斯里兰卡的汉子，主动牵拉或扶持游客，一路到顶，收取几美元的辛苦费。一位中国大姐气喘吁吁，脸色发白，腿脚发软，就是靠着一位斯里兰卡汉子的卖力"牵手"，爬爬歇歇，才能攀登。1500多年前的古人是如何运送建造宫殿原料到岩顶的呢？2004年，考古学家在巨岩上发现了几个类似螃蟹的"人造

异国风情千百度

茜格利亚美女

"八爪机械板车"的图形,他们怀疑那是当年工匠们用以攀爬岩壁、运送建材的工具。但具体如何操作,今日已不得而知。狮子岩顶部宫殿的建造方式,至今依然是一个考古之谜,有待揭底。

我们顺着利用地形修造的阶梯往上攀爬,向西侧,来到山腰一间石窟门口,望着萨米让兴奋愉悦的表情,我们猜到距离"茜格利亚壁画"不远了,可没想到,一脚迈进窟,第一眼就看到了出现在许多书籍和画册上的古代斯里兰卡美女。

美女图多是两人一组,都是丰乳肥臀,腰部纤细,肩臂圆润,十指如葱,婀娜多姿。她们五官秀美,特别是柳眉星眼,盈盈秋水,传神动人,回眸一笑百媚生。仔细看,同是美女,两人多有不同,肤色稍白女子的身材比较纤细,全裸上身,手持一朵鲜花,表情娇羞可爱,也不失端庄优雅和矜持高贵;肤色稍黑女子的身材比较健壮,穿着半截头的紧身衣,手托装满鲜花的托盘,追随或面对着"白娘子",表情谦恭,但也有一点俏皮可爱。两人虽都在头上、耳垂、颈项和手臂上带着饰品,露脐的"低腰裙"也类似,但"白娘子"的珠宝更为精致,身上也以淡雅的绿色为主,而"黑娘子"的饰品显然粗糙,以浓郁的红色为主。萨米让说,距考古学家推论,这是一对主仆。不过以我们看,这主仆的关系真不错,在一副保存最好的图上,主仆微笑相视,温馨安详,更像是一对知心的闺蜜。这些美女臀部以下被迷雾或云朵遮盖,有一种虚幻的意境,起舞弄清影,何似在人间。"茜格利亚壁画"表现出古代僧伽罗人的审美情趣,即使在1500多年后,她们也是标准的性感美女。

据说,当年绘制的壁画一共有500多幅,经过千年的岁月风霜侵蚀和人为的破坏,许多无比珍贵的壁画已被毁掉,如今,仅剩下21幅,全都分布在这个小小的岩洞里。幸存的"茜格利亚壁画"仍然栩栩如生,颜色鲜艳如初,令人惊叹不已。当年,在绘制这些壁画时,工匠们先在绝壁里向内凿出一段凹洞,用特殊的材料将凹洞表面敷平后,再用当地泥土或植物制作的天然颜料,描绘一幅幅仕女图。用这种特殊的绘画工艺,才能使

"茜格利亚美女"穿越1500多年，与我们邂逅。

目前，世界艺术界对"茜格利亚美女"的评价很高。"茜格利亚美女"是斯里兰卡古代艺术中最重要的珍品之一，是斯里兰卡历史上唯一流传下来的非宗教题材壁画；"茜格利亚美女"与印度尼西亚的婆罗浮屠、柬埔寨的吴哥窟和印度的阿旃陀石窟齐名，常被誉为古代东南亚四大艺术胜迹。也有人将它们与狮子岩一起誉为"世界第八大奇迹"。有学者认为，在用料及表现手法上，"茜格利亚美女"壁画的艺术成就超过了印度的阿旃陀壁画。

早在1982年，包括狮子岩在内的整个"茜格利亚古城"就成为联合国教科文组织保护的世界文化遗产，其中，"茜格利亚美女"是最有价值的，也是最吸引人的文化艺术古迹，是"茜格利亚古城"中最缠绵可爱和生机勃勃的灵魂。

卡西雅伯为何要命令人画出美妙可人的"茜格利亚美女"？萨米让说，卡西雅伯对老爸有点愧疚，想要安抚他的亡灵，便命人在狮子岩悬崖峭壁上画了许多丰满半裸的仕女图，其中包括父亲的嫔妃和天女等，让老爸的幽灵爽一下。我们对这种说法有点怀疑。等我们登上狮子岩后，更觉得这个说法有点不靠谱。岩顶平台上的两万平方米建筑，虽然现在只剩下庞大的废墟，但仍可见那时国王卡西雅伯奢侈和淫乱生活的痕迹，雨水被储存在巨大的蓄水池中，不仅用于浇灌奇花异草，还用于四处可见的喷泉和一座豪华巨大的游泳池。国王宝座下是一座巨大的舞厅。萨米让说，这就是卡西雅伯的"空中夜总会"，在这里，国王和几百位女人夜夜笙歌，醉生梦死。一位弑父夺位的享乐型君王会有如此孝心和细腻情感？"茜格利亚美女"可能更多是国王的自娱自乐和个人收藏。

尽管卡西雅伯建立了这空中堡垒一样的王宫，狮子岩王宫周围还有城墙、护城河、

镜墙

异国风情千百度

鳄鱼猛兽和重兵把守，可最终还是被从印度借兵的皇弟莫加兰所攻克，卡西雅伯被追杀，陷入泥沼而亡。新国王莫加兰（公元495—512年）捐出了狮子岩宫殿。据"镜墙"上"到此一游"的记载，在公元6世纪和12世纪之间，许多人访问过此处。此后，狮子岩宫殿荒芜，被人完全遗忘，埋没在丛林中好几个世纪，直到19世纪中，才被英国猎人贝尔重新发现。

见过"茜格利亚美女"，如继续攀登狮子岩顶，必要经过一条从岩腰中抠出的长长通道，通道外侧岩壁是一面金黄色的墙，高两米。据说，这是当时的工匠用蜂蜜和鸡蛋壳粉调成涂料，打磨出这道墙，不仅光滑如镜，而且在阳光下会闪闪发光。这就是著名的"镜墙"。它可能是国王欣赏"茜格利亚美女"的一条通道。王朝覆灭后，"镜墙"成了后人看过"茜格利亚美女"后的"留言册"，墙面上刻着大量斯里兰卡的古文字，这可不是"张三李四到此一游"的胡乱涂鸦，因留言者大都是帝王将相、文人墨客和佛教人士，他们对"茜格利亚美女"的赞叹也不一般。1956年，有人从"镜墙"上整理出版了650多首斯里兰卡古诗，成为"茜格利亚诗"，其中不乏珍品，如其中一首写道："两女相依各美颜，恰是紫荷绕金莲，黄昏登顶抬头望，疑是双芭开眼前。"另一首写道："一见女郎，心驰神荡，你既无情，我甚忧伤。"只要见过"茜格利亚美女"的人，都知道这些诗是多么优美和恰当。它们已成为斯里兰卡珍贵的历史文献。我们故作一本正经地与萨米让开玩笑说："我们能不能在镜墙上留言题词？"萨米让哈哈一笑说："你们出生晚了。"我们穿过"镜墙"后，便到达了著名的狮爪平台。

斯里兰卡人有很深的狮子情结。狮子是百兽之王，世界上有二十几个国家把狮子作为民族或国家的象征，斯里兰卡是最有代表性的。斯里兰卡是岛国，自古就没有野生的狮子。可斯里兰卡的国旗和国徽上却都有狮子：金黄色的狮子头颅高昂，尾巴高翘，做怒吼状；右前爪腾空，擎着一柄长剑，做战斗进攻状。这喻示着僧伽罗人就是狮子，斯里兰卡是狮子国。这来源于一些神话传说。有一则神话说，印度北方梵伽国有一位美貌多

一只狮爪

登顶的路很陡峭

作者与哈普登上狮子岩

姿的公主,外出时被一只雄狮劫往深山老林。雄狮待她甚善,同居后生下一儿一女。儿子僧诃巴忽长大后发现父亲是一头狮子,就伺机带领母亲和妹妹逃走。雄狮失去妻子儿女后,四处寻找,危害百姓。僧诃巴忽"大义灭亲",杀死雄狮,然后娶妹为妻,生儿育女。其长子生性不善,为非作歹,被驱逐出海。他带着700多人漂流到斯里兰卡,改邪归正,开荒种田,建国称王。因其有狮子血统,他和臣民都自称僧伽罗人,所建国家称僧伽罗国,也就是狮子国。这样说,斯里兰卡人既是狮子传人,也是杀狮子传人。还有说,僧伽罗人皈依佛教。佛教崇奉狮子。佛陀被视为人中雄狮,其座席被称为狮子座,其讲法警世则被称为狮子吼。后来,斯里兰卡人在反对殖民主义的斗争中,也高举着带有雄狮怒吼的旗帜。现在,最具象和最有名的"狮子",就是这座狮子岩,在苍翠平坦的高原上,一块巨大的岩石拔地而起,如同天外来石,古时,从远处看,岩石犹如一头雄狮昂首怒吼,可经过千年风化,做狮头的岩石早已掉落,只剩下孤独的狮身。

现在,即使从各个角度观察,加上有"狮头"的想象,这块颇为方正的巨石也不太像狮子了。我们在狮子岩上看到的狮子,是国王在半山腰修建的狮型入口。他参照古印度诗人迦梨陀裟对一个夜叉在罗摩山修建宫殿的描述,在狮子岩顶修建了保护自己平安的天宫,在通往天宫的山崖上修建了巨大的狮子型栈道。

狮爪平台上有一对巨大锋利的石雕三趾狮爪,这是当年这座砖砌石雕巨狮的唯一遗

异国风情千百度

迹。我们现在沿着垂直铁梯攀援的登顶之路，当初正是狮子的口咽。王宫则建在狮子厚实的背部。这头人工建筑和雕琢的巨大狮子可能也是狮子岩得名的一个来源。三趾爪的动物极少，狮子的趾爪是前5后4，狮子岩的巨大三趾狮爪说明什么？是否当时斯里兰卡人就没真正见过狮子，对其威猛和无敌都有图腾的想象，如同中国人的龙图腾。

我们登上狮子岩顶后，放眼四周，风景优美，更有意思的是，这个顶是斯里兰卡"文化金三角"的一个顶点。萨米让说，斯里兰卡有许多重要文化古迹，它们绝大多数集中在岛国腹地的"文化金三角"之内，就是三座古都间的三角形范围，这三座古都是西古城阿努拉达普拉、东古城波隆纳鲁瓦王宫和康提城，而狮子岩位于中点。"文化金三角"遗留王宫、佛寺、佛塔、印度教寺庙、城堡、园林、石窟寺、石刻造象、壁画等百余处，有六处被联合国教科文组织列入世界文化与自然遗产名录。到斯里兰卡，不看"文化金三角"，等于白来。有幸的是，我们这次斯里兰卡之行，就是沿着"文化金三角"走的。

关于狮子岩的由来，还有一种截然不同的说法，说狮子岩从来就不是一个国王的堡垒或宫殿，而是一座建于更早的佛教寺院，僧侣们一直在这里隐身修行。"茜格利亚美女"是描绘佛教女神的。可这说法，目前在斯里兰卡是非主流的，似乎也缺乏确凿依据。我们在狮子岩看了僧伽罗语和英语的官方铭牌，上面说，公元前1到2世纪，狮子岩附近洞穴的确可能有寺院，而目前的护城河、花园、水库和空中宫殿是卡西雅伯所建。"茜格利亚美女"是斯里兰卡最有价值的古画。

1957年，周恩来总理访问斯里兰卡时曾登狮子岩。1961年，中国佛教协会会长赵朴初也曾到过狮子岩，并赋《登西格利亚山》诗一首，其中赞道："攀绝壁，抚悬崖，宫墙壁画惊文采。"

敬拜佛迹

佛教在斯里兰卡已流传了两千多年。在斯里兰卡现有的两千多万人口中有70%是佛教徒，全国有寺庙5600多所，僧侣2万多人。

佛教产生于公元前6世纪的印度，创始人是释迦牟尼。

释迦牟尼原名悉达多·乔达摩，是古印度释迦族人。他是迦毗罗卫国太子，父为净饭王，母为摩耶夫人。16岁时，他过着奢华舒适的生活；19岁，他在出游中看到人间各种不同的痛苦；29岁，他放弃太子身份和安逸生活，离家寻道，经过6年的艰苦修行，仍无法找到解脱之道，放弃苦行；35岁，他在一棵菩提树下苦思冥想，终于大彻大悟，入道成佛，他以此思索，构成佛教最基本的教义，成为佛教创始人。他成佛后被称为释迦牟尼，梵语对释迦牟尼的意译是"能仁"，意为有能力与仁义的智者。尊称释迦牟尼为佛陀，意思是大彻大悟的人。信佛的人也常称释迦牟尼为佛祖或如来佛祖。

佛教创立后，沿恒河流域向两边传播，向北传播到尼泊尔、中国、韩国和日本，称为北传佛教，也叫大乘佛教；向南传播到斯里兰卡、泰国、柬埔寨和缅甸等，称为南传佛教，也叫小乘佛教或上座部巴利语佛教。

公元前3世纪，印度阿育王派遣其子摩

菩提树和丹布拉石窟寺

异国风情千百度

哂陀把佛教传入斯里兰卡。佛祖释迦牟尼曾三次来斯里兰卡讲学，留下许多圣迹。

8世纪以后，随着佛教在印度的衰落，直至消亡，斯里兰卡却成为南传佛教的中心。19世纪，佛教由斯里兰卡重新传入印度。斯里兰卡对佛教的发展有重大贡献，其中最突出的就是第四次结集。佛祖释迦牟尼生前的教诲没有文字记载，佛陀涅槃后，弟子们为了防止忘记，就采取合诵或会诵，对佛陀学说进行讨论、甄别、审核，最后用文字确定下来，成为经典。这种会议称为结集。前三次结集在印度进行，用的是当地语言。南传佛教把19世纪在斯里兰卡举行的五百僧人结集，作为第四次结集。这次结集首次把巴利语三藏辑录成册，成为经典。

佛教对斯里兰卡两千多年的政治、文学、艺术和建筑都有重要的影响。在斯里兰卡，人一生中每一个重要的时刻都体现着佛教的关怀。当妇女刚刚怀孕时，她就会去寺庙，请僧人加持，希望小孩在胎儿时期就受到良好的教育。当小孩降生时，家人也要去寺庙里，请僧人为母子祈福，并且为小孩命名。总统宣誓就职的仪式也要请僧人来主持，举行仪式的地点就在佛牙寺。

对我们外国游客而言，斯里兰卡现在最著名的旅游景点大都与佛教有关，特别是与佛祖释迦牟尼有关。

我们先敬拜了丹布拉石窟寺。一下车，就看到新建的金庙，一尊巨大佛祖坐姿金像耸立在狮型庙宇之上。沿着金庙一侧的石阶向上，就到了石窟寺。进门前需脱鞋，在斯里兰卡，进入任何庙宇和圣迹之处都必须脱鞋，斯里兰卡人都是赤脚，外国游客可以穿袜子。裙要过膝。任何人不能背对着佛像留影，因为臀部对着佛为大不敬。侧身照相是可以的，但如果四周都有佛像，就不能留影了，因为无论你站在哪一个方向，都会背对着佛像。斯里兰卡人和佛教僧侣说话时，不论是站着，还是坐着，都设法略低于僧侣的头部。对这些规矩，哈普和接待我们的其他斯里兰卡朋友都再三交代。哈普还说，斯里兰卡人去寺庙一般都不穿颜色鲜艳的衣服，多穿白衣，因为白衣代表圣洁，在家佛教徒的一个别称就是白衣。我们一路看到的学生校服也多是白衣、白裤或白裙，甚至白袜。为我们做讲解的"石窟寺讲师"是一位慈眉善目的学者，他也是一袭洁净的白衣白裙。

我们走过一座亭子一样的门洞和甬道，首先映入眼帘的是一棵菩提树，枝繁叶茂，在艳阳照耀和蓝天白云下，像一把洒满金光的绿色大伞。十多位斯里兰卡人虔诚地在树下焚香祈祷。据说，摩哂陀把佛教传入斯里兰卡后，他的妹妹僧伽蜜多又把佛陀成道处

丹布拉石窟寺讲师与顾德宁合影

的菩提树分枝带到斯里兰卡种植。目前，斯里兰卡还有一棵种植于公元前288年的菩提树，就直接源自释迦牟尼觉悟时的那棵菩提树。菩提树原产印度，树冠巨大，树叶美丽。因释迦牟尼在菩提树下悟道，才得名为菩提树，"菩提"意为"觉悟"。佛教视菩提树为圣树，带到各地寺庙种植，但由于不同的地理气候和生长环境，经过千年的生长变异，各国各地的菩提树在外形和特性上已有差别。石窟寺这棵菩提树的枝干强劲弯曲，传递给我们一种安静的力量。

菩提树一侧就是丹布拉石窟寺，整个石窟寺建在一处石头山里，准确地说，是用人工在一段160米高的花岗石岩层里凿出多个石窟。从外形看，丹布拉石窟寺就是一块长长的巨大岩石，在阳光下呈黑金色，有人形容像一头巨头鲸。

在传播的道路上，佛教一路生根、发芽、壮硕。表现在真实的景观中，则是一处处石窟，在佛教传播线路上留下的众多石窟，不仅是佛教史上的奇葩，更是世界文化的瑰宝。石窟寺分为"礼拜窟"和"禅窟"，礼拜窟雕造佛像，供人瞻仰礼拜；禅窟主要是供比丘修禅居住。

丹布拉石窟寺的前身可能是狭小简陋的石窟，或僧侣居住，是"禅窟"？在公元前3世纪就有人居住。公元前1世纪，为了躲避南印度的入侵，一位国王在此避难14年，期间受到僧侣的帮助，躲过敌军的搜捕。在夺回王位后，国王为了感恩，遂将用来避难的石窟扩建为佛寺。从公元前1世纪末开始，佛教徒和僧侣开始修建这座石窟寺，规模越修越大，越建越精致。以后的统治者也不断加以修建，特别是在17和18世纪末的康提王朝时期。最终使丹布拉石窟寺成为亚洲最伟大的石窟寺之一。

丹布拉石窟寺由80多座石窟组成，藏着大量佛像、摩崖雕刻和2100平方米的精美壁画，这些艺术珍品大都完成于公元前1世纪，生动描述了释迦牟尼成佛及讲学过程。有的里面还有佛塔，还有斯里兰卡国王以及印度教诸神的雕像。壁画里还有善男信女的故事。这些画至今已有2000多岁了，其中一些还鲜艳如初。

现在，丹布拉石窟寺只开放五个石窟，"石窟寺讲师"领着我们一一敬拜和讲解。

在1号窟，给我们印象最深的是佛祖释迦牟尼卧像，卧像被雕刻在一块14米长的整块岩石上。佛祖面容丰圆，显得很年轻，神态安详、慈善平和。他双眼睁着，却又似入寐。他是右胁卧，右手枕在头下，左手伸长于身体之上，双腿上下并着伸直，十分放松。佛像的姿势有行、住、坐、卧四种姿势，称为"四威仪"，常见的体态大致可以分为坐像、立像、卧像。卧像只有佛祖释迦牟尼的一种。这些都很生动准确地表达出佛祖尽善尽美的精神意象。"石窟寺讲师"让我们注意佛祖的一些不同常人的身体特征，如脚趾一般齐，发际一样齐，手脚心有花一样的螺旋形等。据记载，佛祖的体相中有32种非凡特征和80种特点，但在佛的造像和绘画中，与众不同之处常表现在顶有肉髻、青绀色螺发右旋、眉间有白色毫毛和手足掌心有轮相等。

异国风情千百度

佛祖释迦牟尼的卧像

佛祖卧像前摆满鲜花，这是斯里兰卡人敬奉的。

2号窟是五座石窟中最大的，又叫大王庙，它宽52米，进深23米，洞顶最高处7米，有菩萨像153尊。

我们发现5号窟的雕像不如前面的精致。"石窟寺讲师"说，前面窟里的雕像是僧侣为理想和信仰而做的，5号窟里的雕像是国王雇农民做的。

我们发现洞中佛像的手势各异，各自说明什么？于是请教"石窟寺讲师"。他娓娓道来，颇为有趣。佛教的各种手势叫手印，代表着佛像的不同身份，表示佛教的各种教义，表达的含义极为丰富。在丹布拉石窟寺，我们看到的几尊佛像屈臂上举于胸前，手指自然舒展，手掌向外，这一手印表示佛为救济众生的大慈心愿，能使众生心安，无所畏怖，所以称无畏印。丹布拉石窟寺佛像中最多的是禅定印，就是以双手仰放下腹前，右手置于左手上，两拇指的指端相接。这一手印表示禅思，使内心安定之意。佛祖在菩提树下禅思成道时就是采用这种姿势。还有一种手势是右手曲肘侧举，左手曲肘和手心向肩。"石窟寺讲师"说，这是佛说，他有了知识，他要发言。我们现在的举手发言是否源于此？

1991年，丹布拉石窟寺被联合国列入世界文化遗产。据我们观察，丹布拉石窟寺的保存和管理都很好。出门的时候，我们看见斯里兰卡人在围着买一张纸，我们以为是丹布拉石窟寺幸运符之类，200斯里兰卡卢比一张，美元对斯里兰卡卢比的汇率大约是

1:129。我们立马买了一张。看到身边一位斯里兰卡小姑娘很可爱，她也想要。我们就顺手又买了一张送给她，她举着纸，高兴地一蹦一跳，追上她的家人。我们打开一看，上面全是僧伽罗文，乍一看，这一个个文字都像圆圆的苹果一样。问了哈普才知道，这是一张新出版的丹布拉石窟寺报，上面刊登有关丹布拉石窟寺的新闻和保护情况等，人们踊跃买报，其实等于捐款。哈普说，维护丹布拉石窟寺的资金充足，多是教徒捐款，还有门票收入等，政府也有投入。

去过丹布拉石窟寺的第二天，我们前往斯里兰卡第二古都——波隆纳鲁瓦，1982年，联合国教科文组织将这座古城列入世界文化遗产名录。古城最著名的古迹当属迦尔寺的群雕佛像，其中最引人瞩目的就是三尊一组的巨型石像，这三尊佛像雕刻在一块巨石上，顺序是一坐一立一卧，坐像是佛陀悟道，大智大慧；立佛与众不同，很有气势，佛陀含笑俯视，双手交叉胸前，尽显他慈悲济世的宽阔胸怀；卧像确定无疑是佛陀涅槃像。现在有人说，立佛可能是佛陀的一位弟子，但从蜷曲发型等特征看，立佛应该就是佛陀本人，一石三佛都是佛陀本人，可能会更全面地反映出佛陀的精神世界和佛教实践，有利于后人的顶礼膜拜。

我们在斯里兰卡敬拜佛迹的最后一站，也是最重要的一站就是康提。拜佛有三处：佛像、菩提树和舍利。释迦牟尼去世后，弟子们哭泣着将他的尸体焚化，焚化后的尸骨结晶体和未烧尽的遗骨，被称作舍利。佛祖舍利不仅在今日至尊至重，古代也极为宝贵。当时，各国为了争夺佛祖舍利，曾兵临城下，为避免引起战争。争夺舍利的八国国王将舍利分为八份，各自请回建塔供奉。佛教史称这次事件为"八王分舍利"。

后来，古印度有国王施行全面和残酷打击佛教的政策，杀僧尼，毁寺庙和舍利，僧尼从佛塔中抢出佛祖舍利，逃往世界各地。有的僧人甚至割开皮肉，将舍利藏入，再缝合起来，逃出国境。在此后的数百年间，释迦牟尼佛的重要舍利逐渐流散至国外。其中一部分向东传入斯里兰卡等佛教国家。一部分也传到了中国，中国各地便有了佛教舍利塔。

三尊一组的巨石佛像

异国风情千百度

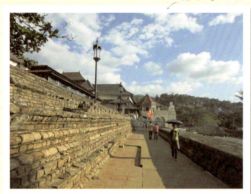
佛牙寺外台

佛牙寺内庭

佛牙寺外景

一楼大殿中央的神坛

　　释迦牟尼去世后，只留下两颗灵牙舍利。两颗灵牙舍利辗转各地，历尽坎坷和风险。一颗佛牙舍利原为印度王公收藏。公元317年，南印度羯陵伽国国王战败，于是让公主将佛牙舍利藏在发髻中，送给他的好友——锡兰国王。从此，锡兰历代国王视其为镇国之宝和王权的象征，建寺塔供奉。后来，佛牙随王朝更替，逐渐向南迁移，康提王朝的一世国王在定都康提后，便在他的王宫旁兴建了一座两层高的佛牙寺。另一颗佛牙舍利供奉在我国北京西山灵光寺佛牙塔。全世界佛教徒都承认这是释迦牟尼仅存世上的两颗真身牙舍利。佛教是世界性宗教，佛牙舍利不仅是一国佛教徒心中的圣物，也是全世界所有佛教徒心中的圣物。所以，康提及佛牙寺成为世界和斯里兰卡的佛教文化中心，也成了斯里兰卡旅游必到的名胜之一。1998年，联合国将圣城康提列入世界文化遗产。

　　我们一到康提，就去敬拜佛牙寺。佛牙寺紧挨着秀丽的康提湖。大门很小，很简朴，需要安检，男女分开进入。入门后，经过一个树木成荫和佛塔成行的大院子，就来到佛牙寺门前。佛牙寺建在高6米的台基上，四周有护寺河。佛牙寺的墙体是洁白色，有横竖和凹凸的修饰条纹。屋顶是蓝灰或棕红色，有小小的金顶。整个建筑群层层叠叠，依山伴水，像一幅精致娟秀的水墨画。

寺外有专门的存鞋处，我们脱了鞋，就随着前来朝圣的斯里兰卡人一起，上了护寺河的桥，桥的入口处有许多小托盘，有的盘中放着四朵鲜花，花瓣是蓝紫色，花芯是黄色，这是睡莲。睡莲生长在浅水中，外型与荷花相似，不同的是，荷花的叶子和花挺出水面，睡莲的叶子和花浮在水面上。睡莲是斯里兰卡的国花，象征着纯洁、真理和自律，斯里兰卡佛教徒多用此花献佛和敬神。其他盘子里放着白色的茉莉和鸡蛋花等。我们请了两盘睡莲，小心翼翼地捧着花，走进了佛牙寺的中心大殿。

经过历代国王的扩建后，该寺规模宏大雄伟，寺内主要建筑有大殿、鼓殿、长厅、大宝库、诵经厅等，其中最重要的建筑是中心大殿，内部建筑非常讲究。底层是由26根大木柱和花岗石岩柱支撑的大厅，木柱、木梁、四周墙壁及天花板上都绘有反映佛祖一生的图画，色彩鲜艳，栩栩如生。有石雕、木雕、象牙雕、金银饰、铜饰、铸铁饰、赤陶等各种装饰，极为富丽豪华，其装饰题材和手法囊括了康提时期的所有装饰艺术，被认为是整个康提艺术的博物馆。中央是一座庄严的神坛，神坛两侧排列着粗壮的象牙和狮子雕塑，神坛前面有一布帘，上面用金箔绣着一宝塔般的容器，容器顶部罩着光晕，周围有四尊佛对着容器敬拜。人们排队在此敬拜和留影，留影时要侧着身，手捧着花。

然后，我们随着斯里兰卡人，由大殿一

各国在佛牙寺供奉的佛像

异国风情千百度

佛牙寺二楼的花台

侧楼梯走上二楼，佛牙就在这层的内殿。一上楼就看见一张很长的平台，内殿正中供奉一尊巨大坐佛，佛前放着朵朵莲花，殿左侧有一扇金色小门。斯里兰卡人把花放在平台上，然后对着那扇小门敬拜。我们也跟着学。再跟着他们依次排队走到小门前，对着门跪拜。佛牙舍利就供奉在那扇小门后的暗室里，室内有一座金塔，共有7层，塔中套塔，最外层镶满历代国王和佛教徒奉献的珍稀珠宝。最后一个小金塔不到一米高，塔中有一朵金莲花，花芯中有一个玉环，佛牙就安放在玉环中间。除重大的佛教节日外，供奉佛牙的暗室不对公众开放。人们只能对着门跪拜。

我们看到，二楼墙角和墙边席地而坐着许多身穿白衣的斯里兰卡男女老少，他们面朝佛牙，双手合十，默默诵经和祈祷，虔诚平和的神情令人感动。与一些庙宇的热闹和喧哗相比，佛牙寺显得十分宁静。

每年斯里兰卡历8月月圆前后，约公历7至8月间，康提都要举行佛牙节。佛牙节是对佛牙的祭祀，是全世界佛教徒心目中最神圣的节日，已有2000年左右的历史。哈普介绍了佛牙节盛况。他说，节日历时10天，期间，整个康提城张灯结彩，佛牙寺灯火辉煌，每晚都要举行大象游行和歌舞表演。月圆节那天最隆重，晚8时，礼炮响起，游行队伍从佛牙寺出发，像奥运会入场式一样，走在最前面的旗手队，高擎着代表不同地区佛教组织的旗帜、国旗和全国佛教旗，接着是坐在大象背上的游行总指挥、鼓队和舞师。最高潮的一场是佛牙寺的"圣象"出来，"圣

佛牙舍利就供奉在小门后的暗室里

象"穿着缀满金银小圆片的丝绒华盖,缓缓地行走在铺着白布的道路上。"圣象"驮着安放佛牙的金塔,所到之处,人们纷纷双手合十敬拜,欢声雷动。"圣象"两侧有象队护行,最多时可达百头,骑在象队背上的人不停地向"圣象"泼撒洁白的茉莉花。当晚,浩浩荡荡的游行队伍将存放佛牙的金龛护送到阿斯羯利寺。次日凌晨,再将它护送回佛牙寺。至此,一年一度的佛牙节落下帷幕。

在佛牙寺,我们参观了一座"圣象"纪念馆,在1937至1987这50年的佛牙节上,这头"圣象"光荣地驮着安放佛牙的金塔出游。它年老去世后,陵墓就建在佛牙寺内,还建造了纪念馆,馆内有它生前穿过的华盖和艺术标本,总统与它的合影也挂在突出部位。

周恩来总理曾参观过佛牙寺并捐款。1993年,我国佛教协会在佛牙寺供奉了一尊佛像。

皇后宾馆

佛牙寺大门外就是美丽的康提湖,康提湖是人工湖,湖周长约三公里,风光秀美,宁静怡人。大门对面有一座殖民地时代的白色建筑,是一家五星级的"皇后宾馆",从宾馆房间里可看见佛牙寺,还能听到佛牙寺的鼓乐,一房难求,需要预定。这家宾馆及外面的环形路也成了康提的一个地标,许多旅游书上都有它的图片。

异国风情千百度

景点推荐

海边看日落

科伦坡

斯里兰卡首都，最大城市，全国政治、经济、文化和交通中心。印度洋重要港口，世界著名的人工海港。位于斯里兰卡岛西南岸，濒临印度洋，是进入斯里兰卡的门户，素有"东方十字路口"之称。气候宜人，到处栽有国树铁木和国花睡莲，椰子树更多。主要景点有国家博物馆、班达拉奈克国际会议中心、市政府大楼、独立纪念广场、旧国会大厦、水上庙和印度教庙等。贝塔区是旧城，也是有名的闹市区，店铺鳞次栉比，富东方风情。

吃冰淇淋的小姑娘

尼甘布

西部最著名的旅游城市之一，距离科伦坡仅有37公里，有很大的海滩，距国际机场只有10公里。

大象孤儿院

参见"大象孤儿院"。

丹布拉石窟寺

参见"敬拜佛迹"。

狮子岩

参见"缠绵的狮子岩"。

波隆纳鲁瓦

波隆纳鲁瓦

位于东北部，距科伦坡东北210多公里。斯里兰卡第二古都，1059-1207年的国都，现有王宫遗址、国王会议厅、四方城和石书等大量古建筑废墟。景色类似柬埔寨的吴哥窟。1982年，联合国教科文组织将这座古城列入世界文化遗产名录。

康提

距科伦坡东北120公里。建立于公元14世纪,位于南部中央,被群山环抱,历史上是行政和宗教中心,斯里兰卡末代王朝的首都。曾是历代僧伽罗国王在葡萄牙和荷兰殖民时期所坚守的最后堡垒,直到1815年才最终通过和谈,放弃给了英国。在此前,康提曾享有多年的文化繁荣。

佛牙寺

参见"敬拜佛迹"。

努瓦纳伊利亚

努瓦纳伊利亚茶场

意为"城市之光",气温宜人。是英国殖民者创建的避暑山庄,整座山城宛如一座英国小镇,被称为"小伦敦"或"小英伦"。斯里兰卡是全世界最好的红茶产地之一,这主要得益于它独特的地理位置和较大的日夜温差。斯里兰卡红茶又称锡兰红茶。努瓦纳伊利亚是斯里兰卡6大红茶产区之一。

本托塔

沙滩沙色金黄,有"砂糖海岸"之称。被欧洲旅游协会评选为"全世界最美丽的沙滩"。

砂糖海岸

杜巴广场

帕坦杜巴广场

在尼泊尔语中，"杜巴"是皇宫的意思，"杜巴广场"就是皇宫广场。古代尼泊尔国王喜欢在皇宫前设置开阔地，君权神授嘛，就在皇宫附近修建庙宇。后来，历代国王越建越多，越建越大，广场则变得越来越狭窄。现在说是广场，其实也就是被众多庙宇分隔和包绕的路径或庭院而已。

公元13世纪，尼泊尔马拉王朝的继位出了纰漏，三个王子互不买账，各自称帝，使加德满都山谷一度有了三个王国，当时不是好事，现在却因祸得福，使尼泊尔紧挨着的三座城市——加德满都、帕坦、巴德冈拥有了三个形态各异的杜巴广场，成了尼泊尔的三张名片，也都列入了联合国保护的历史遗产，使游人大饱眼福。

要想把杜巴广场上的许多庙宇与其所供奉的神对上号，别说我们这些初来乍到的外国游客，陪我们的"库"50多岁了，是老加德满都人，都说自己也难做到。仅加德满都杜巴广场上就有50多座庙宇，尼泊尔百分之九十的人信仰的印度教是多神教，除了主神、主神的"亲戚"，甚至"亲戚"的"亲戚"，都可以信奉。所以说，在尼泊尔，"神跟人一样多，庙跟房一样多"，并非戏言。而且，

异国风情千百度

巴德冈尼亚塔波拉庙

由于神多，与神有关的节也多。尼泊尔正经八百的节日就占全年的三分之一。我们在加德满都两日，就看到两场声势浩大的节庆游行，加德满都的交通堵塞严重，汽车和摩托混乱抢行，不少路段，人车不分。可遇到这类吹吹打打、大象开道和慢慢悠悠的敬神大游行，各方则主动配合，警察也乐不可支地维持秩序。

杜巴广场虽然庙多神异建筑怪，但有一些却是过目不忘。

加德满都杜巴广场有一座不高的全木塔庙，是12世纪建的，有人用一棵巨树的木料建成此庙，故称为"独木庙"，尼泊尔语就叫"加德满都"。后来，以这座庙为中心，造屋扩建，渐成城市，叫加德满都，1768年始为首都。此座不大的庙成了加德满都的"中心庙"，在此城历史发展中起到重要作用。我们进去后，一位老人示意我们向四周和中央的神都拜一拜。

加德满都杜巴广场有一座活女神庙，活女神，尼泊尔人敬称为"库玛丽"，是尼泊尔唯一活着就受人崇敬和信奉的神，代表着神圣、纯真和圣洁，保佑着尼泊尔。库玛丽的选拔有极其严格的规定，如种姓、生辰八字和多种身体的细微特征等等，特别是不怕黑夜，不怕恐怖，特别淡定，符合这些苛刻条件的三四岁小姑娘极为罕见。"库玛丽"有了月经初潮就必须"退休"回家"养老"了，所以，一任"库玛丽"的最长任期只有八九年。因为卸任的库玛丽再也不能过普通人的生活，难以婚嫁，所以，在短暂受人顶礼膜拜荣耀之后则是漫漫的孤独和寂寞。当今的活女神是2009年1月上任的，当时4岁，现在才过8岁。

活女神庙是一栋1757年建造的三层楼房，入口处有巨大的石狮子把守，进门后，中间是一个小庭院，周周是精致木雕装饰的小窗。正对着大门的三楼小窗，是活女神每天接受敬仰的镜框。我们仰着头，耐心等待，可活女神就是不出来。后来有人提示，一位外国游客的相机没关。活女神是不允许拍照的。人们纷纷确认自己相机关闭后，活女神终于在窗台上出现了。这是一位非常美丽的小姑娘，眼睛很大，被浓墨重彩描过；涂着鲜红的嘴唇；衣服也是金色和大红色。她毫无表情，她的任何表情都意味着将会发生大事。我们马上学着尼泊尔朋友的样子，向她致敬。活女神离开后，我们与尼泊尔人一样，在一个上锁的铁箱子里放一些钱，这是库玛丽"退休"后的生活费。

巴德冈的杜巴广场上有一扇王宫的金门和雕刻精美的55窗宫。金门为镏金铜铸，门上的女神雕像栩栩如生；55窗宫是暗红色宫墙上排列着55扇黑漆檀香雕花木窗，巧夺天工。巴德冈的尼亚塔波拉庙是尼泊尔最高的印度教神庙，供奉着希提拉克希米女神。在每一平台的阶梯旁，都立着一对威严雕像，并依照力气的大小由上往下排列：希提拉克希米女神、神鹰、狮子、大象、大力士。每层雕像的神力比下一层雕像大10倍，而大力士的神力要比凡夫俗子大10倍。

杜巴广场皇宫、庙宇和木雕的优美和壮丽，给人印象深刻，但使我们最难忘的还是它们现在都是无拘无束的"人民广场"。这些千年，最少几百年的文物古迹，如放在日本，要"捧在手心里怕化了"；如放在欧洲，要设带激光的警戒线；可在杜巴广场，年轻情侣就这样依偎在这些稀世古迹中聊天；老人抚摸着古迹晒太阳，打发时光；孩子们自由自在地穿行嬉戏，任意骑跨着雕像。还有，神圣的"独木庙"一圈都是卖花卖菜的；紧挨着帕坦杜巴广场的就是生活气息浓厚的大市场。杜巴广场也几乎看不到有人管理，所有人自由自在。可长此以往，保护也是一个问题。

尼泊尔人进杜巴广场是不要钱的。外国人要买门票，如巴德冈杜巴广场，门票高达1100卢比（约110元人民币），而对南亚联盟国家和持中国护照游客特优惠，只要100卢比。

每到一个杜巴广场，我们特喜欢爬上最高的那座庙宇，与尼泊尔人傻坐在一起，沐浴着温暖的阳光，漫不经心地俯视"人民广场"的

> 异国风情千百度

顾燕与可爱的尼泊尔女生

"加德满都谷图"：抱孩子的年轻妈妈，蹦蹦跳跳的学生，骨瘦如柴的苦行僧，骑摩托的小伙，做陶器、铜器和木刻的工匠。

在巴德冈尼亚塔波拉庙高高的台阶上，5位穿着蓝色校服的尼泊尔小姑娘清秀漂亮，她们用英语与我们聊起来，问中国是否很古老美丽，问中国孩子的学校和学习，介绍她们的中学就在巴德冈杜巴广场里，门口的雕塑是世界著名的古迹。还摆着pose与我们合影。分别时，一位小姑娘羞涩地问我们，她们学习急需一本新出的牛津英语字典，可要20美元，她们没钱买，我们能否买一本送她们？我们说："好呀！我们很乐意"。于是，她们带着我们来到杜巴广场旁的一家书店，当我们为她们买了字典时，小姑娘们笑靥如花，也为我们的杜巴广场之行画上了最美的句号。

景点推荐

加德满都

尼泊尔首都，位于加德满都谷地，四周环山。北以喜马拉雅山为屏，南向印度洋暖流，四季如春。有1000多年历史，精美建筑艺术和木石雕刻代表着尼泊尔古代文化。尼泊尔历代王朝在此修建了数目众多的宫殿、庙宇、寺院等，为"寺庙之城"、"露天博物馆"。

杜巴广场

参见"杜巴广场"。

斯瓦扬布纳特寺

建于公元3世纪，是尼泊尔最古老的佛教寺庙。著名的佛教圣地。联合国人类文化遗产，也称"猴庙"。

泰米尔街

著名购物街，卖尼泊尔的手工艺品，如佛像、唐卡、羊毛毯、油画、廓尔卡军刀、羊毛披肩等。

博大哈佛塔

博大哈佛塔

世界上最大的佛塔之一，位于加都城东，联合国人类文化遗产。

纳加阔特

加都以东30公里，以观看壮美的喜马拉雅雪山日出日落而闻名。

喜马拉雅山日落

爱唠叨的"幸福哥"

在不丹旅游，为我们开车的司机叫Karma Thinley，彼此朝夕相处一周，分别时，我们送他一个绰号，叫"幸福哥"。

Karma正在努力学习中文，对"幸福哥"绰号和寓意好像十分中意和享受，他用中文一路反复念叨，脸上又露出我们早已熟悉的幸福笑容。

从尼泊尔首都加德满都，我们乘坐不丹皇家航空公司的飞机，飞越巍峨连绵和白雪皑皑的喜马拉雅山脉，降落在不丹帕罗国际机场。

下了飞机，我们第一感觉就是舒服，机场四周，群山绵延，山的绿色与低垂的蓝天白云衔接。还有，就是宁静，一切悄然无声，有一种"离人世最远，离蓝天最近"的感觉。

见惯了各国国际机场的气派和宏大，帕罗机场真是袖珍，但小的像家，使人舒畅，建筑如民居，青瓦红檐，绘画墙壁上悬挂着五代国王的画像。海关官员和机场工作人员一律身穿不丹国服，不丹男子日常生活中都穿着这种名为"果"的服装，也是大学生的校服。女子则是齐脚踝的"基拉"裙。

"果"是一种传统长袍，虽颜色各异，但花色多为竖立的粗条纹，以显示阳刚和威武不屈。与其他国家的长袍不一样，不丹男子国服袖子很长，必须翻上袖子前部，露出洁白的内衬，以证明自己的洁净，也是对客人的尊重。长袍下摆只到膝部，不会拖拖拉拉，小腿必须穿着黑色的长筒袜，脚上穿着锃亮的黑色尖头皮鞋。

来接我们的导游Vgyen和他正在上大三的外甥Yeshi都身材修长，穿这种国服自然显得好看，可"幸福哥"的效果就差多了，他个头大约只有一米五，长得尖嘴猴腮，小骨架撑不住宽松的长袍，小短腿也体现不出长筒袜和尖头皮鞋的精神，反而显得有些滑稽可笑。

"幸福哥"对我们一见如故，当Yeshi给我们献哈达时，"幸福哥"马上笑嘻嘻地要过我们的相机，蹦来蹦去地为我们照相。然后他沿着一个巴掌宽的梯子，爬上面包车顶，把我们的行李安置妥当。

蹲在面包车顶上，"幸福哥"就开始"晒幸福"了，他说，中国的手机卡在不丹不能用，换上不丹的卡就行了，不丹话费很便宜。他送给我们两张不丹的手机卡，让我们打回家报平安。

不丹所有的路都是盘山路，弯道很窄，多在悬崖峭壁，很险峻。"幸福哥"开车时十分专注，基本不说话。可每逢停车休息时，"幸福哥"就唠唠叨叨，英语说得流利，表达也风趣，所以，与"幸福哥"聊天，成了我们不丹之行的"辣椒"。

"幸福哥"爱说family（家庭），于是我们知道：他35岁，太太25岁，三个孩子，儿子11岁，两个女儿分别7岁和3岁。他

异国风情千百度

海拔3900米多雄拉山口的不丹孩子

太太生第一个孩子时才14岁。不丹没有严格的婚姻法律制度，却有稳定的家庭。如果男方离家出走了，就是离婚了，男方不准带走任何财产，因为女方要抚养孩子。不丹在许多方面是"女尊男卑"。孩子无论亲疏，都能受到很好关照。不丹所有孩子都可叫成年女性为"妈妈"，可以要吃的喝的，这是世界上唯一可以这样做的国家。"幸福哥"说起他的太太和孩子，一脸的陶醉。

"幸福哥"爱说free（免费），于是我们知道：不丹教育从小学到大学都免费，优秀的大学生由国家提供奖学金出国读研。"幸福哥"有些遗憾地说，他在大学成绩一般，因为学的是机械，毕业后就当了司机。不过也很好，因他从不醉驾，也不抽烟（不丹自2004年起全国严格禁烟），做事小心，现在是"功勋司机"，能给外宾开车，开印有"不丹龙"（不丹也称"雷龙之国"）高级面包车的，可不是一般人。"幸福哥"说，他

们的医疗全部免费。对外宾也免费，因为不知如何收费，医院也没有核算和收费部门。不丹在医疗和教育方面的预算合计占国家总预算的三成。不丹国家电视台虽然只有一个频道，可不丹百姓能看到50多个频道，收费极低。我们试了一下，从美国的CNN、国家地理频道、发现频道到英国的BBC、我国的CCTV英语频道等等，应有尽有。

"幸福哥"爱谈king（国王），如第四世国王如何推进民主，用车子接来偏远地区的选民，硬搞出了议会和民选政府，自己规定了可以弹劾国王，并在40多岁时就让位给20多岁的儿子。老国王说，为了不丹人长远的幸福，我们必须推行民主，一个有效的制度比王位更重要。"幸福哥"又说，第五世国王如何有活力有朝气，不辞辛苦，爬山越岭，挨村挨户访贫问苦，解决百姓的实际问题。我们对"幸福哥"说，小国王看起来特

英俊，"幸福哥"很骄傲地介绍，小国王毕业于牛津大学，足球健将，是不丹的大帅哥。老国王和小国王都很亲民，如在街上遇到，招呼着一起照相，是没问题的。一次，我们看到一小伙子骑着山地车呼啸而过。"幸福哥"马上问我们，这位就是小国王的弟弟，如果你们想和他合影，一会儿，他再转过来时，我就把他拦下来。

"幸福哥"的话题很杂，转换也快。送我们参观"宗"时，就谈不丹人对佛教的虔诚和信奉；我们说不丹的蔬菜水果卖相差些，他解释说，不丹全国不用化肥和农药，农产品自然生长；逛市场时就说不丹人的忠厚诚实；我们在银行看到人们存现金和取现金都是开柜式，"幸福哥"说这不稀奇，不丹是路不拾遗。前不久，有一位游客在路上丢了一个包，两天后去找，还在原地，分文不少。

不丹环保和生态很好，是动植物的天堂，我们躺在宾馆床上都能听到狼叫。"幸福哥"有时提醒我们防狼，但从未提醒我们防人。不丹的社会治安良好，犯罪率极低，人们外出很少锁门。

和我们一样，"幸福哥"也难以免俗，我们想去看看刘嘉玲和梁朝伟在不丹举行婚礼的乌玛宾馆，"幸福哥"也有兴趣，立马开车前往。在我们感慨这荒山野岭中有如此世外桃源般美丽幽静时，他突然大喊一声："我也在这住过呀！"

我们用一个半小时爬上900米高、海拔3100米的虎穴寺时，大汗淋漓，疲惫不堪。主持喇嘛用温馨的笑容迎接我们，四位放假的孩子把我们引进一间虎穴寺"密室"，让我们喝上滚烫的咖啡，吃上点心，烘干汗水。当我们给他们一些美元酬谢时，孩子们都谢绝了。

"幸福哥"说，不丹人并不是外面传说的"对钱没概念"，而是知道许多东西比钱更重要，更幸福，如信仰，如诚信，如家人，如朋友。一路上，见"幸福哥"不断向人问好，又握手，又致意，我们以为他遇到了朋友，或至少是熟人，一问，却根本互不相识。这是不丹的习俗。

1974年，年仅19岁的不丹老国王在考察了各国经济发展而人文沦陷的结果后，提出用"国家幸福总值"取代"国内生产总值"，让不丹成为平等尊重与平衡发展的国家，这是全球第一个提出"幸福立国"观念的执政者。39年过去了，仍不富裕的不丹人幸福吗？"幸福哥"，还有Vgyen和Yeshi，还有虎穴寺的喇嘛和孩子，他们的平和谦恭，他们的友好热情，他们的快乐满足，给了我们一个明确的答案。

我们是否应该庆幸，在这纷争不断、物欲横流和人心不古的世界里，还保留着这样一个温润如玉的"君子国"？难怪去过不丹的人都感慨，这是人间的"最后一处香格里拉"。

不丹乡村孩子

异国风情千百度

拜访虎穴寺

虎穴寺

二月的不丹，阴凉地要穿棉袄，太阳下可穿单衣。温差有摄氏二十几度。

不丹是佛教国家，有许多知名的佛教寺庙，其中虎穴寺最为神圣和著名，受到全世界佛教信众的敬仰，不丹的僧侣是每年必访一次。不丹朋友对我们介绍虎穴寺时的语调和神态都是毕恭毕敬的。

最吸引佛教徒的是虎穴寺的不凡来历。传说莲花生大师当年骑虎飞越此地，见到此山奇异峥嵘，就在此山一座洞穴中闭关冥想了两个月，为此地留下了神秘莫测的祝福。后人在传说中的大师冥想地修建了虎穴寺。虎穴寺建于1692年。一场大火之后，寺庙损坏严重，又于1998年重建。

许多修行者把在虎穴寺闭关作为修行的里程碑。不丹人都深信，即使普通的拜访也会给人们带来身心健康。还有，当年，莲花生大师闭关结束出洞时，撒落的一串捻珠已成了几股瀑布，从天而降，清澈甘甜，成了拜访者必饮必点的"圣水"。不丹人一说起虎穴寺对拜访者的加福，就眉飞色舞。

这些美好的传说当然吸引我们，可对普通的外国旅游者来说，还有攀登高山的乐趣和对美景的向往。虎穴寺是不丹的名片，明信片、邮票和绘画等，到处是虎穴寺的身影：一座座寺庙组成的建筑群，鳞次栉比，精致绝伦，珍珠般镶嵌在高山的悬崖峭壁上，周围云缠雾绕，经幡飞舞，古木成林，飞鸟展翅。

可百闻不如一见，这"一见"当然不是看照片。

我们拜访虎穴寺的起点是帕罗峡谷，要爬900米陡峭的山路和石阶，才能到达海拔3100多米的虎穴寺。早上八点多开始上山时，雾蒙蒙的，气温很低，我们穿着棉衣，还有一丝寒意。可不一会，就大汗淋漓，脱得只剩T恤了。山路陡峭，海拔突然升高。与我们同行的有七八人，穿着各色户外冲锋衣，年轻健壮，可半小时后，我们就遥遥领先了。倒不是因为我们体质比他们要好，只是深知"不怕慢就怕站"的道理，所以，一直不停地前进。

沿途四处可见五颜六色的经幡，不丹人把他们认为的神山都挂满经幡。深山里寂静无声，我们能清晰地听到自己急促的心跳声。先是出现一条野狗，悄然无声地跟着我们，不时也超到前面，狗渐渐增多，最多时竟有7条，黄色、黑色、花色……条条皮毛光泽，体态健壮。因不丹朋友事先交代说，不丹的狗，家养或野生的都不咬人，也不对人叫。我们也没什么不安。最有意思的是，每当遇到岔道，我们选择犯难时，总有几条狗蹲在同一条道上，似乎暗示，为我们领路。人爬一步算一步，气喘吁吁，心跳加速，狗却不知疲倦，围着我们上下反复，欢腾跳跃。山路崎岖险峻，人不如狗，如此精灵，就跟着它们走吧！神奇的是，当群狗把我们带过一段沿着悬崖的小路后，眨眼间就集体消失了。抬头一看，已到了石阶路，这是唯一通往虎穴寺的路，而且，举目望去，虎穴寺在雾中忽隐忽现，飘渺似仙。真谢谢这些助人为乐的神山神犬。

爬到虎穴寺平台时，就可看到虎穴寺的全貌，楼台亭阁，美丽如画。入口处有不丹军人警卫，小伙子看到我们，有些好奇，因为我们是那天的第一位访客？或穿着湿透的T恤却抱着棉袄挂着相机？按规定，我们寄存了手机和相机等，进了虎穴寺。

慈眉善目的主持喇嘛在第一座殿堂接待了我们，他微笑着给我们倒了圣水，说了祝福。然后他叫来一位七八岁的小姑娘，给她一大串钥匙，让她逐一开门，带我们到每一所殿堂拜访。

因是依着悬崖而建，殿堂都不大，但很精致，神像栩栩如生。虎穴寺内，地方也不大，但大小殿堂层层叠加，石头木头楼梯节节盘旋，别有洞天。

喇嘛看我们的衣服都湿透了，就让孩子把我们带进一间休息的房间，让我们喝上滚烫的咖啡，吃些点心，还用灯把我们的衣服烘干。

当我们告别喇嘛、孩子和军人下山时，太阳已高高升起，使人浑身发暖，虎穴寺也披上了金光。我们站在虎穴寺向下看，在翠绿层层中那蜿蜒的山道和石阶上，拜访的人渐渐多了起来，如蚂蚁般缓缓上行，其中的红色袈裟格外夺目。

异国风情千百度

不丹的宗

不丹国王与平民女子完婚

2011年10月13日，31岁的不丹国王与平民女子完婚，婚礼就在普那卡宗举行，婚礼低调简朴，但仍引起全世界的关注，画面不仅传递着国王的潇洒英俊、皇后的雍容大方和民众的欢喜祝福，也展示了普那卡宗的秀美身姿。

宗，或叫宗堡，在不丹可是不得不说的最重要建筑，也是旅游者必看的有意义的景点。一到不丹，陪我们的不丹朋友，就拿出一叠不丹纸钞，选出5张不同面值，一侧画面分别是五代不丹国王画像，而另一侧则是不丹五处最著名的宗。宗是一组建筑群，或建于高处，或建于河畔，或位于城中，建筑风格庄严大气，而又不失精致美丽。目前，

宗是不丹各地行政管理机构所在地，也是喇嘛上师的驻锡地，是地方的宗教和行政中心，政府官员与喇嘛同院上班做事，符合不丹政教合一的管理模式。

实际上，宗的功能更多。我们看到身披袈裟的孩子在里面读书学习，是宗教学校；有村民在里面载歌载舞，是聚会的场所；有老人在里面聊天晒太阳，是休闲的公园。但这些并不影响不丹人对宗的崇敬，与我们同进宗的不丹成年男子，在进入宗前，为表示对宗的敬重，在入门时都会从怀中取出一条2尺宽9尺长的洁白棉织围布，用一种特殊方式，郑重地斜搭在左肩上，在腰侧打上结，一出宗门就马上取下。在宗内遇见僧人，也

普那卡宗

表示极大的尊敬。

我们在宗内参观,既感到宗教神秘的庄严和清逸,又体验到世俗平淡的轻松和乐趣。

国王举办婚礼的普那卡宗坐落在静谧温婉的峡谷中,被不丹人称为父亲河和母亲河的两条河流,在普那卡宗前汇合成清澈见底的浅滩,这来自喜马拉雅山冰川的水,一路汹涌激流,到了这里,平静了许多。高大绵延的宗呈白色,建筑错落有致,在低垂的蓝天白云背景下,宗像一幅动人的水墨画。

1988年,现任国王的老爸,即旺楚克四世国王与四位王后就在此举办了正式婚礼,那时他们已经结婚9年,10个孩子中的8个已经出生。在不丹,婚礼是家事,通常不举行公开的庆祝。老国王因发明实践"国民幸福指数"和大力推行民主而闻名世界,我们在不丹一周,也感受到不丹百姓对老国王和小国王发自内心的热爱和尊敬。

扎西却宗位于旺楚河西岸,在不丹首都廷布,是一座庄严盛大的城堡,共有7层,每层有4~6米高,被近10米的高墙包围着。19世纪70年代,一位英国上尉随使团到不丹,记录下了对它强烈的第一印象,他说:"规整与宏大使我震惊它比其他建筑更高峻,装饰也更为华丽。这可能是不丹最富有故事性的宗堡了。"这里是现任国王的办公场所以及内政、财政部门所在地,也是宗教首领和中央宗教机构夏季驻所。

我们参观扎西却宗时正值黄昏,门口警卫非常友好,他们主动问我们想不想见一见小国王和国师。他说,马上要到下班时间了,小国王和国师等一行高官和上师要经过大门,你们可以与他们合影。后来,我们听说,这不是对外宾的客气,不丹的百姓都可以这样做。虽然我们从不追星,但马上要看到不丹到处悬挂的大帅哥从画像中走下来,有一些兴奋,我们等了约半个小时,期间,警卫不断用对讲机通话,最后,他们对我们说,国王临时有事,暂不下班了。警卫一脸遗憾,我们没见到国王,他们似乎比我们还要惋惜。此时,过来一队人,有穿袈裟的,有穿不丹传统服饰的,不丹朋友说,他们是部长和上师,警卫也向我们示意,似乎要补偿我们一点眼福。

宗里准备上课的喇嘛

异国风情千百度

精美的楼阁

宗里的孩子

尽管各地宗建筑不尽相同，但位于中间的塔楼都是喇嘛高僧的居所，体现了宗教在不丹的崇高地位。进宗都要通过一个桥，或木质，或石头，或吊桥，提醒你进入圣地了。

大大小小的金色转经筒和塔楼的金顶在阳光下熠熠生辉。院内墙壁上有精美的宗教故事绘画。还有那些身披袈裟的宗教学生，这都使宗带有浓浓的佛教色彩。扎西却宗中央那5层高的塔楼就是不丹最高宗教领袖的宅邸。

扎西却宗展现了不丹传统建筑技术和材料工艺，整个建筑没有使用一枚钉子，也没有使用任何建筑图纸。

帕罗宗，意为"堡垒上的珠宝堆"，始建于1645年，守卫着不丹最富庶的一片河谷。瞭望塔现已成为不丹的国家博物馆，博物馆的圆形外观是佛教吉祥法器——海螺的形状。博物馆分6层，各层的文物分别不同，包括宗教、国家发展历程、邮票、老照片、生产生活和动植物等各方面。不丹的邮票业很发达，品种繁多，还有CD邮票和个人特制邮票。全国佛教管理中心也设在帕罗宗。在每年3月底举行的帕罗节上，一幅巨大的莲花生大师唐卡会被悬挂起来，覆盖宗的一整面墙。人们在夜色中从四方汇聚而来，在黑暗中静静期待着第一缕阳光照亮莲花生大师的眼睛。不丹朋友一说起那时的盛况就激动不已。

飞越珠峰

有一位自称"土豆"的读者在亚马逊网上评点我们的《异国风情千百度》，他（她）写道："我确信每个人都有一个旅行梦，德波顿说旅行是一种艺术，是艺术就该自然。行走的自然，态度的自然，连乐趣都该是自然的。这本书买了是送给朋友的，送的理由也是自然的。想想都是爱正常出行的人，给他一本户外生存大全自然也是派不上用场的，太惊险的生活我们早交给了别人，不过要是立志在平静生活中发现旅游的幸福和乐趣，那这本书就足够了……"

"土豆"还真看出了《异国风情千百度》的精髓。一点不错，我们的确只是想"在平静生活中发现旅游的幸福和乐趣"，所以，我们把攀登珠穆朗玛峰这类"太惊险的生活"交给了别人，自个儿就舒舒服服、安安稳稳、喝着咖啡飞越它吧。

喜马拉雅山是世界上最高大和最雄伟的山脉。"喜马拉雅"这个美丽的名字来源于印度梵文，意为冰雪之乡。自南向北，喜马拉雅山脉大致可分为南、中和北三带，北带是大喜马拉雅山带，是喜马拉雅山系的主脉，

作者与不丹小伙子Yeshi在帕罗机场

异国风情千百度

飞越世界屋脊

由许多高山带组成，海拔7000米以上的高峰有几十座，主峰珠穆朗玛峰海拔8844.43米，为世界第一高峰，珠穆朗玛是雪山女神的意思，故又叫"神女峰"。

从尼泊尔首都加德满都飞到不丹的帕罗，飞越的路线就是大喜马拉雅山带中最密集的高峰带，是世界巅峰，是世界屋脊。这条航线比任何一条航线都更能展现喜马拉雅山脉的奇景。

9点多钟，加德满都阳光明媚，我们搭乘不丹皇家航空公司的飞机升空，飞了不一会儿，大概也就是刚刚离开加都河谷，机长就告知我们，即将看到喜马拉雅山脉那些闻名世界的高峰，如珠穆朗玛峰、马卡鲁峰、干城章嘉峰、希夏邦马峰……

我们兴奋异常，此辈攀登这些高峰已没有可能，能飞越和俯视它们，也可弥补人生的一大缺憾。但很快就失望了。欣赏高峰的最好位置是左手靠窗，我们坐在左侧，可都不靠窗，靠窗那位老兄整张大脸或大块头的相机几乎就没离开过窗口，面对这一生难遇和瞬间消失的美景，或许不少人都会有这样视觉上的"贪得无厌"，我们大概只能是"理解万岁"，为他高兴吧。听到这位老兄惊叹不已的大呼小叫和相机连拍的嚓嚓声，震得我们一愣一愣的，心里整个一个羡慕嫉妒恨，感叹自个没抽到座位的"上上签"。可老虎也有打盹时，透过"幸运儿"大脸和相机偶尔留出的一条细缝，我们也看了几眼，对那些如雷贯耳的世界高峰几乎没有留下什么印象，更谈不上美好了。整个航程不到一个小时，"观峰景"航程也就十来分钟。飞机下降时，"幸运儿"笑靥如花，我们则一脸懊恼。

我们搭乘的不丹皇家航空公司和到达的帕罗机场值得一提。不丹皇家航空公司只有两架空客319，从加德满都往返帕罗的航班大都满座飞行，有时一票难求。想进不丹旅游的各国游客只好在加德满都排队等座。可不丹皇家航空近期并没有增加飞机的计划，这倒不是要保持航空市场的"饥饿感"，或没钱再买几架飞机，而是不丹政府以"国民幸福指数"为上，保持本国文化不遭受国外文化"轰炸式"同化的一种手段。不丹政府对每年入境的旅游人数有严格的控制，对旅游者的"品质"也很计较，如吸毒者不能入境。不丹政府看到邻国尼泊尔全面开放旅游后，虽然获利不少，但造成的人心混乱和社会问题也不小，本国传统的优秀文化也受到很大冲击，故引以为戒。

目前，不丹政府是部分开放旅游，或叫限制性旅游。为了达到此目的，不丹政府仍不允许外国航空公司飞不丹航线，该航线由只有两架飞机的不丹皇家航空公司垄断经营，这就大大限制了游客前往的人数。不丹还是世界上唯一设旅游最低消费的国家，每日最低消费约250多美元，这也限制了一些"国际流浪汉"的进入。据说在没有此规定之前，一些西方吸毒者进入后长期滞留，利用不丹人的淳朴善良、待人宽厚、路不拾遗和户不上锁，享受着不丹幸福，却用吸毒祸害不丹。不丹不仅没人吸毒，也是世界第一个和目前唯一全国全境严格禁烟的国家，处罚很严厉。喇嘛虽在不丹受到高度尊敬，但违反禁烟令者一样受罚。

近年，到不丹找"幸福"的中国人越来越多，其中不乏商界大佬和明星名流。人们回国后纷纷大秀不丹的幸福，我们目睹和感受了不丹式幸福后，也多有感慨，可这样简单质朴的幸福，会在我们的心里生根发芽吗？

不丹全境都是山坡，平地极少。不丹是世界上环保最好的国家之一，爱绿爱山如命，不愿也不会"改天换地"，所以，利用旺河河谷边的一小块平地，修建了不丹唯一的民用机场——帕罗机场，海拔2225米，跑道全长只有1964米，宽30米，延长线上分别被几座高山阻挡。整个机场只能容纳四架飞机，也没有维修的机库等。帕罗机场是世界公认最难起降的飞机场之一，如同"鹞式战斗机"般直上直下得惊险起降，一直为各国游客津津乐道，好像成了去不丹旅游的意外馈赠。我们坐在飞机里倒没有什么特别的感觉，只是觉得飞机降得很快，而且，没滑多远就突然停住了，跑道太短，再滑就撞山了。

等待下机时，我们意外发现商务舱空无一人。"神游"旅行社的张晋川先生是老跑这条线的资深导游。他对我们说，不丹皇室和高官都很平民化和廉洁奉公，外出大都坐经济舱，所以，你如果在不丹皇家航空公司飞机的经济舱里，发现自己身旁坐着不丹皇室成员或高官，你一点都不要惊奇，还可以要求与他们合影留念。

这个发现立即使我们有了一个想法：如果返程没有拿到右手靠窗的座位，我们就升舱到商务舱，一定不能再错过俯视喜马拉雅美景的难得机会。

返程时从帕罗飞加德满都，座位又没有抽到"上上签"。向机场人员咨询，果然这班机的商务舱很空，我们立马要求升舱，每人加了50美元，不丹皇家航空公司那位美丽的女士善解人意，给我们两个右手靠窗的座位，一前一后，身旁的座位都是空的。这就是说，我们一登机就可以各自独享一个窗口，一饱眼福。

顺便说一句，不丹女子大都很美，五官秀丽，身材适中，举止贤淑，表情安详。对自己的美，不丹女人不掩饰，也不"虚心"，她们对外国女子容貌和举止的最高赞扬就是："你长得真像我们不丹女人。"

起飞时间是上午8点多，可一直有薄薄的雾。帕罗机场险峻，飞行员特技再好，也不会冒险的。我们也轻轻祈祷，此时不要起飞。直到10点多，大雾散尽，阳光四射。我

异国风情千百度

飞机上拍摄的喜马拉雅山脉奇景

们的飞机短促滑行后,"鹞式"起飞了。这一次,我们成了"幸运儿",商务舱里只有一位亚裔女子,四五位西装革履的不丹官员把行李放在商务舱的行李箱里,享受一点"特权",人却一起坐进了经济舱。

升空不久,我们就见到了大喜马拉雅带的高峰带,右手靠窗的感觉真好,升舱真是明智之举,这多付的50美元真是超值享受,绝对赚了。

机长告诉我们,珠穆朗玛峰像一座黑色金字塔,马卡鲁峰像一把椅子……可我们从飞机上俯视,好像山峰之间的区别不大。这些从地面上看可谓高山仰止或云山雾罩的世界屋脊,从飞机上看,只是连绵不绝和凸凹起伏的尖峰和峭壁,很骨感,在湛蓝色天穹中显得突兀。大一些的尖峰之间有着深深的山壑,山壑间环绕着大朵大朵棉絮状的白云。有的山峰完全被白雪覆盖,较下方稍平处有大片晶莹的冰川及裸露的岩石;有的仍露出一缕缕黑色的山脊,与雪色交杂,好似有了一头花白头发的智者。阳光照射在雪山上,分外明亮,使人视野分外辽阔,景象也分外绚丽。最好看的是,有些山峰被云雾完全遮蔽了山腰,使孤零零的山峰成了飘浮不定的空中楼阁或天外飞石。

我们从飞机里朝外看,珠穆朗玛峰静如处子,可实际上,峰顶穿透着高空射流。风速有时高达每秒83米的强风,也经常吹袭峰顶,刮起雪片,四溅飞舞,弥漫天际。12级大风是每秒33米。

尼泊尔和不丹位于喜马拉雅山脉东西两端之间,都坐落在喜马拉雅山的南坡。从海拔仅2000多米的河谷上升到8000多米的山峰，水平距离不过几十公里，随着山地高度的增加，高山地区的自然景象也不断变化，形成明显的垂直自然带，这也是尼泊尔—不丹航线带给乘客的惊喜。我们从郁郁葱葱的常绿阔叶林带，一下子就飞到耐寒的针叶林带，然后出现灌丛带，再高就到了高山草甸带和高山寒漠带，最高处就是高山永久积雪带，雪线绵延如画。早在20亿年前，喜马拉雅山脉的广大地区是一片汪洋大海，称古地中海，它经历了漫长的地质时期，海盆里堆积了厚厚的沉积岩层，直到距今3000万年前，随着印度板块持续地向北推移，致使这个地区的地壳发生强烈隆升，即"喜马拉雅运动"，形成了世界上最雄伟的山脉。"喜马拉雅运动"至今尚未结束，这些世界高峰仍在缓慢长高。

十几分钟里，我们就看过了四季画面和沧海桑田，真是一划一重天，镜头切换之快，如同电影的蒙太奇。美景使我们全神贯注，思绪迷醉，连空姐给我们端来食品和饮料，都毫无察觉。

因为8000米以上的高峰和每秒83米的劲风如影随形，飞越"世界屋脊"曾是与死亡相伴的生死航线，我们飞越的这条航线曾被称为空中禁区。可现在被国际民航界称为美丽之线，有着无数人向往的雪海冰峰、神山圣地，也是世界上返航率最高的航线之一。

一位登顶珠峰者说："我现在站的地方，抬手即可采下云朵……在我脚下，有地球上最高处的化石，它们是由海底而来，比我走得更高更远……我觉得自己很渺小，微不足道——还极度疲倦！"此话的感触，我们也有，只是手伸不出去，摸不到云彩，而且是"极度舒适"。

下飞机后，我们又前往尼泊尔的纳加廊特，它距离首都加德满都只有32公里，以迷人的山区景色而著称。纳加廊特有"喜马拉雅雪山观景台"的美名，我们入住的度假酒店就有一个观景台，对面就是喜马拉雅山脉一字排开的那些著名高峰。尼泊尔朋友介绍说，若有幸遇到天气晴朗和能见度特别高的时候，从这里，一眼望去，可看到多座8000米以上高峰的全貌，包括珠穆朗玛峰。可我们到时，已是傍晚，云雾缭绕，在变幻无穷的云层中，雪峰显得隐隐约约，虚无缥缈。可不一会，喜马拉雅山的日落给了我们一个大惊喜。当太阳缓缓落下时，用万道金光勾勒出每座雪峰那清晰可辨的轮廓，似乎近在眼前。这仰视的美景与飞机上的俯视或平视大不一样，别有一番韵味。

异国风情千百度

景点推荐

不丹

是位于中国和印度之间喜马拉雅山脉东段南坡的内陆国,人口75万。别称"雷龙之国"或"云中国度"。廷布是全国政治和宗教中心。不丹重视保护环境和生态资源,环境优美,古迹众多,民风淳朴。每年只允许6000名外国游客入境旅游,行程必须经不丹政府的仔细审核。为表彰不丹国王和人民在环保领域的突出贡献,联合国将联合国首届"地球卫士奖"授予不丹国王和不丹人民。参见"爱唠叨的'幸福哥'"。

宗堡

精美宏大的城堡建筑,是庙宇和政府机构合二为一的地点。参见"不丹的宗"。

巨大的转经筒

宗的一角

国家纪念碑

按不丹三世国王晋美·多吉·旺楚克(现代不丹之父)设想而建的标志性建筑,纪念世界和平与繁荣。

国家邮政总局

不丹多种多样的邮票是该国的一大特色,在这里可做个人头像邮票,或购买CD邮票及3D邮票。

国家纺织博物馆

展示不丹精美手工编织的纺织品和工艺品。

多雄拉山口

欣赏东喜马拉雅山脉的壮丽景色,此处有108座佛塔,称之为"楚克旺耶纪念碑"。

多雄拉山口

切米拉康
是喇嘛朱卡库拉的堂兄为纪念他而建的寺庙。朱卡库拉是被不丹人广泛尊崇的圣人,称之为癫狂圣贤。

卡姆沙耶里纳耶纪念碑
在全世界只能找到这样一座供奉着神佛的纪念塔,是庇佑国家的佛塔。

虎穴寺
参见"拜访虎穴寺"。

虎穴寺

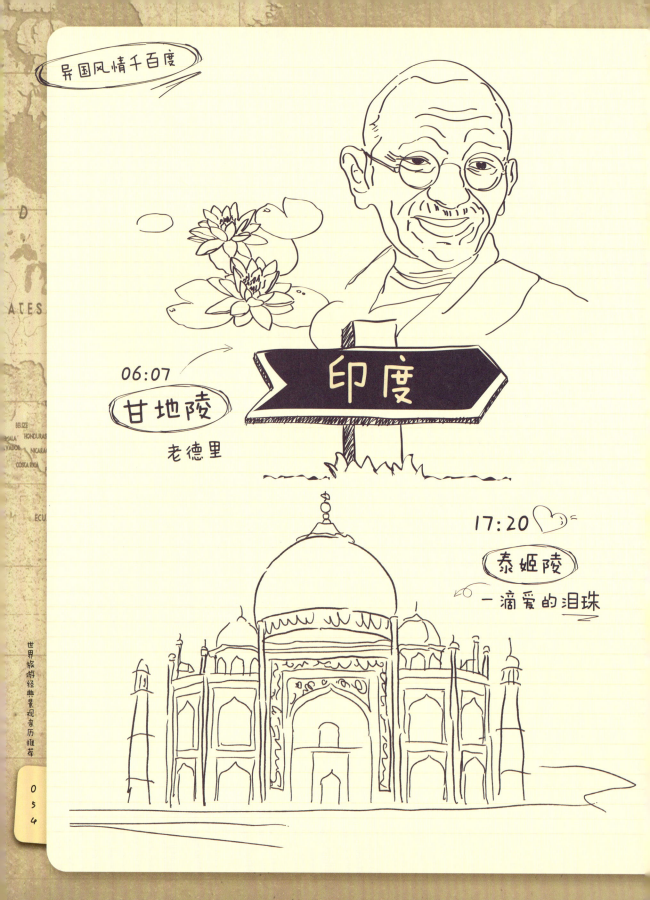

甘地陵

甘地陵

二月中旬，印度冬天的黄昏犹如我们的早春，有一丝凉意，更多的却是温暖。

在老德里朱木拿河畔的一片绿茵草地上，我们见到了印度圣雄甘地的陵墓。

印度朋友告诉我们，如果远远地从平台上看甘地陵，就不需脱鞋。如果走近，就必须脱鞋。我们立马脱下鞋，与打赤脚的印度人一起，沿着当年成千上万悲痛欲绝的印度人送别"父亲"的小路，走近了当年火化甘地之地——今天的甘地陵。四周静谧无声。

陵墓只是一块平放着的黑色大理石，高约1米，长宽约3米，正方形，石台上放着鲜花，台后有一盏长明灯，昼夜不熄。大理石前镌刻着甘地遇刺命绝时喊出的最后的话"嗨！罗摩！"罗摩是印度两大史诗《摩诃婆罗多》和《罗摩衍那》中塑造的英雄人物。

平台前放着一个很小的石凳，上面放着人们刚刚撒下的洁白花瓣。此外，陵墓没有任何装饰，简朴之极，平常之极，与我们以前见过的那些气势雄伟的名人和伟人陵墓根本无法相比。与一队身穿五彩缤纷纱丽的印度姑娘和穿着校服的孩子们一起，我们虔诚

异国风情千百度

地排队谒陵，环绕陵墓一周，只用了一分钟。这个陵墓实在是太小了。

墓地出口处竖立着一块石碑，碑上刻有甘地在1925年所著《年轻的印度》一书中所列的"七大社会罪恶"：搞政治而不讲原则；积财富而不付出辛劳；求享乐而没有良知；有学识而没有人格；做生意而不讲道德；搞科学而不讲人性；敬神灵而不作奉献。

1948年，当印度人和穆斯林人又开始暴乱冲突时，甘地开始了他的第14次绝食，他告诉大家，直到停战之后，他才会进食。他的"自残"曾一度使局势稳定。但在1948年1月30日，刚结束绝食的甘地，却被一位印度教狂热分子枪杀。

在后来的审判中，凶手自称："在我开枪前，我真心祝福他，并当面恭敬地向他鞠躬。"甘地不惜用一死来换取印度的和平，他中枪倒地时，嘴里只诵念着从心灵深处涌上双唇的"嗨！罗摩"，为凶手祈祷着：我宽恕你，我爱你，我祝福你。在人类历史上和当代世界里，这大概是刺客和受害者之间一次"最礼貌"和"最感人"的临终对话。

在印度被誉为"圣雄"和"国父"的甘地，领导了印度的"非暴力不合作运动"。他把一生都奉献给了国家和民族，他为民族独立事业进行不屈不挠的斗争，视死如归。他的高尚精神和人格不仅鼓舞着印度人民，也是一笔宝贵的世界政治遗产，美国的马丁·路德·金和南非的曼德拉都是传承了甘地"非暴力不合作运动"的理念，在争取人权平等和社会公平公正运动中取得了很大的成功。2008年1月30日是甘地遇刺60周年，在纪念活动时，时任印度总统的普拉蒂巴·帕蒂尔致词说："甘地的一生是一部关于宽容和尊重人性的教科书。"如今，当理解、宽容、和谐和非暴力成为人类最迫切和最基本愿景之一时，在人们一次又一次目睹人类刀光剑影和鲜血流淌之后，我们就会一次又一次地想起这位"赤着上身，剃着光头，一有空就纺纱"的甘地。这可能就是为什么联合国要把甘地诞生的10月2日设

环绕甘地陵

立为"国际非暴力日"的原因。

甘地指出，暴力本身是一种恶，如果用暴力去消灭某种恶，那么在消灭这种恶的同时，另一种由这种暴力本身所带来的恶也就开始了。杀戮和对人性的践踏不可避免带来新一轮的杀戮和对人性的践踏。只有用和平的非暴力手段消除恶，这种恶的消除才是恒久的。

出身豪门和相信枪炮力量的丘吉尔肯定不能理解和认同甘地。他真的搞不懂，同样出身贵族、剑桥毕业、做了律师的甘地"海归"后，竟抛弃名利而选择过着如此"卑微"和"危险"的生活。否则，他就不会对甘地冷嘲热讽了。

爱因斯坦到底是一位"相对论"的大师，他知道人性渴望和平及宽容的力量与杀人武器的力量都是"相对"的，所以，他这样评论甘地："在未来的时代，可能极少有人相信，这样一个血肉之躯曾经在地球上匆匆走过。"

所幸的是，丘吉尔的后人有所醒悟，时任英国首相的戈登·布朗曾在甘地陵前说："我永远把自己与甘地或其他我心目中的英雄相比，但在我应对国家和世界面对的挑战时，我将从他们应对挑战的方法中受到启示。特别是在做长期艰难的事业时，信仰和意志尤为重要，尽管有时存在更简单的选择。"

在甘地陵，不少国家政要谒陵后都会写下一些感想。2005年1月21日，时任中国驻印度大使孙玉玺写的中英文题词特别有意义。他写道："从来人和万事和，以暴易暴无穷恶；不信强权能称霸，圣雄重生我拜佛。"(Whenever people are at peace, the world is peaceful. Violence against violence produces a vicious circle. Never believe that might is right. Let us pray for the Mahatma coming back to life.)

在甘地陵入口处有一家书店，专卖有关甘地的书和画册，卖书人是一位慈眉善目、清瘦洁净的老太太。看到她，突然使我们想起将毕生奉献给印度孤儿、穷人、老人和麻风病患者的特里萨修女。老人用口音很重的印度英语，细心地向我们介绍画册上的甘地，还有甘地的木底鞋、《薄伽梵歌》、假牙和铁框眼镜。此时，我们好像看到一位骨瘦嶙峋和目光渐弱的印度老人轻轻地说："嗨！罗摩！"

缪塞的诗说："唯有伟人的痛苦才能使我们变得如此伟大。"2013年5月19日上午，正在印度访问的国务院总理李克强前往甘地墓敬献花圈，李克强在甘地墓留下题词："深化仁爱之心，铸成伟大灵魂"。

异国风情千百度

一滴爱的泪珠

泰姬陵

那些当时耗尽人力财力和怨声载道的各国帝王墓地,现在都成了旅游的卖点,有些还成了人类文化遗产。都说"前人栽树,后人乘凉",此处可改为"前人建墓,后人观光"。

到世界各地旅游,看墓地是一项重要和不可缺少的内容,其中,印度的泰姬陵是最值得看的地方之一。

1631年至1648年,在阿格拉,莫卧儿皇帝沙贾汗为纪念他心爱的妃子泰姬而修建了泰姬陵。它是印度穆斯林艺术中最完美的瑰宝,是世界建筑文化遗产中最令世人赞叹的经典杰作之一,也是所谓的"世界新七大奇迹"之一。

我们到了泰姬陵,才知道它的美。单看主体建筑,似乎与其他清真寺并无太大区别,只是觉得它的比例和谐、外形朴实,但如果把它与周围建筑和风景融为一体,就有一种特别的韵味。主体建筑上下左右工整对称,中央圆顶高62米。四周有四座高约41米的尖塔。

泰姬陵前面是一条清澈见底的水道,水中有完整的泰姬陵倒影,风一吹,飘忽不定,朦胧梦幻。水道两旁种着果树和柏树,分别象征着生命和死亡。

泰姬陵的美还在于它的材质,主体建筑和四周地面全用白色大理石构成,洁白光滑如镜。在一天不同的时间和不同的自然光线下,这种石材可显现出不同的色泽和意蕴,在阳光下显得高贵典雅,在月光里又变得含蓄神秘。

我们是在黄昏时赶到泰姬陵的,在落日金辉照耀下,泰姬陵的白色大理石从黄色逐渐变成红色,又变成淡青色。天暗一会儿后,就看到月光下的泰姬陵,它又呈银白色。印度导游小魏说，他自己都记不清看过多少回泰姬陵了，可每一次的感觉都不同，真是百看不厌，越看越迷人。

有人说，不看泰姬陵，就不算到过印度；不在月光下看到泰姬陵，就不算到过泰姬陵。幸运的是，我们到了泰姬陵，还看到了月光下的泰姬陵。

泰姬陵的名声之大，可能也因为它有动人的故事。印度诗人泰戈尔曾说泰姬陵是"永恒面颊上的一滴眼泪"，这个形容就来自于这个凄美的故事。

1631年，泰姬难产而死，当时年仅39岁。在她婚后18年里，共为沙贾汗生下14个子女。存活的只有四男三女。泰姬之死，令沙贾汗悲痛欲绝，难以忘怀。他决定为宠妃建造一座全世界最美丽的陵墓，以表达他对宠妃的思念之情。

1633年，沙贾汗选中了印度北部亚穆纳河转弯处的大花园，在园内动工兴建泰姬陵。从河上游的阿格拉城堡上，沙贾汗可以远远地望见此处。他选用大理石建造泰姬陵，用十分精巧的手艺，在大理石上镶嵌无数宝石，作为陵墓的装饰。两万多名印度、波斯、土耳其、巴格达的建筑师、镶嵌师、书法师、雕刻师、泥瓦工参与了泰姬陵的建设，使它成为一个完美无缺的艺术珍品。

在朱木拿河的另一边，沙贾汗想为自己建一座同样的黑色大理石陵墓，然后用一条通道连着白色泰姬陵，死后与泰姬日夜相守。可在1650年，就在泰姬陵建好不久，沙贾汗便被儿子废除了王位，他被囚禁在阿格拉城堡，晚年就靠每天远望泰姬陵度日，直至伤心忧郁而死。他死后，被葬在泰姬陵，终于可以与宠妃躺在一起了。尽管后人对沙贾汗的凶残有颇多的非议，但泰姬陵仍是一座爱情纪念碑，向世人讲述着这位帝王的爱情故事。

在阿格拉城堡，我们见到曾囚禁沙贾汗的那间房子，即使躺着，从一颗钻石的折射中，他也可以看到他朝思暮想、魂牵梦绕的泰姬陵。沙贾汗曾说："如果人世间有天堂与乐园，泰姬陵就是这个乐园。"在泰姬陵镶嵌的经文中，以"邀请心地纯洁者，进入天堂的花园"这句最负盛名。

在印度沦为大英帝国的殖民地时，征服者不仅掠夺了印度的财富，还要毁灭印度的古代文明。泰姬陵被改成了英国人的舞厅和野餐的场所，他们肆无忌惮地用铁锤和凿子敲下陵墓上的宝石和珍珠，占为己有。当时，英国总督还制订了拍卖泰姬陵的计划。

现在，泰姬陵成了印度旅游的最大景点，对印度人，门票很便宜，约两三元人民币。对外国人要高许多，约80多元人民币。我们觉得这个票价很值得。

在泰姬陵，我们看到许多欢乐健康的印度中学生，其中几位小姑娘还嘻嘻哈哈地拉着我们一起合影。她们说，同学们常来泰姬陵游玩、照相和歇息，她们喜爱泰姬陵。

异国风情千百度

印度小伙——小魏

小魏是印度小伙子，28岁，印度名字叫Vinod，德里大学中文专业毕业。由于小魏的陪伴和导游，我们在印度的旅游变得更加丰富有趣，印象深刻。

小魏中文说得不错，只是带些"台湾腔"。一问，他的中文教师果然是台湾籍。说起学中文，小魏沾沾自喜，甚至踌躇满志。他说，他在上中学时，到印度旅游和做生意的多是日本人，同学们多选日语作为外语，可他却选了最难学的中文，谁知就像选中了一支绩优股，越来越牛，且不说帮他敲开了印度最好大学的大门，还使他在就业时有了更多更好的选择。现在到印度旅游和做生意的中国人数已大大超过了日本人，小魏成了抢手的中文翻译和导游，十分忙碌，收入不菲。嘴上常挂着"生不带来死不带去"诸如此类的中国箴言的小魏，有些像我国青年中的"负翁"和"月光族"。他说，他只身一人住在首都新德里，租着不错的房子，穿着得体，随意买着自己喜爱的东西，过着同时代印度青年渴望的现代化生活。

中文甚至成了他的摇钱树，现在，印度学中文热，他抓住机遇，教起各色印度人的中文，每小时收7美元，这在印度应是不错的收入。

小魏还非常关注近年在印度开办的大型中资或中印合资企业，时时向我们打听。他说，"这山望着那山高"嘛。谈到中国和中文，小魏也有遗憾，就是他至今还没来过他一说起来就头头是道的中国。他一再表示，一定要来中国还愿。

印度是一个多民族、多语言的国家，被称为"人种博物馆"，每个民族都有各自的语言、传统和风俗。小魏像大部分印度人一样，肤色黝黑，但实际上是白种人。我们不知小魏属于哪个民族，但知道他是印度教徒，无论在寺庙，还是在街头的神堂，都会看到小魏双手合掌，虔诚地祈祷。

印度的种姓制度将人分为四个不同等级：婆罗门、刹帝利、吠舍和首陀罗。婆罗门排第一，即僧侣，地位最高；刹帝利排第二，即武士、王公、贵族等；吠舍即商人，为第三种姓；首陀罗为第四种姓，地位最低，从事各种体力劳动。还有一种被排除在种姓之外的人，即"不可接触者"或"贱民"，他们最受歧视。虽然印度政府采取了很多措施来消除种姓歧视，依法保护低级种姓人的利益。但几千年来，种姓制度对人们的日常生活和风俗习惯方面影响很深，种姓歧视至今仍未消除，尤其在农村还比较严重。小魏是刹帝利，老家在远离德里的农村，他父母只愿他找一位刹帝利的姑娘为妻。

印度是一个有着悠久文明历史的古国，也是一个发展中的大国，特别近年来，印度经济发展迅速，国际地位上升，引起世界的关注。印度人的民族凝聚力和自豪感，给人印象深刻。从小魏身上就略见一斑。

小魏说，他接待中国人时都先声明，如果接待不周，那是他个人努力和修养不够，千万不要对他的祖国有不好的印象。

小魏并不忌讳带我们去看德里最穷最破的地方，也不会轰开追随我们的乞丐。但他一再说，希望我们看到印度正在努力消除贫困。他骄傲地介绍，政府为吸引小乞丐上学，开设了"吃饭学校"，为鼓励小乞丐读书，规定他们上完课后才有饭吃。

小魏好脾气，爱笑，一路称我们为"老板"。可在一些"殖民痕迹"处，他表现出愤慨。斋浦尔琥珀堡的多个宫殿全部用奶白、浅黄、玫瑰红及纯白色石料建造，交织成美丽的图案；阿格拉的阿格拉城堡内宫殿画梁和墙壁上的雕刻巧夺天工。可令人遗憾的是，这些艺术品中有些画面留有烟熏火燎的痕迹。小魏说，这是当年英国侵略者先将图案上的金子敲下带走，后来，发现残缺的画面仍很美丽，就丧心病狂地放火烧毁，可坚硬的印度石头并没有化为灰烬，记录下当年强盗们的无耻行径。当年狂抢我国圆明园后放火的侵略者是不是也出于这种卑鄙和妒忌的心态？

像宝莱坞电影中的印度小伙子一样，小魏也能歌善舞，一见面，他就用印地语，给我们唱了一首中国人最熟悉的《拉兹之歌》，这是印度电影《流浪者》的主题歌。《流浪者》反映印度等级社会的黑暗现实，歌颂了纯洁的爱情和人道主义。剧情很简单。大法官拉贡纳特坚信："好人的儿子一定是好人；贼的儿子一定是贼。"据此，他错判强盗的儿子扎卡有罪，扎卡越狱后，被迫成了强盗，他对法官进行报复，让高贵法官的亲生孩子成贼。拉贡纳特果然上了扎卡的计谋，赶走了已怀孕的妻子，妻子就在大街上生下了拉兹。跟着母亲，拉兹在贫困中长大，被扎卡威胁引诱做了贼。后来，拉兹遇到童年好友、美丽善良的丽达，二人真挚相爱，渴望靠劳动获得新生和爱情。可扎卡仍逼他做贼，做法官的亲生父亲无知偏见更使他绝望。《流浪者》公映后，轰动一时，并于1953年获得戛纳国际电影节大奖。其实这部影片早在"文革"以前就已进入我国，但上世纪70年代末再次在我国上映时，许多中国人才经历过"老子英雄儿好汉，老子反动儿混蛋"之类"血统论"、"出身论"和"家庭成分"的痛苦折磨，拉兹的悲惨命运和抗争引起我们心里的强烈共鸣，所以，引起很大的社会轰动。当时，中国的大街小巷都回荡着悲凉的"拉兹之歌"，年轻人几乎人人会唱《拉兹之歌》中的"到处流浪到处流浪"，其流行程度一点不亚于崔健后来的《一无所有》。许多人一遍又一遍地为自己曾有和未来的命运诘问："贼的儿子一定是贼？"

小魏唱到："命运虽如此凄惨，但我并没有一点悲伤，我忍受心中痛苦，幸福地来歌唱，有谁能禁止我来歌唱。"在印度听印度人唱"拉兹之歌"，产生了一种联想，好像我们专程飞来，是为了兑现多年前与"拉兹"的一个约定，来寻找人生的答案，来寻找一种提醒，现在，无论在印度还是在中国，"好人的儿子一定是好人；贼的儿子一定是贼"之类的谬论和压迫完全消失了吗？小魏倒是会"把脉"，一首《拉兹之歌》，就一下子拉近了我们与印度的距离。

异国风情千百度

看印度人看电影

游玩和看电影的印度孩子

我们去印度前,听说印度人看电影前先起立唱国歌。一晚,我们在新德里看电影时倒是没有看到这令人激动的场面,但印度人看电影时的郑重其事却给人印象深刻。

纱丽是最常见的印度女子传统服饰,纱丽是一条5米多长的柔纱,可巧妙地扎成裙子、衣服和披肩,色彩鲜艳多样,穿起来妩媚动人。我们在印度,无论在新德里的闹市街头,还是在斋浦尔市场和阿格拉的泰姬陵,甚至在机场,都能看到身穿美丽纱丽的姑娘款款而行,但使我们感觉有点煞风景的是,其中有的姑娘打着赤脚。在泰姬陵等重要景点和一些国家窗口前,值班警察穿着破旧和沾满灰尘的皮鞋。可印度人看电影时不会这样的。我们坐在电影院大厅的休息凳上,视野正好对着唯一的安全检查入口处,没看到有人不穿鞋(是不是有规定?),而且,入门时,男士个个皮鞋都擦得锃亮,女士鞋子也考究漂亮。

进电影院要通过安检,设备先进如同机场,安检人员从头查到脚,一丝不苟。可能看我们是"老外",只将我们随身带的食品收去寄存，而印度人被查出的口香糖和香烟等，就被直接扔进了垃圾桶。有意思的是，被扔东西的人不但没脾气，反而向安检员微笑致歉，好像犯了什么错。不知印度电影院为何要如此严格安检，是防盗版？或是防恐？印度电影院曾发生过爆炸，造成多人死伤，警方疑为恐怖袭击。

尽管电影在其他国家受到网络和影碟的冲击，电视机、电脑和家庭影院也越来越多地进入了印度家庭，但印度人到影院看电影，感受音响效果和体验生活情趣仍势头未减。这可能是因为印度城市里的其他娱乐场所很少，很难见到夜总会、酒吧、KTV等，即使有，也竞争不过电影院。我们看到，许多人是情侣或一家人来看电影的，其乐融融，欢声笑语。电影院附近的迪厅倒是生意冷淡。

印度是世界电影大国，年产电影上千部，是好莱坞的4倍；在全球拥有36亿观众，也远超好莱坞的26亿。印度也是世界上电影观众最多的国家，每日进入影院的观众达1400万人之多。在首都新德里，每到周末，各大电影院总是爆满。印度目前已经有1000多家多银幕影院，未来5年数量还可能倍增。多银幕影院的快速扩张，既为印度新兴中产阶级提供了更舒适的现代化电影消费选择，也提高了印度电影的票房收入。据统计，多银幕影院的票房收入占印度电影总票房的比例40%以上。

印度人爱看电影，可能也与票价不高的大众消费有关，印度的电影票价比中国便宜很多。高峰时段的票价仅为中国的一半。在新德里，我们去的这家影院是印度最好的连锁院线之一，富丽堂皇，座椅很宽，可前后抽动，可半躺着看，十分舒适，音响效果一流。票价分几等，最高价也不过相当于二三十元人民币，最低的约等于10元人民币。这在印度属于大众消费。据说中等和小城市的影院更便宜。低廉的票价使印度电影业收入还无法与其世界第一的产量和票房相称，但普通印度人因此大大受惠。

印度人爱看电影，最主要的原因是电影已成为印度人生活和娱乐方式的一个重要部分。一位印度电影导演曾说过："印度电影院既是夜总会又是神庙，既是马戏场又是音乐厅、比萨饼店和诗歌研讨会。"

那一晚，我们看的是一部喜剧，类似于周星驰的"喜剧之王"，一位小人物梦想成为大明星，结果却因演技好，被黑社会利用，做了假老大、假丈夫和假父亲，我们虽然听不懂印地语，但这并不影响我们的欣赏，每当看到男主角那无厘头表演时，我们与印度人一起捧腹大笑。电影成了不同国度人们心灵之间沟通的纽带。

印度影星阿什瓦娅·蕾

异国风情千百度

👉 人类的朋友

爬到风之宫殿维修手脚架上的猴子

我们在异国旅游，常常看"动物秀"。

在泰国，看过鳄鱼秀。各种各样的鳄鱼表演花样迭出，令人心惊胆战。在抓鳄鱼时，表演者通常会故意做出一些危险动作，如让鳄鱼回身咬人或者假装滑倒，让观众大声惊呼。有的表演者将手伸入鳄鱼口中，把鳄鱼的长舌掏出来，向观众展示。最危险的是，表演者把头放在鳄鱼利齿之间，还要微笑着向观众招手致意。这类"动物秀"虽然惊险，但过于刻意的表演，反而没有了人与动物之间的亲密。

给我们印象深刻的是那些在传统和文化背景下自然"上演"的"动物秀"，这种秀反而更能体现"动物是人类的朋友"。

在印度，我们就有这种感受。印度斋浦尔市的老街道建筑多采用当地盛产的红砂岩石建造，别具一格，被称为"粉红之城"。18世纪中叶的建筑杰作——风之宫殿就在这老街上，宫殿有953扇窗子，大小不一。当时，那些身居深宫后院而寂寞难熬的妃子们，就从这里窥视着人间冷暖百态。可我们在拍摄风之宫殿全景时，竟发现许多宫殿窗子上露出调皮的猴脸。这座昔日的帝王之家、今日的名胜古迹，已变成了顽猴的自由乐园。

在一些寺庙的壁画中，我们见到"猴神"。印度朋友说，在印度史诗《罗摩衍那》中，有一个神猴王叫哈奴曼，是风神之子，长得短粗脖、红圆脸、白尖齿、金花鬃、巨长尾，伸展可成山，吼声震天，力可移岳，神通广大，变化随意，腾云驾雾，一跃竟从印度飞到斯里兰卡，它击杀了许多妖魔鬼怪，是印度家喻户晓的神话形象。印度人尊重猴子大概源于此吧。

印度人"纵容"的不仅是猴子。印度教教义规定要爱护生物，连蚊子和苍蝇都不例外，尤其是牛更被视为神圣动物，它们比人类还宝贵。印度朋友告诉我们，他们认为人有三位母亲：生母、牛和土地。证据就是靠牛奶和粮食可把孩子养大成人。所以，印度人非常尊敬牛，对牛，可以挤奶，可以使役，但绝不可宰杀。麦当劳在印度是不敢出售牛肉汉堡的。

新德里人宽容和喜爱动物。许多人家在自己用餐后，往往不忘留一份食物给动物。有人在门口建了小水池，为动物提供饮水。据估计，在新德里市，在街道上每天闲逛的牛多达三万五千多头，我们在新德里市里看到，牛可以满大街地转悠，无人相扰，甚至在我们逛夜市时也与牛一路同行，几头牛停在琳琅满目的商店橱窗前，久久不肯离去。在新德里市，还有20万条野狗。还有猴子、大象、猪、羊，甚至骆驼，不少孔雀也是自由放养的。

印度人对动物的宽容，也带来一些烦恼，首先是交通问题，随处可见的牛群占道，加重了交通堵塞。马路上的牛，除了个别的，绝大多数是有主人的，属于"有组织无纪律"，这种"马路放养"破坏着路边的草皮和树叶，有碍绿化和市容。我们看到，值勤的警察都带着一根粗木棒，在疏导交通时就靠它赶牛了，有时还要赶走重如磐石的大象。印度举办重大活动时，政要们身旁都要站有专业的捕猴师，以防猴子们突然袭击，大闹会场。新德里市政府计划解决马路动物问题。

动物也不是只给印度添乱，大象就成了一些旅游景点的交通工具，如游斋浦尔的琥珀堡，就可以打"象的"。"象的"身上用各种颜色画上印度风格的图腾。大象宽大厚实的背上设有"座位"，我们坐上后，慢悠悠地沿着城堡护城墙边的石头路，一路上山。几百头"象的"蜿蜒而行，与巍峨坚固的帝王城堡融为一景，气势磅礴。"象的"有不错的管理，上客站和下客站都有专人接应。

象的

异国风情千百度

景点推荐

新德里

印度首都,全国政治、经济和文化中心。坐落在恒河支流朱木拿河(亚穆纳河)西岸。宏伟的建筑群大多集中于市中心。从总统府到印度门之间绵延几公里的宽阔大道两旁,集中着政府主要机构。寺院神庙随处可见。还有艺术宫、博物馆和德里大学。以拉姆利拉广场为界,广场以南为新德里,广场以北为老德里。

旧德里城

与新德里相毗邻,是印度历史上7个王朝的遗址,是印度历史文物的宝库。寺庙和清真寺四处可见。

甘地陵

参见"甘地陵"。

贾玛清真寺

建筑在一座岩石小山的高台上,距离地面大约有9米,远远望去,三座弧形突起的白色圆顶和两支高耸的尖塔,在蓝天白云的衬托之下,雄伟壮丽。塔内有130级台阶,可登上塔顶,观看旧德里的闹市景观。贾玛清真寺是建筑奇迹,全寺没有使用木料,地面、墙壁、顶棚都采用了精工细雕的白石,用铅灌封,十分坚固。

总统府(莫卧儿花园)

新德里的中心,在山丘之上。建于1929年,原名维多利亚宫,印度独立后,改为总统府。是一座气势雄宏的宫殿式建筑,采用红砂石建造,半球圆顶有莫卧儿王朝的遗风。走出正门,映入眼帘的是宽阔笔直的国家大道,可直通印度门。

印度门

像巴黎的凯旋门,巍巍雄壮。附近是大片的草地,可供人们休闲。

印度门

国会大厦

现代德里的象征，位于总统府的东北面，外观采用圆盘形状，主体四周为白色大理石圆柱，是典型的中亚细亚式建筑，但屋檐和柱头的雕饰全部为印度风格。内部墙上是一幅幅记载印度历史的壁画，充满了庄严神圣的气氛。

胡马雍陵

位于新德里的东南郊，印度著名的文化名胜景观，著名的伊斯兰教建筑群，为莫卧儿帝国第二代王胡马雍及其王妃的陵墓。陵墓坐落在一个花园里。陵墓所在的寝宫如同四瓣开放的花朵，宏丽壮观，全部用红砂岩砌成。

红堡

享誉世界的古老伊斯兰文化建筑名胜，坐落在德里旧城，亚穆纳河西岸，一座用赭红砂石建成的壮丽宫殿群，呈不规则八角形。城堡上竖立着白色大理石的小塔，用黄金、钻石和宝石镶嵌装饰。

莲花庙

位于德里的东南部，是一座风格别致的建筑，它既不同于印度教庙，也不同于伊斯兰教清真寺，它建成于1986年，是崇尚人类同源、世界同一的大同教的教庙。外貌酷似一朵盛开的莲花，故称"莲花庙"，它高34.27米，底座直径74米，由三层花瓣组成，全部采用白色大理石建造。底座边上有9个连环的清水池，拱托着这巨大的"莲花"。

莲花庙

斋浦尔

西部城市，1727年始建，市街按棋盘方格式设计，高大和古老粉红色的建筑表现出印度建筑艺术的优美。斋浦尔、德里和阿格拉被称为印度旅游的"金三角"。斋浦尔分新旧两城，旧城多为古旧建筑物，每条街道都可通往城市宫殿，还有著名的琥珀堡、老虎堡、风之宫殿等。

宙哈里市场

有喀什米尔羊绒围巾、金银首饰、骆驼皮鞋、吉祥玩偶、丝绸印布、檀香木雕等。

异国风情千百度

风之宫殿

18世纪中叶的建筑,因其拥有众多窗户的巧妙设计,使宫殿内任何地方皆有风吹入。倘若遇上狂风吹袭,只要将窗门全部开启,大风就会对穿前后窗户,而不会将宫殿吹倒。每当皓月当空,风宫便闪闪发亮,所以又被称为"月宫"。

古天文台

当年的星象家用来观测天象、预测事件的场所。碧绿的草坪上,散布着众多奇形怪状的砖砌建筑,以及世界最大的日晷,每个都有特别的用途。

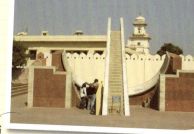

古天文台

风之宫殿

城市皇宫

在斋浦尔旧城中心,是印度保存最为完好的古迹之一。现在的斋浦尔国王仍生活在宫内。皇宫由多个宫殿组成,城门有8个,建筑奢华。有一个世界上最大的银瓶,曾用来运载恒河圣水,送给远赴英国的印度皇子饮用。

城市皇宫

琥珀堡

位于斋浦尔的旧都,在一座能俯视全城的山丘之上,是印度古代藩王于1592年建立的都城。城堡由奶白、浅黄、玫瑰红及纯白石料建成,远看犹如琥珀,故称之为"琥珀堡"。堡内宏大华丽,"镜之宫"内壁全都由拇指大小的水银镜片镶嵌而成。在漆黑的宫内燃起蜡烛,会看神奇的色彩。在阳光的反射下,光芒四射。

琥珀堡

老虎堡

位于琥珀堡上方的山上，有坚固的军事防御设施，有当时世界上最长的大炮。

阿格拉城堡

位于亚穆纳河岸的印度古都——阿格拉市，有400多年的历史。古皇都所在地。全部采用红砂岩建造而成，外形建筑雄伟，上面布满了精美的艺术雕刻。加汉基尔宫是城堡中的重要建筑物，宫内大院四周有二层小楼环绕，宫墙金碧辉煌，彩画似锦。阿格拉城堡有座八角形的石塔小楼，登临塔顶，可以看到泰姬陵，中间就是亚穆纳河。

阿格拉城堡

泰姬陵

参见"一滴爱的泪珠"。

泰姬陵

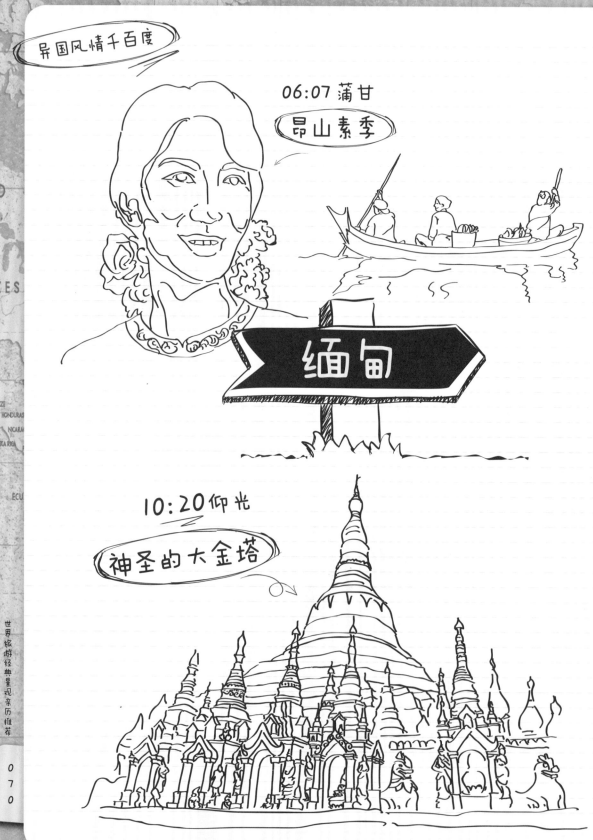

神圣大金塔

神圣大金塔

我们的车一开进仰光,就远远地看见大金塔那金色的塔伞,它就像一朵绽放在蓝天白云间的金色花朵,在阳光的照耀下,熠熠生辉。

坐车在仰光城里兜了一圈,我们的视野总是离不开大金塔。缅甸导游阿芳告诉我们,因为历朝历代和现政府都严格规定:仰光市内任何建筑都不得超过大金塔的高度。所以,大金塔是仰光城的最高点,从大金塔上可以俯瞰仰光,在仰光的各个角落和从各种角度都可以仰视大金塔。

大金塔的全称叫"雪德宫大金塔",但缅甸人都自豪亲切地称大金塔为"瑞大光塔","瑞"在缅语中是"金"的意思,"大光"是仰光的古称。

大金塔大约建于公元前588年。缅甸商人科迦大普陀兄弟俩去印度经商,在一棵菩提树下,他们巧遇佛祖释迦牟尼坐禅说法。听了佛祖的一席话,兄弟俩突然大彻大悟,皈依佛门。佛祖赐给他们8根头发。历尽艰辛,兄弟俩返回缅甸,把佛发献给缅王奥加拉巴,在缅王的帮助下,修筑了佛塔,珍藏佛发,这就是大金塔的前身。初建时,塔高只有8米,后经历朝历代的翻修和改建,才形成了今天这样宏大壮丽的形状和规模。

异国风情千百度

缅甸是著名佛教国家，佛教传入缅甸已有2600多年的历史，全国85%以上的人信奉佛教。缅甸佛教徒坚信，建佛塔可以造福终生，修福来生。在佛塔里，向佛像诵经、奉献和祈祷，是他们日常生活中的一项重要形式和内容，从小到老，坚持不懈，至关重要，必不可少。佛塔是他们生命和人生不可分割的一部分。

缅甸有"佛塔之国"美称，全国有大大小小和形态各异的佛塔十万多座。缅甸不少佛塔与寺庙是合二为一的，如把这类塔寺也算在内，缅甸佛塔的数目则更多。缅甸是"出门见佛塔，步步遇菩萨"。

象征着佛教最早传入缅甸并珍藏佛发的大金塔，早已成为缅甸的佛教圣地，是"佛塔之国"中最神圣、最灵验和最珍贵的一座佛塔，是缅甸人至高无上的精神家园。现在，大金塔也是东南亚重要的佛教圣地。

大金塔不仅是缅甸最著名的佛教圣地，也因在缅甸历史上有着重要地位，被誉为缅甸文化和国家的象征。在大金塔前，缅甸独立之父和民族英雄昂山将军（昂山素季的父亲）曾发表过反对英国殖民统治和争取独立的著名演讲，点燃了缅甸人民争取民主自由的火炬。缅甸人"所有分散的价值和观念都汇聚和团结在大金塔之下"。2012年2月，在纪念大金塔建塔2600周年的诵经法会上，面对数万虔诚的信众，仰光西达古上座部国际佛教学院上师乃安萨朗说："大金塔是这个国家的心脏。"

到缅甸不敬拜大金塔，就像到柬埔寨没去吴哥，到约旦没去佩特拉，到斯里兰卡没拜佛牙寺……算白去了一趟。

缅甸人进大金塔是免费的，外国人则需买5美元一张的门票。白天和晚上，我们分别去了两次，买了两次门票，每人10美元，加上一点捐款，算是奉上我们微薄的"香火钱"。

大金塔东南西北都有大门，门前有一对高大的缅甸石狮子守护。沿着门内长廊式的石阶，可逐级登至大金塔所在的平台。

在缅甸，进入任何一座佛塔都要赤脚，不得穿鞋穿袜，以赤脚行走表达对佛的尊敬，任何人不得例外，外国政要和本国要人都要脱鞋进入。缅甸人非常看重这一点，游客必须严格遵守。

缅甸人对自己的传统文化很骄傲，也很在意，保存很好。大多数人坚持穿民族服装，特别是去佛塔时。我们进大金塔时，特意仔细看看周围的缅甸人，几乎人人都穿民族服装。缅甸民族服装是无论男女，下身都穿纯棉纱笼，就是长裙，男式叫笼基，女式叫特敏，布料大都色彩鲜艳。男女系裙子的方法不一样，笼基是在腰际结一个花球，特敏是左右裙端扭成带状，互相结住。与上身的搭配也不同，男上衣为无领对襟长袖短衫，出席盛会时，要用一条薄纱或丝绸帕包在头上，叫岗包。女子上身多为斜襟长袖衫，衣袖长而窄，颜色多样，多用薄纱制成。女子留长发，卷发髻上插鲜花。我们看到少数男子也留着很酷的马尾长发。与民族服装搭配的包是一种单肩长带布包，包下有穗，颜色鲜艳，很有味道。中国人对缅甸女子的民族服饰应该不陌生，因为昂山素季的出镜率很高，可以看到演她的电影，以及大量她的图片。她的穿戴、发型和发髻插花都是"最缅

商店里挂着昂山素季与她父亲的画像

甸"的,她的穿衣方式和行为举止是缅甸女性美丽、婉约和坚强的证明。当代缅甸女性在服饰打扮上以昂山素季为榜样,引为时尚。顾燕特意买了特敏,穿上后,不时受到缅甸人夸奖。有国际时尚杂志预测,近年,缅甸传统服饰将成为世界女性服饰的一种新时尚。

缅甸还保持着一个民族传统,就是女性无论大小,甚至男性,都每天在脸上涂特纳卡,特纳卡就是黄香楝粉,可在脸上涂出花朵或蝴蝶式样。缅甸四处野生一种黄香楝树,把这种树的树干研磨成粉,抹在脸上,既可防止紫外线,又起到清凉、护肤和防止蚊虫叮咬的作用。我们在集市里转转,到处都在卖切成一小节的黄香楝树干,缅甸人大多在家磨自己所用的特纳卡。在商店里,我们也看到销售已研磨成干粉块的特纳卡,还有知名品牌的特纳卡类化妆品。特纳卡完全是天然的,没有任何添加的化学成分,不会对人体皮肤产生危害,是缅甸人特有的护肤品。缅甸女性皮肤保养较好,特纳卡功不可没。脸上搽特纳卡,不仅是缅甸人的护肤方法,也是像洗脸一样的日常生活内容。不搽特纳卡的女性被认为是懒惰和疲沓。女孩不搽特纳卡,就是妈妈太懒。

我们看到昂山素季在会见希拉里和奥巴马时,除了穿着缅甸传统服饰和发髻插花,还总是穿着最简单款式的凉鞋。一到缅甸,我们就看到几幅缅甸总统会见奥巴马的图片,总统也穿着民族服装和人字拖。缅甸人很少穿鞋袜,男女老少都爱穿拖鞋,特别是人字拖。全民穿拖鞋,与天气炎热有关,也与他们日常频繁进出佛塔有关,方便嘛。缅甸人在家里也是赤脚的。我们对此早有耳闻,提前准备,一到仰光机场,就立马换上了拖鞋,在此后八天频频进出20多座佛塔时,穿拖鞋真是太方便了。

一到大金塔入口处,我们甩掉鞋,就要沿阶而上,却被阿芳带进一间休息室,然后由此乘电梯上了大金塔的平台。1989年,缅甸政府对大金塔进行了一次大规模的修缮,拓宽了四条走廊式的入口通道,还在塔的入口处安装

脸上涂特纳卡的姑娘

缅甸 第四目的地 亚洲 073

异国风情千百度

大金塔群塔

大金塔古钟

了观光电梯，这样做，使大金塔看起来更加富丽堂皇，也为一些腿脚不便或年迈体弱的善男信女拜佛和外国游客提供了便利。可对此举一直存有争议，还影响到大金塔的申遗。坐电梯去参观一处有2600年历史的古迹，我们也有点感到穿越过猛的别扭，可在大金塔转了几圈，特别是夜里又去了一趟之后，我们有了一点不同的看法。大金塔对外国游客是旅游景点，可对缅甸人来说，却是一个心灵和信仰之家，也是日常休闲和身心放松的公园，是不是世界文化遗产似乎与他们对大金塔的感受、热爱和敬仰没有多大关系。

我们从大金塔的东南角进入，平台地面上铺着宽阔的大理石，在阳光照耀下，脚底感到丝丝温暖。第一眼就看到一棵很大的菩提树，这棵枝繁叶茂的古树，相传是从释迦牟尼金刚宝座旁移来的。菩提树下，坐着一圈人，或沉思冥想，或轻声念经，或研读经文，我们蹑手蹑脚走过，不忍打扰。

向左手走十几步，经过一座影壁、佛堂和几座小的佛塔，就见到了大金塔的全貌。大金塔的形状像一柄放在地上的手柄摇铃。塔基为1150平方米，座周长433米，塔身高112米。塔身下端像粗大的铃座，上端像细长的铃柄。大金塔是砖砌的，塔身上贴有成千上万张金箔，塔底则直接覆盖着金块，全塔共用了七吨多黄金。铃型部分上面是经幡、钵、莲花瓣、花蕾和伞。最上面的金伞上嵌有许多颗红宝石、翡翠和金刚石，其中有一块钻石有76克拉。我们看到一张航拍的大金塔，塔顶上珠光宝气，是一座露天的宝库。塔的四周挂着上万个金铃和银铃，风吹铃响，清脆悦耳，声传四方。

我们跟着缅甸人顺时针围着大金塔转，发现大金塔的雄伟气势不仅是因为主塔高大，也靠着周围佛塔群、庙堂和古钟的衬托。以大金塔为中心的整个塔院面积有56656平方米。像众星捧月一样，在主塔四周有4座中塔和64座小塔，这些佛塔有石头砌的，有木头雕的。有白色底座加金色塔身的，有全金色的，也有全白色加细细金色塔尖的。这些佛塔的造型各异，画梁雕栋，巧夺天工。它们与大金塔一样，也全是缅甸佛教建筑艺术的精品。小塔壁龛里供着形态各异和大小不同的玉佛。

大金塔下的四角有缅式狮身人面像。四角还有四座大牌坊和四座大佛殿，里面供奉着许多佛像，有卧有坐，容貌也不尽相同。牌坊和佛殿的外墙内壁上有精美壁画，描述佛祖的生平故事。大金塔下的福惠寺是一座中国式庙宇，在清朝光绪年间，由当地华侨捐资建造。大金塔旁还有一座佛教历史博物馆，里面珍藏着许多佛教历史文物、珍贵佛器和舍利子。

人最拥挤的地方是大金塔下的生肖属相台。我们中国人是十二个生肖，而缅甸人是八个生肖，按星期来分，星期三出生的人分为上下午，如此就有了八个生肖。星期日出生的人属妙翅鸟，星期一属虎，星期二属狮，星期三上午属有牙象，星期三下午属无牙象，星期四属鼠，星期五属天竺鼠，星期六属龙。大金塔的地基为正八边型，每一边都有一座属相动物雕塑、佛像和清水池，属于这个属相的人用特制的银碗装上清水，沐浴自个属相动物和佛像，再供奉鲜花，做着祈祷许愿。按缅甸生肖，我们俩是属狮子的，于是，我们在狮子属相台前排队，学着缅甸人的样子，用银碗浇水和祈祷。我们儿子是属无牙象的，我们来到无牙象雕塑和佛像台，浇水祈祷。

在大金塔的东北角和西北角，各有一口古钟，一口重约40吨，另一口重约20吨，色彩斑斓。1741年和1778年，两口钟分别由两位缅王捐建。缅甸人视西北角的古钟为吉祥和幸福的象征，认为连击三下，就会心想事成，如愿以偿。周恩来和江泽民等我国多位领导人都敲过此钟。在第二次英缅战争中，英国士兵占领了大金塔，大肆洗劫黄金和珠宝。还把一口古钟装船，想运回英国，可大钟却沉入河底，英国人怎么也打捞不起来。后来，缅甸人却顺利地打捞出那口大钟，送回了大金塔。

在午后的阳光下，大金塔区域发射出一种奇异的光芒，这是因为光线在大金塔主塔、群塔和殿堂之间折射，发射出一道道金光，各处金碧辉煌。还有，许多佛堂的柱子、墙壁、屋顶和佛像的基座上都贴满了

佛殿夜景

异国风情千百度

入夜仍有拜佛的人们

小镜片，它们也反射出万道光芒。整个大金塔区域就是一座浸润在光辉中的佛教文化和建筑艺术神圣殿堂。

在主塔四周的大理石地面上，在每一座佛堂里，在每一座佛像前，都坐满或跪满了诵经、祈祷和冥思的人。没有人大声喧哗和跑动，诵经的声音也极低。大金塔里人很多，却十分宁静。缅甸人拜佛不烧香，只是捐款、献花或献水果，也就没有烟熏缭绕。在一些角落，恋人呢喃燕语；少年同学聚会；全家欢聚一堂；母亲为孩子喂奶；有人还在佛像下酣睡……大金塔也是缅甸人的公园。

缅甸是联合国所定的世界最穷国家之一。他们的宗教信仰和日常生活密切相关。大多数缅甸人笃信佛教，为人慈善，性格平和，过着简朴的生活，没有太多的娱乐方式，也没有太多的烦恼，到佛塔念经、打坐、祈祷、聚会和聊天，是他们最喜欢做的事，是他们最熟悉的生活方式。当年侵入缅甸的英国殖民者曾感慨地称缅甸人是"蝴蝶民族"，说他们的性情平静温和，宛若自由飞翔在天空中的蝴蝶。美国前总统胡佛也曾由衷感慨道："缅甸人是亚洲唯一真正感到幸福的民族。"

现在，一美元可兑换八百多缅甸货币，买一听可乐要一千多缅币。在缅甸，出门带一叠钱，不奇怪。在街上，我们看到，有人就用透明塑料袋装着厚厚几叠钱，慢悠悠地逛街。在超市，我们发现付款台不在出口处，而分布在各个角落，购物出门时没有严格的检查，基本靠顾客的自觉和规矩。一路上，阿芳带着厚厚几垛钱，她的包太小，就随意放在顾燕的包里。她嘻嘻哈哈地对我们说，你们不用紧张，缅甸很安全，小偷很少，犯罪率很低。阿芳说，佛塔里有许多捐款和珠宝，没人去碰。缅甸人怕遭受报应。缅甸几乎没有精神科医生，因为精神病患者极少。对佛教的虔诚信仰和日常神圣的宗教生活，使许多缅甸人虽不富裕，但能保持心灵平静和平衡。

为欣赏夜幕下的大金塔，晚上，我们打车再次去了大金塔。这次，我们不坐电梯了，从东门进入，一步步地沿着70多级大理石阶梯，走上了大金塔平台。看到绕塔的灯火通明，灿烂夺目。这人工照明也是大金塔在申遗时饱受非议的。夜晚来此的当地人更多，扶老携幼，少年成群，还有不少和尚和尼姑。大金塔周围的场地上和大殿里都坐满了祈祷和念经的人，气氛肃穆宁静。不断有小车顺着缆绳升到塔顶，这是工作人员为购买金箔的人朝塔身上贴金箔。每年，都有许多平民向大金塔捐赠珠宝和金块，这些可能是他们一生的积蓄。在白天和晚上，我们都特意四处仔细看看和摸摸，偌大的大金塔区域，地上看不到星点垃圾。在一些佛堂和佛像上摸摸，竟没有尘埃。

👉 手指之处必有浮屠

把缅甸大大小小的佛塔排列起来，可以绵延1500多公里。蒲甘位于缅甸中部伊洛瓦底河中游东岸平原上，这里有缅甸最密集的佛塔群，在这42平方公里的古城和佛教文化遗址里，目前仍拥有两千多座佛塔。据史书记载，最多时，蒲甘曾拥有万座佛塔，甚至有说拥有四百万座。对蒲甘，史上有"万塔之城"、"百万佛塔之城"和"手指之处必有浮屠"的精彩描述，"浮屠"意指佛塔。

在蒲甘，我们站在几座高高的佛塔上，遥望四方，果然是放眼之处，必有佛塔，它们大大小小、层层叠叠、形态各异，在绿树丛中和黄色原野上，纷纷拔地而起，焦黄、棕红或洁白的塔尖就像盛开的野花，漫无边际。我国陈毅元帅曾在此留诗："佛塔百万四野稠"。"百万"自有诗人的浪漫情怀，可"四野稠"的描写很实在。

1044年，在蒲甘，阿奴律陀国王建立了缅甸历史上第一个统一的封建王朝，这就是史上著名的蒲甘王朝。蒲甘从此成为蒲甘王朝历代君王的都城，统治长达240年。阿奴律陀是虔诚的佛教徒，他把小乘佛教立为国教。他在征服直通王国时，获取32部《三藏经》、300名高僧和大批工匠。驮着《三藏经》回蒲甘城的

手指之处
必有浮屠

异国风情千百度

剃度游行的主角

白象，在经过城外一处茂密森林时，突然跪地不起。阿奴律陀认为，这是佛祖在显灵，就命人在此建造了蒲甘的第一座佛塔。

虽然阿奴律陀于1077年被野牛撞死，但蒲甘王朝的历代国王纷纷效仿他，大兴土木，新建佛塔，于是，越建越多，蔚然成风。直到1287年，蒙古的忽必烈灭了蒲甘王朝，这股延续了200多年的建佛塔热才戛然而止。蒲甘现在保留下来的佛塔大都建于1287年之前，至少也有726年的历史，其中不少在900年以上。我国有旅游书说，忽必烈消灭蒲甘王朝时，杀了蒲甘男人，他们的寡妇为了悼念亡灵，修建了这些佛塔。一看过蒲甘佛塔，我们就觉得这种说法不太靠谱，这些佛塔的设计精巧、建筑难度、精美雕塑和壁画、宏大规模，不用一国之力，很难做到。对这种"寡妇建佛塔"的说法，我们特意请教了缅甸朋友，他们都很惊讶，他们从未听说过。对他国的历史，我们要特别尊重，解释不要随意。还有，对他国名胜古迹的中译名也要慎重和统一，否则有对他国轻慢之嫌。瑞喜宫塔是蒲甘最知名的佛塔之一，可国内又称瑞紫光塔、瑞西光塔和雪丝宫。

蒲甘的佛塔实在太多，在短短几天内，看谁？对外国游客来说，很难选择。阿芳是缅甸资深导游，跟她走，就没大错。可我们除了想跟着她看看那些闻名遐迩的典型佛塔，也想自己去荒郊野地找找那些非经典佛塔，它们虽然默默无闻，可也孤寂地傲立了七八百年。

我们首先去看瑞喜宫塔，运气不错，在路上，我们巧遇一场剃度游行。信仰佛教的缅甸男人一生中有两件大事，一是出家，二是结婚。他们一生中必须出家一次，出家次数不限，时间可长可短，有的终身当和尚，更多的是几年或几个月，甚至一两个星期。男孩到了5至15岁，家长就要准备为孩子做剃度，送孩子到附近佛塔或寺庙，请高僧剃光孩子的头发，穿上袈裟，听戒规。这个仪式和过程对每个家庭都非常重要。在缅甸，没出家当过和尚的男人不算男人，也不算成人，得不到社会和家庭的尊重和认可。

缅甸人做剃度有三种形式：经济条件好的人家，单独做剃度；一般条件的家庭，往往是一个村子或邻里有适龄孩子的几家人，筹资一起做；还有以政府部门、街道、学校或集市为单位给孩子做剃度。无论如何做，在剃度之前都要举行盛大的游行。我们见到的就是这种剃度游行。阿芳说，一看这架势，就是几家人合起来为孩子做剃度的，召集了许多亲朋好友和左邻右舍。

十几位汉子和姑娘走在游行队伍的最前面，都穿着整齐鲜艳的民族服饰，手上捧着一个很大的银色托钵。接着是摩托车队和两辆小汽车，车上装饰着彩带，车后跟着二十多位小姑娘，打扮得花枝招展，手上捧着鲜花。在后面就是主角出场了，三位五六岁的男孩骑在披红戴绿的马上，描眉涂眼，头戴王冠，身穿镶金边的华丽长袍，脚穿袜子和绣花鞋，扮成小王子模样。前面有一汉子牵马，身旁有一汉子打着金色大伞。后面还有一辆牛车，两头牛也披彩挂旗，驾车的是一位大帅哥，车上坐着两位妇女，一位年轻漂亮，另一位是老太太，各自抱着一位男孩，扮相与骑马男孩一样，可能因男孩年龄太小，不能骑马，只能坐牛车。最后是挂着佛像的乐队车，由一辆皮卡改装，上面装着电子琴和大鼓，外接两个大音箱和大喇叭，一路鼓乐齐鸣，一位歌手在不停地吟唱。

游行队伍当仁不让地走在马路中间，汽车都停在一边让路。蒲甘是旅游胜地，这些车大都是旅行车，车一停，呼拉拉地下来许多游客，夹道观赏剃度游行，我们也乐在其中，面对全世界游客们的"长枪短炮"，"小王子"倒是不怯场，对着镜头，还摆着 pose。可有一位骑在马上的孩子打起了瞌睡，牛车上的一位也是睡眼蒙眬。不知是孩子太小，还是起得太早或游行仪式过长。

后来，我们从瑞喜宫塔出来时，又碰到这支游行队伍。阿芳说，他们是围着瑞喜宫塔游行的。这游行结束后还没完，晚上要请剧团唱戏，有时要通宵达旦。孩子剃度后，一般在寺庙里当一周、两周、一个月或几个月的小沙弥，此后就可还俗了。小沙弥穿纯白色的袈裟，我们后来见过多次，甚是可爱。也有小沙弥从此皈依佛门，改穿紫红色的袈裟，成为佛家弟子。缅甸男人出家十分简便，还俗也容易。孩子剃度后，每天很早起床做晨课，念经文，吃简单早餐，然后洗涤打扫，到中午11时左右，他们吃一天中的最后一顿饭，然后就"过午不食"了。

阿芳说，这几位男孩剃度后，地位立即提高，父母见了刚刚入佛门的儿子也要行大礼，表示恭敬。缅甸人十分尊敬僧侣，僧侣有很高的社会地位。我们也看到，在佛塔、庙宇和公共场所等处都设有僧侣专座，座旁摆着免费的食物和水。在车上，人们谦恭地向僧侣让坐。

缅甸大多数人还很穷，收入微薄，月收入两三百美元就是高收入了，可他们对僧侣和佛塔的捐赠却十分慷慨大方。全国始终保持约有50多万僧侣，都是由善男信女们捐赠供养的。在多座佛塔，我们看到，人们为僧侣送来的大米和水果堆成小山。在曼德勒的独一无二寺，上千名和尚排着长龙依序吃中饭，伙食不错，每开一次这样的午饭约需3000美元，都是由民间提供的。我们问了一下，在此捐赠午饭的施主已排到了明年。在蒲甘和茵莱，我们骑车四处转转，发现镇上最好的房子，除了宾馆，就是小沙弥学习和生活的地方。得到允许后，我们进去看看，有的孩子在读经或做笔记；有

异国风情千百度

的孩子在洗衣或扫地。他们的宿舍和卫生间整整齐齐和干干净净。男孩们健康结实，已有了一点僧侣的矜持和稳重，可还是脱不了稚气和活泼，笑嘻嘻地与我们聊了起来。我们特意买了一些笔，赠送给他们。

缅甸尼姑的着装是粉红色，社会地位远不如和尚，人们不必为尼姑让座。敬佛也男女有别。缅甸人拜佛时常常要贴金箔，以此祈求好运。在茵莱湖的泡多屋佛塔，有五尊佛像，因为被参拜信徒用金箔贴满了全身和面部，已看不出原形了，变成五个金光灿灿的大圆球。在缅甸，女性不能为佛贴金箔，只能远远地对着佛像跪拜和祈祷。外国人也不例外，一些佛塔的佛像前都用英文写着"女士不得入内"。缅甸女性可委托男性代贴金箔。曼德勒的玛哈牟尼佛塔所供奉的佛像，传说是佛祖在世时亲自监工打造的，脸形和佛祖一模一样，是缅甸人最尊崇的佛像之一，每天都涌入许多善男信女跪地膜拜，念经祈求。多数人购买金箔，为佛身贴金。这座佛像的面部不能贴，每天清晨，都有和尚为佛像洗脸。每块金箔约一张邮票大。顾德宁买了几张金箔，正准备进去贴时，被十几位缅甸姑娘叫住，交给他一大叠金箔，让他代贴。事关信仰和幸福的重托，他不敢马虎，登上佛像平台，在佛身上，把金箔贴得平平整整，半个多小时才完成。他贴的时候，那些姑娘一直在远处跪拜祈祷，令人感动。

我们一进瑞喜宫塔，猛一看，还以为又回到了仰光大金塔，可转了一圈，细细端详，还是有一些不同之处。1059年，阿奴律陀国王始建瑞喜宫塔，多年后，由他的儿子完工。此塔造型简洁，以三层方平台为基座，上接一座八角形平台，连接钟型塔，塔高40多米。三层平台基座和主塔都呈金色。环绕主塔有一些小塔、亭台、雕塑和浮雕。小塔的形态多变，颜色有象牙白色、金色、朱红色、黄色和橙色，像一座佛塔花园。这座佛塔是蒲甘佛塔的样板工程，佛教建筑艺术的精品，后人纷纷模仿。传说瑞喜宫塔藏有佛迹，特别灵验，许多当地人在此念经拜佛。瑞喜宫塔有一座精美的凉亭，是周恩来总理于1961年访问蒲甘时捐款兴建的。我们去的时候，亭里有许多人席地而坐，跟着几位和尚齐声念经，抑扬顿挫，虔诚肃穆。

离开瑞喜宫塔后，我们马不停蹄，跟着阿芳，看了一座又一座佛塔，各有说法。阿难达佛塔，又译阿难陀或阿南达佛塔，说是蒲甘最美的佛塔；达比纽佛塔说是最高的；达玛雅吉

瑞喜宫塔

佛塔，又译达门扬济佛塔，说是最大的；还有最有故事的；壁画最美的；建筑最有特色的；风格最异域的……美不胜收。到晚上睡觉时，满脑子飘的都是各式各样佛塔。

蒲甘佛塔都是石头砌的，拱门结构，没有木头大梁。佛塔内四面都有佛像，进内后，环绕四面佛像有一通道，有的是两圈通道，通道里也有一些小佛龛，里面也敬着佛像。人们要顺时针沿着通道走，向四面佛像顶礼膜拜。

阿难达佛塔娟秀美丽，除了塔尖和塔身一部分是金色，其余部分为白色。塔里的四尊金色佛像都是站姿，有9米多高，身材高挑，面容英俊，身披的袈裟犹如长长的披风，仿佛可随风飘起，形象潇洒飘逸。通道内有记载佛教故事的陶瓷版画。屋顶、屋檐、外墙和门窗上的雕饰都十分精致，有动物，有花瓣。看上去似有欧洲古老教堂和中东穆斯林清真寺的建筑风格。

达玛雅吉佛塔的塔体全部由大块红砖砌成，砖与砖之间结合十分紧密，看不见缝隙，针都插不进去。阿难达佛塔、达比纽佛塔和达玛雅吉佛塔分别为父子两个国王所建。父亲仁

阿难达佛塔里的佛像都是站姿

慈爱民，阿难达和达比纽佛塔是他所建。他的次子弑父杀兄，篡夺了王位，为了赎罪，他下令建成了最大的达玛雅吉佛塔。在他死后，这座塔无人维护，成了荒凉的蝙蝠巢。古彪基佛塔内有精美的佛教壁画，讲述佛祖的故事。这是我们参观蒲甘十几座佛塔中唯一不准拍照的佛塔。几年前，塔内壁画曾被一位外国游客洗劫，至今，缅甸人提起来，还很气愤。

玛努哈佛塔，又叫"国王受囚佛塔"，由一位被俘国王，也有说是他的皇后出资筹建的。里面的四座佛殿特别狭窄，而佛像却体积庞大，顶天立地，充斥着整个大殿，其中一座佛像是卧佛，呈涅槃状，塞满了整个房间，佛像的表情或悲愤或忧郁。塔中的佛像似被囚禁，被人们称为"困佛"。国王是借佛塔和佛像发泄自己失去权势的困境。

阿难达佛塔外观

异国风情千百度

困佛

在"万塔之城"看日出日落,被马可波罗赞誉为"东南亚最壮丽的景观"。夕阳西下之前,骑车的、坐马车的和坐汽车的外国游客都急忙赶到65米高的瑞山陀佛塔,也有译成他冰瑜塔。根据人们多年的经验,在此塔看蒲甘日落,视野最好,景色最美。现在,人们都叫它为"日落塔"。我们赶到时,停车场里的车已密密麻麻,塔高处的平台上已坐着不少人,还有许多人正爬着陡峭的楼梯,向更高处攀登。我们一口气爬到最高的平台,找了一个空隙坐下。身边是一对来自荷兰的年轻恋人,请我们为他俩照相。这时,天边的云彩很厚,卷卷曲曲,时有几缕金色的阳光突出,更多的是映照在云团间的泛白霞光。天色越来越暗,而霞光却越来越红。看这阵势,欣赏日落有点玄。果然,直到太阳完全下山,我们也没看到那圆圆的火团。我们在世界不少著名景点都看过日落,知道机会难得,是"望天收",所以也没有太大的失望。好在我们还有机会呢。

第二天一大早,天还一片漆黑,我们就被带进一座佛塔,等待看日出。中国手机卡在缅甸不能用,手机只能做闹钟。可摸黑登塔时,我们的手机做了电筒。

等了一会儿,夜色悄然退去,东方渐渐泛红,原野中朦朦胧胧的佛塔也慢慢清晰起来。因为站在塔顶,我们可以细细观察到塔尖,几乎每一块砖上都有雕塑,精巧细致,历尽风雨,依旧雍容华贵,气质高雅。塔身像一枚菠萝,层层叠叠,沟沟坎坎。当天彻底放亮时,我们在塔顶转圈欣赏"万塔之城",名不虚传,四周都是大大小小高高低低的佛塔。突然,东方红霞满天,一时间把群塔也染成红色,天也越来越清明。接着,天际出现了大片大片的火烧云,红得就像那燃烧的火,一群群鸟儿飞过。

日落塔上等待看日落的人们

日出前的火烧云

日出了

根据我们以往看日出的经验，知道老天爷马上就要"复旦"了，"日月光华，旦复旦兮"，顾燕毕业于复旦大学，对"复旦"与复旦大学校名的关联，自有一份特别的亲切。果然，几分钟后，从一座白色佛塔的塔尖后，跃出一团红红的火球，火球越来越大，越来越圆，越来越亮，还有一个巨大的光环，直到高高升起，放射出万丈金色光芒。

离开这座"日出塔"时，正好遇见护塔人上班，他细心地为佛像做清扫。几位一早就来敬拜的当地人都向捐款箱里放钱。我们的"日出塔"叫 Dhamma Ya Zi Ka。一出佛塔大门，恰好遇见卖旅游纪念品的小姑娘出摊，我们向她买了两个藤编的笔筒，做了她那天的第一位顾客。

傍晚，我们又去了位于伊洛瓦底江边的布伯牙佛塔，欣赏江上的落日晚霞。布伯牙佛塔像一个金色的大葫芦，在阳光照耀下，金光闪闪。伊洛瓦底江水清波细，岸边有孩子戏水，姑娘洗衣洗头。江中不时有小船划过。夕阳先是躲在云层里，把天空和江面染成一片金色。然后，太阳突然跌出云端，成了一团火，投射到江面上，形成一根粗大的火柱。投射到布伯牙佛塔，又成了一个耀眼的亮点。在太阳即将完全落下时，变得特别得红艳圆润，像一只大苹果。"日落塔"上全是老外，而在这里看落日和拍照的大都是当地人。缅甸姑娘面容俊俏，体形很好。我们四周看看，好几位姑娘都长得像昂山素季。

在缅甸旅游，到处都可租到自行车。只要写上自己名字和住哪家宾馆，外国游客就可推车走人，不需押金，也不看护照，一小时租金约一美元，也可看着给，自行车都很好。人有诚信的地方，社会管理和人际交往的成本就低，心情也放松和舒畅。"手指之处必有浮屠"，这浮屠不仅是指佛塔，也指佛心。在蒲甘，我们租了自行车，骑着随便转转。一上路，就被两个孩子招呼，跟着他们去了一个小村庄，村里只有十几户人家，家家都有佛龛，用鲜花供着佛像。漆器和编织是当地的主要旅游产品，这十几户人家都在加工漆器和编织。接着，我们

异国风情千百度

我们无比喜欢的佛像

又骑车去看了几座荒野中的佛塔,因无路可骑,只能在黄土、沙地和荒草堆里推车走。这些没有游客参观的佛塔更加安静,有的里面还有人酣睡。在一座编号为1122-E的佛塔里,我们见到一座非常秀丽健康的佛像,漆黑的头发,白皙的皮肤,鲜红的嘴唇,棕色紧身服。让我们无比喜欢。

为了保护蒲甘文化遗产,1994年,缅甸政府把蒲甘地区划分为古代建筑区、古代丘陵区、保护区和接待游客的旅馆区。但有些保护和开发做法,如政府在蒲甘建了设有观光塔的豪华宾馆,没有得到申遗的认可,所以,至今,蒲甘佛塔还不是世界文化遗产。

景点推荐

仰光

缅甸最大的城市，原首都，位于仰光河河岸和伊洛瓦底江三角洲。缅甸的政治、经济和文化中心。四季常绿，有壮观的佛塔和美丽的湖泊。人称"东方花园"和"宝石之都"。

大金塔

参见"神圣大金塔"。

巧塔吉卧佛寺

又译乔达基或曹太极卧佛寺。佛祖以手枕头，神态安祥地与弟子们谈经。这是世界上最大的卧佛雕塑，身长66米，高17米。巨型脚底彩绘着108个格子和图案，59格是人的世界，21格是动物的世界，28格是神的世界，代表佛祖已超脱这些层次，天地万物尽在脚下。卧佛寺没有围墙，屋顶是钢架结构，像一所大车间。

巧塔吉卧佛寺

世界和平塔

位于仰光东郊，全称为"至尊吉祥大千世界安宁宝塔"。此塔为纪念佛教第六次结集而建，1952年建成。塔高和台坛都是36米，周长90多米。有6座门，每座门内供奉着一尊佛像，象征着第六次结集。

万人石窟道场

万人石窟道场

又称大圣窟，位于和平塔东北部的吉祥山里，长139米，宽113米，可容纳万名和尚同时念经。窟内有6根大柱支撑，有6座门，墙上有6个法轮浮雕，这些都象征着佛教的第六次结集。1954年落成。建成时举行了佛陀涅槃2500年纪念大典活动和第六次世界佛教大会。

异国风情千百度

大金石
位于仰光东面，是一块耸立在悬崖边的巨石，海拔1100米。石头表面贴满金箔，石上建有一座几米高的佛塔，传说里面珍藏着佛祖的头发。大金石随风而动，却能保持平衡。

班杜拉广场
仰光中心，广场上耸立着洁白淡雅的素丽佛塔。素丽塔又称白塔或小金塔，建于2000多年前，高约47米，塔内保存着佛祖的遗物。此塔一侧有高达45米的独立纪念碑。

皇家湖
风景优美，当地人休闲的主要去处。河畔有一艘著名的船餐厅，造型是两只妙翅鸟。附近有自然历史博物馆和动物园。

蒲甘
参见"手指之处必有浮屠"。

茵莱湖
缅甸东北部，掸邦高原上的水乡，海拔900余米，湖面面积145平方公里，散落着180多个水上村落，房屋是建在水面上的吊脚楼，可任意在湖面上漂移。当地人在湖面上利用水草填土种菜。湖上有市场。单脚划船是当地人最重要的技能之一，也是一景。

在茵莱湖湖上宾馆看到太阳雨

泡多屋佛塔的五尊佛像

泡多屋佛塔
建在湖中央的人工岛上，参见"手指之处必有浮屠"。

茵德古塔群
公元8世纪建造的佛塔群，有500余座，犹如树林。

茵德古塔群

曼德勒
位于中部偏北的内陆，第二大城市，著名古都。曼德勒地区被列为联合国世界文化遗产，古迹很多。伊洛瓦底江从城市西边流过。以数字作为街道名称，横平竖直。参见"手指之处必有浮屠"。

和尚队伍依序领食

古道陀石经院
在曼德勒山上,号称"世界最大书本"。729块大理石碑林相围,碑上刻有全本《三藏经》文。

独一无二寺
又称千人和尚庙,是一座僧院,每天接近中午,两排长龙般的和尚队伍依序领食。

玛哈牟尼佛寺
又称马哈木尼佛塔或大金佛。参见"手指之处必有浮屠"。

乌本桥
又称柚木大桥和情人桥,建于1851年,全长1200多米,由1086根实心柚木建成。在此桥看落日和看恋人约会,成为一景。

乌本桥

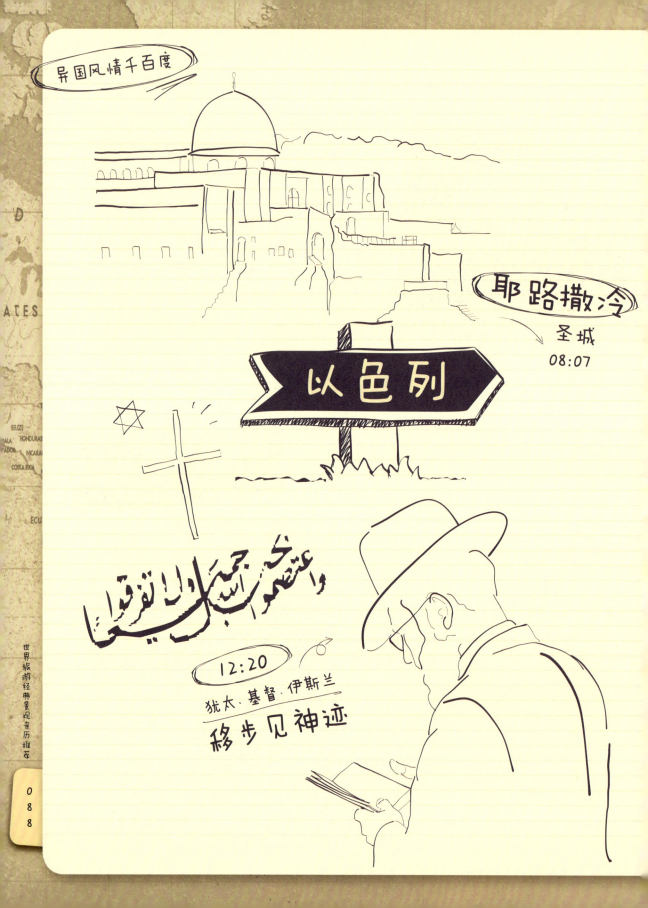

移步见神迹

耶路撒冷

耶路撒冷是犹太、基督、伊斯兰这人类三大宗教的共同摇篮和圣城。魅力四射的美丽之城，如奥地利的维也纳移步是景，而在耶路撒冷，则是移步见神迹，说耶路撒冷之游是神奇宗教文化之旅，真是名副其实。

那些两千年前传说中的模糊人物，在耶路撒冷变成了有特定力量和人格魅力的普通血肉之躯，按《圣经的故事》作者房龙的话说："其生命力超过了两千年前的任何事物。"

圣经《新约》中称，耶稣进耶路撒冷前，在橄榄山上望城流泪道："我多次愿意集聚你的儿女，好像老母鸡把小鸡集聚在翅膀底下，只是你们不愿意。"在耶路撒冷所见的耶稣，比我们在任何国家和城市所见的耶稣形象都更加亲切可爱、坦诚朴质、悲悯慈爱，而且几乎触手可及。我们一到耶路撒冷，就去走了一公里长的"悲痛之路"，也叫"磨难之路"和"苦路"，用14个站点记录了耶稣被判处死刑后，头戴凌辱他的荆棘，背着沉重的十字架，艰难走到刑场的全部路径。我们看到，每一处都用铜牌铭记，有些站点盖起教堂，如第二站叫"受鞭打教堂"，记载耶稣在此被罗马士兵鞭打侮辱。有些站点很温馨，如第六站，一位好心的女子用手绢擦了耶稣痛苦不堪的脸，于是这块手绢就印下了耶稣的面容。"苦路"终点是圣墓教堂，耶稣所背负的十字架立于教堂外。一进大门就看到一块淡红色的大理石板，把耶稣从十字架上放下来时，就放在此石板上，所以，基督教徒们依次亲吻此石，感受一点主的气息。距石板十几米处就是圣墓，由大理石雕刻而成，外面挂着美丽的丝绒挂毯，在烛光中好似梦幻。

凡是圣经《旧约》和《新约》中提到的人名、事件和有关地方，耶路撒冷城中都建有相应的纪念地、教堂和殿宇。我们去了耶稣吃"最后晚餐"的房间，那是耶稣被捕前与门徒吃最后一顿晚餐的地方，房间不大，当时，耶稣先拿起饼，掰开来分送给门徒吃，说饼代表他的身体，是为他们舍弃的，以后吃这饼纪念他；接着又端起葡萄酒，递给门徒喝，说那是他立约的血，为多人流的，使人的罪在天堂得到赦免。我们去了耶稣做"最后祷告"的客西马尼园，两千年的橄榄树盘根错节，依然郁郁葱葱，当年，耶稣在这树下祷告，汗流如血。客西马尼园里有一幅雕像，身材消瘦的耶稣悲痛欲绝，但义无反顾地殉难。我们去了鸡鸣教堂，此处有"鸡叫三遍，门徒彼得不认主"的故事，说明了人心的软弱。正是这位彼得反省后，千辛万苦地把耶

异国风情千百度

圣墓教堂

稣思想传遍四方,成为圣彼得,又说明了人心的坚强。

耶路撒冷是犹太教的发祥地和教徒们心目中最圣洁的地方。公元70年,罗马帝国摧毁了犹太教的第二圣殿,只残留一段西侧的护墙,长约50米,高约18米,由大石块筑成。罗马人占领此城时,犹太人常来此墙下哭泣哀悼,以寄托对故国的哀思。这西墙就成了闻名的"哭墙"。特别是第二次世界大战期间,惨遭德国法西斯杀害的犹太人达600万之多。这些惨痛的历史遭遇,深深地印在犹太人的心灵之中,哭墙更被犹太人视为信仰和团结的象征。1981年,哭墙被列入世界遗产目录。

上午九点多,我们来到哭墙时,已有许多人,其中不少是极端正统的犹太教徒,天气很热,但他们仍戴黑色礼帽,穿黑色西装,留长发和长鬓角。哭墙分为两部分,中间隔有栅栏,男女要分开祈祷。男部入口处有为游人准备的小帽,我们立马戴上。犹太教认为,人头直接对着上帝是不恭敬的。哭墙男部一侧有威尔逊拱门,现作为藏经处,里面有许多藏经的书柜,信徒可以自己取出阅读。哭墙前,信徒或端坐或肃立,有老有少,念诵经文或默默祈祷。祈祷者有两个装着"圣书"语录的小羊皮袋子,一个戴在头上,另一个缠绕在手臂上,身上披一件特制的披肩。从我们进去到离开,大约半小时,有一老人一直在号啕大哭,并面对哭墙全身前俯后仰,使我们想起在波兰参观的奥斯维辛集中营。墙壁石缝里塞满了写有祈祷字句的纸条。

我们站在哭墙下,朝上看,不远处就是伊斯兰教的两处圣地——圆顶清真寺和阿克萨清真寺。根据伊斯兰教的说法,公元7世纪初,伊斯兰教先知穆罕默德在阿拉伯半岛传教,一天夜里,他从梦中被唤醒,乘骑由天使送来的马,从麦加来到耶路撒冷,在这里踩在一块圣石上,飞上九重天,在直接受到上天启示后,当夜又返回麦加城。这就是伊斯兰教中有名的"夜行和登霄"。由于这夜游神话,耶路撒冷也就成了伊斯兰教仅次于麦加、麦地纳的第三圣地。穆罕默德登霄石就在圆顶清真寺(萨赫拉清真寺)里。

耶路撒冷拥有1204座犹太会堂、158座教堂和73座清真寺。耶路撒冷旧城及城墙已被列入世界遗产目录。耶路撒冷的旧城只有一平方公里,现分为犹太居民区、穆斯林居民区、亚美尼亚和基督教居民区,但三大宗教的神迹在这里彼此交错。到了周五安息日，穆斯林在清真寺里朝着麦加方向祈祷；犹太人在哭墙前哭诉和祝福；基督教徒则沿着当年耶稣基督受难、死亡、复活和升天的路，重演2000年前的那惨烈动人的一幕。老城里气氛宁静而神圣。想一想，三大宗教在历史上难分难解的对立，彼此都流了那么多的血和泪，死了那么多的人；3000年来，耶路撒冷遭遇37次被占领和征服，18次完全被毁后又在废墟上（甚至被夷为平地）重建；还有它仍在中东和平进程中纠结缠绕。可在这一时刻，大家能彼此相安地拥有自己的内心，和平公开诉说自己的宗教信仰，这一场景震撼人心。

犹太教经典有一句名言："世界若有十分美，九分在耶路撒冷。"大概不是说耶路撒冷的风景和建筑之美，而是想表达一种心境或心情，描述自己由衷的崇敬和向往。在我们普通游客眼里，此刻耶路撒冷的各种宗教和谐真的很美。

目前，耶路撒冷是宗教自治，各教自己管理自己的圣地和产业，各教也都欢迎热心宗教文化的各国旅游者。

对宗教，追问上帝6天内造出世界有无科学性，就像我们研究盘古开天地和女娲补天有无可能一样，没有什么意义。关键是，我们要知道，各种"神"给我们的道德戒训，如果我们遵守了，是否有益于这个世界变得更加美好和公义。犹太教有一个观点很好，说我们每一个人只"比上帝微小一点"，都需要担负着一个独特角色和使命，亦即与上帝一起来改变这个不完美的世界。耶稣的时代，不仅贫富差距极大，而且富人、宗教头领和知识分子根本不把穷人当人看，可耶稣大声喊出，这世界上所有人都是仁慈上帝的子民，因此四海之内皆兄弟，人生而平等，爱他人要如爱自己，这可是对人性石破惊天的认识和提升，所以，基督教说耶稣是基督（救世主）。近两千年过去了，人类最迫切要解决的问题还不是消除贫富差距和实现人人平等吗？

我们想，人类之上或许真有更高的存在，或许这更高的存在就是变成更美好的我们自己。

不同宗教的人生活在一起

哭墙

异国风情千百度

海滩的大旗

以色列孩子与描述古耶路撒冷人生活的壁画

在以色列期间，在不同的日子或不同的地点，我们看到一些海滩高高飘扬着不同颜色的大旗。我们的地陪A女士介绍说，此旗代表政府告示。白旗表示风平浪静，你尽可放心游泳，岸上还有获得心脏科医生执业执照和游泳健将考试的救生员。只要你不是故意寻死或另有隐情，如正常游泳出了事，基本由国家担责，医疗和赔偿全包。红旗表示海上有一些状况，政府力劝你最好别游，如你不听，出事了，个人和政府分担责任。黑旗表示浪高风急，形势险恶，政府严禁下海游泳，如你执意不听，出事了，政府当然也救你，但无论出动了飞机、船只和人员，还是抢救的医疗费等等，你是要自己或家人掏腰包的，欠一辈子也要还清。

A女士见多识广、思路清晰和口才极好，她原在国内做记者，留学美国，返回清华大学教书，后又嫁入以色列世家，现在一所学校里教书，业余客串中国人的导游或国内官方代表团的翻译。她老公是一家科技公司老总，老公的父亲是将军；老公的爷爷是名医，创建了以色列的某大医院。

她说，以色列的社会管理很有特色，政府和民众的职责清楚，分工明细，效率高，成本低。真是很有犹太人的智慧，也有较好的法制和民主的精神。我们看到一处草地起火，周围有人打电话报了警，然后，人和车都视而不见，急忙离开。A女士解释说，以色列法律规定，看到火灾，不论大小，及时报警，就是好公民，报警后要及时离开现场，为赶到的政府专业人员灭火腾出道路和空间。如你待在原地等待，被"清场"致伤，后果自负；如有人见义勇为，参与救火受伤，不仅后果自负，如妨碍了专业人员灭火，还要负法律责任。以色列特别强调，青少年救火属违法行为。以色列没有"小英雄"，但成年后必须当兵，男性的预备役要当到50多岁，随时准备为国牺牲。

A女士说，别人的钱装在口袋里，犹太人的钱装在脑袋里。尊重知识并用知识创新赢利，对犹太人的创造力起到了非常重要的作用。

典型以色列家族最看重的是孩子的教育和成长环境，比我们的"孟母三迁"还厉害。如以色列人购房前，最关心孩子就读的学校如何，同学及家庭如何，邻居的素养和对孩子的教育如何。他们会"潜伏"到准备购房或入住地点的附近，细细观察，看看阳台是否乱挂衣物和乱栽植物，进出的孩子与父母言行是否文雅礼貌，是否有乱停车、乱开车、乱鸣笛，环境是否整洁安静等，并刻意找周围人交谈，了解真实情况，再决定是否居住于此。以色列的家教保持了犹太人对知识极为尊重的传统，犹太人有一句古训，就是"宁可变卖所有的财产也要把女儿嫁给学者"。A女士说，因为以色列人现在的特殊情况和处境，当下，以色列人认为最好的人要当兵，要做教师、医生、律师、法官、科学家和商人，不太优秀或不够厚道的人才去从政。她调侃说，以色列人不太看重官员，比如，我们在餐馆吃饭，此时，进来一位见人就笑并挨个打招呼的主，肯定是当地议员或官员，你可学着当地人的样子，爱理不理。在科学、文化、教育和经商上，犹太人的确是世界上最优秀的。在福布斯杂志公布的美国富豪排行榜中，45%都是犹太人；美国的大学中有20%的教师是犹太人。获诺贝尔奖的人中有70%以上是美国人，而获诺贝尔奖的美国人当中，有31%是犹太人。

A女士说，以色列人教孩子要爱学习，但不做书呆子，而是特别培养他们的自己动手能力，养成一种不怕吃苦的拓荒精神。她接触的以色列人，不论是否有钱或有职位，都喜欢自己动手干家务活。她老公都是自己洗车，穿着长筒雨靴，拿着水龙头，就像地道的工人，还以此为乐为荣。以色列人一般有三个社交圈子，一是公司、单位或学校等，二是军队或准军队的，三是宗教和社区的。在不同圈内，各自的身份常有交错，A女士老公在公司是总经理，他公司的一位清洁工则是他所在准军事团队的长官，出操军训时，这位清洁工一样严格要求他老公，该训就训，不会碍于情面。以色列军人团队是家庭性的，军人无论现役还是预备或退役，军人和彼此的家庭都保持密切联系和深厚友谊，常有聚会和交流。

异国风情千百度

A女士一路津津有味地解说"犹太创造现象",据说,这是西方学界的一个重要概念。何谓犹太创造现象?例如,在思想领域,卡尔·马克思和弗洛伊德等许多哲学家和思想家都是犹太人。在文学领域,古代的希伯来犹太文化、圣经里面的神话、先知书等,还有各种诗歌,开创了一种文学传统——希伯来传统,和希腊文学当中的《荷马史诗》,共同被称为西方文学的"二希传统"。希伯来传统和希腊传统一起成为整个西方文学,甚至是整个西方文明的基石。在现代犹太人作家中,《追忆似水年华》作者普鲁斯特是意识流的先驱者;《一个陌生女人的来信》作者茨威格是传记文学的心理描写大师;《城堡》《变形记》作者卡夫卡是对当代西方和世界文坛影响最大的作家之一,是表现主义大师。获得诺贝尔奖的犹太作家就有十几位,犹太人又被称为是一个文学的民族。在艺术领域,音乐史上有梅耶贝尔、莫舍莱斯、门德尔松、海莱尔、奥芬巴赫、鲁宾斯坦,还有马勒、勋伯格、布洛赫、海菲茨、梅纽因等音乐大师,他们都是犹太人。毕加索也是犹太人。在自然科学领域,现代物理学之父爱因斯坦、电子计算机的发明者冯·诺依曼、原子物理学和量子力学的奠基人波尔、原子弹之父奥本海默等等,都是犹太人。犹太人在经济领域里所获成绩更是惊人,可以说,有钱的地方就有犹太人。世界上多家享有盛誉的银行是犹太人创立的。创造了金融神话的罗斯柴尔德家族,石油巨头洛克菲勒,股神巴菲特,经济学家保罗·萨缪尔森等都是犹太人。当今全世界最年轻的亿万富翁里,犹太人也不少,如Facebook的创始人马克·扎克伯格等。"犹太创造现象"的确令人惊奇和敬佩。

景点推荐

耶路撒冷

位于巴勒斯坦中部犹地亚山的四座山丘上，是一座举世闻名的历史古城，距今已有5000多年的历史。四周群山环抱。参见"移步见神迹"。

特拉维夫

以色列第二大城市。特拉维夫以两种建筑风格闻名于世。其中最具国际知名度的特拉维夫白城，拥有大约2500座包豪斯学派或国际风格建筑，形成大片白色外墙的景观，已经在2003年被联合国教科文组织列为世界遗产。

埃拉特

以色列南部港口，冬季气候温暖，海滩、珊瑚礁与附近埃拉特山景色优美。埃拉特是候鸟的必经之地，每年吸引数万名鸟类学者和观鸟爱好者。

海法

以色列北部港口城市，西濒地中海，背倚迦密山，是以色列第三大城市。被联合国教科文组织列入了世界遗产名录的巴哈伊空中花园就在此地。巴哈伊空中花园依山而建，采用了非常专业的新式灌溉技术，形成梯田花园，满布各色花卉，整座花园从山顶到山脚绵延近一公里，垂直高度达225米，最大坡度超过60度。远远望去，就像是一座凌空而建的花园。

巴哈伊空中花园

异国风情千百度

16:51
约旦 锡克峡谷
佩特拉古城

约旦

死海
黄金海岸
08:20

夕阳下的佩特拉

狭窄的峡谷通道

刚进佩特拉古城保护区大门，就遇到几位出来的北京哥们，他们激动地对我们手舞足蹈："值得一看！值得一看！太壮观！"我们会心一笑。

佩特拉是约旦南部沙漠中的一座神秘古城，位于约旦首都安曼南250公里处。佩特拉意为"石头城"，它是约旦境内最有价值的历史瑰宝和观光景点，在1985年，联合国把它列入世界遗产。到约旦，没去佩特拉，就等于没去过约旦。其实，我们来约旦，主要就是冲着佩特拉来的。

游览佩特拉的最好时间是早晨和傍晚，因为此时阳光让佩特拉岩石呈现夺目的斑斓和光泽。我们很幸运，下午到达佩特拉，一直玩到日落。

进入佩特拉，要经过锡克或蛇道，这是一条狭窄的峡谷通道，长约1.5公里，曲折幽深。两边被高起80多米的峭壁包围，峭壁如刀劈斧砍般陡峻，峡谷稍宽处也就大约7米，夕阳洒在层层叠叠的岩石上，使石头里的不同金属折射出五颜六色，显得奇形怪状、千姿百态。最窄处只有2米多，沿着峭壁，抬头可见"一线天"，谷底阴暗和曲折，易守难攻。传说这里就是2000多年前那巴特人保卫佩特拉城的关口，还真是"一夫当关，万夫莫开"。

我们身边不断有骑马者奔驰而过，或赶着马车急速而行，还有慢慢悠悠的骆驼，这些都是佩特拉的"的士"，"司机"也多是那巴特人的后裔。

锡克峡谷是佩特拉的唯一入口。不少游客因急于看佩特拉古城遗迹而来去匆匆，或为省脚力而"打的"。幸好为我们带路的约旦汉子有多年的佩特拉导游经验，他告诉我们，其实，锡克就是佩特拉的一部分，通过时一定要慢，走走看看，不明白就问，就会有更大的收获。

我们发现两边峭壁的下面都隐藏着绵延不断的沟槽，而且一侧娟细，一侧粗大。导游解释说，2000多年前，那巴特人就建设了佩特拉城的水利系统，通过水槽，把河水和泉水引向城市各处的蓄水池。水槽还是过路者的"自动饮水机"，人喝细槽里的水，骆驼和马等喝粗槽里的水，这不仅考虑到嘴大嘴小，还有了一定的卫生意识，真是不简单。

2000多年前，佩特拉是东西方商路的重要交汇点，连接着东方的中国和西方的罗马。满载着熏香、丝绸、香料以及其他异域货物的商队在此休息，佩特拉人为其提供丰富的水源，并保护他们免遭掠夺。作为回报，那巴特人对经过此地的所有货物征收税款，获得收益。这便成为他们财富的主要来源。

异国风情千百度

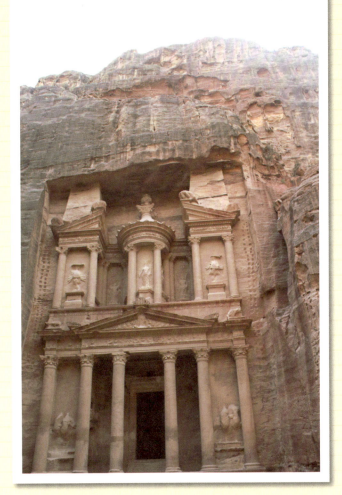

宝库

亮，视野霍然开阔，我们已走出锡克峡谷尽头，来到佩特拉古城"小广场"，正前方就是世界闻名的宝库卡兹尼，这是一座在岩石中建成的巨型殿堂，完全由坚固的岩石雕凿成形。正面宽约30多米，高40米，入口高达8米，正面分两层，下层有6根罗马柱，高10余米，门檐和横梁都雕有精细的图案。殿门上层有3个石龛，雕有天使、圣母以及带有翅膀的战士等石像。宝库在夕阳下呈玫瑰红色，也折射一些金光，气势雄伟，无比神奇，摄人魂魄。美国一位考古学家见到突然展现在眼前的宝库美景时，他惊叹说："一座神庙，精致清晰，宛如一颗嵌在岩石壁上的浮雕宝石。"

因传说宝库是历代佩特拉国王收藏财富的地方。所以，此处不知吸引了多少贪婪的寻宝人。宝库墙上弹痕累累，雕塑残缺不全，是否曾发生过激战？

斯皮尔伯格在此地拍摄过《圣战奇兵》，说的是，为在此宝库里寻找耶稣于最后晚餐所用的圣杯，发生险象环生的争夺。许多人正是因为看了此片，才知道世界上有个如此神秘莫测的佩特拉。

如不经导游指点，我们还真看不出两边峭壁上还雕刻着一些大幅壁画，虽经千年风雨，已变得平整光滑，似隐似现，残缺不全，但仔细辨认，仍精美细腻。有一幅雕刻是一位商人牵着两头骆驼款款而行，商人衣服的皱折似可随风飘起，骆驼的脚趾似可踏步而行。

我们在锡克峡谷边走边看边听，走过一段特别隐蔽的窄道，没有任何过渡，突然眼前一

走过宝库，古城的遗迹更是一览无遗，2000多年的风雨摧残，那巴特人居住的泥房已不见痕迹，但在四周山壁上，由他们挖掘的洞穴和雕凿的台梯，依然如故，密密麻麻，层层叠叠，高大的有几十米，还有高大的方碑，光滑洁净，

上面刻有精致的浮雕，小的如碗口。据说，这些都是那巴特人的墓地和寺庙。这些洞穴里已经空无一物。

公元106年，罗马人侵占了那巴特王国，在罗马人的统治下，佩特拉出现了许多罗马风格的建筑物，包括大剧院、浴室和广场等。我们看到，从岩石中雕出的罗马风格大剧院基本完好。坐几千人没问题，可见当时佩特拉的热闹繁华。

后来，由于地震天灾和战乱人祸，佩特拉被遗弃了，变成了一个贝都因人严密防御的居住地。这个曾经盛极一时的城市逐渐被世界遗忘。直到1812年，一位瑞士旅行者假扮成阿拉伯人，才重新发现了它，告诉世界。所以，佩特拉又被称为"一个亡灵之城"。

此后，佩特拉的美丽和神秘吸引了全世界的目光。雪莱说，她像国王躺在"寂寞平坦的沙丘里"。另一位英国诗人贝根说："令我震惊的惟有东方大地，玫瑰红墙见证了整个历史。"

有关佩特拉的考古也收获颇丰。在约旦博物馆里，我们看到许多佩特拉出土的文物。

佩特拉

异国风情千百度

漂浮在死海

到死海漂浮大概是许多旅游者的一个梦想，经典的画面就是一个人躺或坐在死海水面上读书看报，怎么能做到？

7月的一日，约旦烈日当空，在死海，我们做了一次漂浮。死海远处的水域呈浅浅的蓝色，在日光直射下，有一层朦胧的雾。近海滩处呈浑浊的浅黄色，海滩没有别处"黄金海岸"那样温柔的细沙，而四处是鹅卵石，粗粝扎脚，所以，游客们大多直接穿着拖鞋下海，更牛的就穿着皮鞋或旅游鞋下水了。

水接触到身体，有一些滑腻和凉爽。我们仰面躺下，伸开四肢，果真是一点都不费力气，就自然漂浮起来，眼望着蓝天。只要随着微微的波动而保持身体的平衡，就可随波逐流了。在水面上做个"仰卧起坐"也是可以的，但千万别游泳，仰泳也不要。这个我们没敢试，据说，游泳就跟在地面上匍匐前进差不多，而且很容易让眼睛和嘴巴进水，十分痛苦，有人夸张地说："一辈子都忘不了。"我们附近一位白人小伙不信，可没游几米，就捂着眼睛，发出痛苦呻吟，急急忙忙上岸，大概是去找淡水冲洗了。

不少人学着经典的画面，装模作样地躺在海面上看报，留下到此一游的证明。

人在死海能自然漂浮，其实并不神奇。任何人掉入死海，都会被海水的浮力托住，这是因为死海水的比重是1.17~1.227，而人体的比重只有1.02~1.097，水的比重超过了人体的比重，所以，人就不会沉下去。死海水的比重高是因为含盐度高，达25%~30%，比其他海洋的水要咸10倍。所以，死海漂浮一般不要超过10分钟，上岸后立即用淡水反复冲洗，即使这样，我们身上还留有一层薄薄的盐迹。

死海产生的盐可供40亿人吃2000年。

死海其实是内陆盐湖，位于以色列、巴勒斯坦和约旦之间，因为死海湖中及湖岸均含过高的盐量，鱼和其他水生物都难以生存，水中只有一些嗜盐的细菌和藻类，岸边及周围地区也没有花草生长，海面上没有飞鸟，不能通船，故被称之为"死海"。我们从以色列到约旦沿死海往返两次，看到海面上死一般的沉寂。与我们那几日同时看到的美丽多姿红海相比，死海真是了无生机。

除了不淹死人，死海还治病养人。死海的水不但含盐量高，而且富含矿物质，常在海水中浸泡，可以治疗关节炎等许多慢性疾病。经过死海盐浴后，伤口好得快。对此，我们深有体会，脚上的擦伤，下水第二天就好了。死海底的黑泥含有丰富的矿物质，已开发成多种护肤美容品。

死海是世界表面的最低点，湖面低于海平面400多米，是世界上最低的湖，所以空气中含有大量的氧，让人感到通体舒畅。

近几年，世界特别关注的是，死海可能真的要"死"了。因为从约旦河等水域流入死海的水越来越少，降雨也少，死海在烈日下的蒸发加快，死海水量持续不断地下降，正在以极快的速度走向消亡。

景点推荐

安曼

首都，是一座历史悠久的山城，有安曼山、侯赛因山和勒维伯得山等，有众多古迹和新建的现代化建筑，如古罗马剧场、拉格丹皇宫、阿卜杜拉国王清真寺、约旦大学、皇家科学协会、侯赛因医学城、侯赛因青年体育城、国家博物馆等。市内的一般性建筑也因形就势，错落有致，色调和谐，别具一格。古罗马剧场坐落于安曼城堡山脚下的老城区，建于公元2世纪，整个建筑依山而卧，可容纳6000人。剧场呈圆形，不论坐在剧场何处，舞台上歌唱、朗诵、讲演的声音均可清楚地被听到。城堡山系阿巴斯·阿蒙王国历史遗址。在铁器时代初期，即公元前13世纪，在现在的安曼周围出现信奉太阳神的阿蒙人部落。公元前11世纪，阿蒙人建立了阿巴斯·阿蒙王国，把首都建在现在的城堡山上，并称其为"阿蒙"，安曼也便由此逐渐演变而成。

城堡山

马德巴

马德巴小城位于安曼西南33公里处，早在4500多年前，人类就已在此繁衍生息。当地最著名的古迹是圣·乔治东正教教堂地面上用马赛克镶嵌的中东地图。马德巴是世界上马赛克镶嵌制品种类最多的城市，享有"马赛克之城"的美誉。

尼泊山

马德巴向北约10公里，就是尼泊山。站在山顶上向西眺望，死海、约旦河谷尽收眼底。根据《圣经》记载，犹太教创始人摩西在此度过了生前的最后时光，并在此升天。

佩特拉

参见"夕阳下的佩特拉"。

死海

参见"漂浮在死海"。

死海

波斯帝国的舞台

宫门

"来伊朗没去波斯波利斯,就等于没来过伊朗,就等于没有触摸过波斯帝国的文化。"

我们随伊朗马汉航空公司组织的"中国公民赴伊朗旅游首发团"去伊朗旅游。一路上,伊朗导游阿米尼和博格瑞,还有马汉航空的代表西西莉亚不停地与我们唠叨这句话。

按他们的说法,波斯波利斯在伊朗和世界的地位相当于长城在中国和世界的地位,波斯波利斯的魅力、排场、奢华、劫难和毁灭又类似于中国的圆明园。如果到了伊朗,只允许你看一个景点,那你一定要选波斯波利斯。

我们搭乘马汉航空,先飞到伊朗首都德黑兰,再转机到伊朗古城设拉子,从设拉子驱车约一小时,就到了波斯波利斯。

虽然我们见过一些古城宫殿遗址,如约旦的佩特拉、柬埔寨的吴哥、墨西哥的奇琴伊察等等,但看到波斯波利斯,心灵还是有些震撼。

从远处遥望,蓝天白云,东面绵延山脉前,波斯波利斯就像一个巨大的舞台,台上一根根柱子,一座座断壁,一幅幅壁画,都像角色大腕一样傲然屹立,风华褪色,笑看千年。它们虽然已与身后山体和脚下地面混为泥土一色,却由于强烈阳光在残壁和立柱之间的无规则反射和碰撞,折射出闪闪金光。

异国风情千百度

万国门

谁搭建了波斯波利斯这个大舞台？是波斯帝国最牛的皇帝——大流士一世，史上也叫大流士大帝。约公元前518年，大流士大帝经东征西讨，武功文治，竟创建了拥有5000多万人口的波斯帝国，领土从利比亚延伸到克里米亚，从中亚延伸到波斯湾，从爱琴海延伸到印度河，囊括了当时五种古文明之中的三种，跨域欧亚非，有几十个国家、城邦或民族的子民。大流士一世也被称为"全部大陆的君主"和"王中之王"。

为了展示帝国的强大、威仪和辽阔，接受各附庸国和仰慕者的进贡和膜拜，大流士一世建造波斯波利斯。他死后，他的儿孙接着造，搞了150多年，被毁时仍未完工。为造波斯波利斯，大流士召集了当时几十个国家和民族的能工巧匠，调集了各国最好的资源，如巴比伦的砖、黎巴嫩的雪松、中亚的宝石和印度的象牙，奢华至极。

"眼看他起朱楼，眼看他宴宾客，眼看他楼塌了"，不可一世、貌似强大无比的波斯帝国盛极而衰。公元前330年，希腊人的一支，即马其顿的亚历山大大帝率大军兵不血刃地拿下波斯波利斯，在几天狂饮和疯狂掠夺之后，由一位随军妓女首先提议和开头，烧掉波斯波利斯，永远羞辱波斯人，亚历山大大帝马上呼应，大火烧了几天几夜，留下一片废墟。

现在全世界叫响的波斯波利斯，其实是希腊语，意为"波斯的宫殿"，是入侵者和毁灭者对其的"命名"，而波斯人以前称此处为"塔赫特贾姆希德"，即"贾姆希德御座"，古老的波斯是众神的王国，贾姆希德是古代波斯神话中王的名字。可现在，"塔赫特贾姆希德"鲜为人知，而波斯波利斯却如雷贯耳，历史就是这样爱捉弄人。

1979年，联合国教科文组织将波斯波利斯列为文化遗产。评语说：波斯波利斯是古代阿契美尼德帝国的行宫和灵都，兴建于大流士一世在位时的公元前518年。整个古城巧妙地利用地形，依山造势，将自然之地理形貌和人类之艺术精华完美地融汇在一起。波斯波利斯古城遗址提供了许多关于古代波斯文明的珍贵资料，具有重要的考古价值。

现在的波斯波利斯，其实就是一组庞大宫殿群在大火后的废墟。近年，有人根据考古结果，用电脑特技还原了大火前的波斯波利斯三维场景，其富丽堂皇，其建筑技术，其布局合理，其人文理念，都让当代人惊异。

伊朗朋友做事特较真，也难掩对波斯波利斯的骄傲，似有说不完的故事。他们引导我们对波斯波利斯的参观，是严格按着两千多年前外国使者觐见和进贡的路线，还不断让我们在头脑中还原当年的场景和动作，让身心穿越到那个远古时代。

波斯波利斯的建筑很有舞台风格。它依山而建造在一座长近460米、宽约300米、高10多米的石头平台上，石头排列有序，用铁钩相互固定，就像木头的榫头。

我们在西北入口处台下"待诏"，阿米尼和博格瑞"传旨"后，我们经过一条石阶缓步有序"上台"。这石阶坡度平缓，宽7米，共有111级石阶，每级石阶只有10厘米高。一说是便于使者策马上去；二说是使者多为老人，大流士有悲悯之心。

上台后，就是万国门，两根立柱高达18米，柱顶雕塑向外是牛头，显示力量；对内是老人，表示智慧统治；内圆外方吧。当年，在万国门两侧排满号手，来宾经过时，号声齐鸣。一进门，我们就见到不远处的双牛首雕像，它们原是放在十几米高的立柱顶端，立柱倒塌后，就落在地上，此雕像因雕刻细微优美，成了波斯波利斯的一个标志。

进门后，我们"鱼贯"进入百柱厅、觐见厅、冬宫、寝宫、中央宫殿等。这么多厅和宫的，说起来热闹，其实也就是在一大片石柱和断壁间穿行。百柱厅是正方型，每边长为73米，有100根13米高的石柱。现在只剩下了百根柱基了。与百柱厅仅以一小庭

残余柱基

异国风情千百度

高耸的柱子

院相隔的是觐见厅，这是波斯波利斯的正殿，是帝王用来接见朝贡团的地方，殿内大厅呈正方形，每边长达61米，估计可以容纳1万人左右。大厅内有高18米的石柱72根，柱头有公牛雕饰。现在只剩13根了。虽已残缺，可当年的威仪和恢弘仍依稀可见。

当年这些大厅和宫殿集中了当时亚非欧的巨大财富，按照希腊历史学家的估计，亚历山大大帝至少用一万头骡子和五千匹骆驼才运走了大流士大帝及儿孙在此处的私人收藏。

至今，考古学家也没弄清，2500多年前的人用什么工具建造了这座融东西方建筑特色为一体的大型精美宫殿群。波斯波利斯甚至有1.5公里长、能并行两人的地下排水通道。可惜，目前不供游人参观。

在波斯波利斯，台阶墙壁和柱子上的浮雕及阴刻文字，是最值得看的，大火没有烧毁它们，此后又经过千年的风沙掩埋，上世纪出土后，一部分竟完好无缺，栩栩如生，成了2500多年前波斯波利斯最好的图文传真，也是波斯文化的最好诠释。在通往觐见大厅阶梯旁边的墙上，有浮雕刻画了波斯帝国不同附庸国和各个民族朝贡者列队前进的场面，他们面容、体型、服饰、姿态和贡品各异，浮雕细微至肤色，如黑人用黑色石头雕刻面部。不同队伍之间还用一棵雪松隔离，就像现在运动会入场的各国招牌。

解说这些浮雕时，伊朗朋友特别兴奋，不断有理论发挥和升华。他们说，浮雕中人物表情和姿态轻松愉快，有的手拉手或勾肩搭背；贡品有轻有重，有牵一只羊羔的，也有牵着狮子、麒麟、骆驼等；有手捧植物的，也有手捧金银珠宝。这说明大流士大帝的为人不错，当时波斯帝国及波斯波利斯的气氛平静和谐。

他们的高论也不是没有一点依据。大流士大帝对世界历史的影响更多在于他的理念和制度，而不是他的疆域。波斯帝国是人类历史上第一个具有世界意义的大帝国，如何统治？没有经验，大流士自己摸索，搞了一个"大统一，小自治"的原则，允许各国各民族可以有自己的信仰和神灵，大流士没有去做宗教迫害之类的蠢事。他还搞了行省制、军区制、货币税收制度等，有点类似于后来的联邦制。大流士大帝的思想也比较独特，

觐见使者

凶猛的狮子在撕咬独角兽

他曾说："我是一个酷爱正义、憎恨压迫的人，我的意志不允许我容忍强者欺凌弱者。"

大流士自己信奉拜火教的善神（光明之神）马兹达，又称祆教。火是善神的标志，是光明和生命的象征，必须坚持对火的崇拜。信徒必须坚持"三善原则"，即善思、善言和善行，死后灵魂才能获得拯救，升入天堂。

觐见厅的南端坐落着一个拥有北、东、西三个宫门的宫殿，因此得名"三门宫"。在"三门宫"外的墙壁浮雕上，我们看到述说大流士这种宗教和哲学思想的图画和文字。

不过，在历史上，对皇帝说过的话，不必当真。我们发现波斯波利斯浮雕中多次出现一幅相同的画面：凶猛的狮子在撕咬独角兽，狮子代表强大的波斯帝国，独角兽示意敌人。浮雕中也有大批持戈的威严士兵，这就是大流士大帝的万人"不死军"，所谓"不死"，就是士兵才战死，就立即补充新人，使这支军队永远保持一万人。

大流士大帝可不是什么善男信女，江山是打下来，是要杀人的，而且大帝对疆域、财富和权力的欲望总是无边无际，贪得无厌。

在晚年，大流士大帝又发动了两次对希腊的侵略，即历史上著名的"希波战争"，可在马拉松一战遭受惨败。现在，世人大多不知道大流士，可都知马拉松。"希波战争"是在离雅典不远的马拉松海边打的，历尽苦难和以弱胜强的雅典人获胜。为了让故乡人民尽快知道胜利的喜讯，统帅派一个叫斐里庇得斯的士兵跑回去报信。斐里庇得斯特别善跑，可奔跑到雅典时，已竭尽全力，他只说了一句"我们胜利了！"就扑地而亡。在1896年举行的现代第一届奥林匹克运动会上，顾拜旦采纳了历史学家的建议，设立了马拉松赛跑这个项目。比赛沿用当年斐里庇得斯所跑的路线，距离约为40公里200米，这就创立了现代马拉松跑这一家喻户晓的运动项目。

我们曾在希腊看过斐里庇得斯那赤脚奔跑的雕塑，现在又在伊朗的波斯波利斯怀古大流士，联想起来，令人感慨，大帝和士兵，敌人和朋友，数不尽的繁华，血流成河的厮杀，千年之后，都成了各国旅游景点或世界文化遗产，如此而已。

虽然，波斯帝国文明与中华文明没有交集，但大流士修建了贯通波斯帝国的交通网络，即御道和沿途的许多驿站，却为以后的丝绸之路开通，作出了重要贡献，所以，现在我们在提及丝绸之路辉煌时，也别忘了大流士大帝为此搞了不少基建。

异国风情千百度

👉 伊斯法罕半天下

我们到达伊朗古城伊斯法罕时，已是华灯初放。

入住KOWSAR宾馆，开窗一看，一条灯光勾勒的长龙就在楼下不远处，它是一座古桥？我们心里推测。伊斯法罕拥有多座秀美的古桥。

我们立马下楼探寻，十几分钟就有了答案。它正是那座闻名遐迩的33孔桥！它横跨贯穿伊斯法罕全城的扎因达鲁德河两岸。10月，由于干旱，河中无水，从干枯的河床看过去，灯火辉煌的33孔桥像一座歌剧院，又像夜空下的一盏精致水晶灯。

这座两层结构多拱砖石古桥，始建于1602年的萨法维王朝，萨法维王朝是伊朗伊斯兰历史上最伟大的王朝之一，伊斯法罕是它的首都。因这座桥的桥拱有33个，故叫33孔桥，桥长300米，宽14米，造型秀气雅致。33孔桥是一座多功能的建筑，不仅是桥，还是水坝和休闲广场。现在，33孔桥只能步行，宁静安全，桥的两侧有不少休闲就餐的地方。没河水时，河床中常有演出，此桥就成了大看台，桥孔就成了包厢。

我们在桥上来回闲逛，看到桥上桥下的石凳上，都坐满了正在聊天的当地人，他们与我们热情友好地打招呼和合影。

伊斯法罕人的夜生活以外出吃饭和逛街为主。一般是，下班后先洗澡更衣，神清气爽之后，大约晚八点，才与家人或朋友外出吃饭。饭后，大家一起逛街或到广场、古桥聊天。餐馆里设有床座，一家人或朋友坐在铺有地毯的床上吃喝聊天。一些餐馆还有露天的花园座，晚10时，我们在一家楼上餐馆的露天平台吃饭，楼下就是几家餐馆的花园座，璀璨灯光下，花草树木中有一圈圈的餐桌，人头攒动，构成十分生动有趣的生活画面。在这里，没有

波斯餐厅

人吆三喝四地闹酒，空气中也不会酒气熏天，因为伊朗全面禁酒，就连啤酒都不含酒精。而且，伊朗人在公共场所说话很轻。男士对女士说话都表示出很尊敬的样子，如低声和专注。他们认为，这些都是做人的基本教养。

伊朗女子虽然按宗教和政府规定，在外都包着头发，大多数人披着从头到脚面的黑袍，但大都面容姣好，神情大方，穿黑袍走路时也不拖拖拉拉，颇有风韵。与我们同行的几位中国女孩入乡随俗，买了伊朗黑袍裹起来，可在街上一走，与伊朗妇女一比，还真不是一个味道。

外国成年女性从过伊朗海关到登机离境，在伊朗境内所有公共场合也都必须戴头巾，包裹住头发，且不可暴露脸以外的肉体，穿吊脚裤、低腰裤或穿袒胸露臂的衣服是不可以的，伊朗专门设有礼仪警察，对服装违规的伊朗人和外国人，都一样处罚，罚金不少。

伊朗小伙很精神，身材好，快乐爽朗。最流行的男装就是那种紧身半截头的小夹克，年轻人引为时尚。不少小伙见到外国人就热情地打招呼，主动攀谈。我们看过一些同胞写的游记，说这是"伊朗人民对中国人民的友好感情"，这大概是一厢情愿吧。我们在德黑兰路边就遇到一伊朗青年突然停车，问我们是不是日本人，他去过日本，印象很好，希望开车带我们全城观光，并请我们吃饭。在伊斯法罕，我们还遇到几位溜进"邪恶轴心"旅游的美国人，他们一样感受到伊朗人的热情好客。可能是这个民族的秉性吧。

多年来，在国际舆论中，伊朗人和伊朗

伊朗学生

民族多被"妖魔化"，我们近距离接触伊朗和伊朗人后，感觉反差很大。

就说安全吧，我们去过许多国家，其中不少是法治健全和非常富裕的城市，当地朋友首先都会对我们进行"安全教育"，哪里可去，哪里不可去。入夜后，都市中心、街心公园和地铁站都是一些让人提心吊胆的地方。可在伊斯法罕，伊朗朋友没有做任何交代，不是他们太粗心，而是游客被偷或被抢的概率实在太低了。有虔诚的宗教信仰和必要的言行约束，真不是一件坏事。

在伊朗，有一个如雷贯耳的说法，叫"伊斯法罕半天下"。此说法源于16世纪的一位法国诗人，他被伊斯法罕伊玛目广场的恢宏景观所震慑，诗意地描述世界一半的美景都集中在这里了，把伊斯法罕形容为"世界之半"，即"半天下"。大概类似我们的"桂林山水甲天下"之类的赞美诗句吧。也有说诗人不仅惊叹伊斯法罕的美丽，还有伊斯法罕的富甲天下。16世纪，此处贸易十分红火，不仅出口当地生产的地毯、羊毛、葡萄酒、

异国风情千百度

从阿里·加普宫的观礼台俯瞰伊玛目广场

维王朝时期波斯的社会文化生活。按阿巴斯大帝的要求,伊玛目广场按古兰经中描述的"真主的乐园"而建,要在黄色枯燥的沙漠上建造出最美丽滋润的绿洲圣地。阿巴斯大帝把其称为"美丹",即"世界"。

伊玛目广场始建于1612年,1638年完成,长510米,宽165米,面积达8.4万平方米,是莫斯科红场的两倍,是仅次于天安门广场的世界第二大广场。

当年,广场一大作用就是供大帝阅兵和看马球,所以,整个广场一马平川。广场周围有两层拱廊环绕,拱廊东南西北部各开一座雄伟大门,分别通向圣·罗图福拉清真寺、大巴扎(大市场)、阿里·加普宫和伊玛目清真寺(以前叫国王清真寺)。

珍珠、水果,还把从中国和印度进口的瓷器、丝绸和纺织品转运到欧洲,在沟通东西方贸易的"丝绸之路"上,伊斯法罕成为重镇。来自五湖四海的商贾和游客纷纷传扬着"伊斯法罕半天下"美名。与其他伊斯兰城市的拥挤、局促和杂乱大不相同,伊斯法罕开阔、大方和整齐。那时,城内有162座清真寺,48所神学院,283个浴池,1802家商队客栈。常住人口超过50万,是当时世界上最大的城市之一。

我们在市中心的伊玛目广场闲逛闲坐了半日,有一些理解伊朗人至今仍洋洋得意的"伊斯法罕半天下"情愫了。伊玛目意为穆斯林领袖,伊玛目广场在伊朗伊斯兰革命前叫"伊斯法罕皇家广场"。1979年被联合国教科文组织列入世界遗产目录。世界遗产委员会评价说:伊斯法罕皇家广场反映了萨法

阿里·加普宫

葫芦绘画大爷

拱廊一楼是各色店铺，卖着伊朗的特色商品，如细密画、地毯、铜雕、搪瓷蓝、印花土布、藏红花和开心果等，还有冰激凌和蛋糕。伊朗人特别爱吃这些甜食，我们逛过几家甜食店，爆满！各色蛋糕都热销，可伊朗的胖子却不多，他们说，是因为他们每天都要吃大量原汁原味的酸奶。

二楼有许多窗口，是那时贵族皇戚看马球的包厢。广场西侧中段是高48米的阿里·加普宫，上有18根高大柱子支撑的观礼台，这曾是阿巴斯看球的主席台。如今，上面站满了休闲的伊朗老少，指指点点，嘻嘻哈哈，由此放眼，整个广场尽收眼底。广场中心有一巨大的水池，喷泉不断涌出。大片草地和低矮的树木花丛，把广场分成横平竖直的几个区域。石凳和草地上坐着休闲的市民。水池外有许多水龙头，供人们在进清真寺做祈祷前洗手洗脚。在有些特殊的日子里，同一时间，广场上有上万人朝着麦加方向祈祷，蔚为大观。

南北对面的清真寺与大巴扎，是人精神需求和世俗生活的彼此呼应。我们先参观了伊玛目清真寺，该寺始建于1612年萨法维一世时期，1630年竣工。因建筑的精美和科学，一直被世界建筑学界作为范例。我们走进一座祈祷大厅，站在拱顶下，抬头看，拱顶像一只倒扣的青花瓷碗，阳光从拱顶间隙射入，使蓝色的瓷砖熠熠生辉，地面和墙壁上光影交错。

我们也学着伊朗人的样子，站在拱顶下一块黑色标记石上击掌，立马可听到7次洪亮的回音，声音传到大殿的各个角落，最远可传到外面的门廊。这是因为拱顶有两层，相距15米，中间的空间形成了一个巨大的音箱，宣讲人在此说话，可以传得很远。

因伊斯兰教禁止偶像崇拜，所以建设者把工夫下在一笔一笔勾画的瓷砖上，每一块砖上都有繁复和奇异的花草和文字，巧妙连接，无限延伸，在幽幽蓝色主调下显出色彩斑斓。

因为时间宽裕，我们就坐在广场草地上晒太阳。伊朗不允许男女在公共场所有亲昵

黄昏下的伊玛目广场

异国风情千百度

伊玛目清真寺

行动,但柔情蜜意依然四处可见。坐在我们附近的一对男女青年,买了两个冰激凌,小伙子把自己的挖一些给姑娘,不时还悄悄喂她一口,四目相对,含情脉脉。伊朗人善谈,自来熟,针砭时弊时也心直口快,好像会说英语的人不少,大巴扎里的小商贩个个会说。一位带孙女散步的老人告诉我们,他当过兵打过仗,做过中学物理教师。他对伊朗姑娘个个黑袍缠身就有不同意见,说现在有些姑娘开始出格了,带头巾不再裹紧,故意露出前面的一丝秀发,这也没有什么不好,当局对这些要宽容一些嘛。

编织艺术品小店

波斯地毯

地毯博物馆大厅

在伊朗旅游，波斯地毯不可不看。如果遇到特别喜欢的，价格也适中，就不要犹豫，立马买下。

波斯地毯是伊朗著名的手工业之一，自古在国际上享有盛誉，其编织和生产的历史至少已有2500年。现在是世界各国收藏的艺术精品。

伊朗人不仅把地毯当作居家过日子的"软装潢"，也当作珍贵的艺术品和传家宝，几乎每家都有好几块，一般的就铺在地下，昂贵漂亮的都挂在墙上，全家百看不厌，还可以向客人炫耀。伊朗人喜欢攀比地毯，女儿的嫁妆中一定要有拿得出手的好地毯，至少要有两块以上。婆家到女儿新房"验收"，不太看重家用电器或家具，最看重的就是地毯的图案、质量和价格。陪我们参观的伊朗朋友阿米尼有一个正在读大学的女儿，他说，他嫁女儿时至少要送两块纯羊毛或半毛半丝的好地毯，每块至少要值三四千美元。现在，有的伊朗人还把地毯当作"照片"或"第五面墙"，把婚纱照或全家福做成地毯画面，挂在家中欣赏。因这种代客加工的特制地毯，手工要做一年多，所以特别昂贵。

我们在德黑兰观光的第一站，就去了位于市中心的地毯博物馆。博物馆的造型很怪，说是夸张放大的古代波斯地毯编织机。走进

异国风情千百度

幸福的一家

展厅，墙壁上挂着或地上铺着几百块大大小小的波斯地毯，它们是伊朗各地在各个时期编织地毯中的精品，最长的有450多年历史，依旧色泽鲜艳如新。这些地毯由纯羊毛、棉、丝或半毛半丝材料织成的。地毯的图案多取材于伊朗人喜欢的花果、风光和神话故事人物等，构思巧妙，画面生动。古代伊朗工匠在构思这些图案时不打草图，而是胸有成竹，信马由缰，自由发挥，到哪算哪，这反而使画面不拘小节，自然天成，浑然一体。一幅幅地毯就像精美的西方油画或水墨国画。一幅地毯描述着打马球的场景，选手们挥杆搅在一起，激烈争夺，精湛球技令人惊讶。比赛中，有两人骑一匹马的，还有骑大象，赛场上骏马奔驰，猎狗紧追不舍，还有兔子四处欢跳，真不知古代波斯马球到底如何玩法。馆中描述帝王生活的地毯不少，可给我们印象最深的是一幅普通人家的生活欢乐，英俊健硕的父亲在吹着箫一样的乐器，美丽丰满的母亲在一旁翩翩起舞，三位可爱清秀的孩子或击鼓或跳舞，飞翔起来，周围五色花团锦簇，整个场景犹如人间仙境。

波斯地毯为何名贵？

首先是制作不易，手工编结是波斯地毯的基本要求，编织一条手工波斯地毯，专业织工要从七八岁开始学起，成年才出师。即使能工巧匠，好几位师傅花14至18个月时间，才能完成一块传统波斯地毯。单位面积打结毛纱数量的多少,是衡量地毯质量好坏的主要标准,打结数量越多,地毯的花纹越精致细密。波斯地毯的密度是按每平方米的打结数计算的,并表示在经、纬方向每10厘米的打结数。伊斯法罕地毯的打结密度一般是60~100结/10厘米。

其次是选材,波斯地毯可分为全棉、全毛、棉毛结合、丝毛结合、全丝五种,价格通常与含丝量成正比。75结/10厘米以上的手织毯称为上品。好的羊毛波斯地毯采用8至14个月羔羊的羊毛作为原料,手感细腻、平滑和柔软。真丝做的波斯地毯非常柔软,而且反光效果极佳,使地毯图案中人物、动物和花草树木活灵活现。

大多数波斯地毯都是使用当地农田或山区生长的农作物、矿石和动物来染色或利用材料本身的自然色,颜色运用越多,地毯的价值越高。在高级地毯上,可能会用到高达250种的颜色。因使用天然颜料,波斯地毯历经百年,仍然色彩鲜艳如故。

艺术性和增值性最高的是地毯画面的创意,有的画面一下子就能抓住人心和眼球。伊斯法罕是生产顶级波斯地毯的地方。我们参观了多家地毯店,一块叫"生命"的波斯地毯在一瞬间打动了我们。在画面上,各类飞禽走兽平静友好地各自生活,花草树木平平淡淡,枝条相连,鸟不威,兽不猛,树不粗,花不艳,色不鲜,调不高。乍看,像一张朴质寻常的农家自染灰蓝土布。可一细看,纹理中却透着精致和风骨。店主来自生产和设计波斯地毯的世家,他告诉我们,"生命"的设计师就住在伊斯法罕,是一位饱经沧桑的70多岁老者,曾设计出许多波斯地毯精品,被各国人士收藏,"生命"是他的得意之作,

美女与老人

异国风情千百度

购买波斯地毯"生命"

是他对生命的顿悟。"生命"是半毛半丝的,所以,有羊毛的温暖,又有真丝的光泽,看起来和摸上去,都很舒适。价格也不太高。我们没有犹豫,当即买下。

"生命"使我们想起在伊朗看到的波斯细密画。波斯细密画,是13至17世纪流行于伊朗手抄本封面、扇面、插图上的微型画。伊朗艺术家把充满活力的动物形象与山水风景结合起来,加强了空间感,色彩淡雅,线条流畅,"生命"就像一幅放大的细密画。

因设计师风格迥异,波斯地毯没有完全一样的,这就使它极具收藏价值和可投资性,可以像黄金、珠宝和玉石一样流通。通常,地毯的年限越久,价值便越高。手工波斯地毯寿命可长达100年以上。在上海世博会伊朗馆就放着一摞摞的波斯地毯,售价大都在10万元人民币以上,标价几百万元的波斯地毯也不鲜见。全世界以奢华尊贵示人的豪华酒店无一不是以波斯地毯装点门面。

大巴扎里的地毯店

景点推荐

德黑兰

早在5000年前，伊朗就创建了灿烂的古代文明。然而，德黑兰作为首都发展起来，还是近200年的事。德黑兰是古老国家的新首都，距里海100多公里，中间隔着巍峨的阿尔布尔士山脉，整个城市建在一个山坡上，全城北高南低，两条宽阔笔直的林荫大道贯穿市区的南北和东西。南部多是古老建筑，至今这里的许多市场仍保留着古代波斯的风貌。北城则是现代化建筑，有高级饭店和各种商店。从整体看，德黑兰的高层建筑不多，人们喜欢有院落的平房，宁静而舒适。德黑兰有文化遗产博物馆和一千多座清真寺。

萨德阿巴德王宫

建筑群位于德黑兰最北部的山上，空气新鲜，环境优美，占地面积400公顷，其中约有180公顷为森林、花园、草坪。共有14座宫殿，富丽堂皇。

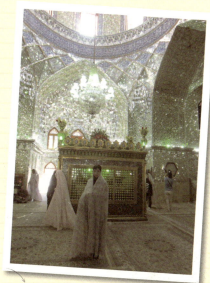
清真寺内景

格雷斯坦宫

伊朗巴列维王朝之前的卡贾王朝的皇宫，有200多年的历史，具有浓郁的伊斯兰建筑风格。宫殿外墙采用了大量彩釉瓷砖，色彩艳丽。内部装饰采用了伊朗传统玻璃片镶嵌工艺，豪华精致。有7个宫殿。

格雷斯坦宫

异国风情千百度

古地毯博物馆
参见"波斯地毯"。

珍宝馆
位于伊朗中央银行地下室，收藏了几个世纪以来伊朗王室最珍贵的国宝，如象征着伊朗王权、镶满珠宝的"孔雀宝座"。"光明之海"是一块182克拉重的金刚钻石，粉红色，为世界之最。

自由纪念塔
德黑兰机场附近，建于1971年，为纪念伊朗帝国成立2500周年而建，是德黑兰市的一个象征。塔高50米，其中18米为地下层，为古代建筑与伊斯兰建筑结合的产物。

自由纪念塔

设拉子
伊朗中部最大城市，法尔斯省省会，伊朗最古老的城市之一。公元前6世纪是波斯帝国的中心地区。城区分新、旧两部分，旧城有赞德陵墓、波斯波利斯遗迹。设拉子为波斯著名诗人哈菲兹的故乡。

莫克清真寺
是全市最美丽的清真寺，又称粉红清真寺。

粉红清真寺

瓦洁尔清真寺
公元18世纪中叶建造，外墙用彩釉面装饰，色彩鲜艳。

伊尔姆花园
又名天堂园，是一座美丽的大庭园。

哈菲兹陵墓
哈菲兹生于14世纪，伊朗最伟大的抒情诗人。他诗歌的影响仅次于《古兰经》，已成为伊朗人民生活中不可缺少的一部分。在婚礼上要吟诵。

哈菲兹的陵墓

古兰经门

一千年前，建于设拉子城北的一座装饰用的城门。卡里穆汗曾在这个城门顶上房间里放置了一本《古兰经》，以求赐福。

古兰经门

波斯波利斯

它位于设拉子东北130公里，波斯帝国古都，全球最早的波斯花园设计遗址。参见"波斯帝国的舞台"。

居鲁士大帝陵墓

历经两千多年完整无缺，2004年列入世界文化遗产。

居鲁士大帝陵墓

伊斯法罕

参见"伊斯法罕半天下"。

伊斯法罕姑娘

四十柱王宫

萨法维王朝最重要的王宫之一，建于1647年。王宫内保留了多幅珍贵历史油画及各种文物。

伊玛目广场

参见"伊斯法罕半天下"。

伊斯兰古桥

参见"伊斯法罕半天下"。

四十柱王宫

卡尚

这里除了世界闻名的地毯之外，还以它的丝绸及彩釉砖而享誉国内外。有奇妙的布鲁杰尔迪古宅，费恩庭园以其自然喷泉而闻名。

布鲁杰尔迪古宅

伊斯法罕的伊斯兰古桥

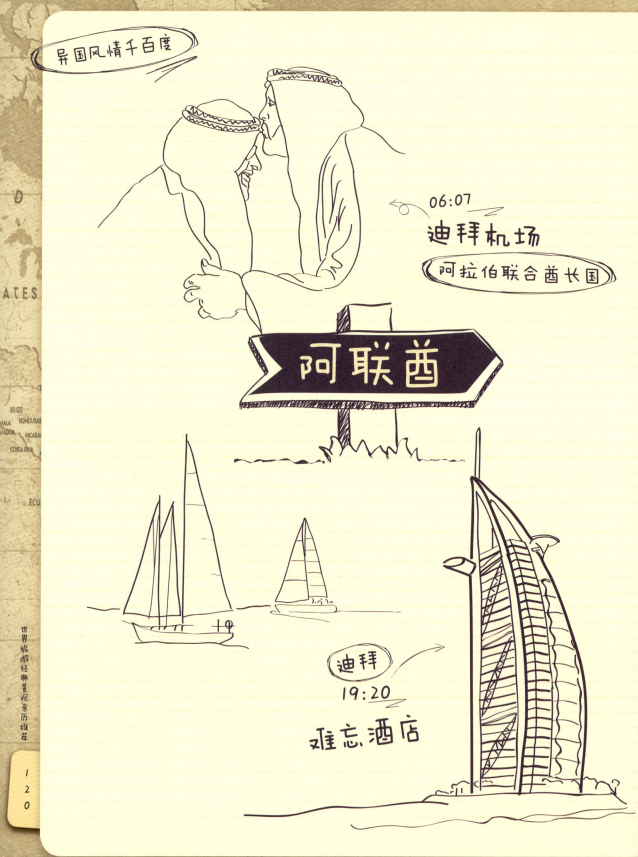

迪拜机场

机场里的绿树

我们曾多次在阿拉伯联合酋长国的迪拜国际机场转机，这座机场给我们的感觉极好。爱屋及乌，可对迪拜国际机场和迪拜，我们是爱乌及屋，由于在机场转机时感觉舒畅，记忆快乐，所以，我们一直都想到拥有和管理这座机场的国家和城市看看。而且，我们多次搭乘的阿联酋航空公司是可以代办阿联酋落地签证的，该公司还可安排在当地的旅游，十分方便。2012年，当我们再次搭乘阿联酋航空公司的飞机，从肯尼亚旅游回国时，又在迪拜转机，我们就办理了签证，进了阿联酋，游玩的重点就是迪拜。

迪拜国际机场是中东地区最大的航空港和最重要的枢纽机场，也号称是全球最大的机场。机场有200多个登机口。每周大约有125家航空公司的5600左右班航班，由此机场飞向遍布世界上200多个目的地。每周仅从英国飞往迪拜的航班数就高达110个。如此庞大和繁杂的机场，却在安排和管理上井井有条。

这座巨无霸机场的构造非常简洁，由东向西一字排开，东西两侧分别是东候机大厅和西候机大厅，中间是免税店和饮食区，使人一目了然。特别是布局合理和标识分明，我们每次抵达迪拜，无论是转机，还是到达目的地，都不用担心走错路或认错门。机场上下四层楼，每隔二三十米就有指示箭头，向乘客提醒所在的方向位置。不像我们去过的一些国际机场，布局

异国风情千百度

机场购物区

七扭八拐,标示又不明显,找登机口很费力气。我们经常碰到我国外出打工人员或探亲老人在这些机场里晕头转向,焦急不安,见我们是同胞,请我们帮忙。而在迪拜国际机场,我们却多次看到我国民工怡然自得地在此转机或往返阿联酋。

尽管个人的感受和体验不同,但迪拜机场给去过的人留下了良好印象。

迪拜机场是公认的全球最佳购物机场。我们的一些"购物狂"朋友对机场内血拼经历津津乐道,念念不忘。迪拜机场其实就是一个巨大的 Shopping mall,中间通道两侧排列着一家又一家免税商店,免税店的面积高达九千多平方米,昼夜开门营业,24 小时灯火通明。店里商品琳琅满目,品种繁多。我们看到许多世界品牌商品,其中不少是大名鼎鼎的奢侈品,如各种品牌的瑞士名表和化妆品。给我们印象最深的是,每次路过黄金珠宝首饰店时,柜台前都是熙熙攘攘的,付款台前也排着长龙。购物可以直接用美金和欧元,也可兑换成"迪拉姆",这是阿联酋的货币。机场里隔几十米就有一个兑换货币的柜台。我们爱逛机场的书店,有好几家,

很新潮,畅销书按最新排行榜陈列着。丹·布朗的《失落的秘符》在世界同步上市那一天,我们正好在迪拜机场转机,在书店里就看到堆出的《失落的秘符》,立马买了一本,先睹为快。机场免税店营业员中有不少应聘到迪拜工作的中国小姑娘,她们英语流利,人也机灵。

迪拜机场还有许多让我们喜欢的地方。我们喜欢机场环境的自然风格和阿拉伯风情,室内种植着巨大的椰树,树影婆娑。我们喜欢机场的美食,餐饮区提供几十种风格各异的各国特色饮食,价格也不贵。我们喜爱机场的免费上网。还有,插头很多,看电脑或给手机充电,都很便利。我们喜欢看机场里的阿联酋空姐,她们头戴洁白的纱巾和红色的帽子,婀娜多姿,洋溢着阿拉伯风情,容貌却十分国际化,有着各种肤色,其中也有受聘的中国姑娘。这些年,阿联酋航空以迪拜机场为基地,每年都以 20% 的速度迅猛发展。近年,我们成了阿联酋航空的常客。

其实,我们最喜欢的还是迪拜机场的"可睡",就是最喜欢迪拜机场那四处可见的躺椅。为了省钱,我们出国旅游坐了不少红眼航班,全

阿联酋空姐

是经济舱。常常是深夜出发，空中过夜。从上海飞到迪拜约9小时，机场转机一般要等四五个小时，下一站行程短的要再飞六七个小时，长的如南美要再飞十几个小时。所以，我们转机时最大的愿望和快乐，就是能找个安静的地方躺一躺，小睡一会，只有迪拜机场总能使我们如愿以偿，因为总有"空床"，让我们基本放平身体，舒展四肢，小睡一会，得到身心休整。

现在，世界上不少机场都还没有迪拜机场如此舒服和便利，它们大多是座椅，温情一些的，座椅之间已不设扶手，躺上去虽不舒适，但没人时可以放平一下，聊胜于无。有的机场即使有几把躺椅，也是僧多粥少，一椅难求。这些年出国旅游，在不少国家的国际机场，我们都常常看到疲惫不堪的人们在角落席地而睡。像迪拜机场这样在四处设置许多躺椅的体贴做法，国际机场中还真不多见。

从迪拜机场入境阿联酋，过关非常严格，首先要做眼睛扫描，男女分别排队进行，因入境者很多，等待眼睛扫描者排成了长龙。

迪拜机场的首席执行官说："我们的目标就是做一个东西方的连接者，使地球上的任何一

机场夜景

点都可以通过迪拜连接起来。"迪拜正在建设顶级的热带沙漠人造绿洲、世界金融贸易中心、沿海旅游和度假胜地，机场正是实现和展示这些目标的窗口和缩影。迪拜机场通过"躺椅化"这类人性化的细微服务，把成千上万普通乘客的好感与迪拜机场及迪拜连接起来。

迪拜机场是法国建筑师保罗·安德鲁的作品，他还设计了巴黎戴高乐机场和上海浦东新机场等。

机场餐饮区

异国风情千百度

难忘酒店

从沙滩上看帆船酒店

　　宾馆、酒店和旅社不仅是人在旅途的驿站，让我们身心得到休整，而且，它们本身就是旅游生活的一部分，使旅行者感受着异域的文化和风情。

　　有些出国住店的经历给我们留下了深刻的印象，至今难忘。

　　一类是地道的原生态。住在肯尼亚马赛马拉荒原里的酒店，每夜都伴着河马那奇怪的叫声入眠；在不丹山中的酒店入住，半夜，狼嚎狗吠，利爪抓门刨窗；在南非太阳城的酒店，狒狒破窗而入，好吃好喝一番，扬长而去……

　　一类是风景无比壮观秀美。住尼泊尔的一家酒店，推窗就见世界屋脊；在希腊小岛上的一家酒店，躺着就可望见爱琴海；我们住过的不少酒店就建在世界最美丽的海滩上，如墨西哥的坎昆、古巴的巴拉德罗、巴西的里约和澳大利亚的黄金海岸。还有住在加拿大的尼亚加拉大瀑布和巴西的伊瓜苏大瀑布附近。我们还住过位于加拿大落基山露易丝湖畔的古堡饭店，仿佛置身于童话世界和人间仙境，陶醉无比……

　　还有，就是在住店时发生过一些不寻常的事。我们有一次在美国，正好碰上美国要出兵伊拉克，全国都发出了橙色警报。我们刚在波士顿一家酒店住下，就听到尖利的警报响起，酒店广播要求我们立即从楼梯下到外面的空地。我们抓起外套就下楼，与我们一起依次排队下楼的客人中不少人赤身裸体，只裹着一条浴巾，大概正在洗澡吧，外面可是冰天雪地呀。我们一到外面，就见到几十辆警车和大批警察包围了宾馆，闪烁的红灯令人目眩。大约过了一个多小时，警报才被解除。广播解释说，刚才酒店接到报告说，宾馆已被恐怖分子安放了炸弹，但经过警方一番仔细检查后，并没有发现炸弹。我们被吓得够呛，又冷又饿，当警方允许住客回房间后，我们干脆直奔宾馆餐厅，毫不犹豫地点了几只波士顿龙虾，用美食给自己压压惊。

在大多数国家旅游，酒店里发生的故事再多，一般也不会成为旅游的主角，而在阿联酋的迪拜则不同，迪拜旅游就是靠酒店扬名四海的，各式各样的豪华或古朴酒店是迪拜旅游的重要内容之一。对专门为住豪华酒店而到迪拜的游客来说，住店就是他们此行的主要或唯一的内容。

在迪拜酒店群中，帆船酒店的名声最大，也是最早出名的，可以说，帆船酒店不仅是迪拜，也是阿联酋众多豪华奢侈酒店的"带头大哥"。帆船酒店成了迪拜，甚至阿联酋的标志。许多人是先知道有一家帆船酒店，才知道有一座迪拜，这种因一家酒店而带动一座城市知名度并成为旅游胜地的例子，在当今世界，唯有帆船酒店和迪拜。我们一到迪拜，就去看帆船酒店。因为帆船酒店是不允许非住店者入内的，我们只好先到海滩，观其外形。

帆船酒店其实叫"阿拉伯塔酒店"或"阿拉伯之星酒店"，因其外观如同一艘鼓满风帆的大船，故被世人称为帆船酒店，而它的大名却渐渐被大家淡忘了。

人们都说它是这世上最奢华的酒店之一，是世界上第一家七星级酒店。可这"七星级"说法出于何处？又是谁评定的？用的什么国际标准？答案蛮有戏剧性的。1999年12月，帆船酒店刚开业的时候，客人中有一位英国女记者，她回国以后，在报上盛赞帆船酒店的豪华奢侈和尊荣服务。她写道："我已经找不到什么语言来形容它了，只能用七星级来给它定级，以示它的与众不同。"后来，这个七星级说法就传遍了全球。

帆船酒店建在距海岸线不远处的人工岛上，整个工程用了9000吨钢铁。在40米深海下，打了250根基建桩柱。整个建筑高315.9米，共有56层。

大楼靠海一侧笔直挺立。靠岸一侧形同迎风鼓起的船帆，轻盈、飘逸、饱满和流畅。建筑的主色调是洁白和海蓝。我们坐在帆船酒店附近的海滩上，平视它，像一艘鼓风待发的大船，踌躇满志，意气昂扬；仰视它，最高处细细的塔柱和蓝天白云融为一体，像天外飞来的UFO，神秘莫测。塔柱与楼层顶端交界处，有两个向外突出悬空的建筑，距离地面有200多米高，看起来有些突兀。

朝海岸这一面的突出建筑是一个圆盘，平时作为直升机的停机坪，对特别尊贵的客人，酒店可用直升机在机场和酒店之间接送，客人由此直接乘电梯进入自己房间。2005年2月22日，此处曾临时改为网球场。在

异国风情千百度

帆船酒店大堂电梯与水族箱

参加迪拜公开赛间隙,排名世界第一的瑞士选手费德勒和美国传奇老将阿加西,来到这个世上独一无二的空中网球场,进行了一场别开生面的友谊赛,当时,这场"世界上最高的网球赛"十分轰动。此处也曾临时改为高尔夫球场,邀请老虎伍兹挥杆,又成了"世界上最高的高尔夫球表演"。这些新奇策划和历史画面,随着电视的传播,使帆船酒店愈加名声大震。

对着大海那一面的突出建筑,形同"匣子",这便是大名鼎鼎的云中餐厅。云中餐厅环境是模拟太空的,客人乘快速电梯,33秒内便可直达餐厅,就餐时面朝大海,可从空中俯瞰整个迪拜和阿拉伯海湾。

到迪拜不进一次帆船酒店,多少有些遗憾。帆船酒店已经不是单纯的酒店,而成了一处绝对热门的迪拜旅游景点,成了阿联酋的名片。可帆船酒店不能免费参观。要入内一睹芳容,除了住店,就是就餐。淡季最便宜的房价,住一天也要6000元人民币左右,最贵的房间要十几万元人民币。大富豪在各国的绝对数都很小,可他们都集中到迪拜来,

就不是一个小数目了。尽管帆船酒店的房价十分昂贵,可却常常是一房难求,那些极端奢华的房间如皇家套房等,都需要提前很长时间才能预定到手。在迪拜旅游淡季,国内旅行社常组团去住帆船酒店,他们宣传都说能拿到最低价,可一夜也要5000元左右。

我们舍不得花这钱。但既然到了迪拜,不看看帆船酒店的内部,总是缺少体验,令人遗憾。所以,我们只有进去就餐。帆船酒店共有9家餐厅,生意极好,一座难求。我们提前一天订餐时,也只有阿拉伯餐厅还有晚上十点以后的一个桌子,还要等着翻台。其他餐厅,如云中餐厅和海底餐厅等早已客满,半夜等翻台都不可能。海底餐厅是最牛的,要坐潜水艇下去,就餐的座位周围布满着美丽珊瑚,游弋着海底珍稀鱼类。在海底和云中等餐厅吃一餐,人均需要5000多元人民币。就是有空位子,我们也不会去的。这看一眼帆船酒店内幕的"票价"也太高了,超出了我们的心理预期。阿拉伯餐厅是帆船酒店餐厅中最便宜的一家,可也要每人消费近千元人民币,我们咬咬牙,订了一家三口的席座。

其实,为了进帆船酒店,仅付出餐费还不行。帆船酒店规定穿着过于随便的客人不能入内,比如穿球鞋和牛仔裤。我们刚从肯尼亚过来,都穿得很随意粗犷,旅游鞋加牛仔裤或行军裤。入乡随俗嘛,没办法,我们只好又赶到迪拜最大的 Shopping mall (Dubai Mall),专门采购就餐的行头,好在 Dubai Mall 里虽然云集着世界奢侈品,但也有卖中低档衣服和鞋子的商店和超市。我们只花了

狭小的广场

几百元人民币，竟也正经八百地装扮起来，皮鞋锃亮，裤缝笔挺。

晚上9点多，我们接到帆船酒店的通知，说是可以进入酒店等待就餐了。我们车子在距酒店很远处，就被一道关卡拦下，保安用对讲机与内部核对了我们的订餐号，确认后放行。车子径直开到酒店大堂的门前，下车一看，大堂前的广场很小，酒店自己接送客人的白色宝马和劳斯莱斯已排得满满当当。正是因为这一先天不足，各国政要在访问阿联酋时，一般都不住在帆船酒店，因为随从和警卫的车辆根本放不下。他们多下榻位于阿联酋首都阿布扎比的酋长国宫殿酒店，这家与阿联酋总统府仅一街之隔的酒店"简直是为国王而建的"，整个建造费用高达30亿美元。因酒店最初是为迎接海湾合作委员会首脑会议在阿布扎比召开而修建的，故饭店的原名是"会议宫"。酋长国宫殿酒店虽然名声没有帆船酒店那么大，落成时间也不长，但被人称为"八星级"，以表示比帆船酒店的"七星级"更加富丽堂皇和无比尊荣。

帆船酒店大堂的门不大，也很普通。过道墙壁上有一块铭牌，上面用阿拉伯语写着"阿拉伯塔 朱迈拉"，帆船酒店属于朱迈拉酒店集团，这家集团在迪拜拥有多家高级宾馆，如帆船酒店对面不远处的朱迈拉海滨饭店是五星级，其流线型波浪外观与帆船酒店的巨帆构成迪拜城里最突出的地标。

推开玻璃门，有一短短的通道，墙上挂着三位酋长的画像，我们推测他们分别是：被尊为"现代迪拜之父"的谢赫·拉希德；谢赫·拉希德长子、力推迪拜经济转型的谢赫·马克图姆；谢赫·马克图姆的弟弟、目前迪拜的掌门人谢赫·穆罕默德。正是这三位高瞻远瞩、胸怀大志和智慧过人的酋长，在一片荒芜的沙漠上，创造出一座现代化的旅游、商贸、会展和高科技城市，成为当代一个经济、管理和人居的奇迹。

谢赫·拉希德开始在迪拜加深和加宽港口，建立人工港；在茫茫沙漠上建公路、机场、高楼、医院和学校。

谢赫·马克图姆利用发现石油所获得的

三位酋长

巨大财富，快速加强迪拜基本建设，通过教育、医疗、交通建设和就业来创造财富，为迪拜初步打造了世界一流的商业和生活环境。谢赫·马克图姆一直清醒地认识到，有限的石油是会挖完的，坐吃山空，只能给迪拜带来一时的极度繁荣，迪拜的长期可持续性发展不能仅靠几桶油。除了发展贸易和科技，他下令大力发展旅游业。帆船酒店就是他一手"催生"的。还有被称为"世界八大奇迹"的棕榈岛等。只用十几年的时间，就把迪拜这样一个"小村庄"建成世界最富盛名的旅游目的地之一。早在2003年，迪拜旅游业的收入就已经超过了石油收入。最使迪拜人津津乐道的是，开明的谢赫·马克图姆没有把酋长宝座传给儿子，而是传给了他最能干的弟弟——谢赫·穆罕默德。

谢赫·穆罕默德果然不负众望，使迪拜发展的关键词从"黑金"转变为"经济多元化"。使贸易、金融、旅游、酒店和餐饮等非石油产业成为迪拜经济发展的支柱。谢赫·穆罕默德除了大力发展贸易业和旅游业以外，也非常重视现代化的高科技产业。迪拜网络城，已有微软和甲骨文等多家跨国大科技公司在此设据点，有几万名来自各国的高科技人才在这里工作。迪拜外包开发区是世界上第一个专注外包行业的自由区，具有免税和最好的工作环境。实际上，迪拜已经不能称之为单纯的阿拉伯"石油国"了，可以说迪拜是靠石油发起来的，可发对了地方。虽然酋长们也有个人爱好，如收集天下骏马，但他们把巨大的财富用于民生和发展。现在，如果有人仍认为迪拜还在靠石油发财或大多数企业与石油相关，则是一种误解。迪拜石油储量在阿联酋和海湾地区的比重已微不足道，石油收入不到迪拜经济总量的3%。

穆罕默德说："假如我们是羚羊，停下脚步就会被狮子吃掉。假如我们是狮子，停下脚步就会饿死。"这是迪拜多元发展的动力。迪拜人最爱说的一句话："在迪拜没有不可能的事，永远只做第一，因为没有人会记住第二。"

高耸入云的帆船酒店像一位默默无语的证人，目睹着迪拜这些年巨变的点点滴滴。

当我们推开帆船酒店大厅的最后一扇门时，尽管对里面的奢华还是有些思想准备的，以前也见过不少图片，看过一些影视，但第一眼看过去，还是有一些叹为观止。有人形容说，一推开这扇门，你就从普通人的生活一步迈进了"帝王生活"，这里有你想象不到的尊贵和奢华。你的平凡人生在瞬间就转换成"王子和公主过的幸福生活"。我们虽没有这种共鸣或激动，但帆船酒店接待大厅的建筑风格和装潢奢华的确令人惊叹。

整个大厅有着浓郁的阿拉伯色彩，地上铺着以红和黄为基调的波斯地毯，花纹绚丽，做工精美，气度高雅。两侧竖立着高大精巧的阿拉伯壶，金光灿烂。大厅里没有check in柜台，因为入住帆船酒店不需要check in，所有客人到达时，已有专人恭候，直接请入房间。大门的正面是由黑色菱形石头垒成的阶梯，排列成波浪状，每层都是喷泉，细细的喷花，在灯光照耀下，呈现五颜六色。阶梯喷泉的两侧是客人上下的扶手电梯，可达大厅的第二层。扶手电梯一侧紧挨着巨大

金色立柱和观光电梯

的水族箱，各种鱼类在珊瑚中游来游去，使人乘电梯时伸手可触。大厅的高度有180米，创下了世界宾馆接待厅中庭高度之最。我们仰头看，一圈是粗壮高大的立柱，金碧辉煌，为包裹这些金柱子，共用了26吨黄金。整个饭店在装饰中用了40吨黄金。立柱之上的楼层像波涛一样绵延回转，蓝绿白相间。观光电梯上下时，里面的灯光如同天穹里的流星，一闪而过。我们乘扶手电梯上了二楼，一上楼就可看见一座圆形的喷泉，喷泉的右手就是我们即将就餐的阿拉伯餐厅。门口接待先生身穿阿拉伯长袍，戴着头巾，谦恭有礼。他请我们先在酒店内转转，招待们正在换台。

我们四处转转，说是四处，其实就餐者能去的地方不多。二楼有几家奢侈品专卖店，可以逛逛。我们乘电梯去了客房，但只能在电梯间探头看看客房的走廊，因为非住店客人是不能进入走廊的。电梯间也豪华精致，立着纯金包裹的柱子，铺着精美的波斯地毯。

陪我们的迪拜朋友大致描述了客房内部。帆船酒店的客房在舒适、便利和奢侈上无不用其极。所有房间都是两层的复式结构，面积从170平方米到780平方米不等，楼下是会客室、餐厅、酒吧和商务办公室，楼上是卧室、卫浴间和衣帽间。无论一楼还是二楼，都有面向阿拉伯海湾的落地大玻璃窗，可以270度看海景，睡在床上也可以看见大海上的日月星辰。室内装饰用尽极品，有浓郁的中东阿拉伯风情。室内布满新插的鲜花，传出阵阵芬芳。淋浴除上头的莲蓬头之外，还可选择上中下三段式喷水。有11种枕头供选用。室内各项高科技设施全由一个遥控器控制。放着不同品牌的美酒、咖啡、巧克力、点心和各类新鲜水果，全都是免费供应。所有卫浴用具都是爱马仕的牌子，包括肥皂、古龙香水等，酒店鼓励客人全部打包带走。服务也极其精细和贴心，客人只要离开房间一会儿，室内就会被打扫整理如新。你只要提出要求，就立即会有人去落实，传说有8位酒店人员服务一位客人，其中还包括一位懂金融和理财的临时私人管家。酒店里各种设施齐全，如游泳池、健身房和影院都是最好的。有一些客人一旦入住后，就不愿再外出了，直至待到离境。

异国风情千百度

游泳池

帆船酒店就是要让客人感到自己无比尊贵。在这个全世界富豪都嚷嚷"一辈子一定要住一次的饭店"里，所有的一切都为了把客人捧为"王公贵族"。帆船酒店是酒店中的最著名奢侈品。

多年来，奢侈品消费有如此的生命力与诱惑力，就是因其文化暗合"奢侈的喜爱是人的欲望和天性"，对此，我们也要相对承认和接受。孟德斯鸠在《论法的精神》中说："富人不奢侈，穷人将饿死。"这话听起来不爽，但细想一下，的确有些道理，炫耀性消费说到底也是消费，同样拉动经济。富人花大钱买"不值"的奢侈品，总比"葛朗台们"在家埋头数钱玩要好许多，毕竟参与了流通。有经济学家说："一个社会，可以通过富人购买奢侈品实现财富的转移与重新分配"，这会给穷人更多的机会。这话有一定的道理。迪拜奢侈的酒店群就大大提高了当地的就业率，在这些酒店参与管理和服务的人大都是各国雇员，其中也有不少中国人。

终于到了我们就餐时间，阿拉伯餐厅不大，是自助餐，食物丰盛精美，可我们没有夜里十点吃大餐的习惯，只好把所有美食都瞧了一遍，找几样尝尝，感受一下餐厅的环境。结束帆船酒店之旅时，已经夜里11点多了。

迪拜自建成了帆船酒店之后，又建了许多超豪华酒店。我们乘轻轨到棕榈岛的顶端，就看到阿特兰蒂斯酒店和它的水上乐园。这家2008年11月开张的酒店耗资15亿美元，仅水族馆就占用了酒店的两层楼，养着6.5万只全球各地的海洋生物。还有典雅迷人的古迈拉古城饭店和古城宫殿饭店。哈利法塔里也拥有多家酒店。这些酒店各具特色，设备、装潢和服务都是世界一流的。

哈利法塔和Dubai Mall

景点推荐

迪拜

阿拉伯联合酋长国的最大城市。十几年前，迪拜还是中东地区一个貌不惊人的城市，现在已成为世界瞩目的中心，被誉为"梦幻城市"和"海湾明珠"。迪拜大力发展旅游业，拥有世界上极其奢华的酒店群、最大的购物中心、最大的室内滑雪场和最高的哈利法塔等建筑奇迹。迪拜地处热带沙漠，但绿树成荫、鲜花夹道和芳草成坪。迪拜既有现代开放和创新气息，又有传统的阿拉伯风情。伊斯兰妇女戴着面纱，西方女子袒胸露臂，都得到了包容。参见"迪拜机场"和"难忘酒店"。

迪拜机场

参见"迪拜机场"。

帆船酒店

参见"难忘酒店"。

哈利法塔

哈利法塔和音乐喷泉

原名迪拜塔，又称迪拜大厦或比斯迪拜塔。2010年1月4日竣工并启用。总高度828米，比台北101要高出310米。观景台位于第124层，是全球最高的观景台，可远眺80公里外的美景。大厦内设有56部升降机，速度最高达每秒17.4米，这是世界速度最快且运行距离最长的电梯。还有双层的观光升降机，每次最多可载42人。塔内设有住宅、办公室和豪华酒店，能容纳1.2万人，住户足不出塔，可解决一切生活需要。《碟中谍4》有一场景：汤姆·克鲁斯戴上了有吸附力的攀爬手套，化身"蜘蛛侠"，徒手攀爬哈利法塔，让人看得心惊肉跳。

Dubai Mall

位于哈利法塔下，面积约有50个足球场大，内有120多家餐馆和1200多家商店，也有中档商品

> 异国风情千百度

和超市，还有一座水族馆。购物、娱乐和餐饮等元素结合为一体，体现出迪拜的特色。每年1月到3月在此处举办"国际购物节"。

音乐喷泉

位于哈利法塔与Dubai Mall之间，这是全世界最大和最高的音乐喷泉，有2个足球场大，喷出的水柱比50层楼还高，可变出1000多种造型，成为迪拜夜间必赏一景。喷泉耗资2.18亿美元。

迪拜湾夜游

乘坐阿拉伯风格的木质船，沿着迪拜的内海湾航行，游览迪拜两岸夜景。

朱美拉清真寺

迪拜最大最美的清真寺。它是迪拜很显眼的地标，是现代伊斯兰建筑圣洁优雅的典范。

迪拜博物馆

位于市中心，是古伊斯兰风格的方形建筑，前身是皇宫、要塞及海防的古堡，迪拜最古老的建筑物。博物馆里的传统民居，是阿拉伯人早期的住屋，用椰枣树枝、岩石和泥土等建成。

迪拜博物馆

老城

位于哈利法塔脚下，包含世界上最高的摩天大楼和最大的购物中心以及规模宏大的居住区。

水上的士

式样传统，可跨过市内的河湾，欣赏两岸的现代建筑。

黄金市集

具有中东风情和风味，每条窄窄的小巷都排列着金店和香料店。

水上的士

棕榈岛

世界上最大的人工岛，有"世界第八大奇景"之称。棕榈岛外型酷似棕榈树，容纳多家豪华酒

观光棕榈岛的轻轨票

店、沙滩别墅、水上乐园、餐馆和购物中心等。可乘坐棕榈岛观光轻轨欣赏。从月球上可看到棕榈岛。

世界岛

正在建造的人工群岛，由300个岛屿组成，按照世界地图的形状建设，是突破人类工程史的伟大计划。

阿布扎比

阿联酋的首都和最大的酋长国，参见"难忘酒店"。

沙迦

阿联酋的第三大酋长国，古兰经纪念碑广场是沙迦的文化中心，为了纪念阿联酋七个酋长国签约建国，树立了古兰经纪念碑。广场一圈有皇家礼拜清真寺、文化宫和大会堂。联合国教科文组织授予沙迦为"阿拉伯世界文化之都"。

火车头市场

沙迦最大的市场，外观像火车头，销售各种各样的工艺品和黄金首饰。

那布达大宅

位于沙迦的一座古老大宅，是一座阿拉伯富裕人家的宅院。

那布达大宅

塔布隆寺的精神气质

塔布隆寺

"除了能够怀着敬慕的心情默默凝视外，你没有办法再组合一个词去赞美这建筑史上奇妙的景物"。这是19世纪一位法国探险家初见塔布隆寺时的惊叹。

塔布隆寺是柬埔寨暹粒市吴哥地区的一座佛教寺庙，建于1186年，是吴哥国王耶跋摩七世献给自己母亲的"寺庙之王"。吴哥地区有许多值得一看的历史名胜，而塔布隆寺成了近年来世界各地游客玩柬埔寨的必到之处。

是因为《古墓丽影》和《花样年华》等影片在塔布隆寺选了外景？塔布隆寺因影片的走红而闻名？可能有一些道理，其实，白人、黑人和黄皮肤人，无论哪种肤色和文化，在追星或八卦上，基本一样。在安吉丽娜·朱莉曾进入的塔布隆寺一角的小门，已被游客称为"《古墓丽影》之门"。我们看到，各国游客都在此留影。

或我们反过来想，是塔布隆寺使《古墓丽影》和《花样年华》更好看？更出名？

其实两个问题是一个问题：作为古迹或寺庙，塔布隆寺为何给人如此深的印象？

柬埔寨朋友告诉我们，只要在寺内转一小时，就能找到答案。

据塔布隆寺的碑铭介绍，在塔布隆寺极盛时期，有将近8万人供养和维护着这座寺庙，寺中共有高僧18人。内有一套重达500多公斤的金碟、35块钻石、40620颗珍珠、4540颗宝石……据记载，塔布隆寺是用巨石建造的塔形寺庙，弯弯曲曲的长廊把一座座小塔连接起来，塔不高，但娟秀精致，墙壁浮雕也精细美妙。

而我们所见到的塔布隆寺已荒芜和寂寞。宏大破败的寺庙，巨树石头交错盘绕，四周静谧无声。

我们眼中的塔布隆寺依然有着恢弘的框架，但很多走廊已经无法通行，路也时断时

异国风情千百度

通，雕塑被绿色的苔藓所覆盖，巨石倾斜，塔身歪倒，一些建筑甚至岌岌可危，造成这一切的就是树木。从寺地下长出的树木，用其巨大有力的根系掀起巨石，无情和肆意地破坏着寺庙的结构，而同时，根系和枝条又绕着变了形的建筑，使其不会全部倒塌，甚至构成了相对和谐稳定。

塔布隆寺里随处可见的景象是：一棵大树顶起巨石，掀翻或倾斜人类精心搭造的建筑，暴露出的根系粗壮如蟒，而其蛇一般的枝条，却缠缠绵绵和密密麻麻地护着欲倒的巨石。我们仔细观察，有些巨大树根与石头已融为一体，甚至颜色都相近。

据说，塔布隆寺已很难复原和整修，大树在不停地破坏庙宇，如贸然去掉，庙则可能瞬间倒塌，不复存在。尽管很难，但柬埔寨人还是小心翼翼地保护着塔布隆寺，我们看到塔布隆寺周围，一些工人正在移走大树，扶正巨石。

这些有生命树木与无生命石头的缠绵，这种木与石的消灭和拯救，实际上是自然与人的生存和毁灭，构成了塔布隆寺的精神气质，是它的最迷人之处，也是它与众不同的艺术气质。

我们看到，在这种木与石相互排斥而又相互依存的斗室中，几位柬埔寨修行者旁若无人地念经看书；一位五六岁的男孩坐在歪斜的石窗台上，嬉笑着望着我们。

我们转了一小时后，站在塔布隆寺的中庭，望着四周由石头和树木构成的奇形怪状的画面，有些树像赤裸的巨人。五月的柬埔寨已是烈日当头，阳光透过茂密的树叶，竟也使这阴郁的荒废神殿有了一丝明媚。

在《古墓丽影》里，塔布隆寺是神秘；在《花样年华》里，塔布隆寺是忧郁；可在我们眼里，塔布隆寺却是无尽的缠绵，他和她紧紧地绕在一起，构成了生死相依的不解情愫。他是人类精心用巨石建造的塔寺和庙宇，供奉神灵；她是自然随意用树木延伸的根基和枝条，延续生命。塔布隆寺的存在，好像在解读"适者生存"这一严酷无情的"丛林法则"，又好像在述说大自然对人类那爱恨难弃的矛盾心情。还有时间的消长和岁月的磨砺，看吧，人类用几十年建造的石庙，以为坚固无比，君权神授，永世流传，可生命从树芽到参天大树，大自然用几百年的耐心又恢复了原态，显示出令人敬畏的丛林力量和顽强无比的自然生命力。

古代柬埔寨人认定，木头里住的是人，石头里住的是神，木头和石头纠缠一体的塔布隆寺，谁能住？

塔布隆寺里的柬埔寨孩子

微笑的石雕

巴戎寺

在柬埔寨旅游，令人心动的是无处不在的精美石雕，还有那些石雕人物的浅浅微笑。

名声最大的是"高棉的微笑"，这类石雕是一尊"四面佛"塔寺或门楼，东南西北有四张脸，都在看着我们，含笑盈盈。"高棉的微笑"在吴哥地区的巴戎寺里集中体现，54座高大的哥特式宝塔四面都雕刻着"四面佛"，上午的阳光洒在他们神态各异的脸上，居然有着不同"高棉的微笑"，含蓄的，开朗的，俏皮的，拘谨的……由于他们分布在我们的四周，所以，我们无论从哪个角度看，都能对接到"四面佛"凝视的目光和微笑。

柬埔寨是一个饱经风霜的国家。如今，"高棉的微笑"在世界上很出名，有人甚至称为"世上最美丽的微笑"，一是因为"四面佛"雕刻生动，栩栩如生，二是世人感慨和敬佩柬埔寨人民在历经苦难和血腥杀戮之后，依然对世界有着温和平静的"高棉的微笑"，有着乐观向上的精神，依然对人谦恭地施行合十礼。

陪我们游玩的柬埔寨朋友——小霍就是典型的"高棉的微笑"，他告诉我们，"四面佛"其实不是佛，就是假托人神一体的君王，他让我们仔细看看这些"四面佛"，果然，他耳垂上有巨大的耳环，头上戴着皇冠，这些都证明"四面佛"的尘世眷恋；"四面"也是

异国风情千百度

女王宫

为了更好监管四面八方的国土和体现无所不在的威权。成佛，他还差一截。

但岁月流失，风光不在，昔日帝王的辉煌、显赫、杀戮和征服早已云消雾散。如今，人们对"四面佛"微笑的理解只留下安详，留下佛家的慈、悲、喜、舍四种无量心。

柬埔寨的许多神迹古迹没有木头，因为只有神才能住在石头里。这些石头建筑设计精巧，有很高的艺术性。如巴戎寺很有趣，远看像一堆乱石，近看和进去后，才知道整个寺就是一座巨大的石雕。还有吴哥窟的五座圣塔，就是柬埔寨国旗上的图案，看起来也像一座精心雕刻的整体石雕。与金字塔不同，同样是丝毫不差的巨石建筑，金字塔粗犷，柬埔寨寺庙精致。

高棉石雕中，浅浮雕也魅力四射，引人注目，如巴戎庙的浅浮雕有1.2公里长，精心刻画了11000多个活灵活现的人物，简直就是石刻版的柬埔寨"清明上河图"，真实地描述了12世纪高棉人的生活。除了帝王出征、凯旋和战败的恢宏场面，更多的是百姓的日常生活和劳作，如卖鱼、斗鸡、抓虫，还有生孩子，看马戏表演等，惟妙惟肖。吴哥窟室内回廊上的石刻浮雕也保存完整，画面宏大，雕刻细腻，形象逼真。浮雕题材主要取自于印度的史诗。

被誉为"吴哥古迹明珠"的女王宫是吴哥最具独特风格的一座神庙，以鲜艳的色彩和精致的浮雕著称。叫女王宫却与女王无关，意思是"女人的城堡"，可能由女人修建，或里面有许多美丽的三维女性浮雕，又是浅红砂岩建成的宫殿，所以，一进去，我们就感到脂粉气很浓，很温馨，似香气扑鼻，似呢喃细语，充满诱惑。一位手持莲花的女子，袒露着饱满的乳房，姿态优雅，清纯的微笑，美丽的裙裾随风飘扬，向后梳的秀发纹路清晰。小霍说，她就是"东方的蒙娜丽莎"。其实，吴哥到处有这类女性浮雕，多是上身裸露丰满的乳房和纤细的腰部，她们或翩翩起舞，舞姿夸张奔放；或驻足拈花，娴静安详；不少女性浮雕母性十足，有的浮雕干脆直奔主题，如有一美女浮雕，一手捏着乳头，一手捏着脐眼，真把母性之傲从里到外说透了。而这些女性浮雕全部面带微笑。

我们倒是觉得，与"四面佛"那种"高棉的微笑"相比，这些女性浮雕更能体现出真正的"高棉的微笑"，宽容悲悯，生命不息，欢乐永远。

离开柬埔寨时，我们特意去了一家雕刻场，艺术家和工人都是残疾青年，有些是战时被地雷炸伤的。我们立马买了一尊他们精心雕刻的"高棉的微笑"，彼此以合十礼微笑道别。

《古墓丽影》之门

景点推荐

暹粒

暹粒是柬埔寨暹粒省的省府，距离金边311公里。近些年来，暹粒的旅游业快速发展，得益于这里是世界七大奇迹之一的吴哥古迹门户，暹粒是参观吴哥古迹的停留地。参见"塔布隆寺的精神气质"和"微笑的石雕"。

吴哥

吴哥寺

吴哥古都始建于公元9世纪，13世纪建成。吴哥古迹包括大、小吴哥两地的吴哥通王城和吴哥寺（又名吴哥窟）；各种建筑约600座，散布在45平方公里的森林中，包括石造宫殿、佛寺宝塔，层层屹立。全部建筑都用巨大石块砌成，有各种精美雕刻，是世界著名的佛教建筑。长期被埋没在丛林草莽中，至19世纪后期才被重新发现。参见"塔布隆寺的精神气质"和"微笑的石雕"。

洞里萨湖

离暹粒市区30分钟车程的大湖。很多渔民常年生活在湖上，渔民的水上生活形成了洞里萨湖一道独特的风景线，游洞里萨湖，体验水上生活，也成了游客非常喜爱的游览活动。

高棉的微笑

洞里萨湖的孩子

柬埔寨

第四目的地 亚洲

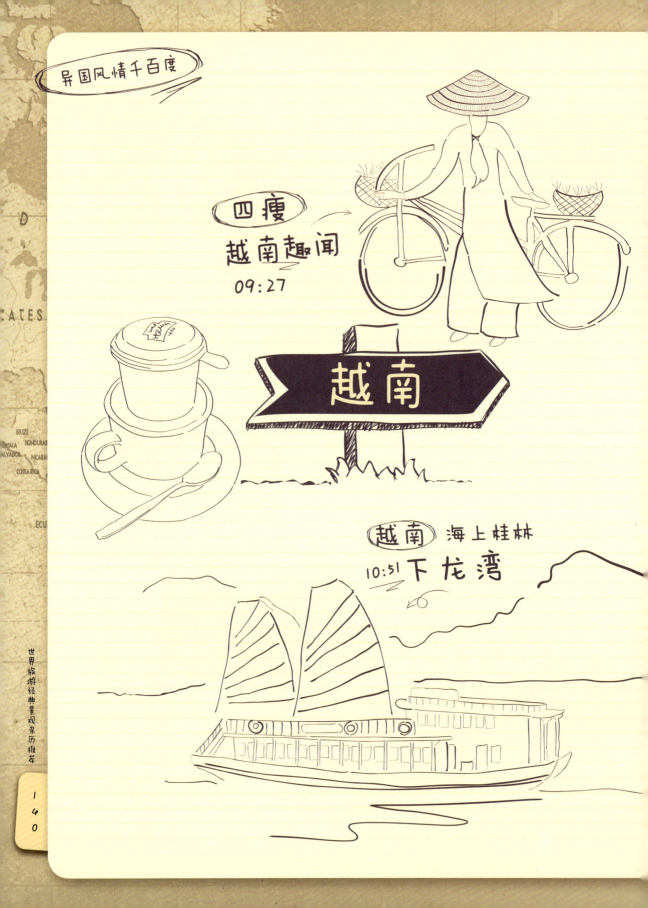

宁静的下龙湾

下龙湾

　　越南的下龙湾是联合国列入世界遗产名录的自然遗产，近年也成了越南游的必选景点。

　　下龙湾距越南首都河内只有150公里。在敬拜过胡志明主席遗容和胡志明纪念馆之后，我们立马驱车去游览胡伯伯特别喜爱和引以骄傲的下龙湾。

　　我们租用的小船不大，十几米长，分两层，但功能齐全，客舱有四五张桌子，十几把椅子，弹丸之地还设了吧台和工艺品展示。后舱有厨房和卫生间。船上层只有两把椅子，后面是船长掌舵的"舵房"，房内有榻榻米一样的床铺。船主是一家人，丈夫掌舵开船，妻子忙前忙后，洗菜、烧菜、做工艺品。

　　船开时，突然跳上一位挂着相机的越南姑娘，自我介绍是"摄影师"，随船提供服务。待她坐定后，四处一看，一船的中国游客都端着长枪短炮的数码新家伙，而且都摆出"不求人"的神气，不由轻叹一声。看她倒是随遇而安，自斟了一杯茶，和大家聊聊。

　　我们的船与下龙湾港口所有待发的游船一样，也有高高昂起的龙头，色彩斑斓。乘龙船游下龙湾是对应下龙湾起源的传说，因为说法虽有多种，但都与龙有关，都是蛟龙往日的闹海，折腾出今日的下龙湾，下龙就是龙下来，从天而降。甚至传说，这像龙的海洋巨大生物仍住在下龙湾。可我们眼中的

异国风情千百度

下龙湾山峰

下龙湾却是碧波漪涟,静如处子。

从未到过中国的越南导游小山是第三代越南华侨,说一口普通话,他告诉我们,下龙湾景色酷似中国的桂林山水,因此,他常对中国游客说,下龙湾是"海上桂林"。可他欲言又止。几小时看下来,我们心中有数,岛、石柱、洞穴凸显在苍茫大海中的景致,其优美和壮观,是陆地相似风貌不能比拟。更何况,在下龙湾几千平方公里海域里,有3000多个岛屿、石柱和洞穴拔海而起,形态各异,绵延不绝。

船顶层无遮无挡,北部湾五月的阳光洁净温暖,微风徐徐。我们多次参加国外这类海上、湖上和河上游,发现一个规律,亚洲游客,无论男女都怕晒太阳,而欧美游客,特别是汉子们都爱顶着阳光上。我们时常望着毛茸茸的赤膊白人,感悟着"从猿到人"的进化。

船在下龙湾开了几小时,随风逐流,可以细看不远处的岛屿和石柱。下龙湾的岛都不高,圆不溜秋,翠色葱葱。海无息,岛也安静,因大多数岛屿都没有命名,也无人居住,无人去探险或有意开发,这又为下龙湾的宁静中平添了一丝神秘,有了海上世外桃源的神韵。

游船路过一个海上水产市场,提醒我们这里还有人间烟火。龙虾、对虾、珍珠、海参、鲍鱼等都是下龙湾的名产,客人可以在海上水产市场的水池里自捞,带回自己的船,船主现烧给你吃。

下龙湾有少数几座岛是可以上去的,我们去了两座,一座叫"天宫洞",以岩洞内钟乳石奇观闻名。洞内的钟乳石,千年水滴石穿,构成奇形怪状,像动物或人。另一座据说是胡志明主席陪同前苏联飞行员游玩时发现的,胡志明以苏联飞行员命名,叫什么若夫岛,岛上专设有一石碑,说明和纪念此事。此岛较高,可俯瞰很远处的下龙湾美景,现在是越南青年拍结婚照的最佳地点,所以,越南百姓将其改称为"天堂岛"。我们在岛边咖啡店要了越南咖啡,在下龙湾海天一色和奇峰绵延的大背景下,看身穿各色奥黛的姑娘与小伙亲密依偎着拍结婚照,真是赏心悦目。

越南趣闻

用缴获美军武器修建的纪念塔

越南有世界著名的"四瘦",人瘦、路瘦、房瘦、国土瘦。也称"四大苗条"。

人瘦。我们满大街看去,胖子几乎没有,甚至稍丰满一些的人都少见,但好像瘦而不弱,小伙挺拔精神,姑娘也不是所谓的骨感,而是苗条。老人也精瘦精干。在胡志明主席陵墓和纪念馆,看到许多天真活泼的孩子,也没有我们见惯不怪的小胖子。

路瘦。河内和胡志明市的道路狭窄,摩托车多如蜂涌。身穿白色或红色奥黛的女孩骑自行车,俊秀飘逸。奥黛像我们的旗袍,但有长袖,长袍开叉高腰,可迎风飘起,不过不用担心,里边还衬着一条白色的长裤。这景象是越南的"国家名片",也是许多电影中的唯美镜头。可我们看到的却是穿奥黛的姑娘骑摩托,也很神气。越南摩托车虽多,但没有欧美那种呼啸而过的恐怖,速度并不快,可能当作自行车骑吧。骑自行车的人是凤毛麟角。因街头路口少有红绿灯,我们过街时,手一摆,摩托车齐刷刷停住,行人优先。十字路口会车的摩托也没纠缠一团或吵闹不堪,而是自我调节,颇为有效。

因各城市间的公路也窄,许多路段限速每小时40公里,又缺乏全程电子监控,被称为"黄蜜蜂"的交警(警服黄和罚款狠)就躲在暗处,伺机出动。可"猎手再狡猾也斗

异国风情千百度

越南孩子

不过好狐狸",司机们"自助"对付"黄蜜蜂",发现"黄蜜蜂"的司机在会车时立马用手势向同行报警,同行立马用手势致谢。我们在越南坐车,一路都看到司机兴奋地"手舞",幸亏没有足蹈。

房瘦。越南的民宅,由于向街面宽度的限制,一般不超出三四米,所以房子只能盖高,不能宽,显得瘦如刀切薄片,可外观还颇为讲究,装饰精美,也很注重色彩,外墙丰富多彩。沿街人家多把一楼做店,二、三、四楼住人。

近年,发财的新贵买下邻居的宅基地,盖出了"胖房",在一排排瘦房中尤其突出扎眼。

国土瘦。国土形状狭长,南北长约1650公里,东西最窄处仅50公里。

越南还有一些"怪",给我们印象最深的是"花钱要用大麻袋",我们去时,1元人民币可兑换越南盾2500元,100元人民币就可兑换越南盾250000元。街头吃一碗米线要20000多越南盾,饭店吃一顿快餐要十几万越南盾,给服务生小费也是一万元起步。在越南街头,个个都是货真价实的百万千万"富豪"。陪我们玩的越南朋友是不用钱包的,因为根本装不下钱,他们从挎包里一掏就是砖头一般厚的越南盾。一万以下的越南盾,如5000元,一般都不流通了,成了卖给外国游客的纪念币,因没有商家肯收,都嫌太麻烦。

还有一些传说中的"怪",如男子爱戴硬壳绿军帽,现已不多见了。旅游纪念品商店里摆放着这种绿色硬壳帽,中国游客颇有兴趣。至于"女人手帕脸上盖",已变成戴卡通大口罩了。

景点推荐

河内

越南首都，历史名城。是一座拥有 1000 多年历史的古城，从公元 11 世纪起就是越南政治、经济和文化中心，历史文物丰富，名胜古迹遍布，享有"千年文物之地"的美称。著名的有还剑湖、西湖、文庙、独柱寺、龟塔、二征庙、玉山祠、巴亭广场等。还剑湖位于市区东南部，湖光树影，交相映衬，环境幽静，风光秀丽，是河内第一风景区。距还剑湖东面不远的巴亭广场，是胡志明主席于 1945 年 9 月 2 日发表《独立宣言》和宣告共和国诞生的地方，胡志明陵墓就在此广场。还有许多有关胡志明和越南抗法抗美战争的纪念地和景点。

胡志明陵墓

胡志明市

胡志明市夜景

位于湄公河三角洲地区，越南直辖市，为越南最大的城市，以前叫西贡，统一后改名为"胡志明市"。曾有"东方巴黎"之称，法式建筑较多，例如，圣母大教堂为法国人所建，其造型独特，风格类似于法国的巴黎圣母院，是胡志明市最大的天主教堂。坐在脚踏三轮车或游船上夜游胡志明市，可看见湄公河畔的喧闹和繁华。南越政权的总统府现称为"独立宫"，辟为展览馆。

下龙湾

参见"宁静的下龙湾"。

美拖

位于美丽的湄公河三角洲，距胡志明市 75 公里，以盛产水果出名。湄公河流经这里时，分成了九条河流奔向大海，因此又得名九龙江。美拖在湄公河上洒落着 4 个小岛，分别叫龙岛、凤岛、龟岛和麟岛。

阳光下的芭堤雅

友善的大象

芭堤雅是泰国一处世界著名海景度假胜地。

我们到达芭堤雅已是夜色朦胧，老远就看见一大片红灯闪闪，走近一看，一家家露天酒吧鳞次栉比，里面人头攒动；人高马大的白人搂着瘦小微黑的泰国姑娘，大杯喝酒，大声嬉戏；街头不时有不同肤色的男男女女搂搂抱抱，招摇过市；人妖剧场场场爆满，与漂亮人妖合影的游客排成长队；由泰国最秀丽妖娆和最风情万种人妖做招待的"东方公主号"游轮是一票难求。这场景倒是很符合芭堤雅小城的起源和历史，上世纪越战前，芭提雅还是一个纯朴封闭的小渔村，越战期间，美军在此处向越南运送军需补给，也是大批美国军人的周转地。为了大兵们寻欢作乐，暂时忘却对战争的恐惧和对家人的思恋，美军在此修建起了度假中心、海滨大道和很多露天酒吧，醉醺醺的大兵们需要女人，于

异国风情千百度

是，这里的色情业就发展起来。

芭堤雅是不眠的，夜幕下的芭堤雅到处充满着色情和诱惑，灯红酒绿，醉生梦死。可是，如果仅以红灯区认识芭堤雅，是有失偏颇的，色情业的确是芭堤雅用来吸引世界各国游客趋之若鹜的一个"靓点"，但除此之外，芭堤雅还拥有许多好玩好看的旅游景点和文化场所。当第二天太阳升起时，灿烂辉光下的芭堤雅露出了另一幅面容。

长达40公里的芭堤雅海滩是良好的海滨游泳场，享有盛名。我们先乘船来到芭堤雅外围的珊瑚岛，才知道它的"东方夏威夷"之称不是浪得虚名。我们所乘的船是玻璃底的，可以一览五光十色的珊瑚和美丽奇异的热带鱼。岛四周的沙滩，洁白、细软、清爽，在阳光照耀下，不烫脚，却有一丝凉爽；海面风平浪静，水质洁净，我们下海游出几百米，浮力很大，不费力气，可只是水太咸，弄到眼里，很不舒服，只好快快上岸了。沙滩上排满了沙滩椅和色彩艳丽的太阳伞，沿沙滩有餐馆和旅游商店。游客还可以乘坐一种大风筝般的滑翔降落伞，从高处欣赏海景；也可以租快艇或水上摩托，风驰出海。

东芭文化村、老虎乐园、海味市场和不可思议博物馆等也是旅游者常去之地。我们在东芭文化村玩了一天，村里风光如画，蝴蝶飞舞，鸟语花香，芬芳袭人，特别是兰圃里的兰花有上百种，争奇斗妍，所以，该村又称"兰花园"。

东芭文化村是泰国最大的泰国文化和民俗展示中心，内容丰富多彩，可以欣赏泰国民族歌舞、大象表演、猴子表演、击剑、斗鸡表演和泰拳等。我们觉得最可乐的是大象表演，先是一场泰国人队与泰国象队的足球赛，大象们踢得有板有眼，配合默契，不断破门得分，人队球员在大象庞大身躯威逼下，节节败退，跌跌爬爬，狼狈不堪，引起全场哄堂大笑，为大象队加油的"噢来"声此起彼伏。最后一个节目叫"大象按摩"，请胆大的游客躺在地下，大象从他身上来回跨过，然后用硕大的脚在他身上轻轻抚摸。几位"享受者"脸都吓变了色，不敢动弹一丝。特别是当大象把脚放在他下身"按摩"时，那份恐惧和尴尬，引起围观者爆笑。

阳光下的芭堤雅也很健康。

景点推荐

曼谷

泰国的首都,整个曼谷的建设是以皇宫为中心向外扩散,金黄色的塔尖是泰式建筑的特色,重重叠叠的屋顶及贴饰金箔的廊柱在阳光照耀下,将曼谷装点成一座闪闪发光的城市,全市有佛寺400多座,故又有"寺庙之城"的美誉。

大皇宫

大皇宫和玉佛寺

大皇宫位于曼谷市中心,建于1782年,是泰国建筑艺术的巨作,也是曼谷王朝辉煌昌盛的象征。玉佛寺与大皇宫紧紧相连,整个佛寺装饰金碧辉煌,大雄宝殿内供奉的翡玉佛是泰国最重要、最有价值的国宝之一。

威玛曼宫殿

建于1901年,是世界上最大的用柚木建造的三层楼建筑物,宫殿内收藏了许多皇家的纪念品。

国家博物馆

靠近大皇宫附近,建于1782年,收藏甚丰。

卧佛寺(菩提寺)

位于大皇宫的南面,建于1793年,曼谷最大的寺院,寺内供奉着一尊特大的卧佛。

金山寺

安奉着佛陀的舍利子。

芭提雅

参见"阳光下的芭提雅"。

黑风洞的虔诚

黑风洞

黑风洞,这名字听起来有些恐怖,好像是打家劫舍山大王的老巢,或兴风作浪妖魔的洞穴。我们一直怀疑是不是翻译的偏差,把一个好端端的自然美景和宗教圣地叫成了黑风洞。现在不是有电子游戏叫黑风洞嘛。

黑风洞在马来西亚首都吉隆坡北郊11公里处。从地理地貌上看,黑风洞是挂在半山腰悬崖峭壁上的一个石灰岩溶洞群,从下往上看,在绿色树木不完全的遮掩下,露出黑洞洞的开口,莫非黑风洞之名由此而来?

从山下,沿着272级台阶可进入洞内,也可乘缆车直抵洞口。台阶十分陡峭,有的地方要手脚并用。因黑风洞是著名的印度教朝拜圣地,来顶礼膜拜的印度教徒们都是一步一步地走过台阶,以显虔诚,所以,我们选择与朝圣者一起攀登。

像所有石灰岩溶洞群一样,黑风洞里洞套洞,阴森透凉,洞顶悬挂着千奇百怪和大大小小的钟乳石,洞里有小径,曲折蜿蜒,长达2公里多。据说,洞里栖息着成千上万的蝙蝠、白蛇和蟒蛇等150多种动物,可我们没看到,只是在黑风洞外台阶旁,看到追逐和戏弄游人的猴子;在山下的广场上,看到羊和鸽子,游客可以喂它们。印度教特别提倡爱护动物,黑风洞应是动物的天堂。

黑风洞给人印象最深的是那些印度教神

异国风情千百度

黑风洞

每年1月底2月初的大宝森节期间,虔诚的印度教徒背负神像,唱着宗教圣歌游行步入石洞参拜,朝圣者可达30万人。极少数印度教徒用钢针和小刀穿过身上各处皮肤,以示虔诚和苦行。不过现在有人有了一点表演性质,场面血腥,看了让人难受。那日与我们一起游玩的多是马来西亚人家,扶老携幼,欢快轻松,把黑风洞作为休闲景点。也看到年轻的印度教徒拜神求愿。身穿鲜艳沙丽的印度籍姑娘都很漂亮,只是打着赤脚在尘埃中行走,大煞风景。

像,无论是洞中庙宇里供奉的百尊彩绘神像和山门头上的雕塑,还是山下新竖立的巨大神像及洞窟艺术博物馆所展示的神像壁画,都像印度舞蹈一样,男女神仙身材姣好,舞姿幅度夸大,灵动优美,且服饰色彩斑斓,裙衫潇洒飘逸。主山门门头雕塑正中是一尊有5张脸、10条手和两只腿的神,从俊俏的面容和丰腴的手臂看,又骑在开屏的孔雀上,应该是女神了。两侧站着男女侍从,女的丰乳细腰,身材娇小,男的肌肉毕露,高大威武。还有人上半身猪下半身(或牛)造型,上半身是美丽的女子,眉间点着红痣,裸露着丰满的乳房;猪下半身插有翅膀。塑像旁还站立一位赤身裸体的健壮男子,手持棍子。这些肯定都有动人的神话故事,可惜我们不知。

黑风洞

景点推荐

← 吉隆坡街景

吉隆坡
马来西亚的首都，观光城市，既有现代化大都会的豪华气派，也不乏古色古香的迷人风韵，风俗传统别具特色，多元文化活力无穷。

双子大厦
国家石油公司双塔大楼，位于吉隆坡市中心美芝律，88层，451.9米高，巍峨壮观，气势雄壮，是马来西亚的骄傲。登上双塔大楼，整个吉隆坡市秀丽风光尽收眼底。

黑风洞
参见"黑风洞的虔诚"。

↙ 双子大厦

沙巴
位于马来西亚东部婆罗洲的北端，有"风下之乡"的浪漫美誉。拥有景致优美的沙滩、珊瑚群围绕的小岛、峥嵘的山峦和原始神秘的热带雨林。

马六甲
位于马来半岛西海岸，这座历史城是马来西亚早期的一个重要贸易港口。

荷兰红屋
马六甲河畔，建于1641至1660年间，是东南亚最古老的荷兰建筑物。原为教堂，后改为市政府，现在是马六甲博物馆。

三保山
三保山亦称"三宝山"，又名"中国之丘"。三保山下有保山庙，为纪念郑和访问马六甲而建。

槟城
位于马来西亚半岛北部的一州，马来西亚第二大城市，地位仅次于首都吉隆坡，槟城是一个风景迷人而具有独特风格的地方。有许多名胜、迷人的海滩，有"东方花园"的美誉。

异国风情千百度

美味

10:45
圣淘沙
鱼尾狮公园

海南鸡饭

新加坡

花柏山 22:07
狮子城
花园城市

世界旅游经典景观亲历推荐

154

安宁的圣淘沙

鱼尾狮公园

去过新加坡的人,对"花园城市"会有另一种理解,我们一般认为,"花园城市"就是城市中有许多休闲绿地和街心公园,树木繁茂,百花盛开,如澳大利亚的墨尔本和英国的伦敦等,以城市建筑为主体,绿化为陪衬。可新加坡的"花园城市"不一样,全国就像一个大花园,而城市建筑成了"陪衬",所以说,新加坡是建在花园里的城市,而圣淘沙则是微缩的新加坡,是新加坡式"花园城市"的典范。

"圣淘沙"在马来文里的意思是"和平安宁",此岛曾是英军的军事基地,新加坡政府收回后,把它建成一个休闲度假地,才把它称为"圣淘沙"。这个占地390公顷的岛几乎具有所有休闲度假的要素:适宜的温度、明媚的阳光、微微的海风、细软的沙滩、奇异的植物、温和的动物、周到的服务、齐全的娱乐设施和项目等。

我们一到圣淘沙,就看到了鱼尾狮塔,这座37米高的纪念塔是圣淘沙的地标,也是新加坡的国家名片和旅游标志。狮头高高昂起,瞪大眼睛,张开大口,利齿突出,雄壮威武,不可一世。激光制作的红色眼睛闪闪发光;鱼身拖延而下,身上的鱼鳞由光导

异国风情千百度

音乐喷泉

纤维制成，入夜后会不断变换颜色，美丽炫目。游客可以乘坐塔内的电梯到瞭望台，俯瞰圣淘沙全景。

陪我们玩的新加坡朋友说，关于鱼尾狮的出处有各种传说，最"主流"的是，传说有一位王子发现了新加坡这座岛，并在这里看到一头狮子，因此，王子就用梵文将这座小岛命名为"狮子城"。新加坡是由一个小渔村发展起来的。古代新加坡叫做淡马锡，在爪哇语中为"海城"之意。所以，鱼尾狮的狮头代表"狮城"新加坡，鱼尾象征古城"淡马锡"。到新加坡的游客必在鱼尾狮塔下留影。新加坡的主要旅游纪念品也是鱼尾狮塔，五花八门，品种繁多。我们买了一个铜做的小模型。

晚上，我们早早地来到圣淘沙音乐喷泉表演场排队，因场地有限，每晚就演两场，所以一席难求。圣淘沙音乐喷泉表演非常有名，它将喷泉、火焰、灯光、音乐交织一起，表演童话故事。音乐声、水声和风声，伴随着一幅幅激光勾勒出的画面，如虚幻世界，如天籁之声，给人一种奇妙的视听享受。同时，火焰发出的热气，喷泉水雾飘落的凉意，又使人好似进入了一个真实的故事场景。最引人入胜的部分，是那水火共舞的奇观，在狂蛇劲舞的水柱前，烈焰喷薄而出，在风中出现了水火相融的惊奇一幕。

圣淘沙是花的海洋，品种很多，但最多的是兰花，它是新加坡的国花，颜色鲜艳，芬芳馥郁。兰花经过特殊处理后，做成干花，再镀上一层18K金，就制成各种首饰，如胸针、发夹和挂件等，价格不贵，却很特别，成了该国最盛行的旅游纪念品，受到各国女孩子的喜爱。

在新加坡，对随地吐痰和乱扔垃圾等恶习要严惩，罚款很高，所以，没有人敢以身试法。圣淘沙非常干净，管理也井井有条。娱乐活动也健康阳光，因三面临海，有长长的海滩，海滩上随处可见打排球的游客；依岛而建的高尔夫场很受欢迎。我们走了一公里多的雨林间步行道，鸟语花香，空气清新，仿佛进了氧吧，感到神清气爽。难怪国内一些楼盘借用"圣淘沙"之名呢。

景点推荐

圣淘沙
位于新加坡本岛南部，离市中心半公里。岛上青葱翠绿，有引人入胜的探险乐园、天然幽径、博物馆和历史遗迹等等。参见"安宁的圣淘沙"。

新加坡动物园
以开放概念设计，利用热带森林与湖泊为屏障，使游客可以不受铁笼和铁柱的遮拦而看得一清二楚。动物园占地28公顷，收罗了250种哺乳类、鸟类和爬虫类动物，总数接近3000只。

福康宁山
俗称"皇家山"或"升旗山"。山上有许多文物。香料园是当年19公顷植物园的缩影，种植着丁香、肉桂等香料。

花柏山
花柏山是新加坡市中心地带的制高点，登临山顶，新加坡港口的美景尽收眼底。

新加坡植物园
是新加坡这个热带岛屿植物繁茂多样的缩影。

新加坡植物园

保护文化遗产心细如发

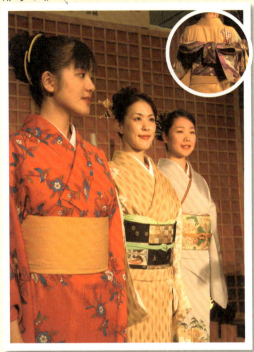

西阵织和服会馆的模特表演

日本古城京都出台了一项保护文化遗产的"怪招",规定凡是穿日本国服——和服出门的女子,打的可享受九折,购物享受九五折,进任何公园都"无料"(免费)等。我们在京都随处可见身穿色彩鲜艳和服的女子,从几岁娃娃到白发老人,羞涩含蓄,款款而行,形成了一道独特的风景线。

西阵织和服会馆是京都最大的和服文化和保护中心,这里不仅有设计师和工匠们做和服的"真人秀",每隔半小时还有一场和服时装表演。在日本,穿和服不仅是着装,而且对穿者的言行举止和精神气质都有严格要求,鼓励女子穿和服就是要保护日本传统的服饰文化。

日本对文化遗产的呵护真是"心细如发",如古都京都和奈良一直坚持少建高楼,少拆民居,对住老民居有困难的家庭,实施政府援助。奈良的东大寺完全用木料建成,已有1000多年历史,至今保存完好,甚至建筑物的外墙上都很干净,手摸上去竟无灰尘。日本许多寺院都在高高的屋檐和大梁间安装了细密的网,以防鸟儿飞入,日久造成损坏。许多寺院和纪念地是要脱鞋进入的。京都的金阁寺等只供游人远眺。

大阪古城是日本历史上著名的古城堡,入夜后,灯火辉煌的大阪古城是大阪的夜景之一。我们原以为是大阪古城内的霓虹灯发光,走近才发现,是古城四角多层探照灯照射到古城,勾勒成一个灿烂的古堡光影。据称,这样可以尽量减少内部安装电路时对古

大阪城

异国风情千百度

西阵织和服会馆的设计师傅

堡结构的损坏。对一些易损的文化遗产，日本还将其复制，放到室内精心"供养"，在东京江户博物馆内，我们就看到按同比例建造的日本桥等历史名胜。

日本保护文化遗产除了措施细致得力以外，也非常注重营造热爱和尊崇文化遗产的社会氛围，如日本上上下下对国技——相扑十分痴迷，相扑选手是日本最受崇敬的人之一，获胜相扑高手可成为皇室的贵宾，名利也高得吓人。尽管日本女孩近年来的审美观有了很大变化，男女都以"小颜"（瘦脸）为美，但面阔体壮的高级相扑选手仍是日本名模、名演员和名主持人争先恐后想嫁的帅哥。东京国技馆是全国的相扑研究和竞技中心，我们在此看到成群结队的中学生摄影留念。相扑手所吃的"相扑火锅"也是日本流行的美食。

早在1950年，日本政府就将有关法令综合为《文化遗产保护法》，把文化遗产保护分为有形文化遗产、无形文化遗产、民俗文化遗产、名胜古迹、文化景观和传统建筑群六大类，使文化遗产保护方面的法律得以完善。如该法确定：日本的传统表演艺术是任何一个细节都不可以去更改的。为了与古城京都色调统一，鲜艳的奶黄色麦当劳标志在世界上第一次被"强改"成暗棕色。京都电视塔也被刻意造成佛寺香案上的蜡烛形状。

美国人类学家本尼迪克特所著的《菊花与刀》对日本人矛盾性格分析很透彻，日本人对文化遗产的保护的确有一种菊花般的雅致。

景点推荐

东京

首都,日本的政治、经济、文化中心,日本的海陆空交通的枢纽,是现代化国际都市和世界著名旅游城市之一。有许多名胜古迹,在街头巷尾,到处可见神社寺院。

浅草观音寺

位于东京都台东区,浅草寺的历史很悠久,象征物是风雷神门,上面挂着写有"雷门"两个字的大红灯笼。

皇居外苑二重桥

皇居宫殿作为天皇及家眷的住所,最著名的景色是越过二重桥来观赏建于高墙之上的伏见城。

新宿

被誉为不夜城的歌舞伎町为中心的娱乐区。另外还有百货店等大型店铺鳞次栉比的东口区,它们连成一体,共同构成了新宿。

浅草观音寺

新宿御苑

1906年,在法国园艺师指导下,建成的市内园林。绿荫环抱,十分幽静,是东京著名的花卉、野鸟胜地。

东京都厅

高243米,共48层。可从202米高的45楼南北展望室里,360度俯瞰东京,夜景迷人。

东京导游手册封面

异国风情千百度

上野公园
即上野恩赐公园,是日本第一座公园,风景秀丽。上野公园内有东京国立博物馆、国立科学博物馆、东京文化会馆、上野之森美术馆等,使上野公园有"文化森林"之誉。还有动物园等。

东京国立博物馆
在上野公园内。按时代展出日本雕刻、染织、金工、武器、刀剑、陶瓷、书画、建筑构件等展品。收藏的11万多件文物都有着珍贵的历史和艺术价值。

江户东京博物馆
是一栋造型奇特的博物馆,拥有两层宽敞展示厅,以展出东京的历史发展为主,一入馆就可看见一座仿制的木拱式日本桥,日本桥自古以来即为东京的代表建筑,多次出现在精美的浮世绘上。

科学博物馆

银座
位于东京都中央区的一个有代表性的繁华街区,17世纪初叶,这里开设了铸造银币的"银座"铸造厂,因而有了这个地名。

日本桥
是17世纪德川江户时代建成的五条街道的起点,现在还设有"日本国道路元标"的青铜标示物,是日本所有道路的基点地。

台场
位于东京都东南部东京湾的人造陆地上,是东京最新的娱乐场所集中地。

迪斯尼乐园
分为世界市集、探险乐园、西部乐园、新生物区、梦幻乐园、卡通城及未来乐园。

秋叶原
以位于秋叶原站西侧的中央道为中心,闻名的电器街。

大阪

在日本本州岛中西部，是与东京并列的日本两大经济中心之一。高楼林立、商业繁荣、城市绿化率高。地下街分上、中、下三层，层层各有自己的特色。在层与层之间，有螺旋形的楼梯相通。一条人造小溪贯穿地下街之间。

心斋桥

作为大阪最大的购物区，集中了许多精品屋和专卖店。

道顿崛

大阪有名的食街，距离大阪城公园不远，靠近心斋桥。

大阪城

外观5层，内部8层，高54.8米，7层以下为资料馆，8层为瞭望台。内城中央耸立着大阪城的主体建筑——天守阁，巍峨宏伟，镶铜镀金，十分壮观。从天守阁顶层可俯瞰大阪美景。

京都

日本历史文化名城。从8世纪至明治维新前，一直是日本国都。千年古城保留了众多的古迹。京都古城被列为世界文化遗产，包括清水寺、金阁寺、银阁寺、龙安寺、二条城、护国寺、醍醐寺、仁和寺等17处文化古迹。

清水寺

寺院位于京都东山，大屋顶建筑，高大显眼。主建筑称"大舞台"，由139根巨木支撑，悬空50米，均为木结构，整座建筑与地面隔离。清水寺为日本国宝级建筑。登清水寺后山，可俯瞰京都全景。

金阁鹿苑寺

寺院门庭不大，入得庭院，曲径通到一处院门，金光灿烂的寺阁坐落在碧水之中，端庄秀美，不愧为京都盛景。

龙安寺

山门较大，进门有镜容池，水中布满荷叶。主建筑名叫"方丈"，全木结构。

金阁鹿苑寺

> 异国风情千百度

银阁寺
在京都，与金阁寺对应的是银阁寺。有银沙滩和向月台，象征大海波涛和富士山。据说在月亮升起时，银沙滩会反射月光，照亮庭园。

岚山
位于京都西郊，海拔382米，以春天的樱花和秋天的枫叶而闻名，东南不远处有桂离宫，是著名的观光胜地。

平安神宫
红柱碧瓦，采用了左右对称的建筑格局。庭园内溪水环绕，绿树成荫，鲜花盛开。

平安神宫

箱根
是神奈川县西南部的箱根山一带的统称，属于富士箱根伊豆国立公园。有由富士山火山喷发而形成的芦之湖和许多日本首屈一指的温泉，是世界知名的观光和疗养场所。箱根的温泉因其功效和成分各异，也叫"箱根十三汤"或"箱根十七汤"。

平和公园
典型的日式庭园建筑。巨型喷水湖泊及小型动物园，广植各种树木及花卉。也是远观富士山的最佳地点。

大涌谷

大涌谷
四千多年前火山大喷发而形成的火山口遗迹。

芦之湖
是箱根旅游的核心地区，湖面积690公顷，湖深723米，环湖长度为17.5公里。在四千多年前，因火山活动而形成的火山湖。

横滨
日本第二大城。

横滨中华街

位于横滨市中区山下町，是山下公园西南的一条中国菜馆街。以前曾被称为"南京街"。中华街是全日本最大的唐人街，住户90%是华人。入口处矗立着15米高的牌楼，上面写着"中华街"。

名古屋市

日本中部爱知县西部的城市，是仅次于东京、大阪和横滨的第四大城市。

横滨中华街

名古屋城

日本三大名城之一，曾被战火损毁，1959年修复了幸存的建筑。城内有两千多株樱花树。

热田神宫

位于市中心，日本三大神社之一，古木参天。

东山动植物园

饲养了550种动物，展示7100种植物，有西式庭园、日本庭园和大型温室。

名古屋港水族馆

南馆以南极旅行为主题，沿着南极观测船"富士号"的南极路线，再现了日本之海、深海、赤道之海、澳大利亚及南极之海五个水域的自然环境。巨大屏幕使人有身临其境之感。北馆以"35亿年追溯旅行"为主题，设有大洋、日本之海、极光之海、进化之海和海风广场五个区域，展示海豚和白鲸等大型海洋哺乳动物。

垃圾山上建公园

世界杯公园

自从2002年成功举办了韩日足球世界杯之后,世界杯体育场就成了韩国旅游的"首尔一景"。韩日足球世界杯时,我们在此看过一场比赛,因不是铁杆球迷,对赛事印象不深,对体育场感觉,也只是觉得宏大气派,外形设计采用了韩国传统的风筝模样,示意着朝着胜利放飞风筝,场地内可容纳6万多人等。使我们特别难忘的却是世界杯体育场外围的世界杯公园,此处被称为"人类环保旅游景点",诉说着人与自然关系的失误、教训、悔恨、纠错和努力,游玩后使人恍然大悟,环境友好和生态友好原来可使生活变得如此美好,"循环经济"这类冷冰冰的名词融入日常生活,也会如此温暖人心。

韩国朋友告诉我们,世界杯公园前身叫兰芝岛,曾是汉江畔的一座美丽岛屿,上世纪70年代中期之前,这里河水清澈透底,天鹅和野鸭常在这里栖息,还生长着美丽的兰花和灵芝,兰芝岛也因此得名。但自1978年以后,韩国为了追求经济的增长,加速了工业化,这里成了汉城全城倾倒生活和建筑垃圾的垃圾场。日积月累,未处理的垃圾越堆越多,终成两座高山,每座都高90多米,面积50多万平方米,重约9200万吨。臭不可闻,肮脏不堪。花

异国风情千百度

儿凋谢了，鸟儿不来了。美丽兰芝岛蜕变成丑恶的垃圾山，引起了环保人士和民众的不满，韩国人清醒地意识到"回归自然"的重要性。汉城市政府终于决定"不能把垃圾山留给子孙"，尽力在发展与环境之间达成平衡。1994年起，政府开始对垃圾山进行改造。为了防止垃圾堆积场上的雨水渗入，在山上铺盖了胶膜，填埋了新土；年复一年地在山上种草，在山坡和山脚下植树；为了利用这里产生的沼气和净化被污染的水质，环绕着这两座垃圾山共修建了6公里长的隔水墙，31所积水亭和106个沼气孔道，在两"山"之间建造了渗水处理厂和热力供应站，此后，这里成为世界杯体育场和附近楼房的取暖热源。经过净化的水从山脚下缓缓流出，形成了一条新的人工"兰芝川"。在韩日足球世界杯开赛之前，垃圾山魔术般地变成了人造的世界杯公园。

我们免费乘坐环行车，游览了世界杯公园。车子用的燃料是天然气，不排放有污染的尾气，广播用韩、英、日、中文介绍世界杯公园的由来和新环保理念。

世界杯公园的总面积约有350万平方米，由和平公园、蓝天公园、彩霞公园、兰芝川公园和兰芝汉江公园组成，其中蓝天公园和彩霞公园就是原来的垃圾山。我们在蓝天公园转转，垃圾山已被改造成一座自然的绿色山丘，花草丛中，蝴蝶飞舞。据说，自2000年起，汉城市先后7次共放生了3万多只蝴蝶。蓝天公园山顶有世界杯公园的地标——风力发电机，为公园里的路灯等供电。在公园里，我们看到许多上课和嬉戏的孩子，因为此处已作为中小学生自然教育场所。公园还设有"生态学习项目"、"环境教室"、"市民绿化教室"等。由于公园生态环境越来越好，还出现了野猪。

目前，世界杯公园每天都会接待来自全世界的游客，听听垃圾山变公园的故事，上一堂"人与自然"的现场大课。

首尔

　　韩国首都，具有600多年历史的古都，一座结合了传统与现代的国际大都会。古老的宫殿、传统的民居等与现代化的政府大厦、企业大楼交相辉映，展现出首尔传统与现代结合的独特风貌。值得一看的有：景福宫：首尔最大、最古老的王宫之一，其中的勤政殿是韩国古代最大的木制建筑物；青瓦台：韩国的总统府；宗庙：世界文化遗产；昌德宫：世界文化遗产，是《大长今》的取景地之一，昌德宫的后园"秘苑"保留着韩国宫殿最传统的庭院样式；昌庆宫：以明正殿为主，包括明正殿长廊、风旗台、观天台等建筑在内的一大批国家级保护文物；云岘宫：这里举行高宗与明成皇后嘉礼仪式的现场表演，再现当时的历史画面；仁寺洞：保持着韩国原汁原味的古商业街味道。

世界杯公园和世界杯体育场

　　参见"垃圾山上建公园"。

世界杯体育场

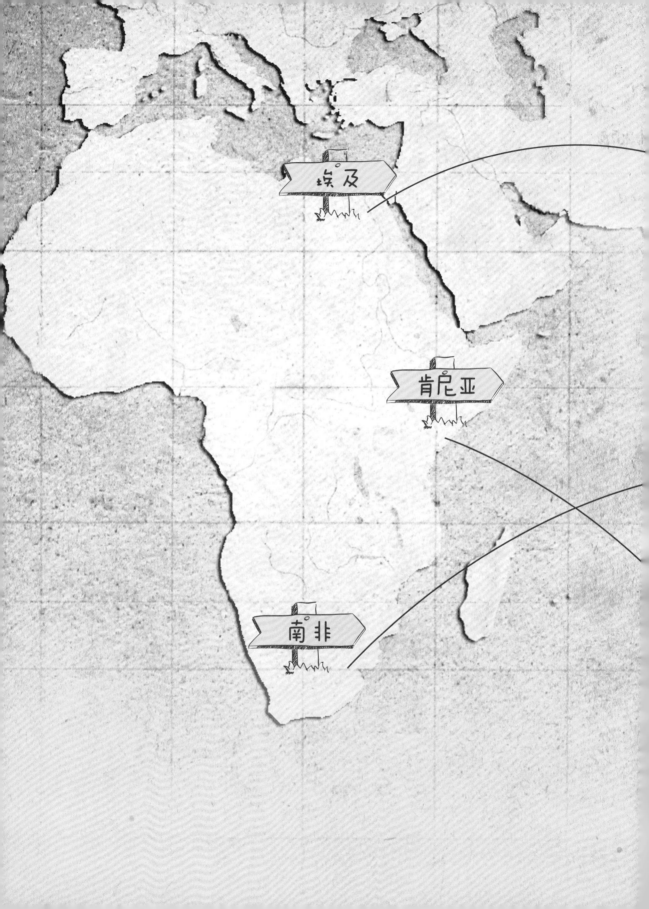

第五目的地 非洲

第一站 埃及
夜幕下的金字塔 · · 173
诙谐的埃及人 · · 175
埃及方尖碑 · · 177
看肚皮舞 · · 179
无顶的神庙 · · 181
探访贝多因人 · · 184
触摸几千年 · · 187
景点推荐 · · 190

第二站 南非
在南非"猎游" · · 193
爱冒险的南非人 · · 196
太阳城拾趣 · · 198
宁静的好望角 · · 202
开普医生 · · 204
景点推荐 · · 207

第三站 肯尼亚
到马赛人家做客 · · 211
马赛马拉的黄昏 · · 214
景点推荐 · · 219

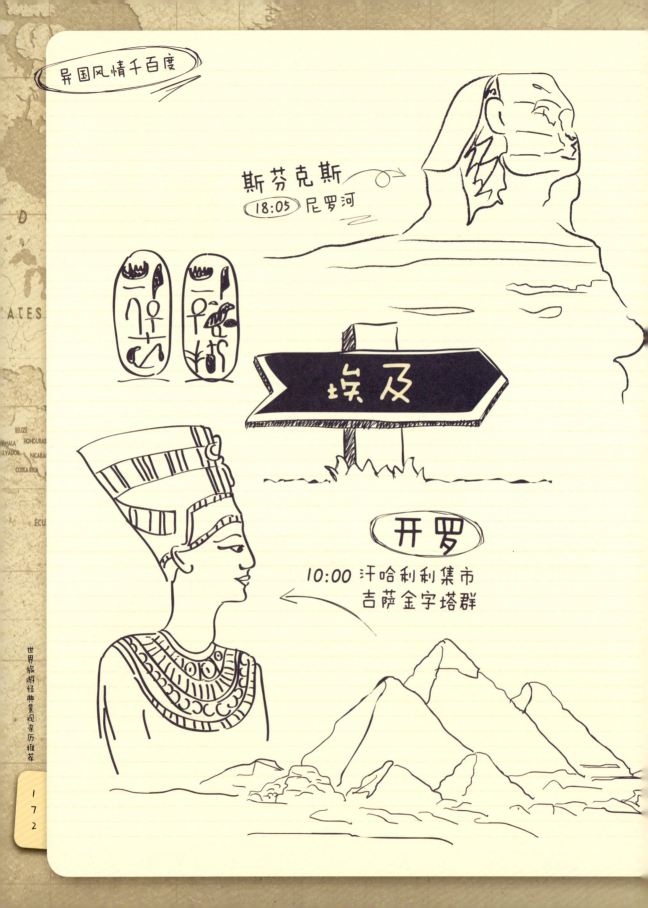

夜幕下的金字塔

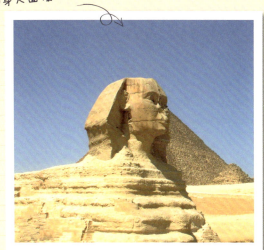

狮身人面像和金字塔

夜黑，月亮躲到远方，天空穹隆星星点灯，闪闪发亮。

星光下的埃及吉萨金字塔群，古墓魅影，在沙海中蔓延，重重叠叠，投射出难言的诡秘。

应该是有一些"恐惧"的体验，可我们并不紧张。十月的一个夜晚，我们夜访吉萨金字塔，目的是看一场"声光秀"。这些年，以著名历史文化遗产为天然"舞台"，唱歌剧或拍电影，好像成了一种时尚。吉萨金字塔前就演过大型景观歌剧《阿依达》。

所谓金字塔"声光秀"，就是用光影打在神庙坍塌的残壁上，用人物和对话等，重现当年建造金字塔的场景。"秀"的背景正好是胡夫金字塔和哈夫拉金字塔，旁边就是那位叫"斯芬克斯"的狮身人面像。更大的背景是沙漠和夜空，沙漠的风声成了配乐，星星则成了舞台"灯光"。我们身后不远处就是开罗城，4700多年呀，历史就在这里做了"对接"。

有人搞了一个世界"新七大奇迹"评选活动，虽遭埃及人断然拒绝，但埃及金字塔仍列其首。公元前3世纪，腓尼基旅行家昂蒂帕克最早提出了"世界七大奇迹"的说法，即巴比伦空中花园、罗德斯岛太阳神巨像、摩索拉斯王陵墓、阿尔忒弥斯神殿、宙斯神像、法洛斯灯塔和埃及吉萨金字塔。此后，因天灾人祸，如今，"世界七大奇迹"中仅存埃及金字塔。所以，埃及人对此牛得很呢。

目前，埃及共发现金字塔96座，代表作就是我们在开罗郊区看"声光秀"的吉萨金字塔群。其中的胡夫金字塔建于公元前2690年左右，距今已有4700多年历史，原高146.5米，因年久风化，顶端剥落10米，现高136.5米；底座每边长230多米，三角面斜度51°，塔底面积5.29万平方米；塔身由230万块石头砌成，每一块石头平均重2.5吨。哈夫拉金字塔（胡夫的儿子），建于公元前2650年，比前者低3米，但建筑形式更加完美壮观。塔前还建有庞大的神庙及狮身人面像。金字塔设计精巧，计算精密，还有"法老诅咒"神秘传说和"3000年水果不腐"等发现，使金字塔研究成为一门学科，包括我国学者在内的各国科学家都在探究。

异国风情千百度

陪我们的埃及朋友是留学北京的"海归",普通话说得很好,她在我国看过一些有关金字塔的介绍,对其中有关建造者受压迫和受摧残的"悲惨"说法提出异议。她一再对我们说,目前在埃及专家中,有一种主流的说法:建造者对法老及古埃及国王非常尊敬,对建造金字塔也是由衷热爱的,他们怀着一种"愉快"心情干活。同时,建造者受到很好的"礼遇",如有大面包和肉吃,一年有半年的休假,这在当时是非常高的生活标准。而且,工人的辛劳和创新受到尊敬。否则,金字塔就不会如此精美,质量疑为"天人"所作。

金字塔

法老看轻人生百年的肉身,他们不建豪华宫殿,而特别看重死后的"永生",法老们建金字塔就是为了建立"永生"的通道,它是通向永恒太空的"阶梯",而且,建造者是可以追随着他们的法老,一起走这条通道的。如此,法老和建造者就有了梦想和行动上的统一。这些年,对金字塔的考古,对此已提供了一些佐证,如金字塔旁发现了大片规格很高的建造者墓穴,还有许多面包房,面包盆如小桶大小。英国BBC还专门模拟这一说法,搞了一个"纪实片",描写一位埃及金字塔建造者从抬石小工到测绘"高工"的愉快一生。

我们长城的质量也很高,多年来,我们只知"孟姜女哭长城"这类劳动人民受压迫的悲剧,长城建造者中有没有一些"热爱者"?他们以相对愉快的心情,主动做出了这一惊天动地的杰作。对此,我们不得而知,可我们也缺乏对此的探究。"快乐金字塔"的说法给了我们一些启发。

第二天上午,我们又来到吉萨金字塔。昨夜模糊飘逸的魅影,在烈日下豁然开朗,它在焦黄沙漠中平地而起,塔尖似乎接触到蓝天。即使你看过一百遍金字塔的图片和影像,可真正站在它们的脚下,你还会被它们那苍凉和雄厚的"巨石成山"形态所震撼。在同时代大多数"人"还在"茹毛饮血"和"浑浑噩噩"时,聪明能干的古埃及人已喝着啤酒,吃着面包,做着计算;"把玩"巨石,建造了千古不倒的金字塔。所以,无论是工人,还是法老,我们都对他们充满敬意!

有一句谚语说得好:再伟大的人都怕时间,而时间却怕金字塔。

诙谐的埃及人

去过埃及的访客,常被埃及人的虔诚所感动。90%以上的埃及人信仰伊斯兰教。

我们在埃及时,正逢伊斯兰教的斋月。斋月要求信仰者只能在太阳出来之前和落山之后进食,白天不能吃任何东西和饮水,埃及人对此严格遵从。所以,每逢太阳落山后,开饭的情景非常热闹,无论是大超市的保安和收银员,还是街头小店的老板,都迫不及待地在街边摆开桌子吃饭。只要我们好奇地多看几眼,就有人友好地招呼我们"入席"。清真寺外也立马摆出免费的晚餐,让饥渴一天的人们享用。

与这种虔诚相平衡的就是埃及人的诙谐。我们在埃及时,时常"领教",有惊有喜,印象深刻。

埃及纸莎草纸画是世界上最古老的纸画,和金字塔及人面狮身像一样,都是人类的文化遗产,也是埃及的名片。我们在开罗一家纸莎草纸画店选购了几幅,是埃及艺术家画的古埃及地图和生肖,线条流畅,构图奇异,色彩斑斓,很有特色,但价值也不菲。交费时,收银台的小伙子一本正经地对我们说,我们买的纸莎草纸画太长了,为了便于携带,他帮我们把它拦腰切成四截,我们回国后,再把它们粘起来就行了,他说着就拿出一把大刀,似乎要动手。吓得我们连声说:"NO!NO!"直到周围埃及人发出一阵善意的笑声,我们才知道上当了,这埃及小伙子在拿我们"开心"呢。然后,小伙子又摆出很抱歉的样子,指指自己的胃(斋月禁食?),显出一副有气无力的样子,要求与我们扳手腕,好像要让我们占个便宜来"补偿"一下,结果,小伙子手劲很大,我们又输了,引起周围笑声不断。

埃及的阿拉伯沙漠,沙少石多,还有陡坡绝壁。我们搭乘吉普车,去看看大漠深处过着原始生活的贝多因部落。司机叫易卜拉欣,精瘦,黝黑,戴着阿拉伯头巾,不苟言笑,可他的"淘气"全在动作里。他假装分神,直冲一个大石头开去,当我们惊叫时,他才如梦方醒般一个急转弯。最绝的是,他加足马力冲上陡坡绝壁,急刹车时,前轮已有一半悬空,看到我们的惊吓,易卜拉欣却乐了。埃及朋友说,这是他的拿手好戏,百玩不腻。

埃及人爱说、爱笑、爱乐、爱热闹,特别爱时常来点恶作剧,题材信手拈来,幽默感极强,哪怕一点点"素材",也能演绎到哄堂大笑。我们在卢克索神庙入口处,收票员"表情丰富"地请求外国游客与他扳手腕玩,赢了可以免费进,引起各国游客的欢笑。埃及导游假装着鸡叫,唤醒打瞌睡的游客。据称,在埃及酒吧和咖啡馆,甚至于街头巷尾,只要有几个朋友碰到一起,聪明的笑话如同爆竹一样此起彼伏,直到人人笑翻。

与虔诚一样,埃及人的诙谐,是他们生存的本领和智慧。在一个沙漠占90%多、

异国风情千百度

孟农巨像前的小姑娘

绿洲只有百分之几，首都开罗拥挤着近1577万人的国家里，豁然开朗和乐观诙谐的生活态度是非常重要的。有时，以尊严和幽默的方式来担当着自然的贫瘠和生活的贫穷，也不失为一种人类认知的高明和生活的技巧。

埃及朋友告诉我们，埃及人穷也好，富也好；不幸也好，走运也好；他们很少发愁，也不怨天尤人，人际关系也相对轻松和融洽。不少埃及人是应付困境的高手，因为最难的困境最后都成了他们寻开心的话题。虽然"一千零一夜"不是发生在埃及，可埃及人爱把自己的经历与有关阴谋诡计、曲折爱情或命运变化联系起来说故事，煞有介事，然后一笑了之。

显然，埃及人的好性格因此得到了回报。近年来，世界医学界都在研究为什么埃及人不易患癌症。埃及人的癌症发生率极低，仅为欧洲的1/10，也远低于美国。即使他们得了癌症，其发展速度也较慢。研究表明这与他们的饮食习惯、生活方式、性格特质是分不开的。他们的性格特质就是虔诚和幽默。现已证明，除了遗传、环境污染和接触致癌因子等原因以外，人的性格在癌症发生中起到重要作用，悲观、愤怒、抱怨和压抑的"癌症性格"者特别易患癌症。

还有，埃及是世界上犯罪率较低的国家之一。在全埃及一年中发生的谋杀案比美国一座大城市一年发生的谋杀案还要少。这也多少得利于埃及人的性格，处事不极端，常用幽默化解了怨恨。

最近媒体上有关埃及人的报道好像与本文不符合，但人是有多面性的，而且新闻报道中和我们见过的埃及人都仅突出一个方面。应该说，我们看到的埃及人与CNN和BBC镜头中狂暴的埃及人大不一样。

埃及方尖碑

方尖碑

我们第一次见到方尖碑，是在巴黎的协和广场，后来在意大利、英国、美国、土耳其等国都见过，可我们并不知道，它们都来自于埃及。

在见过各国大大小小、各色各样、各种名目的纪念碑后，方尖碑并没有给我们留下太深的印象，直到我们站在它们的出生地——埃及，在那焦黄沙漠和苍凉神庙中见到它们时，才有一种心动，感觉一份重量。

与金字塔、神庙和木乃伊一样，有4700多年历史的埃及方尖碑是古埃及人留下的最珍贵的瑰宝，它是传递几千年古埃及文明的无言使者。方尖碑是用埃及阿斯旺地区的花岗岩雕成，一碑一石，天衣无缝，一块就重达几百吨，如梵蒂冈圣彼得大教堂前的方尖碑，约24米高，320吨重。最大的方尖碑如今还静卧在阿斯旺，长41米，重1267吨，但只完成了对石材的切割，还没

异国风情千百度

有雕刻上象形文字和图画。一看到它，我们就想到了南京的阳山碑材，是不是都是因为古人弄不动了，才不得不放弃？

方尖碑的外形呈尖顶方柱状，由下而上逐渐缩小，顶端形似金字塔尖，当明媚的阳光照射到碑尖时，它会闪闪发光。方尖碑上刻有象形文字和图画，从这些符号中，学者们发现，古埃及人信奉太阳神，建方尖碑是对太阳的顶礼膜拜。

开凿和修饰方尖碑，并把它运到位和竖起来，在古埃及都是一件万难的事，但不像金字塔建造那样神秘，人们基本弄清了方尖碑的"流程"：在阿斯旺，从石矿开凿出这种独特石料，制作成碑，在尼罗河泛滥时，用船运往各地。它是这样竖立的：建好基座后，在基座两侧建石堆，在两石堆间填沙，方尖碑通过一侧石堆斜坡拉到石堆上，再将碑的下部往下拉，使之落于沙中，从预先造好的隧道中将沙子挖出来，碑就依靠自身的重力落入坑中，立了起来。此法真是聪明之极。

埃及方尖碑为何会流落到国外？故事很多，无非是征服和被征服，掠夺和反掠夺。但有一个例外，巴黎协和广场的埃及方尖碑算是赠送的。1831年，埃及总督穆罕默德·阿里为了感谢法国考古学家商博良揭开古埃及文字的千年之谜，将卢克索神庙前两座方尖碑中的一座赠送给法国国王。国王还回赠了一座小小的钟楼。也有说是商博良说服阿里这样做的，为自己要了一块千古不灭的"勋章"。当然，这只是一些说法。在弱肉强食的时代，"馈赠"意味什么？

方尖碑成双地被放在神庙的门口，如同我们看家护院的石狮，一边一个，对称均等，可在卢克索神庙前，我们只看到右侧孤零零的一座，左侧的底座尤在，可碑身已在巴黎协和广场，就像两个天各一方而永无机会再见的双胞兄弟，就连身边法老雕像脸上似乎也透露出深深的无奈。

意大利的罗马有不少于5块的方尖碑，这是当年罗马帝国的战利品，其中一块高32米，是世界上竖立起的最大方尖碑，原立于卢克索的卡尔纳克神庙。

在当时的条件下，要把方尖碑弄回国，可不像有些列强们弄中国字画、瓷器和金银那样便当。例如，美国人花了大力气，从方尖碑装入改装后的邮船，进入纽约港，移入平底货船，走哈德孙河航行到96街，上岸后，赶修一条铁轨，用蒸汽机带动绞盘拖运，一天只能前进100米，转一个弯要好几天，花了4个月，才在中央公园竖立。巴黎协和广场的那尊方尖碑，重230吨，高22.83米，先将它从卢克索神殿的基座上放下来，运到尼罗河滩，装上专门建造的大船，经过尼罗河、地中海、大西洋、塞纳河，800天才到达巴黎，又准备了3年，才于1836年9月将方尖碑竖立在协和广场中央，当时万人空巷，盛况空前。

古埃及的文化是"石头文化"，沉重无比，英雄无语，如果方尖碑是它的使者，金字塔就是它的守望。与古埃及同时的另一个文明源头——希腊，则是"蒲公英文化"，它的艺术、哲学、文学和体育，随风播散，轻盈潇洒地传遍四方。两种文化一重一轻，传递文明，形成了一种均衡。

👆 看肚皮舞

入夜，在流经开罗的尼罗河上，游船轻轻拨开碧波，悄然滑行，两岸高楼大厦和树木花草，幻影移动，巨大的霓虹灯闪闪发光，打出那些"地球人都知道"的国际品牌，好像繁华的地方总少不了它们。白天，我们所看到这座特大城市的混乱和喧嚣，被浓浓的夜色掩蔽和消融了。

我们乘坐的游船也不知是仿造埃及哪朝哪代的，古色古香，船沿一溜的吊灯发出幽幽的亮光，就像我们的宫廷灯笼。晚十点，各国游客们安静地摆弄着手上的照相机和摄像机，不时盯着游船中间一块十几平方米的空地，这就是表演肚皮舞的中心舞台，多年来，肚皮舞，专业人士又叫"拉可斯沙奇"，即东方舞，一直是夜游尼罗河的压轴戏和最大卖点。

严格地说，我们等待的是一场以肚皮舞为主的秀。有一个小乐队的演奏；还有一种宗教舞蹈，类似于我们东北二人转中的转帕，只是埃及舞者用自己身体做轴心，不断地高度旋转，以带动衣裙和毛毯的飞旋，形成绚丽多彩的图案和姿态，甚是好看，这种舞蹈的难度特别高，有时要连转几个小时，舞者受到埃及人的高度尊重，有很浓的宗教色彩，可它的"国际影响"却不如肚皮舞。肚皮舞在全球的名声很大，要感谢好莱坞那些生动的电影镜头，可对它的歪曲也要归罪于这些电影。

在乐队演奏的欢快阿拉伯音乐中，一位

旋转舞

肚皮舞娘从船舱里跑上舞台，她身材高大丰满，穿着特制的舞衣：束身短衫，低腰纱裙。这种舞衣在埃及到处有卖，纱裙上面镶着金丝银线，挂着金属片，色彩斑斓，起舞抖动时可发出悦耳声响。舞娘袒肩露腹，尽管肚皮舞也受到全世界"骨感美"的冲击，舞娘也在向"瘦型"发展，但这是有底线的，因为肚皮舞的精华和魅力全在于身材丰满，所以，舞娘向人们展示的腹部一定要曲线动人，有特别的"母性"，不能有赘肉，又不能太平坦，过胖过瘦的"肚皮"都不适合翩翩"起舞"。

埃及友人告诉我们，欣赏肚皮舞的重点是"抖腹"，舞娘以绵软腹部高频率、有节奏和有力度的颤抖，传递着神秘的身体语言。

异国风情千百度

在尼罗河游船上跳肚皮舞

其实,"抖腹"就是"抖胯",将胯部用力而有节奏地外甩,才能达到很好的"抖腹",但要掌握"抖胯"这一关键动作,随着音乐而自由随意舞动腹部,非得经过长期刻苦训练才可。

据称,在腹部优美的扭摆中,女人会有一种如醉似痴和自信自强的感觉。以前误传肚皮舞是对男人的诱惑,色情挑逗(当然仍有夜总会舞娘这样做),其实,起源于中东地区的肚皮舞是世界上最古老的舞蹈形式之一,古埃及的壁画描绘了类似肚皮舞的形象,是一种庆祝妇女多产及颂扬生命的宗教仪式,古埃及妇女靠摆动丰腴结实的胸部、腰部、腹部和臀部,向诸神表明自己具有哺乳和生育的健康能力。

我们虽不是"诸神",但接连出场跳个不停的舞娘的确个个长得健壮,跳得自豪奔放,精力十足,让我们感悟到女性作为母亲的性感、实力、美丽、忍耐和坦荡。现代医学也证实,女性维持性特征、美丽身材和容貌及生殖功能,一定的脂肪量是必需的。现在,在我国,肚皮舞也受到不少女孩的喜爱。

我们在埃及时,从街头的孩子到总统宴会上的演员,大家都跳肚皮舞。婚礼中不可缺少肚皮舞,著名舞娘的出场费是很高的。埃及的一些女影星跳肚皮舞都很出色,或干脆就是"两栖"。那时,埃及对肚皮舞也有一些争议,如对舞娘的腹部是全裸?还是蒙一层纱巾?还有当舞娘跳到你身边,含情脉脉看着你时,要不要给小费?现在多数情况下是不给的,不知是旅游局的管理,还是行业的自律。可现在不知肚皮舞的命运会如何,有禁跳的传言。

舞娘们都非常善于调动观众的情绪,与大家热情互动,她会跳到四周,邀请观众上台共舞。顾燕喜欢跳舞,主动上台与舞娘共舞一曲,虽然她跳的是中国民族舞,但与舞娘的舞姿倒也合拍,获得满船喝彩,掌声经久不息。此后,一队韩国人不甘寂寞,围着舞娘跳起了朝鲜舞;还有德国人、英国人纷纷入场……

无顶的神庙

神庙的塑像

埃及的神庙不知原来有无房顶,至少我们见到它们时,它们大部分无遮无挡,素面朝天,以毫不修饰的沙漠土黄色,面向蔚蓝色的天空。其实,对一个年平均降雨量只有几十毫米左右的国家,神庙有没有屋顶也无大碍。

无顶的神庙才有了电影《尼罗河惨案》上那些惊心动魄的镜头:巨石从神庙的巨柱上滚下,玩玩谋财害命的阴招。无顶的神庙,不仅给导演驰骋想象的空间去了"顶",也给游人带来无际的乐趣和遐想,十几个人手拉手环抱着神庙的巨柱,然后一起通过柱间隙,仰望着斑斓的蓝天白云,有一种莫名其妙的愉悦;还因为无顶,随着时分变幻的阳光和月光,直接透射进神庙,在巨柱和雕像之间曲折和蔓延,制造出梦幻般的光芒,也就是传说中存在了四千多年的"神光"。

沐浴这样的"神光",我们细细辨认着巨柱上几千年前古埃及人留给后人的生活信息:发明和冒险、音乐和舞蹈、服饰和化妆、

神庙的巨柱

异国风情千百度

神庙大门

埃及境内尼罗河的最南端到最北端，现存22座古代神庙，硕大的建筑群与精美的石雕艺术完美地结合在一起，具有令人惊叹的雄伟气势，它们是地球上最古老的建筑之一。

埃及的建筑艺术在世界艺术史上占有辉煌的一页，它的建筑艺术，尤其是各种类型的柱式建筑，对古典世界的建筑艺术产生了巨大的影响。如卢克索的卡纳克神庙内的圆柱厅，一共有134根纵横交错的巨大石灰岩石柱，每根圆柱上可以站几十人，每根石柱周长10米，不包括底座，高15米，有的高达23米，排列成16行，气势磅礴。柱顶端雕刻着上、下埃及的标志"睡莲"（埃及国花）和"莎草花"，美丽壮观。用整石打凿的石柱无隙无缝，上面雕刻着古埃及的象形文字和图画。

棋盘和玩具、农民与植物、捕鱼和狩猎、夫妻情爱、母子情深等等。1878年，在埃及古城阿比杜斯，一名考古探险家在塞蒂神庙入口十米高的横梁上发现了一些奇怪图像，当时没有人知道那些象形图画描绘的是什么东西。直到多年后，考古学家才震惊地发现，那些由3000年前古埃及艺术家雕刻的图像，竟然是直升机和潜艇的模型。

有的神庙或许以前是有顶的，因为，有的神庙里设有图书馆，藏有大量文献，这些文献写在纸莎草制造的纸上，记载着古埃及人积累的天文、地理、建筑和农耕知识，还记载着风俗习惯和神话传说。

哈特谢普索特女王神庙

女王神庙的女神

距卡纳克神庙不到1公里,就是公元前14世纪修建的卢克索神庙,庙内矗立着拉美西斯二世巨像,他头戴上下埃及的双重王冠,表明埃及结束分裂状态,重新统一。拉美西斯二世被埃及人视为英雄,他有30多个妻妾,110多个儿女,是一个身体极其强健的法老。雕像面容清秀,五官俊美,如同我们的"唐三藏"。

神庙是古埃及人供奉神、祭拜神的地方。尽管埃及朋友说得眉飞色舞,可要让我们把众神和群王与一座座神庙及雕像对上号,还真不是一件容易的事。而且,古埃及领导人的婚姻关系很乱,如某法老娶了后妈,又娶了后妈的女儿,先叫妈,后改妻,再叫丈母娘。还有,后面的法老也想流芳百世,就直接"盗版"前人的雕像和神庙,改头换面和修修补补就好了,倒也省事。

哈特谢普索特女王的神庙因1997年的恐怖袭击而闻名。这个神庙一点没有神秘之气。开阔、明亮和秀美,如同歌剧院,如果加上鲜花、绿叶和流水,都有一些像奥地利维也纳的美泉宫。可在1997年11月,一群外国游客正在神庙前广场拍全景时,从神庙一侧的山上冲下一队人,他们从长袍中掏出枪就胡乱扫射,64名外国游客遇难。可凶手还没有逃过山,就被当地人打死不少,这可是踹了人家的饭碗呀!旅游业是埃及最主要的经济支柱。我们在埃及旅游,处处受到警察真枪实弹的前后护卫,车子一动,就有警车开道。为保卫外国游客和自己的旅游业,埃及还专门成立了旅游警察队伍。对这些表情严峻、时时如临大敌的旅游警察,你是不能拍照的。

神庙后来的历史就更加丰富多彩了,如公元前324年至公元前30年,在罗马统治埃及时期,神庙常被当作军营。公元前30至公元324年,在基督教统治时期,它们又被改建成基督教堂。阿拉伯帝国统治埃及时期,在卢克索神庙的拉美西斯庭院顶部又建了一座清真寺。神庙成了一本多种文化和宗教碰撞交流的大书。

异国风情千百度

探访贝多因人

贝多因人

埃及的红海不红,湛蓝清澈,可见美丽的珊瑚和五色鱼儿。

干燥酷热的阿拉伯沙漠就紧挨着湿润充沛的红海,没有滩涂,没有过渡,柔水与硬沙的"无间道",刀切一样,蓝黄分明。

我们对贝多因人原始部落的探访也没有"历史"的过渡。

从红海边一家"海景"豪华宾馆搭乘吉普车出发,一两小时后,我们就折进了大漠深处。就像电影镜头,从满眼涂着防晒油穿着泳裤比基尼在海边晒太阳打手机的"现代人",一下就切换到沙漠烈日下仍包裹头巾和长衫的"原始人",我们不知道这个时间跨度到底有多少年,但在蓝天下,干枯大漠深处,我们见到了仍在坚持以原始游弋生活方式度日的贝多因人。"贝多因"在阿拉伯语中就是"沙漠之子"。

阿拉伯沙漠实际上多为坚硬的石头,在茫茫大漠中,大一些的石头就垒起了小丘。我们探访的这个贝多因人部落就暂居于这些荒凉的大石中间。四周寸草不生,部落中却有一两棵绿色植物,在焦黄的沙漠中格外显眼。植物外拉着绳子,一看就知道它们受到贝多因人的格外呵护。其实,贝多因人就像这万顷"黄"中一点"绿",如果没有天地的眷恋,怎能在如此恶劣自然条件下,利用最少的自然资源,发挥出人类求生的极致,代代传承,生生不息,走过了3000多年?

埃及朋友告诉我们,目前,全埃及还有几万贝多因人,散布在茫茫沙漠之中,政府也曾努力想把他们"拉"进现代城市生活,但遭到不少贝多因人的"谢绝",他们仍选择了"天做被地做床"的自由生活。可据我们观察,贝多因人多少还是受到一些现代的影响,我们探访的这个部落尽管无水无电,但也不是完全与世隔绝,他们有一辆车,每周可到城里采购生活必需品。部落里还有临时的"卫生间",尽管没水,还煞有介事地装了坐便器。还有小卖部,卖着可口可乐和薯片。目前,贝多因人也从做手工艺品和接待世界各地游客中得到一些收入。他们还养骆驼,以物易物,换回食物。

一位十几岁的贝多因男孩把我们引进一间简陋的棚子,只有一面有"墙",三面畅开,地上铺着肮脏破旧的垫子,有一张低矮的木

落日里的贝多因孩子

桌。我们席地而坐,但一会就坐不住了,苍蝇太多,尽管沙漠苍蝇"无菌",但紧盯着我们,很不舒服。男孩会说一些英语和法语,他就在地上点火,用一个漆黑的大水壶烧了开水,为我们泡上了贝多因人的"茶",水是从沙漠地下很深处打上来的,茶叶也不知是什么沙漠植物的叶子,味道很香。

贝多因人在阿拉伯沙漠中逐水而居,所以他们是找水专家,准确地说,他们的骆驼是找水专家。大自然将骆驼造就成了极限环境中的生存冠军,任凭沙浪滚滚,酷热似火,单峰驼却从不会迷失方向,并能发现地下很深地方的水源。我们在这个部落里看到的唯一一口手摇水井,就是部落所养骆驼最先"踩"到的。贝多因人素以英勇强悍而闻名,他们部落之间争斗和打仗的起因也大都与水源有关。水井非常珍贵,是生命之源,所以,水井是部落严加保护的"重地"。

我们在部落里转转,很难分辨出到底有几家人,因为贝多因人是一夫多妻。在这个部落,我们只看到几十位蒙面的黑衣女人(难辨年龄)和大大小小的孩子,她们在做饼、牵骆驼和打水等,没见到成年男人,没见到"孩他爸"。我们不甘心,四处寻找,结果看到三四位正在棚里酣睡的汉子。后来,我们看到一则消息:以色列的58岁农夫阿拉尔娶8位妻子,养67名子女,100多名家庭成员全都住在一个小村中,过着与世隔绝的生活。阿拉尔就是贝多因人。所以,在部落里,我们只见妇孺不见爸,也就不奇怪了。

他们的棚内除了一些衣被和锅勺,几乎一无所有,更没有传说中的武器。为我们泡茶的贝多因男孩在与我们照相时都要抱着一个木盒子,我们不知道里面放着什么,也不便多问。贝多因孩子没法接受正常的教育,也很少接触

贝多因孩子

埃及

第五目的地 非洲

异国风情千百度

贝多因男孩与作者

外面的世界。我们不知道他那漆黑亮泽的眼瞳中有没有一些对外面世界的渴望。

贝多因人是一流的追踪者,他们的方向感很好,也很懂如何搜集环境里的线索,通过观察星星和植物,就可以去他们想去的地方,找到他们要找的人。这些年,有一些贝多因人走出了沙漠的原始生活,甚至过上了非常现代和安逸的生活,但他们却仍然保持着一些贝多因人的古老传统。无论贝多因人如何选择,都应该得到世人的尊重。

沙漠落日,似乎也没有经历缠绵的橙色,火红的太阳一下就掉到山丘后。夜来得很快,在我们告别时,"孩他爸"们出现了,他们敲打着一种古老的阿拉伯乐器,边唱边跳,欢送客人。当我们从"时间隧道"回到宾馆时,白日里"晒海"的那些人又在练瑜伽了。

有意思的是,与占尽自然资源而"百病缠身"的现代人相比,对大自然索求极少的贝多因人却很少生病,也很长寿。这真应了"老实人,人亏天不亏"这句中国老话。

触摸几千年

埃及的兵马俑

我们在参观巴黎卢浮宫、圣彼得堡冬宫和伦敦大英博物馆等大大小小博物馆时,双手是多余的,拘谨的,脚也要站对地方,脸不要凑上前看,否则,红外或激光什么的,报警声突响,弄得你很尴尬,好像你举止不文明了,不守法了,不懂规矩了。

但是,在开罗,参观埃及博物馆时,你不需这种小心翼翼,人家根本不在乎,那些至少有3000年历史、放哪里都是价值连城的宝贝疙瘩,没有罩上防护玻璃,甚至也没有隔离警示线,不少游客伸手摸一摸石棺、石像、石钵……摸就摸了吧,一些展品已被人摸得光滑铮亮,也未见有博物馆工作人员过问,但禁止拍照,曾有游客在博物馆内用手机悄悄照相,结果,当场被保安人员轰出了博物馆。

入乡随俗吧,我们也摸摸吧,这一摸可不得了,穿越几千年,触摸到的"石感"是人类文明史中最真实的厚重。

物以稀为贵,参观埃及博物馆,可触摸文物,大概也与该馆的文物太多和太挤有关。埃及博物馆收藏的各种文物有30多万件,因馆内空间有限,只能陈列展出6.3万件,不少放在地下室中,甚至还没动过。一些珍贵的石像和石碑只能放在馆外的大院里,做做"小品",饱受风吹日晒雨淋。

埃及博物馆是埃及古老灿烂文明的高度浓缩,它与金字塔、狮身人面像、神庙、方

异国风情千百度

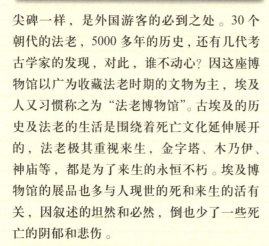

图坦卡蒙御座

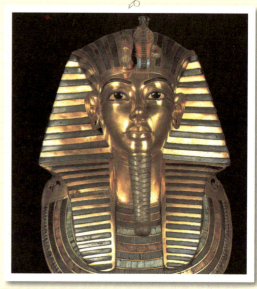

图坦卡蒙黄金面罩

尖碑一样，是外国游客的必到之处。30个朝代的法老，5000多年的历史，还有几代考古学家的发现，对此，谁不动心？因这座博物馆以广为收藏法老时期的文物为主，埃及人又习惯称之为"法老博物馆"。古埃及的历史及法老的生活是围绕着死亡文化延伸展开的，法老极其重视来生，金字塔、木乃伊、神庙等，都是为了来生的永恒不朽。埃及博物馆的展品也多与人现世的死和来生的活有关，因叙述的坦然和必然，倒也少了一些死亡的阴郁和悲伤。

一进博物馆大门，一楼就有一排排巨大的石棺，这是法老棺材的最外一层。上了二楼，就看到紧贴着法老木乃伊的人型内棺，内棺是金制的，彩漆，有细腻的雕刻，雅致美丽。二楼是专题陈列室，有棺木室、木乃伊室、珠宝室、绘画室、随葬品室、史前遗物室、图坦卡蒙室、纸草文书室等，也多与法老对来生的追求有关。

博物馆存放的木乃伊，有的已有3500多年的历史，仍保存完好。位于木乃伊陈列室中央的玻璃柜里是古埃及历史上赫赫有名的拉美西斯二世。他于公元前1304年至1237年在位。他发动了一系列军事扩张，大修神庙，为自己竖立了许多雕像。他在位67年，身材高大，寿命超过90岁。因拉美西斯二世在埃及历史上第一个与外敌缔结了和平条约，所以，安放他的木乃伊展室名为"战争与和平展览室"。

我们发现，二楼的图坦卡蒙室内的游客最多，排着长队，在那著名的"图坦卡蒙黄金面罩"前，你只能停留十几秒。图坦卡蒙法老木乃伊的"黄金面罩"、"黄金棺材"、"黄金宝座"是世界最值得夸耀的文物。图坦卡蒙木乃伊上的黄金面罩出土于埃及南部国王谷的图坦卡蒙墓穴，重达11公斤，做工精湛，华丽夺目。它用金板依照图坦卡蒙生前容貌打造，镶满红宝石，额上还雕塑有象征上下埃及统治者的兀鹰和眼镜蛇。

图坦卡蒙金棺是用450磅纯金制成，是人类历史上最精致和最伟大的金制品之一。图坦阿蒙御座金光闪闪，座椅的正面两侧各有一个金制的狮子头，扶手为蛇首鹰身，分别代表上下埃及的王权。

图坦卡蒙死于公元前1323年，年仅19岁，几乎没有政绩，可几千年后，他的名声却因陪葬品而与日俱增。

除了死，埃及博物馆也有生的气息，一些反映古埃及法老和劳动者的雕像，几千年后，还栩栩如生。如"王子拉霍特普和他的妻子奈佛特瑞"雕像组是分别在两块石块上雕成的坐像，均为彩绘，内置的眼睛神采焕发。王子光着上身，戴白色项圈，穿白色腰裙，上唇有短胡须，皮肤黝黑；奈佛特瑞神情端庄，黑发触肩，额头束有白底彩花发带，颈上绘有黑、青、红三色的项链，皮肤奶白，身材丰满，婀娜动人。在头部两侧有黑色的古埃及象形文字，有人、鸟、植物、眼睛、庄稼等等。这坐像是古埃及艺术中将男女肌肤颜色显著区分的代表，在艺术史上具有重要的地位。

此外，馆中还展出了许多古埃及平民生活的日常用具，如各种木制、皮革制和麦秆制的生活用具；啤酒、葡萄酒、水果、面包、肉、蔬菜等食物；犁、锄等农具；棍棒、投掷器、斧、弓、箭等武器；竖琴、七弦琴、横笛、鼓等乐器；水平器、笔、调色板等文化用品。还有记载古埃及科学、文学、历史、法律等内容的纸莎草纸文献。

埃及博物馆的展品皆是真品，只有一件是"山寨版"，就是进门右侧的罗塞塔石碑碑文为复制品，真的石碑现流落在法国的卢浮宫，碑上有三种文字写的法令，为同一篇文献的三种版本，是解开古埃及象形文字之谜的关键。

陪同我们参观的埃及朋友介绍，这座博物馆的地下室就像一座最大的埃及古墓，有8万多件文物藏在博物馆大理石地板下面，世界上没有哪一座博物馆拥有这样丰富藏品的地下室。这里摆满了成千上万件从埃及各处出土的文物。有些甚至搁了100年还没有被打开过。许多"地藏"的文物罕见奇特，如一件文物是一只人脚，脚的主人生于3000多年前，他失去了一根脚趾，古埃及人就用别的东西取代了那根脚趾，给他做了历史上第一例整形外科手术，他们把"人工脚趾"接在他的脚上，结果，这个人绑着这个脚趾，又生活了3年，而且还带着它下葬。可见，当时古埃及移植技术之高明。

王子拉霍特普和他的妻子

异国风情千百度

景点推荐

开罗

首都，横跨尼罗河，气魄雄伟，风貌壮观，是整个中东地区的政治、经济和商业中心。

金字塔

一种类型的建筑物，一般用作陵墓或祭祀之用。因为它的外形像中国的汉字"金"，所以，我们叫它金字塔，其实与"金"并没有多大关系。埃及金字塔是埃及古代的方锥形帝王陵墓。参见"夜幕下的金字塔"。

拉美西斯二世

狮身人面像

坐落在开罗西南的吉萨大金字塔旁，是埃及著名古迹，与金字塔同为古埃及文明最有代表性的遗迹。像高21米，长57米，耳朵就有2米长。除了前伸达15米的爪子是用大石块镶砌以外，整座像是在一块巨石上雕成的。参见"夜幕下的金字塔"。

狮身人面像

埃及方尖碑

参见"埃及方尖碑"。

埃及博物馆

参见"触摸几千年"。

汗哈利利集市

是中东地区最大的民间传统手工艺市场，地处开罗老城区，位于著名的清真寺广场旁。

孟菲斯

位于开罗西南30公里处,曾是古埃及的都城,距今已有五千多年的历史。被列入世界遗产名录。

卢克索

埃及中南部城市,至今已有四千多年的历史。荷马史诗中把这里称为"百门之都"。

卢克索神庙

坐落在卢克索的尼罗河东岸,约为公元前14世纪修建。参见"无顶的神庙"。

卡纳克神庙

卡纳克神庙

在卢克索的古建筑群中,保存最完整、规模最大的是卡纳克神庙。参见"无顶的神庙"。

帝王谷

在与卢克索城相对的尼罗河西岸中一条山谷中,集中了许多国王和王室成员的陵墓。

帝王谷

孟农巨像

尼罗河西岸和帝王谷之间原野上的两座岩石巨像。

红海海岸

红海流经埃及境内的部分,从苏伊士运河直到苏丹边境,全程约1080公里。红海气候常年温暖湿润,浪柔沙软,波澜不惊,是休闲的绝佳场所。

沙漠中的海市蜃楼

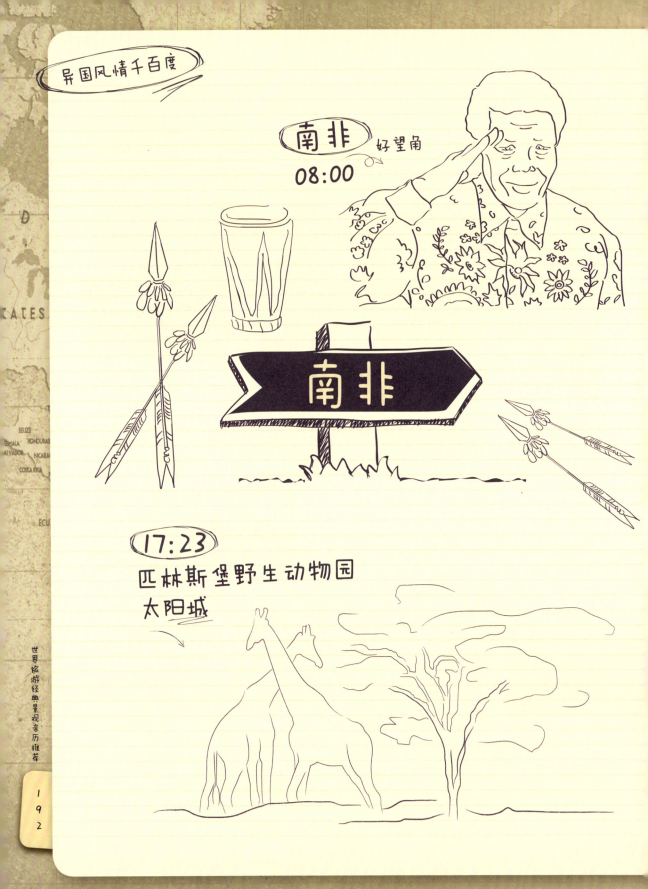

在南非"猎游"

非洲狮子

Safari，中文译为"猎游"，英文原意是徒步旅游队、科学考察队或游猎队。在南非，当地导游带我们去 Safari 时，我们心里还有些嘀咕。

一问才明白，现在，此词多被用于野外寻找动物的冒险旅游，因全程坐车，没有了徒步的艰辛和危险；因无目的，与科研无关，更不能狩猎；这种"猎游"，就是游客们瞪大眼睛，或借助望远镜，在无边无际的蛮荒原野、河流和群山中，寻找飞的、跑的和卧的动物。虽然，"猎游"名不副实，可从保护野生动物的角度看，与以前南非白人的枪弹和黑人的长矛相比，人类用眼睛"猎杀"动物，真是进了一大步。

我们"猎游"的地点是匹林斯堡野生动物园，这是南非的第四大国家公园，它沿着一座十亿年前爆发的死火山延伸开来，面积约为5万多公顷，有山有水，有平原有森林，这里生活着成千上万的野生动物和鸟类，其中有游客们最想邂逅的"非洲五霸"，即大象、狮子、花豹、水牛和犀牛。它们是非洲动物的象征，南非的旅游纪念品大都是它们的形象。

非洲象是陆地上最大的哺乳和食草动物之一，高约4米，雄性的体重可达6吨，雌性约4吨，年龄与当代人类相似，匹林斯堡就有一头大象活到90多岁。因大象特别喜欢向自己身上浇水，所以，多生活在有水的地方。大象还喜欢"玩"树，我们沿途看到的死树，多是大象惹的祸。

非洲狮子是非洲大陆最大的食肉动物，有让人吃惊的智慧。在黎明和傍晚时分会发出吼叫，半径8公里内都能闻其声，这才是真实的狮子王。不怒自威，不可一世。

豹子是大型猫科动物中最有心计的，时而谨慎，时而勇猛。

乍一看，水牛给人迟钝的印象，但如果

异国风情千百度

安静的羚羊

它们被惹急了,却是"五霸"中最危险的。以前,土著人骑它们打仗,攻无不克。

犀牛分黑白两种,其实分界也不明显,多数呈灰色。

我们进入匹林斯堡大门时,还有一点小刺激,门卫要清点人头,我们要签到,这是"生死状",保证你是自愿进去的,并遵守公园的各项安全规定,如不要把携带的食物和水放在汽车后备箱里,因为在公园里下车取物是很危险的事,随时可能遭到潜伏动物的袭击。有游客因下车方便或到后备箱取水,就成了狮子的美食。还有游客违反规定,下车与狮群合影,结果葬身狮腹。如果出来时少了人,公园是不负责的,一般来说,这人大概很难出来了,且不说各种凶猛吃肉的动物,还有草丛和树木中隐藏的杀机,例如,人掉到一种食肉蚂蚁的窝里,不一会就成了一副骨架。

可我们进去时倒不是很紧张,因为看到进去的车子多是自驾的普通车,我们坐的是面包车,公园提供的车也是敞篷大吉普,并无特殊保护。想到在国内进野生动物园时的"囚车",就知道此地伤人死人的事大概并不多。

当地人告诉我们,在如此广阔和复杂地形地貌的范围内,游客开车逛七八个小时,甚至转上一天,想见齐"五霸",几乎没有可能,能见一二,也就算眼福不浅了。而且,此地生态平衡多样,食物链合理丰富,游客如不自找麻烦或没事找死,想遇到饥肠辘辘猛兽的攻击,还真不容易。

我们转了很久,也就见到一些长颈鹿、斑马和角马,当我们看到成百上千只羚羊在安静地闲逛时,就知道这是一次没有血腥的"和谐之旅",因为敏捷和敏感的羚羊能预感到很远处有无猛兽。有一种非洲羚羊的屁股上有黑白相间的M花纹,与麦当劳标识相似,其屁股肉又是狮子和豹子的最爱,故被戏称为"狮子豹子的麦当劳",这种羚羊都在安心吃草,大概狮子和豹子都歇着了。

不觅食时,狮子是最懒的动物,睡意绵绵,一天要睡20多个小时;而豹子吃饱后绝不贪食,如果它高高竖起尾巴,就表明"酒

长颈鹿

斑马

足饭饱",羚羊也敢与它同行。如果豹子拖着尾巴,则是饥饿难忍,狮子大象也畏惧它。狮豹的"节能减排"令人汗颜,据说,人类是极少数超出自身需求而"多吃多占"的动物。

我们看到的原野并不平静,离开时,突然闻到一股浓烈的尸臭,原来是一具死大象,它身上的肉已被其他动物抢吃一空,只留下庞大的骨架。凶手是谁?不得而知。

与我们这些"猎游"者的热情和渴望相比,我们所看到的动物都表现出对人类的轻慢,有的都懒得睁眼看一看我们。遇到一些小动物占道,所有车都停下来等待,可它们却不急不忙。这里真正是它们的家!

匹林斯堡野生动物园导游画册上有一段话:"匹林斯堡适合人居已有几千年历史,

1979年恢复为保护区后,搬出人类,迁进大量的动物,医治人类居住所留下的创伤,这是非洲最大的恢复和重建保留地工程,在非洲许多国家野生动物数量大幅下降同时,此地却成了世界野生动物的福地"。南非这种不"以人为本"的做法,同样令人感叹和佩服。

我们在南非常听到"生态旅游"这个词,这是南非政府所推行的一个战略,其前提是,来自野生动物旅游业的每公顷土地的毛收益是各种土地使用方法所能带来的收益中是最高的。这使南非人有了保护本国野生动物和野生保护区的动力。

异国风情千百度

爱冒险的南非人

养豹的黑白双雄

南非人酷爱冒险运动,越是人们认为不可能的玩法,他们越是想尝试。所以,南非是世界极限运动的"天堂",上天入地,水中林里,花样繁多,千奇古怪。

蹦极、攀岩、探岩洞、滑翔伞、飞车、漂流等等都是"大路货"。一处蹦极点就设在南非东开普省的一座大桥上,高度为216米,弹起的人像飞鸟一样,玩者排队。我们在路上不时看到,蓝天白云下,从群山之巅飘下的五色滑翔伞,一个接一个,犹如盛开的礼花。开普敦桌山的悬崖峭壁上,徒手攀岩者如蚁,使我们这些坐着豪华缆车"登山"的人无地自容。

这些大概还不能满足南非人对惊险刺激运动的追求,于是,一些有南非特色的极限运动就不断被发明出来。"树冠滑行",人像"人猿泰山"一样在树冠绳索索道上飞行;与凶残嗜血的鲨鱼或鳄鱼一起游泳比快。就是蹦极这类常规极限运动，南非人也玩出了新花样，如约翰内斯堡市的最高建筑是173米高，楼上就装了一个蹦极，人在楼宇间飞行。

尽管因此断胳膊断腿者不少，有人甚至为此送命，也有人认为南非人的极限运动玩过了头，南非政府甚至用立法来控制极限运动过度流行蔓延，但仍难减少人们参与各种极限运动的热情。

最令我们感叹和敬佩的是，南非人对这类运动的"轻松"态度。在开普敦维多利亚港湾休闲中心，一些七八岁的白娃娃黑娃娃在排队玩一种小型蹦极，当他们被像子弹一样射向天空时，我们原以为能听到孩子们的恐惧尖叫，可没有，却看到他们个个笑嘻嘻地不愿下来，要再玩一次，而他们的父母却在附近酒吧或咖啡馆里气定神闲地喝着啤酒或咖啡，聊着天。海岸上，一排十几岁的少男少女一次又一次地等着巨浪把他们抛上风口浪尖，就像闹着玩一样。

南非旅游局还特意到我国来推销"极限挑战之旅"：包括"骑象猎游"；乘敞篷车进入有狮子、猎豹、大象、犀牛和水牛的野生动物区；世界上最高的蹦极；在丛林中极速滑翔；骑鸵鸟；潜入深海，接触大白鲨；从开普敦桌山的山顶，独自运用绳索控制下山。

我们在国内去过一些野生动物园或"虎园"，都要坐着带铁栏栅的"囚车"，而我们在有许多凶猛动物的南非野生动物保护地"猎游"时，就是乘着普通的车，甚至是敞篷的吉普，没有任何防护。尽管南非也时有狮子吃人或大象踩车的悲剧，但南非人好像并没有对此舆论哗然，此后，游客进门签个"生死状"而已，自己对自己的生命负责。游客与豹和狮子等猛兽合影留念，也要签一张"生死状"。我们看到外国游客紧张得要死，而饲养员嘻嘻哈哈，与猛兽嬉戏玩耍，他们把这类合影做成T恤，让人招摇过市。南非人对生命危险的态度由此可见。

南非人玩极限运动可能有些过头，但其勇于冒险和拼搏的精神，真的很令人敬佩。

异国风情千百度

太阳城拾趣

失落城的一个入口

太阳城是南非的一个度假村。

太阳城拥有开赌场的"特权"和一些豪华炫目的赌场,又被称为南非的"拉斯维加斯",或非洲赌城,其实,在规模和奢华上,它与拉斯维加斯不可同日而语。

太阳城拥有许多休闲娱乐设施,如豪华酒店、高尔夫球场、水上乐园、马场、动物农庄、水上世界、户外冒险中心等多种多样和丰富多彩的休闲娱乐项目,高尔夫球场举世闻名。

还临近匹林斯堡国家公园,可以乘敞篷车观察多种野生动物。它被列为非洲最著名的度假胜地之一。

太阳城周边的自然风光绮丽,曾有三次世界小姐选美比赛在此举行。当时,佳丽如云的热烈场面,引起全世界的关注。皇宫饭店通道上有一对高椅子,因三次世界小姐冠亚军都坐过,现成了著名景点,我们看到,不同肤色的女人们排队一坐,留下靓影。所以,太阳城又是美丽之城。

约翰内斯堡市内的治安不太好,而约堡周边的赌场却很安全,因为所有进入者必须经过严格的安全检查,严禁带入枪支和刀具等危险品。而且,开赌场和看赌场的人都不

巨大的石兽

是好惹的，戒备森严，武器精良。所以，我们一到约堡，就被安排住进了离约堡约一个多小时车程的太阳城。在此后南非的行程中，一遇到治安欠佳的地区，我们就到赌场吃饭和休息。每次进出赌场，总觉得在黑人保安的彬彬有礼和面带笑容后，透着机警和杀气。赌场成了"保险箱"，这也是南非的一种特色。

与在缺水沙漠中建造的拉斯维加斯"人造景观"一样，太阳城也地处南非的干旱地带，太阳城里所有郁郁葱葱的热带雨林和五彩缤纷的奇异花朵，都是人工种植的。山泉、瀑布、湖泊和海岸也全部依靠从别处引水和使用循环水，这是一项耗资惊人的工程。还有世界上最摩登的人工水上公园——波涛谷，波涛谷配备了世上最先进的技术和设备，能够制造2米高巨浪。5条各种坡度的滑水梯交错其间，顺水而下的感觉丝毫不逊于天然海浪。

可有意思的是，我们在那里时却碰到连续两天的大雨，虽然没有感受到太阳城一年四季的骄阳如火，却感受到太阳城人对久旱遇雨的欢快。我们所住的四星宾馆是依山坡而建的一排排旧平房，之间没有遮雨的长廊，宾馆工作人员在其间奔跑忙碌，没人打伞，快乐地与我们打招呼；一些孩子顶着大雨，在失落城人工冲浪和滑道中欢快地玩着，闹着，笑着。

雨中的太阳城有一种朦胧虚幻的富丽堂皇，比如辉煌的皇宫饭店；又有一份时空穿越的惆怅，比如失落城。皇宫饭店和失落城都在太阳城的中心，即会议中心区，内有宾馆、商店、各类会议厅、赌场、餐厅等等。

失落城人造沙滩和海洋

异国风情千百度

失落城皇宫

给我们印象最深的是,一面巨大的电视屏幕,前面有好多圈高高的吧台和转椅,这里是供游客喝啤酒看球赛的地方。2010年,南非举办"世界杯",这里是太阳城看球的"主场"。

失落城是根据古老中非太阳谷毁于地震的传说而建造的。在西方拥有文明之前,来自中非的游牧民族,在"太阳之谷"建造了一座空前伟大的城,其雄伟壮观和巧夺天工,令人赞叹,但后来的一场毁灭性大地震,使该城被熔浆所掩盖,成为失落之城。太阳城的老板不惜耗费巨资,建造出一座传说中的失落城,这是一所虚构的"非洲皇宫",蓝色的穹顶,墙壁呈古旧的黄色,像埃及金字塔的颜色,它坐落在热带雨林中,雨林中的树木都是从国外进口的,遮天蔽日。"皇宫"前是白色细腻的人造沙滩,人造海洋定时掀起巨浪。有一座古朴的石桥叫做"时间之桥",两侧有十尊石象,此桥隔一会就会模拟地震时的情景,摇晃起来,桥面出现裂纹,附近巨大的石兽和奇形怪状的岩石会发出恐怖的声响,冒出阵阵白色的烟雾,空气中散发出

石兽

过街的狒狒母子

硫磺的臭味。与拉斯维加斯最大的不同是，作为赌城和"色城"，拉斯维加斯有一种浓烈的纸醉金迷、醉生梦死和挥金如土的公子哥气息，而太阳城虽人工痕迹不少，但却有更多的大自然和非洲本土气息。我们入住的卡巴那斯酒店就有这样的告示："狒狒和猴子是太阳城的自然财产的一部分，他们都是野生的，所以，遇到这些动物时尤其要小心，尽管管理者努力保证它们不会侵入游客使用的设施，但我们希望您不要接近它、喂食它或走近拍照。在你离开房间和睡觉时，请关好门窗。"

我们看到大大小小十几只狒狒在宾馆附近溜达，个个吃得肉滚滚的，它不怕人，人要让着它。它们占着道，汽车就全都停下来，等着它们大摇大摆和扶老携幼地过街。

太阳城的狒狒还弄出许多笑话。客人没有锁好门窗，他们就入室，翻个乱七八糟，又咬又撕，把好吃的东西一扫而光，客人以为遭窃，报了警，结果啼笑皆非。更有趣的是，客人吃自助餐时，明明自己拿了好吃的，可一转身就没了，以为有人恶作剧，原来却是眼疾手快的狒狒与其分享了。

宾馆内外都是南非特色的动物雕塑，以皇宫宾馆外的"豹追羚羊"群雕最为著名，精瘦和精神的豹和羚羊，奔跑如飞，不像是一场杀戮，倒像一次大自然中的嬉戏。

造太阳城的老板是一位南非亿万富翁，他曾是一位拳击手。1978年，太阳城开始动工，1979年12月就开业迎客。1990年，又补建了失落城。吸引各国游客来此游玩或参赌，太阳城的收益颇丰。

我们是在中国春节时去的，太阳城里的庆祝活动也不少，如夜里放了焰火，失落城、赌场和宾馆都挂起了中国的大红灯笼，灯笼上用中文写着"大吉大利"或"恭喜发财"。在此，我们还看了一场南非摇滚音乐会，也是"中国春节专场"。

时间之桥

异国风情千百度

宁静的好望角

作者在好望角地标

它是南非西开普省开普半岛南端的一块岩石岬角，没有吓人的奇形怪状，也没有惊人的美丽妖艳，可这块普普通通的石头就是大名鼎鼎的好望角。

全世界的孩子上小学时就知道它的大名，在悬挂着的世界地图上，它如同一滴正在滴入印度洋和大西洋的水滴，成为地球陆地与大洋接壤的"金地标"。

二月的一天，阳光明媚，微风徐徐。我们在好望角好好地瞧了几个小时，可岬角下的大洋没有传说中的海浪滔天，也没有印度洋和大西洋相接的混合水色。一望无边的蔚蓝色大洋平静如缎，岸边的海水呈苹果绿色，阵阵白色的海浪，拍打着岸边嶙峋和浅褐色的乱石，也把许多黑色的海带送上岸。南非人不吃海带，日本人酷爱吃海带，日本人拟投资南非开发海带食品，可南非婉拒了，因为怕污染了环境。

在好望角的岬角下，立着一块长条型木牌，上面写着："好望角，东经18°28′26″，南纬34°21′26″，非洲最西南端。"经历多年的风吹浪打，木牌陈旧，前后的石头也被冲刷成光溜溜的。

我们与各国游客一起，排着队与好望角标牌合影，时有不同国籍互不相识的游客招呼着一起合影，相互拍摄。我们拍摄的画面中就同时有白人和黑人的笑脸，这在南非种族隔离的年代，是绝对不可能发生的。1993年12月22日，南非议会在右翼势力无可奈何的叫骂声中，以压倒优势通过了新宪法。新宪法把原来只有白人才能享有的言论、结社、抗议、请愿、行动、居住等权利扩大到全体南非公民。新宪法的通过意味着白人垄断南非立法机构的历史从此结束，标志着新时代的到来。

好望角的名声来自于它的显赫历史和地理地位。1487年8月，葡萄牙航海家迪亚士从葡萄牙的里斯本出发，探索绕过非洲大陆最南端通往印度的航路，他历尽千辛万苦，无意中发现了好望角,因当时饱受风暴摧残,所以,迪亚士称它为"风暴角"。

后来,葡萄牙国王认为,绕过这个海角,从此通往富庶东方的航道有望,故改称"好望角",以示绕过此海角就带来了好运。1497年,葡萄牙航海家达·伽马再率船队探索直通印度的新航路。船队再次绕过好望角,驶抵印度西海岸。

好望角的发现,促使许多欧洲国家把扩张的目光转向东方。西方的船队经过这里前往印度、印度尼西亚、印度支那、菲律宾和中国。葡萄牙历史学家巴若斯曾说:"船员们惊异地凝望着这个隐藏了多少世纪的壮美岬角。他们不仅发现了一个突兀的海角,而且发现了一个新的世界。"在苏伊士运河于1869年开通之前的300多年时间里,好望角航路成为欧洲人前往东方的唯一海上通道。现在,特大油轮无法进入苏伊士运河,仍取道于此。

好望角在人们的眼中,因季节、时间、角度、气候,甚至心情的不同,大概都有不同的面目和诠释。

我们所见到的好望角,只是一个侧面,事实上,好望角多暴风雨,强劲的西风急流掀起的惊涛骇浪常年不断。这里还常出现"杀人浪",这种海浪前部犹如悬崖峭壁,后部则像缓缓的山坡,波高一般有15至20米,在冬季频繁出现,还不时加上极地风引起的旋转浪,当这两种海浪叠加在一起时,海况就更加恶劣,航行此地的船舶往往遭难,因此,这里成为世界上最危险的航海地段。300多年来,有数十艘大型船舰在此触礁沉没。

现在,作为旅游胜地的好望角不仅是一块岩石岬角,而是建于1939年的好望角自然保护区,面积约7750公顷,保护区内有成百上千种动植物,有被称为南非国花的山龙眼,狒狒和羚羊也常见,我们就见到不少。

我们来到好望角不远处的开普角,上山的路上有一木牌,上面写着:"开普角,南纬34°21′24″,东经18°29′51″,南非"。此山海拔238米,山顶设有一座灯塔,建于1860年,因太高,常罩在云雾里,不能导航,早已废弃不用,现在改成瞭望台。

我们登上灯塔,放眼看去,水天一色,大西洋和印度洋交汇处白浪滔滔。你可以想象,右边可看到南美洲,往左边可看到澳大利亚,往南可看到白色的南极大陆。灯塔上标明:此地距北京12933公里,距新德里9296公里,距纽约12541公里,距悉尼11642公里……还有一块大石头,上面写满了"到此一游"之类的涂鸦。

国内一些旅游书,甚至地理书说好望角是非洲最南端,是印度洋和大西洋的分界点,这是以讹传讹。厄加勒斯角才是非洲大陆的最南端,它位于开普敦东南约170公里。国际海道测量组织将厄加勒斯角定义为印度洋和大西洋的分界点。不过它的声名和故事不如好望角,现在也没能开发成旅游景点。

异国风情千百度

☞ 开普医生

从桌山看罗本岛

南非在南半球,四季与我国相反。2月,是我们的冬季,却是他们的夏季。

我们一到南非的立法首都——开普敦,就感觉到空气特别清新,城市洁净美丽。但风很大,报纸没抓牢,就被风吹跑了。

当地人告诉我们,这就是为何开普敦的外号叫"开普医生"。由于开普半岛独特的地理位置,经常从东南方吹来强风,将清新的空气带到开普敦,并把空气中的污染物带走,使人少生病,所以开普敦人亲切地称故乡是"开普医生"。开普半岛被称为世界海岸线中最优美的半岛之一。

除了大自然的清风,开普敦还有真正名扬四海的"开普医生"。我们所住的宾馆在开普敦市中心,附近就是美丽的开普敦大学,该校医学院特别厉害。1967年12月4日,该校附属医院的克里斯·巴尔纳德教授就成功地做了世界上第一例人类心脏移植手术,创造了人类医学奇迹。该校还有一位教授获过诺贝尔医学和生理奖。

"开普医生",还有一层含义,开普敦是欧洲白人和各国殖民者在南非的最早落脚点,1652年,杨·方·里倍库在此建立荷兰东印度公司的供给基地,开始建南非的第一个城,所以,开普敦有南非"母亲城"之称。近年来,在医治由多年血腥野蛮种族歧视隔离所造成的巨大心理创伤上,"开普医生"做了许多努力,情况已大有好转,在宾馆、商店、游船和旅游景点,我们看到各种肤色人正常相处。

距开普敦12公里处的罗本岛,在20世纪是用来关押政治犯的顶级监狱,关过曼德拉。1997年1月1日,正式改为对外开放的博物馆,1999年12月,又被联合国教科文组织列入了世界文化遗产名录。乘船可上岸参观老监狱及关押曼德拉的囚室。但由于限制上岛人数和等待时间太长,欧洲和亚洲的游客大多不愿排长队等待,可黑人游客,特别是来自美国的黑人是无论如何都要上岛看看的,他们非常敬仰曼德拉。

曼德拉是人类尊严、自由与正义的象征,他在经历了27年铁窗生涯的折磨之后,仍能以非凡的勇气、坚韧、智慧和宽容联手种族隔离政府的最后一任总统德克勒克，消除了种族歧视和隔离，实现了民族和解，使南非和平过渡为一个民主国家。正是这位伟大的"开普医生"，在人类保持美好人性、理想、民主及自由上，为全世界人都开了一剂"保健"良方。

在南非的多家书店里，我们看到，曼德拉的书和写他的书仍有很多，依然摆在显著的位置。店员告诉我们，这类书仍很好卖。曼德拉也是南非旅游产品的主角，木雕和明信片上都有他和蔼的微笑。

1990年2月11日，曼德拉获释后，在面对万人广场的开普敦市政厅阳台上发表了演讲，他说："我为反对白人统治而斗争，也为反对黑人统治而斗争；我珍视民主和自由社会的理想，在这个社会中，人人和睦相处，机会均等。我希望为这个理想而生，并希望实现这个理想。但是如果需要，我也准备为这个理想而死。"

如今，这广场已成各色人做小生意的跳蚤市场，街头艺人在此画着曼德拉的头像。

街头艺人

在附近的殖民主义象征——好望堡及大炮旁，我们看到，一些白人和黑人姑娘在嬉笑合影。好望堡是原荷兰东印度公司的总督官邸，五角形城墙的一边为175米，高10米。开普敦市政厅是一栋美丽的意大利建筑，有39座钟的钟楼定时发出报时声。市政厅内还有图书馆和开普敦交响乐团。

"开普医生"还得益于它美丽适宜的自然环境和对动植物生态的呵护。南非的名片就是开普敦的桌山，它海拔高度1086米，多是悬崖峭壁，因山顶平如桌面而闻名。我们从山下看"桌顶"，白色的云彩环绕其上，当地人称为"桌布"。登上山后，俯瞰蔚蓝色的大洋，一望无际，小岛星星点点，罗本岛就在其中。

开普半岛的多山地理环境造就了美丽的白沙海滩，有一处海滩是许多非洲企鹅的栖息地，人们只能远远观看，不得打扰。还有海豹岛，该岛是开普敦豪特湾海域的一个礁石岛，当地人一直自发地保护这里晒太阳和嬉戏的海豹，经常抛下小鱼喂食它们，使这里的海豹越聚越多，成为南非著名的旅游景

街头艺人

异国风情千百度

街头艺人

海豹

点，每年都会吸引50多万的游客来此游览。我们乘船一路颠簸来此，看到一片暗黄色的海豹，他们皮毛水亮光滑，或在阳光下懒洋洋地睡觉，或在大洋中翻滚嬉戏，时隐时现。在岸边，还可以观鲸鱼和海豚，遗憾的是，我们没有见到。

开普敦的天气是典型的地中海式气候，夏天炎热，冬季湿润，但当地人有"树阴下面无夏天，太阳底下无冬天"之说，所以，四季气候宜人。此处的水果蔬菜因没有污染，当地人在超市里买了就吃，我们用水冲冲就吃，吃了许多，口感极佳。我们特意看看水果的保质期，桃子和苹果等居然就有两三天，新鲜多汁，这也是"开普医生"呀。

景点推荐

约翰内斯堡
南非最大城市。

黄金城
在约堡南部，是在金矿旧址上建立的主题公园。

太阳城
参见"太阳城拾趣"。

太阳城一家饭店前的雕塑

皇宫大酒店
它以豪华和精致成为太阳城的标志。六星级，是世界十大酒店之一。

匹林斯堡野生动物园
参见"在南非'猎游'"。

比勒陀利亚
南非的政治决策中心兼行政首都，又称"紫葳城"。

开拓者纪念堂

联合大厦
南非政府及总统府所在地。

开拓者纪念堂
又叫先民纪念堂，为纪念1838年逃避英国管辖，建立自己独立国家的布尔人祖先（南非荷兰人）而建。

异国风情千百度

市政厅
巨型圆顶钟塔,有共32个钟的钟琴。

国家动物园
世界最大的动物园之一。

邮政博物馆
是一座仿制的古老邮局建筑。馆内展示了南非邮政发展史,并收藏有73000枚左右的珍贵邮票。

花园大道
南部沿海岸的丰富自然景观,包括巨岩、怪石、森林、湖泊、溪谷、海滩等,风景优美,如同缤纷花园。从史威兰登向东到伊丽莎白港,全长550公里。

乔治城
有南非著名的鳄鱼潭及豹园。

奈斯纳
度假胜地,风景优美,乘观光船到珊瑚湖,欣赏著名的奈斯纳岬角,看到湖水与印度洋相互冲击而形成的自然美景。

摩索湾
观赏有五百年历史的邮政树,此树被誉为非洲的第一间邮政局,可参观当年航海家的事迹和实物。

开普敦
参见"开普医生"。

好望角
参见"宁静的好望角"。

康士坦尼亚

开普敦市郊,葡萄园遍布,盛产味醇色美的葡萄酒。康士坦尼亚是开普敦最古老的葡萄园之一。

圣乔治街

开普敦步行道,沿街是古色古香的欧式建筑和精品店。

绿市广场

开普敦市区一座历史悠久的跳蚤市场。

南非博物馆

陈列着完整的哺乳类、爬虫类、鸟类、昆虫类的标本。

企鹅海滩

位于开普敦至好望角之间的西蒙镇,可以看见成群的企鹅。

海豹岛

参见"开普医生"。

奥茨霍恩

鸵鸟的世界,鸵鸟农场。

克鲁格国家公园

南非最大的野生动物园。

康士坦尼亚酒窖

葡萄园

鸵鸟

企鹅海滩

异国风情千百度

15:00 马赛人家

肯尼亚

18:23 马赛马拉野生动物保护区

世界旅游经典景观亲历推荐

到马赛人家做客

马赛孩子

马赛马拉是肯尼亚最大的野生动物保护区，占地1800平方公里，与坦桑尼亚的塞伦盖提保护区隔河相望。马赛马拉，在斯瓦西里语里的意思是马赛人的平原。

从肯尼亚首都内罗毕到马塞马拉不到200公里，可车程需要6小时，其中一大段"搓板路"，十分颠簸，真佩服自称"奥巴马老乡"的司机，他开车如开船，时而倾斜，时而起伏。恰逢旱季少雨，车后扬起的尘埃像一条巨大的尾巴，使我们的车看起来，好似一种铁甲怪兽。

车行进中，突然看到一群羚羊，弯弯的犄角，俊秀的面容，瘦瘦的身躯，小家碧玉般地在路边草丛中待着。"奥巴马老乡"告诉我们，车已进了马赛马拉。可我们一路上没有看到任何标记呀，也没人拦车过问。而我们在南非等国进野生动物保护区时，都是有大门和围栏的，入门时，门卫都要清点人头，并要求我们签定"生死状"，保证你是自愿进去的，并遵守公园的各项安全规定，有点生死由命的味道。马赛马拉保护区的管理宽松和随心所欲，使我们后来的经历不断有一点"惊心动魄"的刺激。

车再颠，毕竟还在道上，可"奥巴马老乡"

异国风情千百度

马赛美女

突然把车开进荒原，七拐八拐地来到一圈低矮的房子前，他要带我们拜访一家马赛人。到马赛马拉，不拜访马赛人，既是对主人不敬，对己也是遗憾，毕竟，这里是他们的家。

矮房子围成一圈，中间是一个小广场，进入广场必须踏过厚厚的牛粪。一位魁梧汉子出来迎接我们，他身披红布，脖子上挂满项链，一手拿着棍子，另一手捧着一个狮头，狮头的毛发仍很鲜亮。汉子后面跟着一群孩子，天真无邪地笑着，小脸上叮着大大的苍蝇。不远处的灌木下，坐着或躺着纳凉的妇孺。

马赛成年男子世世代代都随身携带一根棍子或长矛，用于防身和赶牛。由于长期形成了习惯，即使进城逛街也不离身。肯尼亚政府还为此立法，特许马赛男子进市区可随身携带棍子，别的民族人则不可。

马赛人主要分布在肯尼亚南部和坦桑尼亚北部的草原地带，相信万物有灵。马赛人至今仍生活在严格的部落制度之下，由部落首领和长老会议负责管理。成年男子按年龄划分等级。从事游牧，牧场为公共所有，牲畜属于家族，按父系继承。

马赛人盛行一夫多妻制。我们拜访的这家马赛人，"头头"有9个太太，一大群儿孙，住在这一圈25间房里。他们热情地邀请我们到屋里坐坐，小屋是用牛粪和泥巴堆砌的，还不到一人高，无电无水。我们低头弯腰进去一看，里面空空如也，几乎没有任何生活用品，却有浓浓的牛粪味。

牛是马赛人的最大财富，生命攸关。白天，牛被带出吃草喝水；入夜，大牛被围在广场上，小牛与孩子一样，和主人同住一室。每个大家族都饲养许多牛。他们渴了就直接插一根管子，吸吮鲜牛血，就像我们插吸管喝可乐一样；或取出血后，与牛奶搅拌后再喝，就像我们的酸奶或鸭血汤。邀请我们做客的马赛人虽然热情，但也没当场表演"吸血"，因为他们不是特别需要，渴得难忍，就不会去吸，而且，吸的管子有标记，每次吸量都要严格控制的。

男孩到了婚嫁年龄，父亲就给他几头牛去娶媳妇，没牛的男人是讨不到老婆的，类似我们的房和车。儿子以这几头牛为本，不

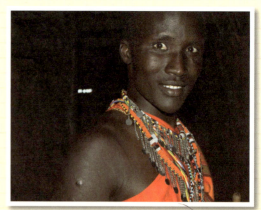

马赛勇士

钻木取火

断扩大牛的数量，给自己和儿子再娶老婆。

牛粪也是他们的宝，不仅是盖房的主材和燃烧的能源，热牛粪还用于洗涤和美容，类似我们的肥皂和化妆品。

马赛成年男子蓄发，编成小辫，年轻妇女剃光头。下面两个门齿从小就被敲掉，便于生病时灌药。耳垂从小就用重物下坠，变得又薄又大。一位要与我们交朋友的汉子临别时向我们大秀他的缺齿，放下他那卷放自如的大耳垂，没想到在马赛见到了传说中的"大耳垂肩"。

马赛人多年在荒野里与野兽为伍，骁勇无畏，据说，最威猛的狮子见到又高又瘦、披红布的马赛人也会退避三舍。几位汉子为我们表演的马赛歌舞也展示了马赛武士的矫健勇猛。马赛人又瘦又高，腿细如棍，可弹跳很好，灵活敏捷。真奇怪，NBA为何至今还不去马赛选秀？与猛兽周旋、使狮子畏惧的马赛人如果玩上了篮球，不知"大鲨鱼"们会不会胆怯？

对自然的崇拜使马赛人不狩猎，也基本不吃野生动物。但如果狮子伤了他们的牛，马赛人也是有仇必报的，前面向我们展示的狮子头就是这样得来的。几十万维持最低原始生活需求的马赛人不狩猎，也不借此发财或发展，无疑是马赛马拉动物们的福音，才使这片土地成为野生动物的真正家园，也使我们这些游客趋之若鹜和赏心悦目，可这对在21世纪仍过着千年前原始生活的马赛人公平吗？在马赛人为我们演示"钻木取火"时，我们竟有一丝忧伤。

hakuna matata，看过电影《狮子王》的人都知道，这是马赛人最喜欢说的一句话，大意是生活总要继续，不要太多担忧。告别这家马赛人后，我们路过一所新建的学校，放学的马赛孩子们纷纷向我们招手，用英语打着招呼，有了文化的孩子还情愿延续这种落后千年的原始生活吗？hakuna matata，我们祝愿马赛人好运。

肯尼亚　第五目的地 非洲

异国风情千百度

马赛马拉的黄昏

马赛马拉荒原上的大象

马赛马拉是肯尼亚最大的野生动物保护区,动物繁多,数量庞大,物竞天择,自由自在。赵忠祥解说和央视播出多年的《动物世界》,还有美国《发现》和《国家地理杂志》有关野生动物的精彩纪录片,不少就在此处选景和选角的。所以,我们对它的身影并不陌生。

可百闻不如一见,当我们真正置身于马赛马拉漫漫荒原里,成为动物世界里的"普通动物"时,心中的感受,自然不是待在家里看影像可以获得的。

马赛马拉的基调是金黄色,但在金色草原上也有着一抹又一抹的绿色项链,那是新生的小草。除了一些金合欢树和不大的灌木群,草原基本上是平坦如毯,虽有一些低矮的丘陵,但仍视野开阔,一望无际。金合欢树的树枝弯曲如伞撑,树叶密织如伞蓬,在很大区域内只有一棵树,特立独行。灌木群稀稀疏疏,藤枝缠绕,阴凉湿润,是动物午休的好地方。

我们的车开出露营地几分钟后,就迎面遇见7头大象,非洲象的个头总体要比亚洲象高大,距十几米观察,真是庞然大物,约2米多高,嬉戏的小象也有一人多高。它们的象牙都不长,秀气,一看就是母象。象的皮肤比较松弛,即使小象也有深深的皱褶。

单看它们的眼睛不小，有网球那么大，可放在硕大的头上，就变成眯眯眼了，加上巨大耳朵的阴影和松弛的上眼皮，想看看它们的瞳仁的色彩和光泽，实属不易。有文描述大象"温厚的目光"，反正这次邂逅，我们是没见到。这大象一家子对我们视而不见，自个儿扒拉扒拉草丛，蹭蹭灌木，缓缓悠悠地走了。

接着，为我们开车的"奥巴马老乡"接到其他司机的报告，说找到了狮子。于是，大荒原上，十几辆车悄悄奔向一处灌木群。几十号人端着相机或举着望远镜，对着灌木群，大气都不敢出。像人间爱耍大牌的腕一样，一头母狮慵懒地趴在低矮的树丛里，偶尔露露头。如今的猎游者在马赛马拉自称是"二等公民"，此时表现尤为突出，个个毕恭毕敬向狮子行着"注目礼"，没有人敢说话打扰，心里都在默默盼望："起来呀，走两步！走两步！"

等了好一会，母狮终于赏脸了，优哉游哉地走出灌木，好像要显一显她兽中之王的威仪，也秀一秀她的好身材。与公狮多少有些夸张的蓬松毛发不同，母狮的头脸清清爽爽，不大，目光如炬。筋骨硬朗，肉紧皮绷，身上的曲线十分流畅；四肢强劲，却不十分粗壮。

过了一会儿，我们的谦卑得到了高额回报，母狮不仅开始在不高的草地上溜达，还突然跑出一头活泼可爱的小狮子，围着她跑前跑后地撒欢。让我们看到一幕真实版的"狮子王"。温暖的阳光，微微的风儿，母子俩温馨的场面，让人陶醉，一时竟有不知身处何处的恍惚，只有母狮偶尔仰天抬头，无意中张开血盆大口，露出利齿，才使我们回到现实。物竞天择，适者生存，在马赛马拉日日上演着真实版的"狮子王"。只是在动物世界，即使是王，也只是满足自己生存和繁衍需求即可，向大自然索取有限，这样就无意间维持了大自然的生态平衡，而人类则比较贪婪，常有超出自己需求的过分摄取。在告别母子俩时，我们在不远处还见到了懒洋洋的公狮。

这时，一轮红日开始慢慢下落，遍地的草木一时都披上闪闪金装，夕阳余晖下的荒原，美得让人心颤。特别寂静，无声无息。

开猎游车的司机

等待狮子王的出场

异国风情千百度

马赛的狮子王

成千上万的动物好像都在等待这一庄严的时刻，日降月升，周而复始。

一只长颈鹿独自站着，马赛的长颈鹿是一个独特品种，被命名为"马赛长颈鹿"，与世界其他地方的长颈鹿不同，马赛长颈鹿的斑为娟秀的树叶状，此时，棕色的肤色在落日里变成金色，它俊俏的脸，长长的脖子，修长的四肢，走动或站立，都是仪态万方，高贵尔雅。特别是那眼神，温婉含蓄，洁净单纯，湿润，使人不忍久视。

最后，太阳像一个巨大的火球，在地平线终端突然消失。荒原很快暗了下来。我们回到露营地。肯尼亚政府规定，入夜，游人是不准留在荒原上的。

离开荒原后，我们到达晚上入住的露营地，叫"Mara Keekrok Lodge"，实际是一家设备齐全的五星级宾馆。想到几小时前拜访的马赛家庭，有些穿越时光隧道和恍如隔世的感觉。

可称其是宾馆也不太确切，此处与马赛马拉荒原没有任何隔离，没有围墙，没有标示。领我们去房间的招待员，在我们住的房前屋后不断介绍：这里是几十只河马吃草和喝水往返的必经之路；这里是狮子和鬣狗经常来溜达的地方……他反复叮嘱：睡前拴好门窗。我们摸摸门窗，也就是木头的，连铁栏杆都没有，想想国内遍地的钢铁防盗门窗，不由释然，心中好笑，真是防人胜过防狮子，

日落

看来安全问题不大。

我们所住的房间有些奇怪，没有编号，只有VIP B 和 C，卧室不大，可却有一个20多平方米的大客厅，厅中摆放着一张厚重宽阔的木质餐桌和十几把高背椅子，墙壁有老式精致的壁炉，透着一股英式贵族的奢华。看了图片介绍才知道，这几间VIP房大有来历，英国查尔斯王子、美国前国务卿舒尔茨和基辛格等一干名人都在此住过，并由此出发，去马赛马拉猎游。

饭是丰盛的自助餐，我们刚刚端上一盘食物，从窗外突然跳进一只猴子，从盘中掂一块，先吃上了。因在南非遇到过此类与动物共享食物的事情，我们倒也不吃惊。女招待更是见多不怪，嫣然一笑，索性把全盘食物倒给这位不速之客，请我们重新去取。

晚餐后，一出门，吓了一大跳，稍抬头，就可见满天低垂的繁星，密密麻麻，大大小小，闪闪烁烁。在都市里，仰望星空是一种奢望，可在这里，你不望都不行。

一位高大的警卫过来提醒我们，要当心鬣狗的袭击，并问我们愿不愿意随他去看看河马。我们当然愿意，通过露营地的一条栈道，他把我们带到一条小河边，几十头巨大的河马正在睡觉。

黑暗中，我们看到鬣狗闪亮的眼睛，这种被电影"狮子王"弄坏名声的动物，既不是狗，也不是狼，是一种古代的品种，很凶狠，要聚众了，连狮子都怕。特别是它们的叫声，类似人类精神错乱者的狂笑，让人毛骨悚然。还好，我们在马赛马拉过夜时，只偶尔听见几声鬣狗叫声，可却整夜听到河马打哈哈的巨响。

回来后，有朋友问我们："肯尼亚野生动物园怎么样？"我们一时语塞，马赛马拉是"动物园"吗？是"人物园"差不多，我们躲在狭小的车内，供各种各类其他动物观看，他们甚至没兴趣看。

现在，我们在马赛马拉追踪动物虽然仍叫"猎游"。猎游的英语是 Safari，原意是带一些血腥的，在马赛马拉没有全面严格禁猎之前，猎游者出发前是荷枪实弹，归来时是满车动物尸首。晚上围着火炉、喝着红酒，数着狮头象牙，是上世纪欧美富人持续几十年的昂贵时尚和炫耀。现在名声显赫的"非

日落

异国风情千百度

长颈鹿

赏的是动物倩影。以前的猎游者见到动物也是激动异常和悄声无息,但那是为了更好地捕杀;现在的猎游者见到动物也很兴奋,屏气悄语,这是怕惊扰了它们,走了,不让你看了,不让你拍了,不带你玩了。这猎游者身份和内涵转变不过几十年,而人类文明却跨过了一大步。

洲五霸",即大象、狮子、花豹、水牛、犀牛,就是旧时白人猎手的发明,因为当时猎杀这五种动物的技巧要求最高,对抗性和风险最大,奖金和荣耀也最高。现在到非洲旅游的人都最想邂逅"非洲五霸",他们也是非洲旅游纪念品,如木雕和明信片的主角,常使人们误认为"非洲五霸"是生物学排名或非洲人主导的秩序,忘了这一段人类共同的羞辱。人类作为动物的一种,多年凌驾于其他动物之上,甚至肆意杀戮和蹂躏其他动物,并以此为荣,这是人类历史上难以消失的伤疤,现在仍隐隐作痛。现在的猎游者也带着"长枪短炮",不过带回的只是数码影像,晚上欣

查尔斯王子住过的房间

景点推荐

肯雅塔总统雕像

肯雅塔国际会议中心

罗毕

肯尼亚首都，非洲的大城市之一，拥有"东非小巴黎"的美誉，绿树成荫，花团锦簇，又有"阳光下的绿城"之称。联合国环境规划署和人类住区规划署均设在此。市中心肯雅塔国际会议中心是内罗毕标志性建筑。国家博物馆、《走出非洲》作者卡伦故居、自由广场、长颈鹿公园等是市内著名的游览地。

内瓦莎湖

位于内罗毕西北90公里处，坐落在东非大裂谷之内，由断层陷落而成，南北长20公里，东西宽13公里，最深处20米，湖面海拔1900米，是裂谷内最高的湖，也是肯尼亚最美的淡水湖之一。湖边有大片纸莎草沼泽，湖中有河马和各种水禽，产鲈鱼和非洲鲫鱼。湖中有一座新月形的小岛，是私人设立的动物保护区。

湖里的河马

东非大裂谷

世界大陆上最大的断裂带，从卫星照片上看去，犹如一道巨大的伤疤。在肯尼亚境内，裂谷的轮廓非常清晰，它纵贯南北，将这个国家分为两半，恰好与横穿全国的赤道相交叉，因此，肯尼亚东非大裂谷获得了一个十分有趣的称号："东非十字架"。裂谷两侧，断壁悬崖，山峦起伏，犹如高耸的两垛墙，内罗毕就坐落在裂谷南端的东"墙"上方。登上悬崖，放眼望去，只见裂谷底部松柏叠翠，深不可测，那一座座死火山就像抛掷在沟壑中的弹丸，串串湖泊宛如闪闪发光的宝石。

异国风情千百度

纳库鲁国家公园

坐落在裂谷省的纳库鲁镇，占地面积188平方公里，海拔1753-2073千米，是为保护禽鸟专门建立的公园。纳库鲁湖以火烈鸟闻名于世，湖处于火山带，湖水盐碱度较高，适宜作为火烈鸟主食的浮游生物生长。此外，园中约有450种禽鸟，还有多种大型动物，如疣猴、跳兔、无爪水獭、岩狸、黑犀牛和野牛等。湖水面积在5至30平方公里，随雨季变化不等。1960年，政府把该湖划为鸟类保护区，1968年扩建为国家公园，是非洲第一个保护鸟类的国家公园。

赤道纪念牌

野牛

阿布戴尔国家公园

建于1950年，位于赤道附近的尼耶里镇，距内罗毕约180公里，山脉面积767平方公里，最高处达3999米，传说是"上帝家园"之一。内有悬崖、深谷、瀑布、平原等多种地形，山上树木葱茏，动物成群，有大象、狮子、犀牛、豹子、狒狒、各种猴子、豺狗、羚羊、野牛、水羚羊、野猪以及250多种鸟类。还可远眺赤道上的雪山——非洲第二高峰肯尼亚山。公园内有因英国女王下榻而闻名于世的树顶旅馆。1952年，英国伊丽莎白公主和丈夫访问肯尼亚时，曾在此下榻。当天夜里，英王乔治六世突然逝世，英国王室当即宣布伊丽莎白公主继位。翌日清晨，伊丽莎白返回伦敦登基。因而人们说，伊丽莎白上树时还是公主，下树时便成了女王。从此"树顶"便在英国家喻户晓。同年，一场大火烧毁了原公主下榻的"树顶"，1954年在原址对面重建，1983年，英女王伊丽莎白故地重游，在女王套间下榻。"树顶"也因此成为游客在肯尼亚旅游的首选地。2012年，英国隆重庆祝86岁的伊丽莎白二世女王登基60周年，因此，树顶旅馆更红了。

老树顶酒店旧址

我们去时，新树顶酒店正在装修

马塞马拉野生动物自然保护区

　　世界上最著名的野生动物保护区之一。该保护区始建于1961年，面积达1800平方公里。保护区内动物繁多，数量庞大，约有95种哺乳动物和450种鸟类，是地球上大型野生哺乳动物最集中的栖息地，是非洲野生动物观光的第一目的地，也是世界上最好的禁猎区之一。每年从7月底到10月底会发生世界上最壮观的野生动物大迁徙，其中有140万头角马，50万头瞪羚，20万只斑马。最常见的动物有大象、野牛、羚羊、斑马、狮子、猎豹、豺狗、角马、河马、鳄鱼等。参见"到马赛人家做客"和"马赛马拉的黄昏"。

大象

第六目的地 大洋洲

第一站 澳大利亚
动物天堂 ·· 225
景点推荐 ·· 227

第二站 新西兰
在皇后镇寻刺激 ·· 233
"千帆之都"乘帆船 ·· 244
火山口的宁静生活 ·· 247
景点推荐 ·· 254

新西兰

异国风情千百度

悉尼歌剧院 17:53

澳大利亚

8:55 袋鼠 国家标志
动物天堂

世界旅游经典景观亲历推荐

动物天堂

袋鼠

澳大利亚公众保护动物的意识很强，他们对任何虐待动物的行为都会作出强烈的反应。澳大利亚各州的法律均保护袋鼠，这包括以严厉的处罚来防止对袋鼠的残暴或不人道行为。袋鼠原产于澳大利亚大陆和巴布亚新几内亚的部分地区。其中，有些种类为澳大利亚独有。袋鼠与它们的近亲共有60多种。

澳大利亚是袋鼠最多的国家，袋鼠可以说是澳大利亚的一个标志，袋鼠图也常作为澳大利亚国家的标识。比如澳航的白色袋鼠标志，绿色袋鼠用来代表澳大利亚制造。沿着高速公路，我们不断看到"小心不要撞了袋鼠"的警示牌，那是表示附近常有袋鼠出现，特别是夜间行车要注意。

我们在一些旅游地，还看到一些珍稀动物，如凤头鹦鹉和蜥蜴"无人问津"，我们儿子特别热爱动物，在澳大利亚一座影城的草地上，他与一只大蜥蜴"亲密接触"，还招来了好心的警察。他抱着考拉就爱不释手。

在澳大利亚墨尔本的菲利普岛观看小企鹅回家，是澳大利亚叫座多年的旅游节目。每年有上百万游客前往该岛，目睹难得一见的企鹅归巢生态奇景。该岛的企鹅是唯一在澳洲出生的企鹅种族，也是世界上最小的企鹅，小到20多厘米，最大的也不过30多厘米，体重只有1公斤。它们日出前出动，成群结队入海捕食，晚上又会浮出水面，结伴从沙滩走回各自的巢穴，喂食幼小企鹅，日复一

异国风情千百度

企鹅

日，年复一年，他们过着日出而作和日落而息的生活。因大多数企鹅夫妻会恩爱一生，这也使菲力普岛增添了一些浪漫色彩。

入夜，海风徐徐，涛声哗哗，月色朦胧，我们坐在海滩上，遥望着远方的海面。为了让游人清晰观看企鹅归巢，又避免强光直射刺伤企鹅，小岛的管理者煞费苦心，将观景台上的四盏大灯直射苍穹。同时，广播中还不断告知游人：当企鹅离海上岸时，任何人不许拍照，不许喧哗，以免惊扰企鹅回家。大约到晚上八九点钟，海滩上出现了第一只小企鹅，不一会就出现很多，人们的观察点是避开它们回家路线的，所以见惯不怪的小企鹅们摇摇摆摆地径直回巢。小企鹅白肚黑背，好像内穿白色衬衣外穿黑色西服刚下班的"白领"，它们轻轻叫着，回到草坡上各自的巢穴。

这个企鹅保护区所有的组织和服务工作都由志愿者承担。这里的一切收入都交给企鹅研究保护中心，并且，澳大利亚政府每年还拨出一笔不菲的款项，用于保护和研究企鹅。我们参观了菲利普岛上的企鹅科教馆。

近年，澳大利亚也遇到"动物的烦恼"。澳大利亚国防部就宣布放弃一项废弃海军基地内袋鼠的安置计划，因为安置这400只袋鼠要花329万美元，成本太高。因此，他们拟将袋鼠麻醉，然后实施"安乐死"。但这一决定引来动物保护者抗议，他们发誓用"人盾"保护这些袋鼠免受捕杀。

在澳大利亚一些地方，袋鼠数量泛滥，甚至直接威胁当地的生态平衡。政府每年都要有计划地捕杀一批，皮做成皮箱等物品出售，肉做成各种食品。现在，一些去澳国的游客喜欢买袋鼠皮件做纪念，或到餐馆吃一顿袋鼠肉。可我们对此没有什么兴趣。

考拉

景点推荐

悉尼
澳大利亚的发源地，大洋洲最大的城市。围绕着美丽的海港而建，从市中心可走到海滩。多次被评选为"全世界最佳都市"。以悉尼歌剧院为地标，文化气息浓厚。

悉尼塔
金顶的悉尼塔建成于1981年，海拔305米，南半球最高的建筑物之一。坐落在悉尼购物中心的中央点上，由56根每根重达7吨的巨缆所支撑，塔上有圆桶形五层建筑物，三层是观景台和电视台控制室，另两层是旋转餐厅。

悉尼大桥
这是世界上唯一允许游客爬到拱桥顶端的大桥。在距离水面147米的高处遥望悉尼歌剧院，绝对是独一无二的感受。

达令港
又叫"情人港"，是休闲及购物的好地方。

悉尼歌剧院
在悉尼港湾，三面临水，环境开阔，以特色建筑设计而闻名于世，外形像三个三角形翘首于河边，屋顶白色，犹如贝壳。

悉尼歌剧院

澳洲博物馆
内有原住民区、原产鸟类、昆虫、哺乳类，以及一个关于宝石和矿物的教育性展示区。

奥运会运动园
2000年奥运会场所，包括百年纪念公园及奥运村。

异国风情千百度

牛津街
是悉尼最别具风情的特色街市之一,位于悉尼市中心外缘。

植物园
园内收集了丰富的澳洲本土所产植物及外国植物。

岩石区
在这个繁华的港湾内,汇集了殖民时期的建筑、时尚店铺、博物馆、别具特色的餐厅和酒吧。

墨尔本
第二大城市,规划周密,街道错落有致,均衡整齐,新老建筑和谐并存,交相辉映。环绕菲利普港湾,城市呈一个四边形,坐落于亚拉河北岸,距离港湾有5公里左右。

维多利亚艺术中心
位于墨尔本休闲娱乐区的中心,是澳大利亚主要演出公司的所在地。

古屋及花园
是一幢殖民时代风格的建筑,坐落于花园内,可以俯瞰亚拉河。

库克船长小屋和费罗兹花园
小屋最早由英国探险家库克船长的父母于1755年修建。它坐落于费罗兹花园的美丽环境之中。

皇冠逍遥之都
位于亚拉河南岸,有一个五星级饭店、多家精美餐厅、休闲式河畔咖啡馆、酒吧和夜总会、时装店、各种娱乐设施和南半球最大的赌场。

联邦广场
市中心新广场,整个建筑群规模宏大,特点鲜明,创造性地将观光景点、电影院、餐厅、咖啡馆和酒吧结合在一起。

移民博物馆
位于旧海关大楼内，讲述着从世界各地来此地的移民故事。

水族馆
可以了解到生活在南大洋的成千上万种生物。在容积为220万立升的海洋馆里，透过玻璃隧道，观赏到鲨鱼等鱼类。

博物馆
了解墨尔本的发展历史，体验土著文化。孩子们来到充满趣味的儿童博物馆，可以与各种鲜活昆虫做面对面的接触。

观景台
可环视墨尔本市及周围地区景色。

游轮
如果不搭乘游轮观赏亚拉河，就不算真的来过墨尔本。游客可以参加风景河畔游，也可以参加探寻古迹的港口和船坞游。

动物园
墨尔本动物园是澳大利亚历史最悠久的动物园，拥有来自世界各地的多种动物。特色动物包括非洲和亚洲雨林动物，如大猩猩和小河马。

皇家植物园
风景如画的皇家植物园占地超过36公顷，共展出5万多种植物。它拥有丰富的物种收藏，一年四季活动不断，被誉为世界上地貌最精致的花园之一。

圣派克大教堂
位于圣派翠克公园旁边，是墨尔本，也是南半球最大最高的天主教堂。

唐人街
是澳大利亚最早设立的唐人街，路面由鹅卵石铺成，街两旁的建筑物大多超过半世纪，甚至上百年，是老会馆，政府已把这些建筑作为文物加以保护。

异国风情千百度

菲利普岛
位于墨尔本东南128公里处,由于是观赏世界最小的神仙企鹅的地方,也被称为"企鹅岛"。参见"动物天堂"。

老金矿
位于墨尔本西部郊区,是澳洲在19世纪淘金时代最先发现金矿的地区,这里有成千上万漂洋过海华人矿工的传奇。

华纳电影城
了解电影制作过程,有金牌警校、蝙蝠侠、西部枪战等秀。

天堂农庄
品尝比利茶,观看牧羊狗赶羊、马术、剪羊毛等特色表演。

老金矿

堪培拉
澳大利亚首都,距悉尼西南300公里,距墨尔本600公里左右,它是一个完全规划出来的城市,年轻的首都。和其他大城市用许多公园点缀相反,堪培拉是一个建在花园里的城市,中央是一个人工湖,整座城市掩映在一片绿色之中。

格里芬湖
位于堪培拉中心的格里芬湖是以首都建设总监伯利·格里芬命名的,是长达20多公里的人工湖。湖岸周长35公里,面积704公顷,将堪培拉市一分为二。

战争纪念馆
在格里芬湖的北面,是一栋青灰色的圆顶建筑,为纪念二战中澳大利亚阵亡的战士而修建。

澳大利亚图书馆
位于格里芬湖畔,罗马式的现代建筑。

国会大厦
堪培拉的中心,是世界上最著名的建筑之一。

布里斯班

第三大城市，全国最大海港，是一座崭新的现代化城市。素有"阳光之城"美誉，温暖迷人。全市有170多座公园，四季繁花盛开。

黄金海岸

距布里斯班市区96公里，因绵延长达32公里的金色海滩而得名，这里是太平洋暖流冲击地带，终年日照，气候宜人。

南岸公园

是1988年世界博览会的会场，处处充满浓浓的亚热带风光。

树熊之都

昆士兰州的桉树林奇多，以桉树叶为食物的树熊（考拉）大多集中在这里，布里斯班拥有"树熊之都"的美誉。

黄金海岸

羊毛乐园

在布里斯班西北14公里处。游客在此可观赏到剪羊毛示范、羊毛纺织示范、牧羊犬与绵羊表演。

树熊保护区

距布里斯班西南11公里。内有80种以上的澳大利亚本土动物及鸟类，最瞩目的是一大群生活在自然环境中的考拉。

大堡礁

世界最大最长的珊瑚礁群，它纵贯于澳洲的东北沿海，有2900个大小珊瑚礁岛，自然景观非常特殊，吸引游客来猎奇观赏最佳海底奇观。1981年列入世界自然遗产名录。

异国风情千百度

05:53
皇后镇
极限运动

新西兰

17:27
奥克兰
千帆之都

世界旅游经典景观亲历推荐

232

👆 在皇后镇寻刺激

皇后镇
瓦卡蒂普湖

初见皇后镇

位于南太平洋的新西兰，主要由南和北两个大岛组成。南岛皇后镇是新西兰最受欢迎的旅游目的地之一，皇后镇位于南岛的南部中心，许多旅游者在设计自己旅行线路时，都爱把皇后镇作为南岛旅游的一个节点，向四周辐射。

我们一进皇后镇，就见到富有传奇色彩的瓦卡蒂普湖。这是一个高山湖泊，每隔几分钟，湖水就会涨落一次。当地毛利人说，很久以前，可怕的巨人劫走了当地酋长的女儿，一位毛利勇士赶去营救，他趁巨人睡觉的时候将他烧死，可巨人死后，他的心脏却未停止跳动。毛利勇士把巨人的尸体推入湖中，巨人心跳就引起了湖水的涨落。现代科学认为，这种奇特现象是因为湖的形状不规则而形成的潮汐。我们盯着湖面和湖畔看了一会儿，涨落不是很明显。可有一个说法倒是得到确认，有的旅游书上说，即使满天乌云或阴天下雨的时候，瓦卡蒂普湖依然呈现出迷人的宝石蓝色。我们初到湖边时，正好下起了小雨，此时，瓦卡蒂普湖水的确也很蓝，泛着光泽。

依偎着瓦卡蒂普湖，树木成荫、整齐洁

异国风情千百度

净和繁华热闹的皇后镇已经仪态万端了。更何况，它还隔湖相望着南阿尔卑斯山那绵延不绝的美丽山脉，山脉中好几座白雪皑皑的山峰径直倒映在湖水里，形成了皇后镇的标志性景色：湖水里的雪山倒影。

在看湖景时，我们还有幸看到蒸汽船。这艘新西兰最老最大的蒸汽船，已经在湖里航行了整整一百年。起初，它是一艘货轮，每天为湖边的牧场提供货物运输，它一次可以装载1500头羊和30头牛。后来由于有了公路，货船的业务量日渐减少，到上世纪60年代，旅游公司买下了蒸汽船，搞成一艘特色游船，每天都在湖面上巡游，成为皇后镇的一张名片。

此等美景，让我们看得入迷。难怪当地人认为，这种秀丽人间仙境只有皇后才有资格消受，就把这个小镇称为"皇后镇"。也有说法是，因从空中俯瞰穿城而过的瓦卡蒂普湖酷似英国女王的头像，故得名。想要俯瞰皇后镇湖光山色的美景，镇边的鲍勃峰是最佳的选择，山顶的观光台距离湖面有790米。

皇后镇多次被国际和新西兰媒体评为"世界最美丽的地方"之一，美国前总统克林顿也曾称赞皇后镇为"地球最美"，新西兰的主要巴士公司日日都有班车往返皇后镇与各大城市之间。她甚至有一座不小的机场，每天，新西兰航空和澳大利亚航空把游客从澳大利亚和新西兰各大城市送到这里游玩。皇后镇旅游没有淡季，四季热闹非凡。八月是新西兰的冬季，时常阴雨绵绵，气温也不高。可我们在全镇转了一圈，看到游客并不少，餐馆和咖啡馆里都满座。街上还有不少人扛着滑雪板。皇后镇冬季的雨后是滑雪爱好者的最爱。

皇后镇为何能不断吸引大量游客前往？"南岛之南"的中心位置是一个解释，方便到米佛峡湾等景区；"皇后级"的美景也是一个诱因，这里四季分明，每个季节都能向你呈现它那动人心魄的美丽，是四季皆宜的度假胜地；还有海鲜和葡萄酒等美食美酒，例如，皇后镇的吉布斯顿谷是世界上纬度最南的葡萄种植区，尤以盛产名贵的黑比诺而著称。霞多丽、灰皮诺、雷司令与白苏维浓的品质同样堪称一流。在吉布斯顿葡萄园，游客可以在高档海鲜餐厅享用饕餮大餐和畅饮新西兰最美的葡萄酒，大饱口福；皇后镇还拥有全国最豪华的酒店设施和世界级的高尔夫球场等，例如，埃查特私密酒店由一座古老的建筑改建而成，湖边还有"私人小别墅"。坐落在瓦卡蒂普湖最北端的布兰凯特湾是世界上最豪华的精品度假庄园之一。住在这里，坐拥幽静湖光山色，自然美景与奢华享受完美结合，使游客留下深刻和浪漫的记忆，但最吸引游客的还另有一个重要原因，皇后镇还是世界上最著名的"冒险之都"、"极限运动之乡"、"户外活动天堂"和"冒险家的伊甸园"。

在皇后镇的大街上，最显眼的就是极限运动专卖店，我们随便走进一家，嗨，产品还真是不少，我们翻译一段给你瞧瞧：空中包括空中跳伞、悬挂式滑翔机、滑翔伞、各类蹦极、直升机；水中包括喷射快艇、乘筏漂流、溪谷滑降、皮划艇、帆船；雪上包括滑冰、滑雪、滑雪板；越野包括徒步、山地车、骑马、四驱车。

我们是2012年7月30日到达皇后镇的。7月28日，在伦敦奥运会开幕式上，英国女王伊丽莎白二世惊艳亮相。女王在"007"第6任扮演者丹尼尔·克雷格的邀请下，坐直升机飞抵伦敦碗上空，正当众人揣测两人该如何降落时，女王突然向下一跃，降落伞随之徐徐展开，使世人又惊又喜。这真是一个有意思的巧合，到了皇后镇，我们也要学学女王，聊发少年狂。

陪同我们的杜先生已在新西兰旅居多年，是皇后镇的常客，玩过不少此地的极限运动。可当我们向他开出自己准备"玩命"项目清单时，他却有些遗憾地说，其中不少可能会受到冬季气候的影响，有些已经停止运营了。皇后镇这些极限运动项目看起来让人玩命，实际上，发明人和运营的公司都特别注意游客的生命安全，处处小心，不敢大意，"玩命"只是寻求激烈刺激，不会伤命，更不是丢命。据说，有时，它们还可救命，有人说，在经历了极限运动的生死瞬间后，一些厌世和忧郁的人突然感悟了人生的美好，更加珍惜自己生命了。我们在皇后镇闲逛时，遇到一些在镇上打工的新西兰年轻人，他们在此打工不是为了生计，而是为了挣点钱，把皇后镇的极限运动项目都玩一遍，过把瘾就走。这种"打工旅游"方式对全世界青年开放，我国每年也有一定名额，已有中国年轻人通过这种方式去玩，但不一定都在皇后镇，有些是在农庄干农活，挣了钱后，就可在新西兰旅游。

蹦极的发源地

这几天，蹦极暂停了。这真是令人遗憾，因为皇后镇是世界商业蹦极运动的发源地。酷爱冒险运动的新西兰人阿伦·约翰·哈克特受到一种土著居民男子成年礼的启发，这种叫"Bungy"的成年礼，让男孩从高处跳下，身上捆绑的藤条很有弹性，会将他们晃荡和弹起，以此证明成人的智慧和勇敢。于是哈克特发明了一种"一跃而下，忘却烦恼"的极限运动。1986年，他在巴黎埃菲尔铁塔上试跳，结果，人是安然无恙，可却被巴黎警察抓了起来。这一跳轰动了世界，从此，"Bungy"也出了大名。中文"蹦极"就是"Bungy"的音译，这也再次显示出中文的魅力，"蹦极"一词，译得真是妙极了，听起来就刺激无比，又准确达意。

1988年，哈克特与好朋友、新西兰滑雪冠军亨利·范·阿什创立了世界上第一家商业化的蹦极公司，并把世界上第一个正式的蹦极跳台设在皇后镇的卡瓦劳桥上。卡瓦劳大桥架于两山之间，历史悠久，作为桥的功能，早已不用了。哈克特从卡瓦劳桥起步，使这项冒险运动，迅速在世界各地推广，获得丰厚收益。卡瓦劳桥蹦极中心也被公认为是"世界蹦极之家"，25年来，已经有超过50万人在此寻求刺激与挑战，其中不少名人，如打高尔夫球的老虎伍兹。

卡瓦劳桥蹦极中心还有蹦极博物馆和影院，不远处有亨利·范·阿什开的葡萄酒馆。

异国风情千百度

跳伞是"高空蹦极"

边饮美酒,边看他人玩命,别有一番滋味吧。

我们细看了一下,在此,成人蹦一次要180新西兰元(1新西兰元约合5.5元人民币),10至15岁儿童130元,两个成人加两个儿童的家庭跳一次要499元,对中国人来说,一跳的价格不菲,可对挣新元的新西兰人来说,还真不算贵。而且,配套服务甚好,蹦极者不仅可以得到自己的照片、视频光盘和T恤等留作纪念,还可在网络上直播现场视频,让全世界人欣赏。我们看了一些,国内外名流不少,只是惊恐之人的变形之脸和扭曲之身,也难说有什么美感,不过其中的愉悦或惊艳,必是谁跳谁知道吧。

现在,五大洲均有哈克特公司的蹦极跳台,而且大多建在著名的旅游景点中,如马来西亚的吉隆坡塔、印尼巴厘岛的库塔海滩等,而卡瓦劳桥,也永远成了蹦极爱好者们的"朝圣地"。卡瓦劳大桥的蹦极在资历上是祖宗辈的,可如今,在惊险程度上,在高度和难度上,即使在皇后镇一地,它也只能是"小弟弟"了,因为桥面距卡瓦劳河面只有43米,即使玩头部入水的那一种,也只有43米多一点,而皇后镇上其他的蹦极地都超过了这个高度,最高的有134米,从峡谷上方的缆车上跳下,自由落体运动时间长达8秒钟,令那些寻求刺激的人们爱得要死。

卡瓦劳桥蹦极过程也老套了,不够刺激,也就是在脚上和腿上套上专用的蹦极绳索,从桥上向下一跃,在空中晃几个来回,由小艇上的工作人员用钩子把人拉下来,在艇上解开绳索,就完成了。而后来的蹦极,有在缆车上向下跳的,有在大峡谷间荡秋千的,有"管道"的,有用钢索的,有双人蹦极,有夜间蹦极……皇后镇上空布满了横七竖八的蹦极装置,可我们去的那两天都是烟雨蒙蒙,没能看个清晰。

如今的新西兰到处都是蹦极台。后来我们到奥克兰一看,天空塔蹦极已有192米的坠落。海港大桥蹦极虽然离海面只有43米,但跳入蔚蓝色海洋的感觉更棒。"万人迷"贝克汉姆和我国网球明星李娜都在此跳入大海。

跳伞是"高空蹦极"

地面蹦极的高度有限。于是,新西兰人

又发明了"高空蹦极",其实就是双人高空跳伞,由飞机跳下时,先自由坠落一段时间后,再张开降落伞。英语叫skydiving,sky是天空,diving是潜水或跳水,叫"高空跳水"也挺合适的。

在三四千米的高空中,从飞机中跳出来,用绳子将跳伞者系在经验丰富的持证跳伞员的身上。与普通双人跳伞不一样的是,何时打开伞,由客人自选,越晚打开,距地面越近,越刺激,越惊心动魄,就类似自由落体的空中蹦极,这就看你的心理承受力了。一般不开伞的高速自由落体时间都在45秒左右。你多花一些钱,可以全程跟踪录像,自由落体摄像师的头盔上安装了照相机和摄像机,顾客可以选择购买DVD、照片和制作的私人明信片。还可获得跳伞证书。我们在皇后镇细看了一家双人高空跳伞运营商门店的宣传和价格,该公司已搞了20年,有超过17万人次体验了双人高空跳伞活动。目前定价:跳4600米,200公里/小时,收费429新元;跳3700米,200公里/小时,收费329新元;2800米,200公里/小时,收费269新元。这里已包括了部分DVD、照片和私人明信片的费用。这就是说,我们夫妻俩要从4600米一跳,大约要4千多人民币,我们有点犹豫,可既然来了,机会难得,地面蹦极又不开,就玩一个"高空蹦极"吧。可一问,人家不干,说天气不好,不安全,没人陪你跳。

有谁要玩喷射船?

来到皇后镇,新西兰人发明的地面蹦极和"高空蹦极"都没玩到,我们心有不甘,立马跑到瓦卡蒂普湖边,想玩一玩新西兰人发明的另一项刺激活动——激流喷射,又叫Jet boat,即喷射船。上世纪60年代,新西兰农场主威廉·比尔·汉密尔顿为了解决在坎坷不平的浅水河道上行船,搞了一种从船体后部喷射出高速水流的船。也有说,早在1957年,一家新西兰公司就弄出了喷射船。船的引擎被安装在船内,在船开动时,就会把水吸到船底的一根管子里,被引擎推动的叶轮又把水推出位于船尾的管嘴,形成高速水流。通过控制喷射的水流,就可以控制船速和方向,这种喷射水流可以使船快速加速,在4.5秒内完成时速0到100公里的加速,时速可高达80公里。水一排空就可急停。船尾下方喷出的高速水流,使船可在仅有几厘米水深的地方悬空航行。喷水使船可作360度急速旋转。有人说,其原理与气垫船相似,或类似喷气式飞机,故叫Jet boat,Jet就是喷气。喷射船能灵活地在转角处、窄峡湾、浅水滩畅快奔驰,越过旖旎湖泊、茂密丛林、悬崖峭壁和磅礴瀑布,享受速度的激情,欣赏大自然的魅力。特别是冲过狭窄的峡谷时,几乎与峻峭坚硬的岩石擦肩而过,惊险无比。现在,喷射船被开发成受专利保护的"极限活动"。船上有安全座椅、安全带、支撑架和头盔,乘客要全副武装,因不断要穿越激流险滩,所以不能照相,可船的前后有自动照相机和录像机,游客下船时可选购自己的留影。每年有七八万游客在皇后镇坐此船。

我们到码头想买船票,每位90新元。可

异国风情千百度

卖票的女士让我们等一等，因为只有凑足了6人以上，才能发船。我们等了半个小时，也没人再来登船。我们只好沿着湖边走一圈，遇到人就问是否要坐Jet boat，可在寒风中冻得缩头缩脑的游客纷纷说no。看来到皇后镇的人也不全是为了找刺激的。我们与船家商量，能否就带我俩在瓦卡蒂普湖上转转，那些穿峡谷过险滩的节目就免了吧，钱不少付，他们也省省心，我们也可体验一下喷射船，可船家坚决不肯。我们很不理解这种死脑筋，只好悻悻离开。后来听杜先生说，这就是新西兰人的特点，凡事按规矩办，不会灵活变通，也不会偷工减料，这船一开，就一定要按路线和约定玩全套。后来，我们在奥克兰也遇到此类事，我们在美洲杯帆船比赛基地定了一艘帆船，出海转转，订的是下午4点发船，全程45分钟。下午3点多时，帆船和船员都准备好了，所有乘客也在码头集合完毕，此时天转阴转暗，或许将要下雨。帆船公司的调度是一位年轻姑娘，我们与她商量，能否提前出船、提前结束，反正都是45分钟。她笑笑说："不行，一定要4点整发船。"

一定要去米佛峡湾

第一天到皇后镇时已是下午，阴天，时有小雨，蹦极、跳伞和喷射船都没玩到！很不爽。

还有荒原徒步健走，这很对我们的口味，可我们又没有那么多时间，况且，因为冬季，大多数荒原徒步路径也封闭了。乘直升机高山滑雪、雪地摩托、直升机高级别漂流、伞翼滑翔与悬挂式滑翔、攀岩、海上独木舟和

米佛峡湾

皮划艇、骑马、山地自行车等技巧性的项目，则需要培训的，我们也没这个时间。有些项目也停了，如被装在一个球里，从山上滚下来，或向上弹射；在峡谷之间荡秋千等等。

第二天一大早，我们又要从皇后镇到米佛峡湾(Milford Sound)，"Sound"意为很深的峡湾，米佛峡湾国家公园位于新西兰南岛西南端，是新西兰规模最大的峡湾，也是新西兰14个峡湾中最美丽的。整个峡湾景区保留了新西兰的原始风貌。峡湾国家公园这块未经人类文明破坏的土地作为自然遗产，被列入联合国教科文组织的世界遗产名录。

前往米佛峡湾的道路被称为全世界风景最好的高地公路之一。所以，到皇后镇的游客几乎都会去一睹峡湾的旖旎风光，我们也必去不可。从皇后镇玩米佛峡湾，如果来回都坐车，需要一天的时间。直线距离不远，可为了环保，车要绕着开，慢慢开。

第三天，我们又要乘机离开皇后镇，飞到奥克兰。

终于玩到了"极限"

我们唯一的"极限"希望就是找个几十分钟的间隙，坐直升机，享受一下飞行特技，

乔与作者在冰川上

俯瞰皇后镇和四周的峡谷河流，再停在雪山的悬崖峭壁上，亲手触摸一下千年冰川。老天有眼，下午5点多，雨停了，天空有一点拨开乌云见太阳的迹象。杜先生立马带我们赶到"米佛直升机公司"的停机坪，飞行员叫乔，典型的澳洲中年白人，健硕，面颊和鼻头通红，带着大耳机和大墨镜，神气十足，他看看天，露出笑容，告诉我们："可以飞了。"于是，我们刷卡买单，共650新元，飞行35分钟。这还不算贵的。如从米佛峡湾乘直升机飞回皇后镇，直线距离不过三四百公里，要726新元。如要坐直升机看几个《魔戒》拍摄地或在雪山冰川搞些专业摄影加上喝杯红酒什么的，都要在2000新元以上，约合一万多元人民币，而从上海往返新西兰近两万公里，机票也就在5千元人民币左右。乘直升机真的很"贵族"。

可花这个钱是物有所值，除了一饱眼福和寻求刺激之外，也可留下珍贵的人生经历，实属难得。与我们同行的一位老弟，因坚信女儿要贵养，要有人生经历，就硬把很不乐意登机的十几岁小女儿哄上了飞机。

乔向我们交代了一些注意事项，如上下机时不能从机后通过，以防被螺旋桨打到；登机后要系好安全带和戴好耳机；他做特技时会做手势打招呼，不要紧张；到了可以停机的冰川，他会停下去，让我们感受和拍照……

螺旋桨由慢到快地转动，直至旋风一样发出轰鸣，我们登上直升机，戴上硕大的耳机，机舱很狭小，我们俩几乎紧挨着乔。毕竟是直升机，稍事盘旋，就直奔主题，几乎

异国风情千百度

雪山晚霞

就飞入白茫茫雪山和绿晶晶冰川，很新鲜奇异。在新西兰南岛，穿着短裤和T恤，乘直升机上雪山冰川的人不少，因为并不是很冷，又显得很酷。

乔要驾机玩噱头了。他先在峡谷间搞了几次穿越，有时螺旋桨几乎打着悬崖；好几次，他径直对着山崖开去，眼看要撞上了，他把飞机一提升，紧贴着山头飞过。还有一招，就是将机头面对着近在咫尺的峭壁，将飞机定住，仿佛电影上的鹞式战斗机，螺旋桨巨大的轰鸣声撞击着山壁。最惊险的是，沿着山脊斜着飞。大概是由于每每有女士的惊恐尖叫，乔玩几次后，就住手了。新西兰南岛的雪山大都陡峭，山顶很难停机。在几座雪山围成的一个坡面上，乔找到一块约几十平方米的雪地，他驾机平稳地盘旋，下降着陆。我们爬下飞机，真的不是很冷，踩在雪地上，也不是很绵软，感觉雪不太厚。可眼前的冰川却是厚厚实实疙疙瘩瘩。与我们在加拿大所看的冰川不一样，加拿大冰川上面覆盖着厚厚的雪，只有在断裂处才能看到绿色的冰川。而这里的冰川上面几乎没雪，绿莹莹的冰川暴露无遗，像层层叠叠的祖母绿钻石，煞是好看。冰川就像普纳姆，这是毛利人最喜爱的一种绿石或绿色软玉。大约公元9世纪时，南太平洋的原住民毛利人就在皇后镇

没有渐进和过渡，我们一下子就升到了雪山之上。几分钟前还需仰视和揣摩的雪山之巅，就统统展示在我们的脚下，一览无余，失去神秘。从直升机上看，大地像一幅舒展开来的巨大棋盘，一座座高低不一的雪山，悬崖峭壁陡立，山顶虽然覆盖着皑皑白雪，但也露出一丝丝黑色的山脊，像写有象形文字的棋子。山谷间的河流湖泊，水清如镜；山凹里的冰川晶莹碧绿，层层叠叠；还有那大片的草地牧场；构成了经纬交错的棋盘。新西兰南岛是世界上少有的低纬度雪山和冰川之地，雪山和冰川都不高，皇后镇被南阿尔卑斯山包围着，其海拔高度才310米。南阿尔卑斯山脉中最高的库克山才3755米，已被毛利人称为"穿云之山"了。这就形成了一种奇观，绿色植物覆盖的山崖几乎与雪山冰川紧密相连。我们才看到绿色一片，眼一眨，就白色一片了。从绿油油的温带丛林一下子

留下了足迹，他们来到这里的目的就是寻找普纳姆。在发现这种珍贵的玉石后，毛利人仍然定期来到此地，进行季节性的捕猎活动与绿石开采，成为皇后镇的最早一批居民。

再次登机后，乔飞得更高，群山变得更加矮小，河流也细如衣带。一缕明亮的阳光在不远方透出，为雪山的白色又涂抹上一片金色。乔将飞机平稳地降落在起飞地，与我们合影告别。35分钟真是太短了，我们意犹未尽。下机后一路庆幸和欢快，皇后镇之行终于玩到了一点"极限"，不虚此行，否则，以后都不好意思对人说，我们已来过皇后镇了。

《魔戒》的"中土世界"

皇后镇旅游还有一个亮点，就是附近有一些电影《魔戒》的取景点。

导演彼得·杰克逊史无前例地将三部电影以三部曲的方式一口气拍摄完成，堪称电影史上规模最庞大的制作，浩大的制作过程和后勤补给足以媲美国家级的战争动员，成千上百名工作人员，包括计算机动画师、中古世纪武器专家、石雕家、语言专家、服装设计师、化妆师、铁匠、模型制作师以及来自各国的杰出演员，加上成千上万名临时演员……新西兰国土比拥有6000多万人口的英国还大，可它的人口只有450多万，在新西兰拍《魔戒》时，新西兰人不是亲自参与就是有亲朋好友做临时演员或志愿者，还有新西兰的马和狗，似乎所有新西兰家庭都与拍《魔戒》有关，他们乐此不疲，津津乐道，至今热度未减。

《魔戒》大获成功，新西兰丰富多样的地貌特征和纯净美丽的自然风光便吸引了大批来自世界各地的影迷。我们在电影《魔戒》(又称《指环王》)三部曲（《魔戒现身》、《双塔奇兵》、《王者归来》）中所欣赏到的"中土世界"原生态美景，都是取自于新西兰，其中有150多个壮美的场景遍布新西兰上下。现在，这些拍摄地已成为全世界成千上万《魔戒》迷的朝圣之地，《魔戒》游路线也成了新西兰旅游的热线。《魔戒》中有一些场景，是在皇后镇附近拍摄的。我们看到有细心的游客带着旅游指南，甚至GPS定位，将电影场景与现实景色一一比对。

《魔戒》的导演彼得·杰克逊是新西兰人，《魔戒》上演后，好评如潮，粉丝无数，包揽了17项奥斯卡奖。彼得·杰克逊被新西兰政府授予骑士爵位，成为新西兰的英雄。电影的成功大大促进了新西兰旅游业的发展，当地众多旅游公司组织的"魔戒观光之旅"，让来自世界各地的游客能够亲临其境，寻求亦梦亦真的独特体验。有人甚至说，自库克船长以来，这位导演对新西兰旅游所作出的贡献最大。

雪山之巅

异国风情千百度

可彼得·杰克逊在新西兰拍《魔戒》不全是出于爱国心，也不是只考虑把《魔戒》三部曲的摄制投资留在祖国，而更多是新西兰太适合《魔戒》的"中土世界"了，新西兰变化多端的地理风貌和未被破坏的自然环境为电影拍摄提供了最佳的外景地。例如，位于怀卡托地区的马塔马塔有着青翠的牧场和绵延起伏的山峦，这里是"中土世界"夏尔郡的所在地，霍比屯也就此诞生。位于北岛中部的汤加里罗国家公园是三座巨型火山——汤加里罗火山、瑙鲁赫伊火山和鲁阿佩胡火山的所在地，鲁阿佩胡火山在影片中化身为魔都王国。影片中的霍比屯森林位于惠灵顿维多利亚山上的林区，那里也是霍比特人躲避黑骑士攻击的藏身之处。皇后镇格林诺奇村位于瓦卡蒂普湖北岸，这里是影片中的迷雾山，即护戒使者试图穿过红角隘口的地方。从邻近皇后镇的箭镇，沿箭河走到布鲁南渡口和维尔考斯绿地，这里是影片中的格拉顿平原。新西兰各旅游中心都可拿到《魔戒》拍摄地的导游图。

新西兰人对《魔戒》珍爱有加。在拍摄影片《霍比特人》时，导演曾考虑在其他国家取景，消息传出后，竟引起新西兰人的示威抗议。新西兰政府也要求将《霍比特人》留在新西兰拍摄。

为啥痴迷极限运动？

如果一个国家风景秀美和地势多变，没有食肉嗜血的豺狼虎豹等大型食肉动物，也没有蛇蝎毒虫等令人恐怖的爬行动物，只有平和飞过的鸟儿，只有多彩多姿的植物。此地又气候适宜，蓝天白云，阳光明媚。而且，大多数地方还是鲜有人迹的蛮荒之地。还有，这个国家地大人少，社会安全稳定，人人拥有高福利和高保障。生活在这样的国家里，宅在家中而不去参加户外活动，不仅是一种极大的身体浪费，甚至是一种心灵的罪过。有这样的户外条件，最顽固的"沙发土豆"也会坐不住的。

新西兰就是这样的国家。新西兰是"长白云之乡"、"世界地理教室"和"罕见鸟类的天堂"，气候宜人、环境清新、风景优美、旅游胜地遍布、森林资源丰富、地表景观富变化。这里属温带海洋性气候，四季温差不大，植物生长十分茂盛，森林覆盖率达29%。更有经济发达，环保先进，生态原始，一直在联合国人类发展指数上名列前茅。

在有这样自然和社会条件的国家里，人们普遍有着对野外环境的美感和敏锐，如此酷爱户外活动，应该不难理解。可一般的户外活动已难以满足新西兰人的好奇心和冒险精神，于是，他们发明了不少户外惊险玩法，一旦商业化后，就变成了规范的极限运动项目，确保游客受到刺激而不会真的冒险"玩命"。

杜先生还有另一种解释：新西兰地大人稀，不少人需要自个找乐解闷，自个与自个玩，与自己较劲，看看自己身体和胆量的边在哪里，玩着玩着就玩出了花样。number-eight wire（8号铁丝）是新西兰人的口头禅，8号铁丝是标准粗细的铁丝，新西兰的农场主常用它来做围栏，由于8号铁丝到处都有，用途广泛，于是便成为新西兰人适应力强的一个象征。新西兰人说"8号铁丝"意思，就是只要自己动手，就没有搞不定的事，就可以创造出各种奇特的东西。这是地处世界孤独之地的新西兰人特有的独立精神。新西兰人还秉承了一些南太平洋土著的观念，比如认为面对恐惧是一种自我成长的方法。当初，毛利人就是凭着独木舟，漂洋过海，发现了新西兰。这些都推动着极限运动的翻新。正规的体育项目中，新西兰人特别热衷激烈的橄榄球，最有名的是全黑队，我们一到机场就到处看到大幅的全黑队明星照。踢足球人不多，据说有一次与我们国家队踢平的新西兰国家队只是一个"镇队"。

还有一种说法：新西兰人对宗教没有邻国澳大利亚人那么虔诚，他们在户外得到的愉悦要比在教堂里更多。这是因为在欧洲人来此之前的毛利文化中，大地和海洋是精神的永恒，至今仍神性不减。

这些极限运动也不是万无一失。2008年9月，在皇后镇，一艘满载中国游客的观光喷射艇发生翻船事故，造成1个游客死亡，6人受伤。2010年9月，一架高空跳伞运动飞机在福克斯冰河附近坠毁，飞行员和8名乘客死亡。

约定再来新西兰玩徒步

新西兰的自然之美既雄浑又细腻，处处都是如梦似幻般的美景。如果你想仔细感受大自然的美好，徒步旅游是最好的方式。新西兰国内的众多徒步步道吸引着世界各地的游客，新西兰也被称为"徒步旅行者的天堂"。九条"著名步道"(Great Walks)闻名遐迩。

"米佛峡湾步道"位于米佛峡湾国家公园内，全长53.5公里。全长32公里的"路特本步道"穿行于山谷交错地带，让步行者大饱眼福。

出于自然保护的目的，新西兰环保局对每年进入步道的游客数量进行限制。每年11月至4月下旬是行走步道的黄金时期。我们去的8月是冬季，步道不开放。

我们与杜先生相约，一定要再来新西兰，走一圈皇后镇和米佛峡湾周边的徒步线路。我们在皇后镇旅游中心细看了徒步报名要求，知道新西兰对徒步者的环保要求甚高，例如，所有垃圾都要带走；尽可能使用休息营地小木屋里厕所，如赶不上，野外大便必须距水源100米外，要深埋后压上石头；小便不能只在一个点，要多点洒开等。新西兰徒步线路都很成熟，沿途有休息点，有电台、GPS定位和直升机救援等，只要交上少许费用，如买年票，就可享受这些服务，当然也要接受监督。

异国风情千百度

☞ "千帆之都"乘帆船

港口黄昏

奥克兰是新西兰最大的港口和最大的城市，有得天独厚的地理条件，特别适合开展帆船运动，是世界风帆爱好者最心仪的天堂之一。

新西兰人历来酷爱户外活动和冒险，瘾很大，很多人把滑雪比作"白色鸦片"，高尔夫球比作"绿色鸦片"，而帆船运动则是"液体鸦片"。奥克兰人对扬帆出海或开游艇出海的瘾头之大，令人惊奇。有人说，每8位奥克兰人就拥有一艘船，这个统计数据未必准确，但可以确定的是，奥克兰人均拥有帆船的比例始终保持全世界的最高纪录。奥克兰人中有一种说法，即一个健康和节俭的家庭必须拥有一艘船。

以前，我们看到许多书里描述奥克兰港口停泊的帆船是"桅杆如林"。我们一到港口，放眼望去，知道奥克兰的"帆船之都"美誉不是浪得虚名。避风港里停泊的大大小小帆船和游艇密密麻麻，帆船细长的桅杆与背景中的"天空塔"（高328米的电视塔）及楼群形成了一道独特的城际线。仅Westhaven避风港就常年停泊着两千多艘帆船。"桅杆如林"是一种恰如其分的描述。

对旅游者而言，到了奥克兰，不在"桅杆如林"中找一艘帆船出海，似乎就白来了奥克兰。

好在奥克兰有多家可以提供这类帆船出海体验的公司。我们预约的公司叫"奥克兰之光"。我们乘坐的帆船长15米，重19吨，船身和装备13吨，离水面2米深处有重达6吨的船脊。船家说，这样的设计使得帆船行驶起来非常平稳，也易于驾驶，即便遇到大风，乘客仍感到非常舒适。行程中，乘客可学习升帆掌舵等技术，做一会儿驾船乘风破浪的水手梦。

我们的航程是游览奥克兰最美丽的两大港口——Waitemata港和Viaduct港，它们位于奥克兰市中心沿海区域，是新西兰最大的海运服务专区。同时，也是一个聚集了商业、娱乐和高级住宅的地段，周边有不少有名的景点。

其中最著名的就是美洲杯帆船竞赛的训练基地，在这座其貌不扬的大型黑色建筑里，培养出两届美洲杯帆船竞赛的冠军，训练基地里用巨幅图片记录了新西兰队夺冠的光荣历程。

我们到港口时，离出发时间还有半小时。两位水手正在整理"奥克兰之光"。一位又高又胖，一位瘦小精干，两位也就20几岁，脸上还带着可爱的稚气，头发被海风吹得纷乱，面庞黝黑通红。

下午的Viaduct港口，阳光灿烂，映着点点白帆，背景是蓝天白云大海，很有诗意。这里曾是美洲杯帆船竞赛村。杜先生与我们聊起了此地举办美洲杯帆船赛的盛况。当时，世界上许多风帆好手、名流和富豪从各国赶来，争睹这场最奢华和最昂贵的海上运动。一时间，千帆并举，欢声雷动，万人空巷，成了奥克兰的欢乐节日。

美洲杯帆船赛始于1857年，迄今已有超过156年的历史，与奥运会、世界杯足球赛以及一级方程式赛车并称为"世界范围内影响最大的四项传统体育赛事"。美洲杯帆船赛分预赛和卫冕赛（决赛）两部分，决赛每四年举办一次，四年间在世界各地举办分站预选赛，旨在选出挑战上届冠军的船队。决赛的地点在卫冕俱乐部所在的国家进行。在一个多世纪的前24届比赛中，美国一直保持着全胜的垄断地位，直到1983年，才由澳大利亚夺冠。而新西兰队异军突起，连续在第29届（1995年）和第30届（2000年）两次赢得了美洲杯帆船赛的冠军，所以，美洲杯曾在2000年和2003年在奥克兰举行。夺冠新西兰队的传奇故事被写成书籍和拍成电影。

说到这里，杜先生有些感慨。他说，这美洲杯帆船赛是世界顶级富豪的游戏，只有像甲骨文CEO拉里·埃里森那样的世界富豪才能玩得起。

现在美洲杯帆船赛上使用的帆船被称作ACC级帆船，即America's Cup Class级帆船，是为该项比赛定做的。通常，制造一艘ACC级帆船需要耗费2万小时的人工。现在，各俱乐部又在赛船的高科技上作巨大的投入。埃里森建造的那艘纯白色帆船，价值1亿欧元。美洲杯帆船赛被称为世界上最烧钱的体育赛事之一。

埃里森爱玩，也玩得起。2012年，埃里森位于巴菲特和盖茨之后名列"世界第三富"。这位"科技界精力最充沛也最具争议性的领导人"和"硅谷海盗"最爱帆船比赛。2010年2月14日，美国队甲骨文号帆船在三局两胜

异国风情千百度

的比赛中2-0击败卫冕冠军、瑞士阿灵西号帆船，夺得第33届美洲杯帆船赛冠军，使这个奖杯终于再次回到了美国人手中。

我们上了船，坐在船尾的一圈凳子上，正对着舵盘。美洲杯帆船赛是世界富豪惟一能亲身参与的正式职业比赛，比如赞助足球、橄榄球、F1赛车或篮球，出多少钱也只能做球迷或老板，而在美洲杯帆船赛上，出资人可以作为运动员亲自参与比赛。美洲杯帆船赛每支参赛船队有17名船员，分派在不同的位置上。100多年来，除船员之外的任何人都不能在比赛时上船。近年，为了调动顶级富豪的兴趣，赛事组织者们在赛船的尾部增添了一个显赫的新位置——第18人，留给船队老板、赞助商或贵客等，让其做名誉船长，随船队一起全程参加比赛。美洲杯帆船赛有权选择自己的"第18人"，还可竞拍，价格高得吓人。如果我们坐的是赛船，这位子正是"第18人"的。

启航时，是用发动机动力的，先驶过wynyard升降桥，这是一座新修的开启式桥梁，就像给Viaduct港装上了一道闸门，进出的船只只有等桥升起时才能通行。wynyard升降桥旁有一座屋顶似波浪起伏的长方形玻璃建筑，这就是Viaduct会展中心，这里为橄榄球世界杯活动提供场地，而且也是新西兰时装周及国际游艇展的主会场。

会展中心对面是新西兰海事博物馆，多种展品讲述了1千多年前毛利人到新西兰探险及欧洲人的定居史。

"奥克兰之光"通过后，就出了港口，驶入大海。小个子水手灵巧地在桅杆和船沿边忙碌着，不一会就升起了所有风帆，主帆上写着"奥克兰的骄傲-体验帆船之都"。风鼓起了帆，发动机就熄火了，只有风推动着船前行。无动力后，海面只有呼呼风声和哗哗水声。帆船有时左右倾斜，但多数时候很平稳，很享受。

此时已近黄昏，从海面上看奥克兰城际线，景色更是绚丽无比。岸边景点不少，例如建于1959年的奥克兰港口大桥全长1079千米，8条平行车道，是连接waitemata港南北岸的桥，非常繁忙。还可见到新西兰皇家海军基地，有一座船坞建于1888年。最突出的是王子码头，它像一座巨大的白色游轮，是大型游轮的停靠站。我国出访新西兰的舰艇编队就在此停靠。

我们回到港口时，岸边建筑已是星星点灯。

鼓起风帆

火山口的宁静生活

遥望罗托鲁瓦城

新西兰人说:"没到过罗托鲁瓦,就不算到过新西兰。"可见罗托鲁瓦在新西兰文化和旅游中的重要地位。火山、火山湖、地热、毛利人、毛利文化、红树林、牧场和《魔戒》中的"地狱之门"等等,这些最富新西兰地理和文化特征的标志,在罗托鲁瓦随处可见。

我们到达罗托鲁瓦时,先没进城,直接坐缆车到山顶景观餐厅吃饭。上缆车时,开缆车的师傅笑吟吟地向我们祝贺中国在奥运会已拿到16块金牌。他说:"中国真了不起,一路领先。"我们连声致谢,而后心里浮出一丝羞愧。伦敦奥运会开幕那日,我们就到了新西兰,一路玩得乐不思蜀,还真没怎么关心过中国的金牌数。

山顶景观餐厅的自助餐十分丰盛,尤其是海鲜。我们边吃边看,整个罗托鲁瓦城都被笼罩在白色蒸气之中,气体飘逸上升,与蓝天白云融为一体,使这座小城显得亦真亦幻。

在蒸气间隙中,可见房顶涂有绚丽的色彩。城郊的山坡上绿草茵茵,牛羊成群。城边围绕着平静的湖水。餐厅外特意竖着一些黑乎乎的火山石,提醒人们,你的脚下就是火山口。

地热蒸汽不断在罗托鲁瓦湖畔萦绕

异国风情千百度

下山后，我们仍没进城。直接乘"皇后号游轮"游览罗托鲁瓦湖。船长友善好客，他把驾驶舱门敞开着，笑嘻嘻地招呼游客们进来合影。我们的船很快就靠近了摩库伊阿岛，这是罗托鲁瓦湖的中心。一个岩浆形成的圆形火山岩位于岛的中央。

这座岛在新西兰的名声很大，因为新西兰毛利人最伟大的爱情故事就发生在此岛。故事说的是，住在罗托鲁瓦湖岸边的少女海尼莫阿是酋长的女儿，美丽善良，有许多男子向她求婚，都被她的部落拒绝了。图唐纳凯住在摩库伊阿岛上，他一次偶遇海尼莫阿，两人一见钟情。可因为图唐纳凯的出身低微，不可能娶到海尼莫阿。悲伤的图唐纳凯只好用笛声表达他的思恋，笛声飘到湖畔，飞入海尼莫阿心中。部落为了防止海尼莫阿到湖中岛，与图唐纳凯幽会，就封锁了所有的独木舟。可海尼莫阿借助空葫芦，循着笛声，坚持游到了摩库伊阿岛，有情人终成眷属。

现在，罗托鲁瓦湖的水面十分平静，可它的形成却是惊心动魄的。大约20万年前，这里发生了一场巨大的火山爆发，火山喷发后，罗托鲁瓦地区下面的一个岩浆房坍塌。这次坍塌形成了一个宽16公里的圆形火山口，雨水将火山口灌满之后，就形成了罗托鲁瓦湖，它现在是新西兰北岛的第二大湖。至今，罗托鲁瓦湖下方及周围的地热活动一直持续不断。地热蒸汽仍不断在湖畔萦绕。我们从船上看罗托鲁瓦城，蒸气笼罩的小城有些像海市蜃楼。因湖水中硫磺的含量很高，因此形成了一种绿蓝色，非常好看。

火山上的城市

下船后，我们驱车去了罗托鲁瓦城。刚

罗托鲁瓦艺术与历史博物馆

毛利雕刻

毛利人的吻鼻礼，表示息息相通

一进城，就在空气中嗅到一股浓浓的臭味，就像臭鸡蛋的味道。目前，新西兰火山活动中最具有观赏性而又没有多大危害的表现，就是罗托鲁瓦附近的火山喷泉、火山泥塘和地热蒸汽。在这里，地球撕裂开一道道缝隙，将它蕴藏在深深地壳中的能量一丝丝地释放出来，熔岩将地壳中的水烧开，蒸汽携带着浓浓的硫磺味道，窜出地表，使小城到处充满了一股臭鸡蛋味。罗托鲁瓦在毛利语里是"火山口湖"的意思。如今，臭鸡蛋味成了大自然为罗托鲁瓦特制的"空气名片"，使这座"火山上的城市"闻名遐迩。

一般人可能会认为，生活在火山上，每天接受地下深层传出"活动"信息的罗托鲁瓦人，应该有极强的忧患意识，甚至会日日生活在惊恐不安之中，随时准备开溜或移民，可恰恰相反，当地人悠闲自得，他们心态安详地过着自个的小日子。我们在小街小巷转转，发现家家户户的房子都被主人涂刷上艳丽的色彩，庭院也布置精美。我们接触的罗托鲁瓦人也平和安静。这种境界必有某种文化根基。不一会，我们就在罗托鲁瓦艺术与历史博物馆里找到一些答案。

罗托鲁瓦艺术与历史博物馆是新西兰最具毛利文化艺术的博物馆之一，罗托鲁瓦是新西兰的毛利人保留地，毛利人的文化中心。博物馆建筑原是1908年欧洲人在罗托鲁瓦建起的温泉疗养中心，外观很漂亮。我们看了博物馆的介绍，说这座建筑属于"都铎风格"，就是中世纪向文艺复兴过渡时期的建筑风格，当时正是英国的都铎王朝。"都铎风格"的特色就是朴质与优雅的结合。

博物馆内收藏了新西兰毛利人的一个部落在本地留下的图画、木雕、亚麻织物、玉器手工艺品等。毛利人最早是亚洲人，一千多年前，他们乘坐独木舟，从位于太平洋中部的故乡，来到新西兰繁衍生息，成了新西兰的原住民。第一批进驻新西兰的毛利人给这个杳无人烟的岛屿取了一个诗意的名字——长白云之乡。蒂阿拉瓦人是毛利人的一支，600年前就已经定居在罗托鲁瓦湖边的地热区。毛利人称自己是大地之子。现代毛利人依然继承了毛利的传统文化。他们认为，毛利人一旦离开人世，便会与祖先会合，

异国风情千百度

孩子在爱歌顿牧场学着为小羊喂奶

并凭着他们赐给的力量,引导子孙精神。毛利人与他们居住的环境有极密切的关系,并创造及流传着许多相关的神话传说,如森林之神和大海之神等。当地毛利人出于对大自然神性的敬畏和感恩,祖祖辈辈坦然地居住在火山上,接受着火山的馈赠,如用地热烧饭和温泉洗澡,沸腾的泥浆池可以美容,就连臭鸡蛋味道也成了习以为常的香味。

在罗托鲁瓦的毛利人会堂,可以感受传统的毛利欢迎仪式,其中最有特色的是向主人行碰鼻礼,以表示宾主息息相关。此后,客人可欣赏精彩的文艺表演,包括传统演唱、舞蹈及haka表演(古代战舞),还能品尝到地热坑烹饪出的石窑大餐——"汉伊",就是把肉、海鲜、红薯放在地灶里预先烧得滚烫的石头上,自然烤制,味道很香。

我们在新西兰旅游,不断听人提起《怀唐伊条约》和毛利人的权益。该条约是1840年英国王室与毛利人之间签署的一项协议。它在新西兰建立了英国法律体系,同时,也确认了毛利人对土地和文化的拥有权。由于《怀唐伊条约》赋予毛利人的许多权利都被忽略,尽管受到该条约的保护,毛利人却失去了大量的土地。毛利人为此不断抗议,政府不断纠正,判决以金钱或土地的形式向毛利人作出赔偿。政府与毛利部落达成了重大和解,保留毛利人的土地及其他资源的拥有权。如今,毛利人占新西兰总人口的14%,他们的历史、语言与传统是新西兰独特个性的中心,毛利文化是新西兰生活中不可或缺的一部分,成为新西兰一大旅游特色,能够为游客带来充满活力的独特体验。

而要体验毛利文化,一定要到罗托鲁瓦,这里是毛利人大规模集中的城市,毛利社区及双语学校林立,还有毛利电视节目。

博物馆外是美丽的政府花园,花园里有毛利人的图腾,描述的是毛利人始祖。在花园一角,我们见到一座地热泥浆池,粘稠的黑色泥浆,像沸腾的稀饭,发出咕噜咕噜声,散发出热气,一股浓浓的硫黄味扑面而来。《魔戒》中生产兽人的"地狱之门",就是在这样的火山泥浆中选的景,令人恐怖。现在,这种泥浆池已被开发成泥浆浴,可先用温热的泥浆敷满全身,再洗去泥浆,使皮肤变得湿润光滑。泥浆饱含矿物质,具有神奇的治疗和康复作用。洗泥浆浴还可配套传统的毛利按摩。

火山活动给新西兰人带来了众多恩惠。一个多世纪以来,火山和火山喷泉的迷人景色吸引着成千上万的游客。火山活动造就了各种有用的矿物,火山岩广泛用于建筑材料。火山温泉和泥塘中的地下热水含有各种化学成分,这使它们成为不可多得的矿泉疗养地。此外,地下热水也可用于医治风湿病和肌肉失调。火山泥中富有的化学物质，如硫，可用来医治皮肤病。地热蒸汽可通过管道收集起来，用于家庭和温室取暖，加热游泳池，在工业上用于烘干和定型木材。地热蒸汽最重要的应用还是发电。新西兰在运用地热发电方面卓有成效。

火山喷发带来了肥沃土壤，也使罗托鲁瓦成了丰美的牧场。在罗托鲁瓦，我们探访一家叫"爱歌顿"的牧场，这是一家五星级的牧场，搞了"农家游"之后，名声大震。我们先看了一场牧羊秀，几十头不同种类的肥羊和牧羊犬登台表演，合作默契。牧羊人还当场演示了电动脱羊毛，看到披着一身厚毛的肥羊，瞬间被推成了光滑肉身，心中还有些不是滋味，这可是新西兰的冬天呀。接着，我们坐上一辆巨大的拖拉机，开拖拉机的就是这家牧场的少东家。他带我们在牧场里转转，见识各种牛羊，给我们印象最深的是澳洲羊驼，这种似羊似驼的动物性情温和，也很易饲养，没有攻击性，孩子们都喜欢。因为它们的毛比羊毛更加结实耐用和保暖，所以，价格也更高。我们后来参观了一家加工厂，看到澳洲羊驼皮毛制成的毯子，价格惊人。

毛利人的生命和生活哲学，使罗托鲁瓦变成美好家园。在大多数年头里，火山施恩于世代罗托鲁瓦人，可也有偶尔发作，毛利人也为他们的无为付出过生命的代价。1886年6月10日，罗托鲁瓦地震引起地面颤动，开始很轻微，随后震动频率和强度加剧。在此之前，附近的火山喷泉前所未有地喷了45.7米多高。然而，这些迹象被当地人所忽视。许多世纪以来，他们在火山温泉中沐浴，在地热蒸汽上烹饪。也曾经历过地震，看过火山喷发，但这些自然力量从未伤害过他们。可这次不同了，巨大的火山口被一团胀大的蒸汽彻底炸开，在数小时的剧烈喷发中，5亿立方米的火山灰被抛入天空，又落了下来，在地上的堆积厚度达60米，两个毛利人的村落全被掩埋，156人死亡。火山喷发还毁掉罗托鲁瓦的一个著名景点，即被誉为世界八大奇迹之一的粉红石灰岩层，就是一种由火山喷发而形成的粉红与白色相间的熔岩台地地貌。我国还有这奇景。

感受间歇泉

接着，我们参观了罗托鲁瓦的法卡雷瓦雷瓦地热保护区，这里也是一处"毛利文化地热中心"，是新西兰北岛著名的旅游景点，毛利语叫 Te Puia，意为喷泉，以毛利部落里的几个地热喷泉而闻名，其中名声最大就是 Pohutu 喷泉，可向空中射出高达 30 米的热水柱。

有人将这些地方称为"地狱之门"，以显

黑色泥浆就像沸腾的粥

异国风情千百度

泉眼

示其恐怖形态。我们沿着栈道细细观察这个地热区,好像没有这种恐怖感。地热区沿着一座山的坡面,其中有几口地下泉眼过一会就喷射出水柱,有的喷得很高。看介绍说,每天要喷出二十几次,水柱可高达二三十米。在无云的日子里,喷薄而出的热水能变幻出美丽的彩虹,可惜我们去的那天,蓝天白云,彩虹不明显,可喷出的热水化成白色的气雾,缥缈向上,与白云相接和缠绕,融化在蓝天里,同样也蔚为壮观。

Pohutu 喷泉是间歇泉。间歇泉多发生于火山运动活跃的区域。有人把它比作"地下的天然锅炉"。在火山活动地区,熔岩使地层水化为水汽,水汽沿裂缝上升,当温度下降到汽化点以下时,凝结成为温度很高的水,每间隔一段时间喷发一次,就形成了间歇泉。

间歇泉是天设地造的,形成不易。除了要具备形成一般泉水所需的条件,如适宜的地质构造和充足的地下水源,它们还要有一些特殊的条件,如间歇泉必须具有能源。必须是在地壳运动比较活跃的地区,地下要有炽热的岩浆活动,而且距地表又不能太深,这是间歇泉的能源。还要有一套复杂的供水系统。在这个天然锅炉里,要有一条深深的泉水通道。地下水在通道最下部被炽热的岩浆烤热,却又受到通道上部高压水柱的压力,不能自由翻滚沸腾。狭窄的通道也限制了泉水上下的对流。这样,通道下面的水就不断地被加热,不断地积蓄力量,一直到水柱底部的蒸气压力超过水柱上部压力的时候,地下高温、高压的热水和热气就把通道中的水全部顶出地表,造成强大的喷发。喷发以后,随着水温下降,压力减低,喷发就会暂时停止,又积蓄力量,准备下一次新的喷发。如此循环,喷喷停停,停停喷喷。我们在 Pohutu 喷泉看到两次喷薄,就是完成了这样一个循环。

间歇泉喷出的水中含有矿物质,当水分蒸发或重新渗入地表时,这些矿物质就会沉积下来。随着时间的推移,日积月累的矿物质形成各种奇怪的形状。我们看到,Pohutu 间歇泉周围的硅石台地像倒下来的钟乳石,也像睡卧的石雕,千姿百态,稀奇古怪,有人形容为"彩色温泉梯田"。

有些岩石上有焦黄色,这是硫黄熏的。

附近还有火山泥塘,黑色的泥浆就像一锅沸腾的稀粥,表面充满了白色的气泡,气泡胀破后,出现一缕缕地热蒸汽。还有几口锅一样大小的泉眼，我们探头可见到里面沸腾的热水。

令人感叹的是，日日喷射的沸水和蒸汽，似乎没有影响周围的植被，间歇泉、硅石台地和火山泥塘周围，甚至就在它们的间隙，都有绿色的植物，硫黄给植物染上一些黄色，仿佛多了一些沧桑。

虽然人们已经对间歇泉的发生有了许多了解，使其不再神秘莫测和令人恐怖，但它们的间歇性爆发及那种独一无二的魅力，至今仍是自然界最令人惊叹的现象之一，也成了这世界上最奇异的景象之一。

有媒体评出全球十大惊艳间歇泉：

一是冰岛大间歇泉，它位于冰岛中西部地区的豪卡道鲁谷地，是有文字记载的第一个这种现象。这个间歇泉已经活跃了长达1万年。二是美国内华达州的飞翔间歇泉，它含有大量矿物质和几种喜欢生活在热水里的细菌，因此具有鲜艳夺目的颜色。三是新西兰怀蒙谷间歇泉，它是世界最高间歇泉，喷出的热水曾高达450米，但"哥只是一个传奇"，现已停止喷发。四是新西兰诺克斯夫人间歇泉，它位于新西兰陶波火山带。五是美国怀俄明州城堡间歇泉，全球已知的1000个间歇泉中，有近500个位于美国黄石国家公园里，城堡间歇泉因塔状的锥形结构而得名。六是美国怀俄明州老忠实泉，它的爆发时间几乎可以非常准确地预测出来，故得名"老忠实泉"。七是俄罗斯威利坎间歇泉，它位于俄罗斯堪察加半岛，此地是仅次于黄石国家公园的全球第二大间歇泉聚集地。八是德国安德纳赫间歇泉，它并不是常规间歇泉，而是一个冷水泉，充满碳酸气体。九是冰岛史托克间歇泉，它喷发次数频繁，每隔4到8分钟就喷发一次。间歇泉的英文叫Geysir，这个词来源于冰岛"盖锡尔"间歇泉。十是智利地热谷间歇泉，它高出海平面大约4200米，是全球最高的一个间歇泉聚集地。

地热中心园区内渲染着浓厚的毛利文化，有高大的毛利始祖图腾和雕刻，毛利人最推崇的巨大绿玉。可以现场参观毛利工匠做木雕。

还有奇异鸟，又叫几维鸟，它们是新西兰的特产，也是新西兰的国鸟及象征。几维鸟的身材小而粗短，嘴长而尖，腿部强壮，羽毛细如丝发，由于翅膀退化，因此无法飞行。几维鸟很容易受到惊吓，大部分的活动都在夜间进行，觅食时用尖嘴灵活地刺探，长嘴末端的鼻孔可嗅出虫的位置，进而捕食。主要食物包括泥土中的蚯蚓、昆虫、蜘蛛和其他无脊椎动物。寿命可达30年，几维鸟的大小与人们常见的大公鸡差不多。

硅石台地

异国风情千百度

景点推荐

奥克兰

新西兰门户。美丽的海港、岛屿、玻利尼西亚文化和现代大都市，组成了奥克兰的生活方式。想体验新西兰式的大都市风情，不能错过这座"千帆之都"。最宜居的城市之一。一半是内陆城镇、一半海边城镇的特点，使之成为一个多元化的水世界。市区观光包括火山锥、天空塔、女皇大街、毛利人祠堂、艾伯特公园、海湾大桥、皇后街、美洲杯帆船比赛基地、战争湾、奥克兰博物馆、豪威克历史村、奥塔拉市场、奥克兰大学和独树山等。从这里启程，你可以当天往返拍摄《钢琴课》的黑海滩，诗人顾城曾经居住的怀赫科岛、火山熔岩形成的朗伊托托岛和出海观看海豚等。参见"'千帆之都'乘帆船"。

奥克兰晚霞

奥克兰火山坑

基督城

位于新西兰南岛东岸，又名"花园之城"，第三大城市，南岛最大的城市。市内主要景点有教堂广场、艺术画廊及博物馆。乘电车浏览市容，古雅舒适。南半球前往南极的重要出发地，19世纪初就有探险队经此港口前往南极。此地的国际南极中心提供有关南极日常生活与历史的多媒体视听，有南极海洋鱼类馆和南极风暴仿真馆。

梯卡坡

有世外桃源之称的美丽小镇，蓝宝石般的湖水，映衬碧天白云，如诗如画。从著名的"牧羊人教堂"圣坛的窗口望去，可以看到壮观的景色：高山、雪峰和苍穹。牧羊犬雕像很有名。

梯卡坡

库克山国家公园

风景美丽，库克山风情万种。

库克山风情万种

瓦纳卡

位于南岛瓦纳卡湖区的湖畔小镇,精致生活图景。

皇后镇

参见"在皇后镇寻刺激"。

米佛峡湾

位于南岛西南端,是新西兰规模最大的峡湾,也是新西兰14个峡湾中最美丽的。可坐船饱览峡湾上的自然风光,如瀑布奇观和陡峭雪山。峡湾国家公园也是鲸、海狮和各种海岛的乐园。在航程中有机会观赏到新西兰特有的软毛海豹、凸吻海豚、峡湾鸡冠企鹅或蓝企鹅等野生动物。1990年,峡湾国家公园作为自然遗产,被列入联合国教科文组织的世界遗产名录。参见"在皇后镇寻刺激"。

罗托鲁瓦

地热中心,南半球最有名的泥火山和温泉区,是当地毛利人集居的首府。可观看毛利人表演。参观爱哥顿牧场可观赏精彩的剪羊毛秀,了解新西兰农民生活。温泉泡浴也是特点。在红森林公园可看见新西兰国树——银蕨。在毛利传说中,银蕨原本是在海洋里的,后被邀请来到新西兰的森林里生活,就是为了指引毛利人。毛利人认为,只要将其叶子翻过来,银色的一面便会反射星月的光辉,照亮穿越森林的路径,引导他们回家。新西兰人认为银蕨能够体现新西兰的民族精神,现在,这种植物便成为新西兰的独特标志和荣誉代表,许多著名标志都是银蕨的图样,如新西兰国家橄榄球队——全黑队是橄榄球世界劲旅,其队服为全黑色,并配有银蕨。全黑队以银蕨旗作为新国旗,还引发大讨论。新西兰航空标志也是银蕨。新西兰旅游奖也是银蕨标志,看到这个标志,意味着你可以得到新西兰最好的旅游产品、体验和服务。参见"火山口的宁静生活"。

红森林公园

间歇泉

惠灵顿

首都,港口,主要商业和政治中心,第二大城市。三面依山,一面临海,景色秀丽,四季如春。南太平洋地区著名的旅游胜地。

第七目的地 南极洲

第一节 南极游不是高不可攀

为什么追梦南极？
南极游真正到了南极？
南极游不是高不可攀
去乌斯怀亚登"前进号"
巧遇全国总罢工
去南极不要护照
看到了"前进号"
德雷克海峡
你晕船了吗？
《南极条约》提要
必知《南极探访须知》
登陆行装的真空消毒

第二节 踏上南极的第一步是长城站

手机又有了信号
"拿扬子晚报合影可以"
我国南极科考站的前生今世
长城站室内温暖如春
长城站人是"环境控"
见到了千年草
长城站的中国地名
"老南极"的好心态

第三节 地球上最大的"白富美"和"冷美人" ·288

白是南极的主色调
南极蕴藏着无尽的宝藏
南极美摄人魂魄
"前进号"小心避开冰山
坏脾气令人心惊胆颤
南极登岛是望天收
南极冰川将完全融化?
站到了南极大陆
不易见一面的鲸
真正的南极土著是企鹅
自由飞翔的精灵
欺骗岛"欺骗"我们
狂风中探望象海豹

第四节 极地探险的奸雄和英雄 ·310

汪洋大盗德雷克
阿蒙森和斯科特都是英雄
张扬人性的探险家
南极是永远的记忆

异国风情千百度

南极

南极游不是高不可攀

于丹、张文敬与作者在南极拉可罗港

为什么追梦南极？

也就在这两年，到南极去旅游，成为一些普通中国人的梦想，少数人已梦想成真。为什么追梦南极？因人而异，五彩缤纷。

2012年11下旬至12月初，我们去南极旅游。同行者中有北京师范大学的于丹教授。她说，她在2012年一连串去了北极、赤道和南极，就是想证明2012一样是个好年头，一样可以很快乐。一见面，我们夸她比电视上看起来更瘦、更高、更漂亮。她说，许多人都这样说过。

同伴中还有中国科学院成都山地灾害所的研究员张文敬先生，他是国内外著名冰川学专家，还曾任西藏自治区发展计划委员会副主任，是一位探索冰川世界的传奇人物，故事一箩筐，如他在北极科考时首次发现了北极冰川雪藻，这一发现对于研究冰雪里生命的产生、延续和演化具有重要的科研价值。这次是他第四次来南极。他说，如果洁白的雪花能被长期保存，那将会是地球上最美的花。他到南极是来看最美雪花的？我们南极之旅有了他这样的高级科学顾问，真是幸运。2012年12月24日《扬子晚报》刊登的长文《前两年'暖冬'今年又极寒，地球的冷暖出问题了吗？》就是我们在南极听张文敬科学讲座的收获。此文被广泛转载。我们去南极的理由比较简单，凡是没去过而又能去的地方，我们都想去看一看。而且，我们

> 异国风情千百度

也一直计划和宣称在《异国风情千百度》下册里介绍南极洲旅游，我们一定要兑现对读者和东南大学出版社的承诺。

需要特别说明的是，南极洲不属于任何国家，当然也就不应属于"异国"，任何国家对南极的主权要求都被《南极条约》所冻结，南极属于全世界。作为"世界公园"，南极正在成为增长的旅游热点，引起许多人的关注和向往。我们把南极洲放入《异国风情千百度》，只是为了读者阅读的方便。我们希望从南极现场发回的报道能为读者提供有趣可靠的资讯，让读者多了解一些这个离我们最远的大陆和大洋，多了解一些如何参加南极游的途径和方法，为以后去南极旅游先打个"神游"的基础，减少对南极的距离感、陌生感和神秘感。对已去过的人，读了此章节，或许会引起一些共鸣，唤起南极游的美好回忆。

南极游真正到了南极？

南极，从中文字面上理解，就是地球的最南端或南至极点，是世界地图最下面那一大片白花花的区域，而科学上有南极洲、南极点、南极大陆、南极地区、南极圈和南极辐合带等多种定义。

南极洲包括南极点四周的大陆和岛屿，面积共约1400万平方千米，约占世界陆地总面积的9.4%，与美国和墨西哥面积之和相当，是中国陆地面积的1.45倍，是澳大利亚陆地面积的两倍，为世界第五大陆。

南极点是地球表面非常特殊的一个位置，它是地球上没有方向性的两个点之一，另一个点是北极点。只有站在南极点上，人才能真正

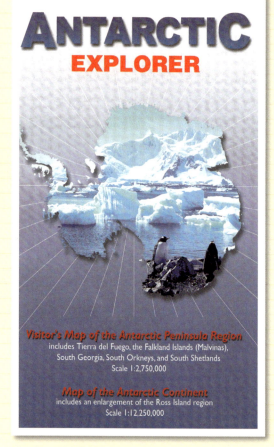

→ 南极地图

做到"不是东西"，也不会"找不到北"，因为在南极点上，东、西、南三个方向完全失去意义，只有北这一个方向。在南极点，太阳一年只升落一次，有半年太阳永不落，全是白天，太阳在离地平线不高的地方，绕南极点一圈一圈地转，一直不落下，称"极昼"；有半年见不到太阳，全是黑夜，又称"极夜"。你用几秒钟围绕南极点走一圈，就是环球一周；在南极点，你可以一只脚在东半球，另一只脚在西半球；你可以一半身体属于昨天，另一半身体属于今天。

你说现在是几点都是正确的，因为地球上的经线在这里交汇，南极点可以属于任何一个时区。由于地球自转的原因，南极点始终处在不断的移动之中，这种移动叫做极移。极移范围很小，经观测，1967至1973年间，极移仅15米左右。另外，南极点并非是南极冰盖的最高点，覆盖在南极点上面的冰雪以每年10米左右的速度移动。因此，每一年，科学家都要重新标定一次南极点，在最新位置上面树立一个带金属球的立柱，作为南极点的标志。1957年，美国在南极点的冰盖上建立了科考站，叫"阿蒙森-斯科特站"。美国科考站为何用挪威人阿蒙森和英国人斯科特命名，这里有一个悲壮感人的故事，后面将会有详细的交代。乘飞机可以到达南极点，如从智利和新西兰乘美国"大力神"运输机抵达。目前，到南极点旅游的普通人极少。

南极洲除周围岛屿以外的陆地就叫南极大陆，是世界上发现最晚的大陆。许多人都以为，地球上最高的大陆是拥有青藏高原的亚洲大陆，不对，是南极大陆。地球上其他几个大陆的平均海拔高程为：亚洲950米，北美洲700米，南美洲600米，非洲560米，欧洲只有300米，大洋洲的平均高度还不甚清楚，估计也不过几百米，然而，南极大陆，就其自然表面来说，其平均海拔高程为2.6千米，所以，南极大陆平均海拔高程最高。但是，如果把覆盖在南极大陆上的冰盖剥离，它的平均高度仅有410米，比整个地球上陆地的平均高度要低得多。横贯南极的山脉将南极大陆分成东西两部分，这两部分在地理和地质上差别很大。我们这次南极游的位置是西南极的偏北部向南美洲的突出部分。

地理学概念上所说的南极是指南纬66度33分纬线以南的区域，南纬66度33分的纬线称之为南极圈，南极圈内才算得上南极。南极圈是天文学上从两极受太阳光线来确定南极地区永久界限的一种方法。同时，南极圈也是南温带和南寒带的界限。普通人进南极圈旅游的难度仍很大，所以目前去的人不多。

《南极条约》把南纬60度以南的区域定义为条约所适用的范围，包括南极洲和南大洋，所以，这个区域也被称为南极区域。

南极辐合带位于南纬48至62度之间，向北流动的寒冷南极水下沉至较温暖的亚南极水层之下，而形成环绕南极的表层海水沉降带，并且有明显的海洋锋特征。南极辐合带一般作为划分南大洋中的南极海区和亚南极海区水团的边界。南极辐合带之内的区域在自然地理上也称南极。

如果按南极圈定义南极，我国南极长城站是在南极圈的外围，中山站也只属于南极边缘地区，都不是典型的南极环境。现在所能开展的南极游大都是在南极圈外的岛屿之间或南极大陆边缘登陆观光。

如果以南极洲、南极区域和南极辐合带做

南极美景

异国风情千百度

南极的定义，目前南极旅游的目的地确实算是到了南极。对此没必要过分计较。事实上，南极的大部分地区被千万年的冰雪所覆盖，连装备优良和训练有素的各国科考和探险队员们都还没有触及，人类对其知之甚少，它们充满着未知的神秘和危险。

现在已有南极点深度游。还有南极的户外探险。这些挑战性很强，也非常小众。南极探险主要分为登南极最高的文森峰或徒步到南极点，需要花费五六十万人民币，对参与者的心身健康有很高的要求。全球每年参与南极点徒步者不超过百人。最有挑战性的南极探险是横穿整个南极大陆，要花100多天的时间，走完5000多千米的路程。目前，我国只有秦大河梦想成真。

地理学家秦大河是中国科学院院士。1989年7月，他参加国际徒步横穿南极大陆科学考察，行程5986千米，中间经过南极点和"不可接近地区"，终于在1990年3月3日，他们抵达苏联和平站，这是这次横穿南极科考的终点。秦大河因此成为中国第一个徒步横穿南极大陆的人，途中，他采集到"不可接近地区"内一套完整的冰雪样品，填补了世界冰川学研究的空白，珍贵无比。

南极游不是高不可攀

在南极这个茫茫的大陆上，没有土著居民。冬季，在南极有一两千名各国科考人员在科考站里越冬；夏季，不到一万名的科考人员及游客来此考察或旅游。如此大陆只有这些人，基本是"空无一人"了。

南极是一个与人类文明世界完全隔绝的神秘陌生区域。人类自在探险中无意间发现南极，到有目的地设立站点开展科学考察，也就有200多年的历史。从探险家、科考人员和旅游先行者笔下和口里，我们知道了不少南极的知识和故事，可作为普通人能去南极旅游吗？能亲眼看一看和亲手摸一摸真实的南极吗？能静静地望着南极企鹅、海豹、鲸鱼和雪燕在它们的家园里自由自在地生活吗？还有南极冰川正在因温室效应而大片消融的可怕图景是真实的吗？在南极那万籁俱寂和纯净洁白的世界里真能"归零"和"清理"我们在喧嚣人世受染的心灵吗？

以现在的科技水平，普通人游南极不是高不可攀，更不是危机四伏。事实上，早在上世纪50年代，欧美国家就开始了南极旅游。挪威、阿根廷、智利、西班牙、意大利、新西兰、德国、美国、俄罗斯、加拿大等多个国家的旅游公司，都纷纷开展南极旅游活动。据国际南极旅游组织协会（IAATO）的数据统计，人类去过南极的总人数累计约30多万人次，除科考人员，南极旅游人数近20万人次。中国的南极旅游起步很晚，据国际南极旅游组织协会统计的数据，2009至2010年度中国的南极旅游人数为452人次，2010至2011年度上升为612人次。尽管中国游客的数量今后几年会越来越多，但增长比例也不会太快，因为全球准进南极的人数指标受到严格的控制，据说，每年不到一万人。

纯净、遥远、神秘，这曾是人们对远在"地球底部"——南极的想象，但随着现代科技的发展，前往南极已不再是遥不可及。南极游已是一条较成熟的旅游路线。我们这次搭乘的挪威海达路德航运公司的"前进号"已搞南极旅游多年,无论挪威籍航运人员还是来自各国的登岛探险队员都专业经验丰富,对南极游驾轻就熟。还有多国多家航运公司开展南极旅游,大都相对安全。我们这次去南极,同船的就有70多岁的老者。我们才从南极回来,就听说我国残奥冠军正在南极登岛呢。

目前,普通人到南极旅游,虽然航运公司医生需要你出示有医生签名的医疗和体检证明,还需购买包含南极医疗救援在内的旅游保险等,但在实际操作中,对游客的体能和健康并没有过高的要求。

去乌斯怀亚登"前进号"

从地图上看,南极洲距离南美洲最近,南极半岛像南极洲的一根手指,指向南美洲,隔着德雷克海峡,与阿根廷最南边,也是世界最南边的城市——乌斯怀亚相望,距离约950千米。

其次,南极洲距大洋洲的新西兰约2000千米;距澳大利亚约2500千米;距非洲的南非约3800千米……中国南极中山站与北京的距离有12553千米;长城站距北京有17502千米。

有人称乌斯怀亚是"世界尽头",其实南极才是真正的"世界尽头",不过,乌斯怀亚可称是人类文明世界的尽头。

目前,乘船南极游主要分为乘船登陆和"路过"观光两大类。

乘船登陆的路线是,游客乘飞机到达南美洲,在智利、阿根廷等国的港口乘可装一两百人的船,前往南极大陆边缘,安排一定次数的登陆,目前的市场报价多在10万至20万元

乌斯怀亚美景

人民币之间。优点是可登陆,亲近和触摸南极,缺点是不少人过德雷克海峡时会晕船。

另一种是乘坐一千多人的巨型邮轮,不登陆,以"路过"方式观看南极风光。价格相对便宜,一般在六七万。优点是过德雷克海峡时比较平稳,减少晕船机会,船上设施和生活用品较丰富,路过阿根廷和智利的一些城市,可以下船观光。所以常以"夕阳红"吸引老年游客。缺点是不登陆,这对专为触摸南极去的游客们是难以接受的。

目前,受一般人欢迎的还是乘船登陆的南极旅游方式。

一般游客乘邮轮在南极大陆的边缘地带穿行和登陆,能见到南极大陆边缘的大陆架、大型浮冰、冰山、峡湾、企鹅和海豹等,这些都是南极大陆极致风光及代表性动物,而南极纵深地带的风光非常单调重复。与南极纵深探险的线路相比,边缘游法既省力讨巧,也省钱,更主要的是安全有了更多保障。

大多数南极游客是从各国飞到阿根廷首都布宜诺斯艾利斯,再飞到乌斯怀亚,从此地坐船出发去南极,在一两周后再返回此地,

异国风情千百度

乌斯怀亚小城俯瞰

飞回布宜诺斯艾利斯，转机回国。近年在我国开展的南极游也多走这条路线，从国内各口岸城市经法兰克福、巴黎、迪拜或多哈转机到布宜诺斯艾利斯，再飞到乌斯怀亚上船。我们也是走的这条线。

国内不少人从未听说过乌斯怀亚，可知道阿根廷有一个火地岛的人不少。1520年10月，航海家麦哲伦发现了一个海峡，后来被命名为麦哲伦海峡。当时，他首先看到的是当地土著居民在岛上燃起的堆堆篝火，就随意将此岛称为火地岛。现在，火地岛区是阿根廷的一个省，乌斯怀亚市是首府，人口不到7万。早在1960年，阿根廷就在岛上建立了国家公园，这是世界最南端的国家公园，也是世界最南部的一个自然保护区，园内拥有雪峰、湖泊、山脉、森林和各种动物，景色迷人。乌斯怀亚是印第安语，就是"观赏落日的海湾"。乌斯怀亚的最南点就是闻名世界的合恩角，船过了合恩角，就进入了德雷克海峡，由此一路驶向南极。

南极只有暖季和寒季的区别，或分为夏季和冬季。暖季是11月至3月；寒季是4月至10月。暖季时，沿岸地带平均温度很少超过零摄氏度，内陆地区平均温度为零下20至零下35摄氏度；寒季时，沿岸地带为零下20至零下30摄氏度，内陆地区为零下

乌斯怀亚美景

乌斯怀亚姑娘

40至零下70摄氏度。

暖季时，南大洋的冰融化了，船才能开进去。所以，每年11月至来年3月之间，是乌斯怀亚最热闹的时候。街上有多家南极游船运营公司的营业部和接待处，还有与南极游配套的户外用品店、旅社和酒吧等。有些穷游者干脆提前在此住下，每日到各公司打听有无"最后一分钟船票"。所谓"最后一分钟船票"就是船即将开出时，仍有部分空舱，船家就以最低价卖出。去南极"最后一分钟船票"的最低价只有三四千美元，而一般船票多在五六千美元以上。不过这种守株待兔的等票有风险，因为随着南极旅游的不断升温，有时也会出现一票难求的情况。为了等"最后一分钟船票"，不仅要耽误多日，甚至还会误了一年中的出发机会。

暖季，各国科考船也大都在乌斯怀亚补充燃料和食品。

早在2012年初，我们就一直在网上与国外多家航运公司联系，也拿到一些优惠。我们一度也想干脆就提前到乌斯怀亚住下，一家一家地问有无"最后一分钟船票"。

直到9月，经朋友介绍，我们认识了海达路德中国区经理刘结先生，他正在策划和组织海达路德"前进号"首次华语地区南极包船，细看了他们的计划，不由十分兴奋。"前进号"安排在南极的登岛路线及次数，还有各国专业人士组成的探险队等，都非常符合我们对南极游的想象、期望和计划。我们婉谢了美国和阿根廷两家航运公司探险队长的热情相邀，加入了"前进号"。刘结是去过四次南极的"老南极"，他对开展极地游很专业，待人也热情可靠。他很快帮我们办理好阿根廷签证和海达路德船票等有关手续，使我们在2012年11月顺利地拿到了去南极的船票。按网上时髦的说法，就是拿到了"2012年的最后一张船票"。

巧遇全国总罢工

11月18日，我们从上海启程，经法兰克福转机到达布宜诺斯艾利斯。原定11月20日飞到乌斯怀亚，登上"前进号"出发。可11月20日巧遇阿根廷全国总罢工，国内飞机停飞，使我们无法按时飞到乌斯怀亚。"前进号"也推迟到21日中午出发。

我们只好在布宜诺斯艾利斯逛街，顺便见识一下总罢工游行。只见工人们举着旗帜和标语，放着鞭炮，敲着锣鼓，一路散发传单。不断有工人递传单给我们，写着西班牙语，一句也看不懂。更多示威是安营扎寨在某栋大楼的门前，大概是公司总部吧。工人们不断呼喊口号，要求与经理层对话。我们入住的喜来登酒店门口也被不少工人包围了，是餐饮工人要求

异国风情千百度

加工资。罢工不影响客人的出入和酒店整体业务，工人们对我们也友好礼貌。

佛罗里达街是布宜诺斯艾利斯一条最著名的商业步行街，不断有罢工队伍经过。我们虽然没有看到队伍中有过火行为，如打砸抢，但看到不少商家半开着门，一有队伍过来，就立即关闭电动门。少数如麦当劳就干脆不开门了。罢工破坏了我们对佛罗里达街的美好印象。2008年，我们曾逛过此街，街面热闹、洁净、美丽和温馨，夜里还有街头探戈秀。可此时，店家惊慌，无心做生意。一张张传单随风飞扬，飘落在地上，与各处堆积的垃圾混在一起，无人清扫。

我们特意去了七九大道，看到街边四处堆满垃圾。清洁工人罢工了。街面也有些荒凉。我们在《异国风情千百度》上册中写过"闲逛七九大道"一文，赞美了这条世界最宽的大道，也是布满鲜花和散发咖啡香的大道。现在故地重游，看到此景，心生感慨。

街上有不少警察和警车，可警察们并没有如临大敌般紧张，他们多在三三两两地聊天，蛮放松的，与罢工工人们也没有冲突，有点像变相"罢工"，或是司空见惯了，习以为常。电视转播车在街上开来开去，记者挺忙的，在街上不断采访行人，受访者好像都乐意说几句。

晚上，在宾馆里看电视，看到美丽时尚的阿根廷女总统慷慨陈词。问了人，她的演说竟然与罢工无关。

想去吃中餐，谁知不开门，中餐馆老板不是不想营业，是怕工会不乐意。

这一天，我们的深切体会是：阿根廷工人力量大。

好在工会说话算话，工人也守规矩，很配合。说全国总罢工一天就是一天，向资方、社会和政府显示一下工人的肌肉，又不滥用打击力量。

21日，全国恢复正常。

去南极不要护照

21日一大早，我们从布宜诺斯艾利斯飞到乌斯怀亚，再坐十几分钟汽车，就到了"前进号"停泊的码头。

过了一道简易的门栏，我们就出了阿根廷国境。

南极是不要护照的，也不需要办理任何入境手续。在各国探险家相继发现了南极的不同区域之后，这些探险家祖国的政府就对南极提出了主权要求，并以本国人先发现先得为依据。英国、新西兰、澳大利亚、法国、挪威、智利、阿根廷等国政府都先后对南极洲的部分地区正式提出过主权要求，可世界上大多数国家不认这个账，使这块千万年冰

罢工游行

布宜诺斯艾利斯公园怡然宁静,美丽的紫槐花开满枝头

封的平静大地上笼罩着国际纠纷的阴影。

为了更好地解决这个问题,根据1959年通过的《南极条约》,冻结了这7国对南极的领土主权要求,规定南极只用于和平目的。这样,南极现在就不属于任何一个国家了,它属于全人类和全世界,当然就不要以国家名义发护照了。

尽管有了《南极条约》的"冻结",但一些国家并没有断了对南极主权的想法。

2012年12月18日,英国路透社报道说,英国外交部宣布,将以英国女王伊丽莎白二世的名字命名部分英属南极洲领地,作为英国外交部赠予女王登基60周年钻石庆典活动的礼物。英国外交部称,这片土地将来会作为英国领土的一部分。

12月21日,阿根廷政府紧急召见英国驻阿大使并向其递交抗议照会。阿根廷政府"断然拒绝英国政府在南极的一切领土要求,再次重申阿根廷政府对阿根廷南极属地的主权权利"。

如何解决各国在南极的主权纠纷?南极的资源如何造福全人类而不被少数国家垄断?《南极条约》只是冻结了所有国家对南极的主权要求,以后会解冻吗?解冻后对这类国家宣称主权怎么办?人类对南极的未来需要更大的智慧和合作。南极距中国很远,可距未来很近。中国应该及早考虑这些问题并采取积极的行动。

看到了"前进号"

在码头上,我们第一次见到了停泊的"前进号",感觉比图片上看起来要高大雄伟许多,七层船身就像一栋高楼。

船身从上到下呈白红黑三层色,观景台的一圈玻璃呈碧绿色。船头上的Fram是红底白字,特别抢眼,Fram是挪威语,即"前进"。

"前进号"极地探险邮轮隶属于挪威海达路德邮轮公司(Hurtigruten),吨位为11647吨,抗冰等级为1A/1B,巡航速度一般

异国风情千百度

前进号

为18节。节数为轮船航行速度的单位，一节（Knot）= 1海里 / 小时 = 1.852千米 / 小时。速度是多少节就是多少海里 / 小时。对邮轮而言，18节是比较快的速度。

根据《南极条约》，吨位太大的船是不可以登陆南极的，可吨位太小的船过德雷克海峡，又有很大的晕船问题。"前进号"居中，兼顾两头。"前进号"是目前前往南极并可以登陆的最大级别探险级邮轮之一。

海达路德以开辟和把握充满冒险体验的航线而闻名，有着119年的海事经验。

我们对船的抗冰等级和巡航速度没有什么具体认识和比较体验。参照了一下其他的船。例如，执行了多次南极考察任务的我国"极地号"南极考察船是15146.6吨，抗冰级是B1级（芬兰冰级1A级），抗风力是12级；我国现用的南极科考船"雪龙号"是21000吨，最大航速18节，B1*抗冰级。

登前进号

德雷克海峡

德雷克海峡

在身体上，对去南极的人没有过高的要求，但也不是没有一点要求。船家要求我们必填医疗和健康表，这张表格就要写出：有无心脏病、糖尿病、药物或食物过敏等，有无影响登岛行动的残疾，近五年是否接受过大手术等等，不仅要自己对自个健康作出评估，还需医生的评估和签字。这样做，一方面是为了游客的登岛安全，还有一个因素就是因为过德雷克海峡时，不少人会发生晕船。

去过南极或正准备去南极的人有一个共同话题，就是德雷克海峡，有人甚至谈之色变。

南极洲是被太平洋、大西洋和印度洋包围的陆地，这个包围南极大陆的巨大水圈叫南大洋，因多风暴且易结冰，又叫南冰洋，面积约3800万平方千米，被称为世界第五大洋。

从其他大陆到南极必须越洋过海，可以坐飞机和乘船。可去南极的飞机多是军用机，如美国的"大力神"，多用于运送紧急物资、科考队员和视察官员等，普遍用于旅游不现实。南极没有宾馆，住科考站也不行。乘船进去，船就是流动的宾馆和基地，也便于在海峡间游弋和寻找登陆机会。

近年有旅游公司为了吸引那些怕过德雷克海峡的游客，推出"飞越西风带南极游"等，从智利包机飞到南极乔治王岛，再登上已到达的邮船，再乘飞机回到智利。这样折腾的价格要比乘船往返南极高出许多。而且，也少看了一些海途的风景。

所以，目前普通人去南极多是乘船，最近的海路就是从阿根廷的乌斯怀亚，经过德雷克海峡，到达南极。过此海峡的经历，无论是苦是甜，都是坐船游南极所不可分割的一部分。

德雷克海峡位于南美洲南端与南极洲南设得兰群岛之间，长300千米，宽900~950千米，是世界上最宽的海峡。平均水深3400米，最大深度为5248米。南极大陆的干冷空气与美洲大陆相对湿暖的气流在德雷克海峡作南北交换，在南纬60度，温度发生显著变化，这个地区就是南极辐合带或极锋，副极地表层水和更冷的南极表层水以此为界。南极辐合带在南纬60°附近通过海峡中部，东风环流和西风环流在此汇合，海峡上空盛行西风，北半部风力尤强。太平洋和大西洋在这里交汇，峡内海水从太平洋流入大西洋，是南极环流的一个组成部分，南极环流是世界上流量最大的环流。加之，此海峡处于南半球高纬度。因此，德雷克海峡以其狂涛巨浪闻名于世，海峡内似乎聚集了太平洋和大西洋的所有飓风狂浪，一年365天，风力几

异国风情千百度

隔着玻璃拍摄的德雷克海峡

乎都在八级以上,即便是万吨巨轮,在波涛汹涌的海面,也如同一个小小的摇篮。为此,德雷克海峡恶名在外,水手们叫它:"杀人西风带"、"暴风走廊"、"魔鬼海峡"、"咆哮西风带"、"摇滚之海"……

我们乘坐的"前进号"是现代航海科技装备武装到牙齿的万吨船,也是现在前往南极并可以登陆的最大级别探险邮轮之一,它通过德雷克海峡,安全性很大,但却不能保证所有乘客在激烈摇晃和颠簸的船上不晕船。

你晕船了吗?

果然,"前进号"才过了合恩角,浪就越来越大,船越来越摇晃和颠簸。

我们住在右舷3楼,是这艘豪华邮轮中的经济舱,价廉,舱却不错,里面有两张床,有设施很好的卫生间,24小时的洗澡热水供应,有写字台和宽大的壁柜。有电视和广播系统,可随时听到船上的通知。对我们这样的经济型背包客来说,这样的条件已是非常好了。看船上介绍说,船上还有豪华舱,如同宾馆的豪华套房和标间,很宽敞,还有自己的观景阳台。

我们从舱内的窗户看德雷克海峡,黑色的波涛由远处滚滚而来,打到船舷后,猛烈弹起,掀起的白色浪头已越过我们的舱位。浪头每冲击一次,船体就激烈地摇晃一次,人就站不住,急忙要扶着栏杆。

我们跌跌撞撞地乘电梯来到7楼观景台,在船前部看见,船头冲入深深谷底,然后又被巨浪托起,跃上高高谷峰,跌宕起伏,反反复复。我们就像坐过山车一样,心一会儿被拎起，一会儿被放下，这玩一会可以，可要连续玩35个小时，就不好玩了。

吃晚饭的时候，去餐厅的路上，我们要扶着栏杆走。餐厅里的人寥寥无几。餐厅已取消了自助餐，因为人歪歪倒倒，无法取食物。服务生是菲律宾籍的年轻姑娘，她善解人意，热情周到，她让我们坐好，由她端来食物。她端着盘子，走着弧形步或企鹅步，看起来十分滑稽可笑。

接下来的一天半里，晕船的人不少。最严重的人去2楼医务室挂水，一天就花了三千多挪威克朗，约等于三千多元人民币。更多的人是不见踪影，他们只能趴在床上，一起来就吐个不停。

船上各处都放着呕吐袋，有人就拎着呕吐袋，随时使用。看来，晕船真是一个普遍问题。有的游客因呕吐和头晕，竟无力走回自己的舱，只好在船上的公共场所就地躺下。

多数时间我们躺在床上，身体随着床，一会儿左右乱摇，一会前冲后俯，睡一会，醒一会，有时还做梦，梦中经历着没完没了的地震，其实是船在猛烈摇晃。睡觉时，窗帘要一直拉下来，因为大多数时间都是白天，夜里一两点，天仍很亮，不到四五点，天又亮了。

有时，我们也起来坐坐。也摇摇晃晃地到外面走走。这时，观景台、茶水间和活动室等公共场所里的人已很少了。只有几位不晕船的牛人还在隔着玻璃拍摄巨浪，船家出于安全考虑，早已关闭了甲板，所有通往甲板的通道都锁了门。

我们一日三餐仍正常，但很注意控制食量，吃得很少。一天多过去了，我们自己也有些奇怪：我们竟然没有晕船。或许是处在晕与不晕的边缘吧。如此激烈摇晃颠簸再持续多时，我们是否会晕船就说不准了。不过看到探险队员、航运和服务人员对船摇晃颇为享受的样子，我们会不会随着磨练时间增长而感觉也越来越好呢？

22日晚，我们躺在床上，明显感觉到左右摇动的"侧浪"和前后起伏的"冲浪"都减轻了。立即起床到外面走走，发现不扶着

淡定过德雷克海峡

异国风情千百度

栏杆，也能够摇摇晃晃地走起来。到四楼会议室窗口看看，大海不如先前那么惊涛骇浪了。再乘电梯到7楼观景台的前部观察，那种船头跌进谷底和跃上谷峰的起伏也在渐渐减弱。

不一会，一些"多时"未见的团友纷纷出现，使冷清了一天半的餐厅、茶水室和观景台突然有了人气和声音。人们三五成群地交谈着，共同的话题就是："你晕船了吗"？各种防晕船的个人经验和精辟理论纷纷出台。在睡姿上，有人说仰着睡好，有人说趴着睡好，有人说侧着睡好。在精神上，有人说什么都不想的"四大皆空"最好，有人说还是想点事的"打打岔"最好。还有人推荐把自己想象是回到娘胎的胎儿，正在子宫里晃晃荡荡地睡觉。各种调侃、自嘲和幽默使刚刚发生尚未离去的晕船有了一点娱乐色彩，这也化解了一些人的痛苦。

这时，我们大大松了一口气，谈晕色变的德雷克海峡大概就这样过去了。我们彼此用"自豪而不自满"共勉，还有返程呢。

我们防晕船的经验是：进入德雷克海峡前的一餐一定要少吃和清淡，这一餐大快朵颐者大都吐得一塌糊涂；提前卧床休息，仰卧；无论船如何摇晃和颠簸，心里都不要烦躁和紧张，更不要对晕船有强烈的恐惧，尽量保持心情的平静；什么都不想，让身体和注意力都随着波浪颠簸，慢慢就有了困意；不看书、电视和电脑；也少看海面的大浪；适当饮水，坚持吃三餐，但要量少和清淡；经常坐着和适当走动，坐着时可闭目养神，

不与他人谈论晕船，不抱怨，不诉苦，不交流，也不炫耀和骄傲，坦然平淡；有时到观景厅看看天空中飞翔的海鸟。我们的经验仅供参考，不可复制。听到南极游客普遍介绍，提前预防性吃晕船药还是很有效的。

说到底，这晕船也不是太可怕，当时可能很难受，可实际后果却不严重。后来，我们没听说这条船上有人因晕船而影响到登陆南极的。看看登陆时的个个劲头十足，还真想象不出他们中一些人才被晕船搞得狼狈不堪。好几位晕船者在感受南极绝世美景后对我们说："值得"！

《南极条约》提要

船没行多久，海面上就出现了浮冰。一种薄薄和零碎的冰，形同荷叶，这种"荷叶冰"是海水在冬季所结的冰，进入夏季，开始化冻了，叫海水冰；另一种是大块和厚实的冰，是冰川崩塌下来后分解的冰，叫冰川冰。随着海水冰和冰川冰越来越多，我们知道，离南极越来越近了。

这时，广播里通知，按照《南极条约》

梅园梅在讲解

和挪威法律的要求，船上所有游客都必须参加登陆说明会和接受登陆行装的真空消毒。

我们立马来到4楼会议室。说明会主讲是两位挪威女士，胖胖的一位是"前进号"探险队长的助理。另一位有一个好听的中国名字，叫梅园梅，她是前挪威驻华大使馆文化参赞，现在是中国和挪威环保和极地研究合作项目的协调人，在华多年，中文说得不错。她们主要讲解《南极条约》体系和国际南极旅游组织协会的《南极探访须知》。

《南极条约》是目前世界上制定很好并执行也好的一个国际条约，是国际和平和谐合作的典范。《南极条约》的主要内容：南极洲应只用于和平目的，这一条款是对世界和平事业的重要贡献。要求首先必须保证科学研究的自由，其次，为了促进科学研究和国际合作，则必须保证科学家、研究成果和信息资料的互通有无，自由交换，以及《南极条约》协商国与其他机构和国际组织的合作。禁止在南极洲进行任何核爆炸和在该地区处理放射性核废料，使《南极条约》成为人类历史上第一个禁止核试验的国际协定，保证了南极地区成为世界上第一个无核区。《南极条约》冻结了一些国家对南极的主权要求，使南极现在不属于任何国家。

后来，根据需要，在《南极条约》的基础上，又不断附加了一些具体条约，如对南极环境和动物的保护，组成了《南极条约》体系。《南极条约》体系中的环保议定书的各项规定，均适用于旅游和其他非政府性活动以及政府性活动，以确保各种活动不会影响南极环境或科考。

必知《南极探访须知》

1991年，为了更好地协调互助，7家倡导环保及负责任旅行的南极旅游运营商联合成立了国际南极旅游组织协会。至今，全球超过100家机构参与其中。国际南极旅游组织协会推出的《南极探访须知》，是用以确保所有前往南极者知晓并进而遵守《环保议定书》，也受限于各国的相关法律。这就是说，我们坐挪威船进南极，既要遵守依据《南极条约》体系所制定的《南极探访须知》，也要遵守挪威的有关法规。所以，每一位游客都必须参加船上的登陆说明会，进会场时，要刷船舱卡签到，不得缺席。这是南极旅游的严格法律约束。助理和梅园梅说，对于来过和将要来到南极的每一个人来说，到南极是一种幸运，也是一种责任。她们用幻灯详细讲解了《南极探访须知》。

《南极探访须知》要求十分具体和严格。例如，不可随意随地弃置垃圾，禁止燃烧任何物品；不要在石头或任何建筑物上刻写名字及涂鸦；不可带走任何在南极的动植物和人造物品，这也包括遗骨、蛋、化石、石头或建筑物内的任何容器、物件、研究与考察仪器等；不可任意破坏有人居住或无人居住的建筑物及紧急避难所；你所准备的衣物及装备，应能对付南极地区善变的天气及防范不可预知的危险和可能隐藏的危机；知道自己的能力，知道在南极特殊环境中可能会遇到的问题及危险，对此要有心理准备，并能应变；在陆地上及海上观赏野生动物时，要保持安全的距离；没有适当的装备及经验，

异国风情千百度

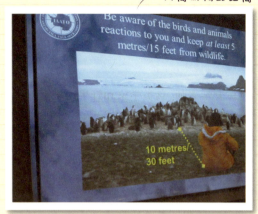

人离动物的距离

不要进入冰川区或大片的冰原当中,因为极可能会隐藏着危险,薄冰下会覆盖着冰洞和冰缝;不要冀望救援,必须增加自给自足的能力,合乎规格的必备设备,还要有周全的计划和受过专业训练的人员,危险性才可能降低;禁止伤害或干扰南极地区的野生动植物,不可喂食、触摸鸟类和海豹,不可因接近和摄影而改变它们的生态行为,尤其当它们正在孵蛋或换毛的时候;不可损伤植物,不步行、行驶或登陆在青苔覆盖的土地或斜坡上;不可携带任何动植物到南极地区,如猫、狗、花草等。

助理再三交代说,我们不要从南极带走任何东西,哪怕一块石头;不能挡在企鹅行走的路上,离企鹅和任何动物的距离不能短于 10 米,不能给南极动物带来一丝恐惧,只能对它们敬而远之;只能做一个负责和谦恭的过客,否则我们就不应或不配去南极。

这些年,对南极旅游一直存有争议。反对者认为,南极是地球上最后一片净土,要严格保护起来,不容许游客进来,去的人越多,污染问题越严重。任何运输工具,如大船、冲锋艇和飞机等都会打扰动物。在 1990 年 6 月 11 日,在南极麦夸里岛南端的卢西蒂尼亚湾里,竟有 7000 多只王企鹅暴死,状况极惨。究其原因,可能是澳大利亚一架 C-130 运输机在岛上进行低空飞行时,使王企鹅受到惊吓,导致它们乱窜,大量摔倒而窒息死亡。但澳大利亚不认这个账。

支持南极旅游者认为,普通人去南极的渴望和好奇心的冲动与当年的探险英雄一样,应得到鼓励和支持。"前进号"探险队长卡琳就说:"没有合适的词汇用来形容身处南极洲时的感受,很简单,你必须自己去看,去体验。"我们无法去保护一个我们根本一无所知的地方。人们的亲身经历才是最好的环保教育,这种教育可以让人们真切地体察南极环境的特殊性,南极在全球生态系统中所起到的重要作用,才有可能被人们广泛深入地认识和了解。南极游的主流可以是提升环境和生态教育的探险旅行。

刘结告诉我们,邮轮公司对国际南极旅游组织协会的各项环保要求极为重视。该协会如果发现组织南极游的机构没能很好地控制游客的坏行为,可能会中止该机构下次登陆的资格,对严重者,甚至会吊销其南极旅游经营资格。近两年,这家协会表现出越来越严格的控制趋势,比如游客量超过 200 人的游船不允许再登陆。一些没有更换轻油而依旧烧重油的游船,已被禁止进入南极的海域。由于一批不符合环保指标的游船遭到了淘汰,所以,与上一年度比,在 2010 至 2011 年度,南极游的游客总量减少了四五千人。

刘结说，只要向游客讲清楚保护南极的重要性，普及有关科普知识，绝大多数游客都能自觉遵守《南极探访须知》。比如，不让游客践踏极地的苔藓，就告诉大家，你今天踩在南极苔藓上的一个脚印，过50年后，它们还会留在那里，而且，南极草都是千年草，生长实属不易。又比如，遇到一个小小的石子，你就告诉游客，它们是企鹅筑巢的稀缺建材，用它可以建造小企鹅的摇篮，请你不要带走它。

登陆行装的真空消毒

说明会后，探险队员分别到每层甲板，一个个地为我们检查登岛的行头，所有服装、帽子、手套的边边角角及包的每个口袋，甚至拉链和折缝等不起眼处，还有相机和套子等，只要是带上岛的，都必须做真空吸尘，以防把外来物种带入南极。这也是在执行《南极条约》。

为我们做吸尘的两位探险队员来历不凡，都是"老南极"了。一位叫约翰，他不仅头发全白，还留着马克思一样的全白大胡子，如戴上红帽子，整个就是一位圣诞老人。他是大学老师、鸟类学家和野生动物摄影师。出生于加拿大，生长在英格兰，打小就特别热爱自然，在加拿大和英国的大学毕业后，他把海鸟和它们的海洋生存环境作为科研与教学重点。1992年起，他就成为极地探险队员和野生动物摄影师。现在还担任着一家著名鸟类摄影网的主持人。另一位年轻一些，头发花白，他叫鲁道夫，也是大学老师，精通生态学和植物学。他出生于智利圣地亚哥市，在德国汉堡拿到生物学硕士学位后，回到智利研究鱼的进化，尔后又到德国读到博士学位，毕业后在大学教生态学，兼任环境影响测评咨询。后来加入"前进号"的极地探险队。约翰和鲁道夫干活一丝不苟，让我们坐在椅子上，他们就跪在我们面前，一样一样地吸尘过关。老外好像没有什么"下跪屈辱"的文化背景。在不少国家，我们都遇到过这种"跪式服务"，他们做得自然而然，什么方便，什么样舒服，就采取什么体位。

然后，我们参加救生演习。全体游客必须学习如何穿防冻防水衣裤和救生衣等，要根据自己所住的舱位，熟悉船上规定的最佳逃生路径。

登陆行装的真空消毒

异国风情千百度

踏上南极的第一步是长城站

手机又有了信号

11月23日,我们到了南极。不知是挪威籍的船长和探险队长善解人意,还是刘结的积极争取,在过了德雷克海峡和驶进南极半岛之后,"前进号"调整了原定航线,将我国南极长城科考站改为第一个登陆点。

为了对南极进行科学考察,我国已在南极洲设立了三个常年科学考察站,第一个设立的就是长城站。长城站地理坐标为南纬62度12分59秒、西经58度57分52秒,位于西南极洲的南设得兰群岛,具体位置是乔治王岛上的菲尔德斯半岛。长城站距离北京有17502千米。

我们站在甲板上,看到水里的浮冰越来越多,越来越大,知道快到大岛了。果然,不一会,就看到一些覆盖着厚厚冰雪的岛屿,绵延起伏。突然,已有一天半多没信号的手机响起,短信接踵而至。这是进了长城站的通讯范围之内了。后来听说,在长城站还可以用QQ与国内亲人聊天。企鹅是南极的标志,也是腾讯QQ的标志,世界上目前没有第二家公司或产品如此与企鹅密切有关。为此,腾讯高层曾特意跑到长城站,向科考队员赠送100个连号八位QQ号。

我们带去的俄罗斯军用望远镜发挥了作用,从甲板上可以看到长城站所在的菲尔德斯半岛,虽已进入南极夏季,仍是白雪皑皑,雪色中,高高飘扬的五星红旗尤其鲜艳夺目。

"前进号"不能过于靠近长城站所在的岛,这是《南极条约》的规定,以防污染。一些几万吨和载客一千多人的豪华游轮不安排登岛,也是不敢违法靠近。我国以前使用的"极地号"和现用的"雪龙号"极地科考船也因吨位大,只能在远处抛锚,再用驳船来回运输人员和上千吨的物资。在"前进号"抛锚处附近,我们看到这艘叫"长城号"的驳船,好像驳船也不易靠岛,因为驳船与长城站之间也不断有小艇来往。我们一百多位游客被分为六个组,依次错时登岛和回船,如果南极天气允许,"前进号"安排了至少六次登岛。第一次是第一组首先登岛,第二次是第二组首先登岛,第一组则改为最后一组登岛。每组在岛上可待一个半小时,先登者先返回。因为南极天气说变就变,刚才还阳光强烈,突然间就起了风暴,这是探险队规定的一个比较安全的时间。国内有人传授南极游的"秘诀",说是如何施小计加塞提前出发,再如何故意拖延最后回船。这类做法不应提倡和效仿。谁到南极一趟都不易,坐五六十个小时飞机不说,特别是要五六十个小时穿越德雷克海峡,大家花钱吃苦,都是为了登岛这一刻的享乐。登岛的机会和时间对船上每一位游客都是宝贵的,需要彼此理解和分享。"前进号"这样的顺序安排是公平合理的。游客中有人非富即贵或是名流大腕,可在这排队中一律平等，没有谁是VIP之说。这种做法及背后的人人平等理念值得中国人学习。

南极下午一时半，第一组开始登岛了。我们被排在第四组，虽是兴奋异常，急不可待，跃跃欲登，可只能耐心等待。下午三时，终于轮到我们登岛了。我们急忙来到二楼右舷的冲锋艇出发门，上身穿着海达路德统一发的蓝色防风衣和红色救生衣，下身穿着防水裤，戴着防强烈紫外线和雪盲的墨镜，可脚上却穿着一双拖鞋，这是因为船家为所有团员提供的高帮雪地靴都必须放在二楼一间房子里，按房号插在架子上，登岛出发时才能穿上，回来时在此换下。这双雪地靴离船和从岛上回来时，都要经过水冲刷区，以防鞋子把外来物种带到岛上，也防止把南极的东西带回船上。这是《南极条约》的要求。

团员离船或回船时，都有一位船员把在出入口处，扫描挂在每人脖子上的舱室卡，验明正身，船家要确认谁下了船并回了船。你不离船可以，可不回船是万万不可以的。在我们此行登陆的6个岛中，除了长城站所在的乔治王岛和"英国邮局"所在的拉可罗港，其他四个都是冰天雪地和荒无人烟。

下船登上冲锋艇时，我们第一次试了船上才教的"水手握"，就是在上下艇时，要求每人都能腾出双手，相互搀扶时，彼此用手握住对方的手腕，这是水手们在多年航海中得出的宝贵经验，这样握法最牢固，也最负重，而"手拉手"或扶人体其他部位不仅不得力，也容易滑脱。

我们乘坐的冲锋艇是polarcirkel，名气很大，是挪威制造的，全部采用新型环保材料，高速灵活，据说，还是近距离接触南极过程中唯一可以使用的船只。开冲锋艇的小伙子是菲律宾人，热情友好周到。后来，在联欢会上，他一展歌喉和舞姿，颇有星范。

"拿扬子晚报合影可以"

冲锋艇在浮冰间穿行，不一会就到了岸边，在与岛上等候的探险队员"水手握"之后，我们就真真实实地踏上了南极洲的陆地。

每一次登岛之前，探险队员们都要先行一步，用红旗做出各种标识，用来指导游客行走的路线，提示危险之处，还有那些需要保护和避让的地方，一般是有了动物和植物。有了南极科考和文化保护遗产，如化石、以前探险者留下的痕迹，甚至以前人类杀戮南极动物和破坏南极环境的证据，如捕鲸站和捕豹船等。

一上岛，我们就看到在雪地上插着一圈小红旗，这是提醒我们，约十几米处有两头海豹，不得靠近打扰。

长城站的汪站长带着3位同事，就站在距登陆点十几米处迎接我们。他们刚刚度过漫长黑暗的冬季，即将换岗回国。他们见到我们的兴奋和热情程度似乎不亚于我们见到他们。首先就是合影。合影时，顾燕立马从背包里抽出一条早已准备好的红色条幅。站长看到，颇为警觉，忙问上面写的是什么。他说："他们有规定的，不能随便做广告。"可他一看到是"扬子晚报"四个字时，立即乐了，放松了神情。"拿扬子晚报合影可以"。他还拉着管全站动力的老陈和另一位年轻同

异国风情千百度

与南极长城站科考队员合影，右二为汪站长

事，与顾燕共同拉起"扬子晚报"合影。他们自我介绍说，他们都不是江苏人，可全都知道"扬子晚报"。

因为海豹一动不动，像一座岩石雕塑，有一位抱着大炮筒的摄影发烧友有点急了，就在它附近抛了一个雪团，想引起海豹的注意。刚才还笑容可掬的汪站长马上严肃阻止。他轻声说，那两头海豹叫豹海豹，才出生一个半月，是他们特别喜爱的宠儿，平时大家

海豹宝宝

对它们是敬而远之。在南极，任何打扰动物的行为都是不可以的，是违反《南极条约》的。我们要自觉遵守《南极条约》。时常也有国际上的检查，天上还有卫星监控，没有什么人会提醒你该做什么和不该做什么，只要发现哪国人违规犯法了，就有人直接在国际南极事务委员会上把你告了。明天，就有《南极条约》的国际官员来长城站检查。长城站在遵守《南极条约》上有着十分严格的要求和自律。有的同事很想念故乡的花草和小鸟，可心里再难受，也绝不会带一草一木一鸟进南极。后来，我们在长城站室内看到许多装饰的假花假草，真鸟笼里放着假鸟，心里有些感动。

我们仔细观察了小海豹，它们虽然身体不动，偶尔也会抬抬头，看看我们，它们的眼神特别安逸和慵懒，对我们视而不见，不

鸟笼里都是假鸟

爱搭理，它们大概知道，这里是它们的家，很安全，没有人会打扰和伤害它。

我国南极科考站的前生今世

在进站的路上，我们看到一块大石头，上面写着"长城站——中国首次南极洲考察队，1985年2月20日"。站长说，这标志着长城站在1985年2月20日落成。

1983年6月8日，中国驻美国大使章文晋向《南极条约》保存国——美国政府递交了加入书，中国从此正式成为《南极条约》的缔约国。可在《南极条约》里，缔约国是"二等公民"，协商国是"一等公民"。协商国在国际南极事务中有发言权和表决权。因为没有在南极建立常年科考站，缔约国在国际南极事务中只有发言权，没有表决权。当时由于我国未在南极建立常年考察站，按规定就被归入了缔约国，在国际南极事务中几乎没有影响。在1983年澳大利亚堪培拉召开的第十二届《南极条约》协商国会议上，一谈到关键问题或需要表决时，我国代表就被请到外面喝咖啡，其实就是被晾起来，表决与你无关，代表们十分难堪，也很心痛，如此大国竟在国际南极事务中做"旁听生"。他们回国后积极呼吁建站，得到国家重视和支持。

长城站的建立，不仅为我国在南极开展科考开了一个好头，也为我国在国际南极事务中发挥积极影响走出了第一步。从1986年9月起，长城站气象站就已作为南极地区32个基本站之一，正式加入国际气象监视网。

长城站起步后，我国常年南极科考站建设加速。

1989年1月26日，我国建立了第二个常年南极科考站，叫中山站，位于东南极大陆伊丽莎白公主地拉斯曼丘陵的维斯托登半岛上，其地理坐标为南纬69度22分24秒和东经76度22分40秒，距离北京12553千米，此处是进行南极海洋和大陆科学考察的理想区域。

2009年1月27日，我国又建成了第三个常年南极科考站，叫昆仑站，这是世界第六座南极内陆站，实现了我国南极考察从南

长城站建成标志石

异国风情千百度

极大陆边缘向南极内陆扩展的历史性跨越。

从科考角度看，南极有四个最有地理价值的点，即极点、冰点（南极气温最低点）、磁点和高点。美国于1957年就在南极点建立了阿蒙森——斯科特站；俄罗斯的东方站建于冰点之上；法国与意大利在磁点合建了迪蒙迪维尔站；只有冰盖高点冰穹A尚未建立科考站。我国获得国际南极事务委员会的同意，在南极内陆冰盖最高点冰穹A西南方向约7.3公里处，建立了昆仑站，位置为南纬80度25分01秒和东经77度06分58秒，高程为4.087千米，此处是真正的"科研热点、战略要地"。

2013年12月，我国第四个南极科考站——泰山站破冰开建。泰山站为东经76°58′、南纬73°51′，距中山站522公里。改革开放30多年来，我国极地科考事业从无到有，从小到大，从弱到强，取得了很多重要成果，在一些领域里已达到世界领先水平，有力地提高了我国在国际极地事务决策中的地位。为此，走出第一步的长城站，功不可没。

在长城站建成标志石后面，有一排集装箱做成的房子，墙面已有锈迹和油漆斑驳，这就是建站之初的一号栋和二号栋。现在，长城站可是鸟枪换炮了。整个站区南北长2千米，东西宽1.26千米，占地面积2.52平方千米，有各种建筑25座，建筑总面积达4.2平方千米，其中包括办公栋、宿舍栋、医务文体栋、气象栋、通信栋、科研栋等主体建筑，还有若干栋科学用房，如固体潮观测室、地震观测室、地磁绝对值观测室、高空大气物理观测室、卫星多普勒观测室、地磁探测室

长城站全景

铲雪车

等。以及其他用房，如车库、工具库、木工间、冷藏室和蔬菜库等。可容纳60人做夏季科考，20人做越冬科考。我们登上菲尔德斯半岛的最高点，俯视长城站：红色、蓝白相间和白色的建筑错落有致；白色球形天线、"大锅盖"和各种我们叫不上名字的异型天线穿插其间；轻巧的铲雪车正在铲雪；八座巨大的储油罐一字排开；一排排雪地车和铲雪车整装待发……俨然是一座建在世界之极冰天雪地里的新型科技城。

去南极之前，有"老南极"告诉我们，长城站的房子都有高脚，属于高架建筑，冬天时，大风可把积雪吹走，建筑物不会被雪掩埋；夏天，当雪融化时，又便于雪水流淌。可11月底，长城站的大部分雪还没融化，房基四周堆满积雪，所以，我们看不到房基的高脚。

虽然乔治王岛有85%的面积被冰雪覆盖，可长城站所在的半岛却是无冰区，是南极洲著名的"绿洲"之一。这里处于南极洲的低纬地区，四周环海，具有南极洲海洋性气候特点，也被称为南极洲的"热带"，最暖月是1月，平均气温约1.5摄氏度，绝对最高气温可达13摄氏度。

我们在长城站没觉得太冷。房顶上的积雪也正在融化。

长城站室内温暖如春

在短短的一个半小时内，我们不可能仔细参观所有长城站建筑的内部。

我们先去了文体栋，这里是中外旅游者最爱去的地方，因为可以自己盖上长城站的邮戳。我们的护照已被船方集中起来，统一盖长城站邮戳了。所以，我们赶紧拿出一大叠早已准备好的明信片，猛盖一通。

这两个邮戳都很牛，一个是"中国南极科学考察—长城站"的中英文和企鹅图案；另一个是"中国南极长城站——中国第28次南极科考"中英文和"距离北京17502千米"指示牌图案。

2011年11月3日，"雪龙号"极地科考船从天津出发，踏上中国第28次南极科学考察的征程。2012年11月5日，中国第29次南极科学考察队乘"雪龙号"从广州出发，航行27460海里。12月12日，在中山站，第28、29次越冬队完成交接，第28次南极考察队中山站越冬队员登上回家的"雪龙号"。按以往路线，"雪龙号"要再到长城站，完成第28、29次越冬队交接，接越冬的队员回家。我们就在这两队即将交接之际盖上了长城站的两个邮戳，算是见证了历史，很有意思。回国后又得知，盖这两个邮戳的明信片在发烧友中十分抢手，有人四处"高价"

异国风情千百度

篮球场

寻觅呢。

盖完邮戳后，我们一头是汗。长城站室内温暖如春，长城站人待客的热情更高。会客室的桌上摆满了款待我们的饮料和食品，可手眼都不够用的游客们根本无心坐下享用，只想多看一眼长城站，多拍一些好镜头。

文体栋一楼有一座体育馆，是标准的地板篮球场，全场，也可打羽毛球和乒乓球。墙上挂着大大的中国结，周围是一圈仿明清的靠椅。墙上悬挂着中国、巴西、俄罗斯、智利、乌拉圭和韩国等国国旗。这些国家的科考站都分布在长城站附近，如智利的马尔什基地距长城站仅有2.7千米。据长城站人介绍，各国南极科考人之间都非常友好和合作，互相帮忙，互通有无。这座体育馆里也是赛事不断，还有一年一度的"小奥林匹克运动会"。

因为热情好客和美味中餐，附近国家科考站人员戏称长城站是"长城饭店"，他们不时受邀或自找借口过来吃一顿中餐，过瘾。

因为南极为全世界所共有，《南极条约》规定冻结任何国家和个人对南极土地和资源

的拥有，任何国家的代表到某一国家注册研究台站访问时，该研究台站都必须升起访问国的国旗，以宣示该台站建立国对《南极条约》的承诺、义务和责任。张文敬就享受过此等尊荣。1987年，他参观日本南极飞鸟站时，飞鸟站就为他一个人升起了五星红旗。长城站文体栋体育馆里一直挂着多国国旗，可见彼此交往的频繁，干脆就一直挂在那里，遵守《南极条约》。

我们又去科研栋和办公栋。在科研栋里，我们看到各种科研仪器设备。科考队员在这里全年开展气象学、电离层、高层大气物理学、地磁和地震等项目的常规观测。在夏季，这里除常规观测外，还进行地质学、地貌学、地球物理学、冰川学、生物学、环境科学、人体医学和海洋科学的现场科考工作。还有中国特色的研究，如中医。

办公栋里高悬着"衷心感谢党中央国务院及全国人民的亲切关怀"横幅。我们自然成了全国人民的代表。

站长室的门大开着，随便进，里面竖立着两面国旗，桌上还放着一面国旗。墙上挂着邓小平于1984年10月15日为我国南极考察题词"为人类和平利用南极作出贡献"。

在长城站入口处，竖立着江泽民于1998年题写的"中国南极长城站"站名。

2010年，胡锦涛题写了"中国南极昆仑站"站名。

2013年6月22日，习近平问候中国南极长城站、中山站的全体考察队员以及在南极的各国科考人员，祝他们仲冬节快乐。习

近平说:"开展海洋和极地考察、探索地球科学奥秘具有重大现实意义。"

长城站人是"环境控"

地球大自然有一定的自净能力,但各处自净力高低有很大的差异,南极是环境自净力最差的地方。南极的低温,使污染物分解的速度大大减慢,势必造成更长时间的污染。

在我国夏季,一块香蕉皮四五天就可变黑变烂,最后被微生物分解,而在南极冰原上,这过程则需要180年。在南极各国科考人员中流传着一个人人皆知的笑话:上世纪70年代,日本南极昭和站的队员外出采样,意外地发现几块"天外陨石",他们惊喜异常,宝贝一样拣回收藏,准备好好研究一番。可在室温下,"陨石"竟很快变了,露出了真面目,竟是几坨人粪,使他们哭笑不得。原来,上世纪50年代,日本刚刚创建昭和站时,队员们缺乏环保意识,在外随地大小便。20多年过去了,粪便不但没有分解,却变成了坚硬的"天外陨石"。这个笑话已成为南极科考人员接受环保教育的典型案例。在目前南极所受到的污染威胁中,有些南极科考站本身就是一个污染源,在实施科考同时,也对南极环境造成污染,其中一些污染事件触目惊心。1989年1月,阿根廷补给船"巴希亚·帕雷索号"在美国帕尔默站附近海域触礁,漏油高达727500升。

长城站人对保护南极环境极端重视和小心翼翼。长城站已建站28年了,来过许多队员和游客,可周围纯净美丽的环境并没有因此受到污染,这要归功于每一位队员及游客的优良环保意识及举止、完善的环保制度、先进的环保设备。对长城站的环保,国际南

巴布亚企鹅

异国风情千百度

极事务人员时有非常严格的抽检。世界绿色和平组织人员也提出十分苛刻的要求，他们的眼光更加挑剔。但结果是经受住了他们的考核，受到了称赞。

长城站附近有长约2千米，宽约300米的滩涂，早就被长城站设立为自然保护区，里面有企鹅、鸟类、鲸、植物和化石等。就在这里，我们第一次见到了南极企鹅，先看到一群巴布亚企鹅，又叫金图企鹅，接着又看到几只帽带企鹅。前面见到的豹海豹宝宝也在这个自然保护区内。

长城站对垃圾处理有十分严格和详细的规定。我们看到各个建筑物里都有6个垃圾桶，每个垃圾桶的外面都贴有相应的垃圾种类，分别是玻璃类垃圾、金属垃圾、纸质垃圾、塑料垃圾、废旧电池和食物残渣。据站长介绍，野外考察完毕后，科考队员还把实验后留下的垃圾带回站内，做分类处理。

长城站的不同类垃圾有专人搬运到不同的区域，然后利用装载机运输到垃圾处理站。按南极环保规定，用焚烧炉焚烧处理纸质垃圾和食物残渣。在焚烧炉中，纸质垃圾要进行两次充分地燃烧，燃烧时产生的浓烟经过降温、过滤和沉降等几道工序，形成无色和无污染的气体之后，才可通过烟道，排出室外。所以，长城站烟道口看不到黑色烟雾，只能看到无色气体遇到冷空气时所产生的飘动视觉影像。焚烧后的这些垃圾残渣全部装入收集袋内。

其他不允许在南极焚烧的垃圾也要分别装入不同的收集袋。所有的垃圾收集袋要存入集装箱，一直要等到"雪龙号"再次来时，统统运回国内作处理。

长城站的生活污水经过管道，汇集到一个污水处理站，达到排放标准后，才可沿着管道，排入长城湾。

目前在我们生活的地球上，如果说还有完全处于一种纯净自然状态的一方净土，可能只有仍没有受到人类生活与生产污染的南极了。所以，人类要倍加珍惜南极的环保。

可地球是一个整体，其他洲的污染也会影响到南极的环境。在南极半岛、澳大利亚戴维斯站和美国麦克默多站附近，都发现了其他洲使用和污染过的滴滴涕与六六六。从无农业耕作的南极，怎么会有农药呢？研究人员认为，其他洲使用的农药，随风飘入上空，在大气环流的作用下，一路飞到南极上空，因大气沉降作用和降雪，最终停落在南极。这就提醒我们，保护好南极的环境，不仅仅要在南极做好，在其他的洲也要做好，环保也是全球一体化的，应该"环球同此凉热"。

见到了千年草

我们看过一些科学文章，文中说，南极生存环境极为恶劣，只能生长低等简单植物，而且，彼此之间竞争残酷，甚至是你死我活。可曾在长城站做过科考的中科大孙立广教授却发现，南极发草下面有葱翠油亮的墙藓，它伏地而生，躲在发草下面，发草成了它们的保温屏障。而发草穿过墙藓，插入土壤，这土壤经过墙藓千万年的新陈代谢，特别肥沃，使发草长得很好。果真如此，发草和墙

南极地衣、苔藓和发草彼此相连

藓就不是竞争，而是共栖和互惠，相得益彰，抱团取暖。

在南极如此艰险环境中，弱小生命要顽强求生，彼此合作，或许大家得到的机会更多，付出的代价更小。这可能就是为何这些弱小生命的联合体，看上去相貌平平，却具有极为顽强的生命力。在大英博物馆，有一块陈列了15年的南极地衣标本，偶尔沾了一点水之后，居然又生长起来。生物学家惊奇地发现，在实验室里，即使在零下198摄氏度的超低温条件下，南极地衣也照样生存。

在长城站，我们特意爬到孙教授采样的地方，这里是长城站的最高点。我们看到坡顶的雪已融化，露出地衣和苔藓，还有暗绿色、卷曲的南极发草，好像真的彼此相连，不分界限。看来南极低等植物都懂"利他也利己"的道理，可作为高等动物的人有时却犯糊涂，在竞争中常把对手逼到绝境，非要将其置于死地，结果常常也毁了自己。

那些有发草、地衣和苔藓的地方，不仅有插旗保护，探险队员们还分关把守，提醒游客不要误踩了。南极植物生长极其缓慢，地衣在一年中或许只有一天的活跃生长期。南极那些直径长到13厘米的地衣可能是地球上活着的最古老生物。南极发草几百年才生长一毫米。人一脚下去，就惹大祸了，很可能毁掉了千年发草和万年地衣。

在坡顶看守植物区的探险队员叫赛米，她是一位香港出生美国长大的姑娘，精瘦精干，主要做驻船摄影师，专拍南极风光和动物，技术不错。后来，她送给我们的此次南极游摄影碟子，美轮美奂，生动有趣。

异国风情千百度

南极的中国地名

长城站内已有14个以中国地名命名的湖泊、海湾、时令河和山岩，如长城湾、西湖、高山湖、拒马河、翠溪、望龙岩、西山包、平顶山、燕鸥湖、蛇山、龟山、栖凤岩、八达岭、山海关峰等。

在南极地理实体命名中，不少是当初探险者用自己国家国王皇后或公主王子命名的，也有不少是后人为纪念这些探险者而命名的，这些都与中国无关。在1984年之前，南极这个"世界公园"里都不曾有中国命名的地名。

1985年，长城站附近的海湾命名为长城湾，这是中国在南极命名的第一个地名。目前，中国已为350余处南极地点命名，并已得到南极研究科学委员会认可，成为国际通用名称。这些地名不仅贴合冰川、岛屿、丘陵、海湾等不同地形特征，还蕴涵着中华传统文化，如华夏湾、神州湾、炎黄大坡。中国人非常熟悉的许多风景名胜，也被用来命名南极地名，如庐山、嵩山、泰山、天山、武夷山、八达岭、井冈山、九寨沟、鼓浪屿、洞庭湖等。一些南极地名来自中国历史故事和民间传说，如孔明、昭君、玉帝、织女、嫦娥、八仙，甚至《西游记》中的花果山和火焰山。

中山站的饮水湖叫"莫愁湖"，我们是南京人，听说后，一下子就感到亲切。所以，南极的这些中国地名肯定能慰藉科考队员的思乡之情。

目前世界各国已在南极命名了近37000个地理实体名称。350多处南极地点中国命名，显然不算多，仍需努力。

"老南极"的好心态

我们遇到负责长城站行政管理的钱副站长，他长发长须，很是飘逸，有点仙风道骨。一问，进站近一年来一直没有理发剃须。他说自己是"老南极"了，极地的艰苦、危险和寂寞习惯了，但也很想家，好在他们越冬人员马上就回国了，29次越冬队和夏季科考人员要过来接班。他说，见到同胞，他们真的很高兴。在南极，他们思念祖国，思念亲人。

负责全站动力供应的陈工也是"老南极"。我们问他孩子上初中了吧。他笑着回答说："都上大一了"。我们很是诧异，他看起来也就40岁出点头。难道人在南极也会因新陈代谢减慢而变年轻？

这些年，南极对人体身心健康有何影响，一直是南极科考的热门选题之一。那里的孤寂、酷寒和狂风，那里的极昼与极夜，对人的精神和身体会造成什么样的影响？经过南极与世隔绝的长期生活，人的记忆力和分析力会降低吗？

研究结论是，南极环境洁净，极少污染，没有其他大陆常见的细菌和病毒，是全球其他地域不可与之相比的。因此，科考队员不仅没有感染传染病的，即使偶然受凉，也不会患感冒。考察队员的心功能和内分泌有些变化，但回国后，绝大多数趋于正常，说明南极对机体一般无损害。南极的特殊环境会导致性格的变化，有变化者占32%，他们的性格改变趋向是易于冲动、焦虑、郁闷和强烈的情绪反应，甚至会出现不理智的行为。

钱副站长长发长须，仙风道骨。

有的国家科考站就发生过这类悲剧，还有人把科考站一把火烧了。

我们在南极洲白色、寂寞和清冷世界中只待了6日，刚回到城市时，还真有一些情感上的不适应、不舒适，感觉是从最接近天堂和天使的地方，又回到了吃五谷杂粮、做凡夫俗子的人间。

研究发现，南极生活不会影响记忆力和分析力，特别是科考队员对南极的磨练和经历经久不忘，记忆犹新。这一点，我们愿深信不疑，因为，我们希望自己在南极的所见所闻会刻骨铭心。

我国对选拔南极科考人员，特别是越冬者要求很高，除了科研和体检的硬指标，还要有为科学献身精神、旺盛的工作动力和稳定乐观的个性。在长城站，我们所接触的"老南极"似乎都有这种良好的心理特征。

具有爱国、拼搏、团结、创新"南极精神"的"南极人"，是我们这个时代的英雄。再见了，长城站人，衷心祝福你们一切都好，早日与亲人团聚。

异国风情千百度

地球上最大的"白富美"和"冷美人"

白是南极的主色调

在整个地球上，被冰雪覆盖的面积总共有1600万平方千米。南极大陆面积是1400万平方千米，其中95%的面积被冰盖常年覆盖，只有在边缘区域有季节性的岩石露出。所以说，在地球上被冰雪覆盖的面积里，南极大陆占了大头。

南极大陆冰的平均厚度为2千米左右，最厚的地方达4.8千米，形成了一个巨大的冰盖。

南极大陆冰雪总体积为2800万立方千米。南极为什么会有如此多的冰雪？这主要与其纬度位置有关。同是位于地球的两极，与北极相比，南极的冰要多出许多。这是因为北极地区的北冰洋占去了很大面积，约1310万平方千米。水的热容量大，能够吸收较多的热量，再慢慢地发散出来，所以冰比南极少，冰川的总体积只有南极的十分之一，而且，大部分冰是积存在格陵兰岛上。南极大陆很大，陆地储热能力不及海洋，夏季获得的有限热量，很快就辐射掉了。而且，南极所环绕的海流，尽属寒流，使气候酷寒，所以冰多。

深厚的冰层使南极洲的平均海拔高度达到2.6千米。亚洲有着巨大的高原和高耸的

白色南极

白色南极

山脉，其平均海拔高度也只有南极洲的三分之一。南极洲比地球上其他六大洲的平均高度要高出大约 1.5 千米。由于地势高，南极空气稀薄，不保暖，虽有几个月全是白昼，但太阳只是在地平线上盘旋，太阳光斜射，巨大的冰原，像镜子一样，反射了几乎全部的阳光，因而，所获热量极少，气温进一步降低，造成终年酷寒。

由于气候酷寒，南极的降水只能以冰霰的形式落下来，终年不化。这里年平均降水量不过 55 毫米，由于气温低，蒸发弱，逐年积累，终于形成了巨大的冰原。

南极最低温度是多少？有两种说法，一是，1983 年 7 月 31 日，苏联学者在东方站记录到零下 89.2 摄氏度，说这是世界上记录到的最低自然温度。二是，1967 年，挪威在南极点附近记录到零下 94.5 摄氏度的气温，也说这是世界上的最低气温记录。不知谁对。

张文敬告诉我们，把南极冰放在啤酒中，冰块在融化时，会发出轻微的音响，这是因为南极冰中含有气体。南极巨大的冰盖都是由万年的冰雪积累而成，降落在南极的雪花经过压迫，变成冰川冰，而原来雪花中的气体也被保存在冰中，由于上面不断的积累，气泡在巨大的压力下，变成了高压气体。当冰块融化时，高压气泡破裂，就会发出美妙动听的音乐声。张文敬说，喝一杯加南极冰的啤酒，是真正的穿越万年。可惜我们一直没有这个机会。

在南极，不仅在陆地上是白色一片，海上也是片片白色。南极大陆的冰原，大体呈一个盾形，中部高，四周低。在重力作用下，每年大约有 1 万 4 千亿吨的冰滑入海中，在周围的海面上，集结成广阔的陆缘冰，总面积达 150 万平方千米。仅著名的罗斯陆缘冰，面积就达 53 万平方千米，比两个英国还要大。陆缘冰断裂后，形成许多漂浮的冰山。南极附近海上的冰山，约有 21 万 8 千座，相当于北冰洋冰山的 5 倍之多。最大的冰山长 335 千米和宽 97 千米，水面以上高度为 130 米，宛如一座漂浮的冰岛。这些冰山随风和洋流向北漂移，在寒冷的季节，甚至可漂到南纬 40 度。

到南极一定别忘了戴好墨镜，保护好眼

异国风情千百度

睛，预防雪盲，也防强烈的紫外线。

南极蕴藏着无尽的宝藏

南极是地球上的一座宝库。

南极蕴藏的矿物有220余种。主要有煤、石油、天然气、铂、铀、铁、锰、铜、镍、钴、铬、铅、锡、锌、金、铝、锑、石墨、银、金刚石等。主要分布在东南极洲、南极半岛和沿海岛屿地区。根据南极洲有大煤田的事实，可以推想它曾一度位于温暖的纬度地带，有茂密的森林，经千万年地质作用而形成了大煤田，南极板块后来经过长途漂移，才来到如今的位置。

南极是一个巨大的天然水库。南极的冰是由很纯的淡水组成，所包含的淡水约占全世界淡水总量的72%，就其体积来说，约占全世界总冰量的90%以上，这巨大的淡水储量是人类的一项宝贵财富。科学家正在设想如何把大洋上漂浮的冰山运到非洲和其他干旱地区，用于解决那里的水源不足或干旱问题。我们坐冲锋艇时，常被浪打，溅到嘴里的海水不是太咸，这是因为海水中融化了大量淡水冰。

南极周围海洋还盛产磷虾，又名大磷虾或南极大磷虾，是南极生态系统的关键物种，若以生物质能来说，它们可能是地球上最成功的动物物种，大约共有5亿吨，也有说，说是50亿吨。它们在南大洋食物链中起着重要作用，是海豹、鲸和企鹅的食物，也是重要的海洋生物资源。磷虾是人们已经发现的含蛋白质最高的生物，蛋白质含量达50%以上，还富含人体组织所必需的氨基酸和维生素A，还有药用价值。目前，它成了南极最先提供给人类开发利用的资源，磷虾已经成为世界捕渔业捕捞的对象。有人把南极海域称为世界未来的食品库。

人类在南大洋捕捞南极磷虾，是否会影响到南大洋生物链的平衡？这也是一个大问题。虽然南极磷虾在南大洋中蕴藏量巨大，但人类对南极磷虾的需求也逐年增加，越来越多的国家参与南极磷虾的捕捞。如果南极磷虾捕捞业无序发展，有可能造成南极磷虾资源相对匮乏，危及以南极磷虾为主食且需求量巨大的南极海豹、鲸类、鱼类和企鹅的生存，给南极脆弱的生态系统带来灾难性的后果。所以，对南极磷虾资源要适当保护，人类对南极磷虾的占有欲望不能过度，人类已与许多动物争食了，不要再从海豹、鲸和企鹅口中夺粮了。

如果因为严重污染、干旱、能源和物资耗竭等，人类的"最后一滴水是眼泪"时，南极或许真是能拯救我们地球人的"诺亚方舟"。

南极磷虾

雷麦瑞海峡夜里11点的落日

南极美摄人魂魄

南极洁净、素雅，寂静和晶莹的美是摄人魂魄和令人窒息的。

夜里11点，我们站在甲板上，看到阳光把雷麦瑞海峡附近厚雪覆盖的岛屿染成一片金色，在金色山峰后，逶迤着虚幻的烟霞，飘飘洒洒融入蓝天白云之间。"日既暮而犹烟霞绚烂，岁将晚而更橙桔芳馨。故末路晚年，君子更宜精神百倍。"这是明人洪应明在《菜根谭》的箴言，正应了此景，这是真正的"日既暮而犹烟霞绚烂"，令人激动不已。金色岛屿还投影到海上漂浮冰山冰块的白色之间，阳光的金色与千年冰块之下的蓝色，融合成一种我们从未见过的明净，此时是坏脾气南极难得温柔宁静的一刻。雷麦瑞海峡有11公里长和1.6公里宽，两侧是绵延起伏的雪山，其中大多数没有人迹所至，充满着未知神秘。水中壅塞着巨大幽蓝的浮冰，也深不可测。这是南极洲最漂亮的航道之一，在晴朗的天气里，经过这条美丽的航道，绝对是一场视觉的极致盛宴。

我们登上纳克港山顶，静静地望着蓝色海湾、白色雪地、黑色企鹅和飞翔鸟儿构成的美妙画面。南极冰盖上的云彩最迷人，它们被风吹动，拉出细细的丝和长长的飘带，飘逸俊俏，变幻无穷。余光中有一句诗说："今天的天空很希腊"，歌颂希腊的蓝天。我们去过希腊，喜欢这句诗。不知余光中是否去过南极？"今天的天空很南极"，可能是对地球上所能看到天空美丽的最高赞美。

在天堂湾，我们仿佛见到了人类能想象出的天堂模样：湛蓝的天空，白色的云彩，层层叠叠和闪烁蓝光的冰川造型奇特，还有陡立绝壁的冰川如刀劈斧砍，冰川下的海水

异国风情千百度

平静如镜,倒影着蓝天白云和雪山冰川,企鹅在安静地歇息和散步,空中不时有欢快的鸟儿飞过……

天下还有如此美景?还有如此安详、温馨、和谐的画面?在自然美景上,我们也算是见多识广了,峡谷、瀑布、冰川、雨林、荒原、峡湾、雪山、海洋、海滩、世界各地的日出日落、海上出明月、日月生辉……可南极美景是我们从未体验过的自然美学意境,我们也无法用准确的语言描述心中真切的感受和深深的震撼。

还是于丹的语言精辟,她总结我们这次南极游是"极地人生,极至梦想",是庄子他老人家在"逍遥游"中所追求的自由大美境界。去过南极的人,对她所说的这两个"极"字和"庄子梦境",大概都深有同感。

"前进号" 小心避开冰山

南极不仅有极致美丽和极致静谧的一面,还有极致寒冷、极致狂风、极致荒凉、极致狂暴和极致无情的一面,她是一位地地道道的"冷美人"。冰山很美丽,但巨大的冰

作者与梅园梅、海达路德高管Gill在"前进号"甲板上

烟霞绚烂

体从高高的冰山上塌落入海,可掀起5米高的涌浪,对在其附近活动的船舶具有较大的危险。1998年2月,我国中山站附近一个体积巨大的冰山发生翻转,距离它几千米之外的两万吨级的"雪龙号"竟然左右摇摆到十几度。

在甲板上,我们看漂浮的大冰山时,高兴地大呼小叫,太美了!可看到"前进号"小心翼翼、缓慢避开它们所走的弯弯绕路线,我们知道那位大个子挪威船长不轻松。天气、风力和冰雪条件将最终决定"前进号"探险之旅的所有行程和时间安排。游客安全第一。所以,在航行中,将由船长确认最终航线。冰山重重的南极海域,给航海带来了很大威胁,是乘船到南极必闯的道道难关。不过也有红利,去南极的旅客和科考队员都可以放心大胆地说,自己在南极的航行路线是独一无二的,绝无相同,是终极版!

我们在形容某件事物才出现一小部分或苗头时,常常用"只露出冰山的一角"来形容,到了南极,才知道它的真实含义。在海上,我们看到的冰山水面以上部分只占其全部体

正在驾船的船长

坏脾气令人心惊胆战

南极又称寒极，大部分地区的年平均气温在零下 25 摄氏度以下，是世界上最冷的地区。在南极海边不像较高的内陆地区那么冷，海岸地区测得的最冷月的平均温度是零下 18 摄氏度，而在南极点同月的平均温度是零下 62 摄氏度。

南极干旱，有"白色沙漠"之称，南极大陆是地球上最干燥的大陆。越往大陆内部，降水量越少，南极点附近只有 3 毫米。我们所到的南设得兰群岛地区降水量还比较多。南极洲的降水几乎都是雪。我们在南极摸雪的感觉就像摸沙子一样，干干的，不冷。在岛上露营也是在雪地里挖个坑当床。

南极常年刮大风，是"暴风雪的故乡"，是名副其实的"风极"。南极是一个冰雪覆盖的高原大陆，四周被大洋环绕，常年受极地高压控制，陆地气温比四周海洋低得多，尤其在冬季，陆上气压与海洋气压的差值也随

积的很少部分，大约只有总体积的七分之一，也有说十分之一的。有的金字塔形或尖顶形冰山，远处看上去为两座冰山，而实际上是连在同一个底盘上的，这类冰山在水下的伸出部分，就像巨大的暗礁，给靠近的船舶带来极大的威胁。与南极冰山相比，弄沉"泰坦尼克号"的那座冰山真是小巫见大巫了。所以，即使拥有现代化航行保障手段，不论在远海，还是在近岸，冰山仍然是南极海域航行与作业的重要障碍之一。

所以，一看到大一些的漂浮冰山碎片，我们的船长都要兜很大圈子避开它，因为海底看不见的部分大着呢。后来，我们参观了船长室，听船长作了介绍，尽管"前进号"已有许多最现代化的仪器设备保驾护航，可在往返南极中，也不敢贸然开进不熟悉的水域或接近漂浮的冰山。他们驾船时如履薄冰，一刻也不敢大意。

浮冰

异国风情千百度

之加大。风速的快慢，与气压大小的差别密切相关，气压差别越大，风速也越快。南极烈风在到达南极高原边缘的陡坡地带时，随地势迅速下降而迅猛下泻，这样就形成了南极大陆沿岸的特有风暴。

南极风暴天气之频繁，风力之猛烈，天气之变幻莫测，都是难以想象的。据澳大利亚莫森站20年的统计资料，每年八级以上大风日就有300天。法国的迪维尔站曾观测到风速高达100米/秒的飓风，12级大风是每秒33米，这飓风的风力比12级大风高出许多，迄今为止，这是世界上记录到的最大风速。南极烈风能轻而易举地把200多千克的大油桶像羽毛一样吹起，然后抛到几千米以外。

1960年10月10日，日本科考队员福岛才走出日本南极昭和站，就被风速每秒35米的暴风刮走。7年后，在距昭和站4.2千米的下风处，日本新队员发现了他的遗体已被冰雪保存成"南极木乃伊"。

新华社女记者张建松在长城站亲历了南极天气的变脸，按她的描述："从艳阳高照到狂风暴雪只是一秒钟的事。""刹那间，将天堂一般美丽的景致，切换成了地狱一般的恐怖景象。"

南极登岛是望天收

目前，南极旅游中可供登陆的岛或港约十几个，但届时自然条件允许可以安全上去的机会并不多。看起来，各邮轮最后选择登陆的地点不一，其实都是当时天气等自然条件所决定的，并无定式。到南极旅游能看到什么和能否顺利登岛是望天收的，只要气候异常或有潜在危险，出于安全考虑，探险队就一定会取消登岛，探险队对此说了算。

在游客登岛前，这些经验丰富的探险队员收集和分析气象资料，确定周全的方案。等船停泊后，他们先乘冲锋艇出发，选定安全登陆地点，划定游客行走的安全路线，保护岛上动植物。他们还在一些重要的地点站岗放哨，在一些"有故事"的关口做现场科普解说。

"前进号"探险队有8人，4男4女，个个来历不凡。队长卡琳出生于挪威，主修法律，1998年就加入海达路德挪威沿海船队，担任导航员，2001年担任舰队事务长，在南极洲领导"探险之旅"。探险队有三位先生已是白发苍苍，可身体结实，动作敏捷，思维活跃。

他们为我们预选的登陆点有：

杨基港：位于格林威治岛，早期的海豹捕猎者将这里作为基地，这座海岬形成的天然良港是一个比较安全的港湾。现在仍然可以找到海豹捕猎时代的遗迹，如海滩上的古老三脚架。杨基湾约有4000对巴布亚企鹅。

半月岛：像一颗璀璨的宝石镶嵌在极地皇冠上，有着南极洲一些最华丽的风光，岛上锯齿形峭壁是一处庞大的企鹅栖息地。南极燕鸥、黑背鸥、雪白南极海鸟、威尔逊海燕和海豹也常常来此做客。

迪塞普申岛（欺骗岛）：南设得兰群岛中最引人注目的地方。这座岛屿是一处独特的环形火山口，火山口部分倒塌，形成了一条天然航道，通往火山口内部湖区。捕鲸湾是岛屿内部的一处天然海港，港口有一座名为赫克特的废弃捕鲸站，也曾是一处英国基地。

库佛维尔岛：位于风景如画的埃雷拉海峡，拥有南极半岛上最大的巴布亚企鹅栖息地。狭窄的埃雷拉海峡是往返于库佛维尔岛的一条海峡，被水中的冰山所环抱，十分壮观。

布朗断崖：位于南极海峡岸边、南极半岛的最高处。主要自然景观是一处高达745米的悬崖。高耸的锈黄色绝壁是火山的起源。阿德利企鹅、巴布亚企鹅、黑背鸥和岬海燕在此繁衍，威德尔海豹也是这里的常客。

中国长城站：位于南极洲南设得兰群岛的乔治王岛西部的菲尔德斯半岛上。

拉可罗港：1941年，英国曾在此建造基地。1962年废弃。此后一直闲置。1996年被南极洲遗产基金会改建为博物馆。目前是南极洲最热门的景点之一。在这里可以了解20世纪50年代的人在南极的生活。还有邮局可寄明信片。

天堂湾：在杰拉许海峡的庇护下，港口免受大风的侵袭，天堂岛能够将半岛的全景尽收眼底。

彼得曼岛：位于风景如画的潘诺拉海峡，是冰山聚集地，也是鲸鱼经常出没的地区。

纳克港：在群山环抱的安德沃德湾中，雄伟壮观的冰川成为它的天然屏障。纳克港以一座20世纪初的捕鲸船工厂命名，曾是阿根廷难民的避难所，也是企鹅的聚集地。

我们此行登陆了其中5座：中国长城站、纳克港、天堂湾、彼得曼岛和拉可罗港，再加上计划外的步行者湾，一共是6处，在南极游中属于高收益的，实属幸运。

南极冰川将完全融化？

我们在参观长城站和此后两天的登岛中，遇到了连续好天，风不是很大，太阳很强烈，脸部很快被晒得黝黑，鼻头晒脱了皮，因戴着大墨镜，可避阳，眼睛外一圈是白的，回船一照镜子，不少人都成了"熊猫"脸。这两天也不是很冷。无论在雪地里行走，还是用睡袋露营，游客都说，只要穿多了，动多了，还微微出汗。有同行的汉子特意赤膊在雪地留影，好像要以此证明和抗议"全球天气变暖"。

南极在变暖吗？全球变暖会不会使南极冰川完全融化？近年就不断有学者对此发出警告。他们有一个非常可怕的计算：如果南极冰盖一旦融化，海洋洋面将上升50至70米，地球上许多海洋国家和沿海城市将面临"灭顶"之灾。我国电视台也播放了一部有关南极冰川有可能完全融化的片子，吓得不少人对此忧心忡忡。网上还有人就此画出南极冰川融化后的"新世界地图"，的确非常可怕。

可张文敬对这种说法不以为然。他告诉我们，据他们的多年研究，由于南极冰盖属于大陆型冷性冰川，活动层以下的冰温都在零下30摄氏度以下，要让如此低温的冰体融化解体，首先，升高的气温要能把冰川冰温度提升到融点温度，也就是零温状态。南极冰川冰厚达几千米，多在零下30多摄氏度，这个升温过程需要的热能难以估计。此外，将零度的冰化成零度的水，还需要更多的热量。

异国风情千百度

艳阳低照

张文敬比喻说,南极就好像是大自然安放在地球上的一个巨大"智能冰箱"。这个"冰箱"调节着地球的气候环境。如是气候变暖了,南极冰盖就利用其增加冰雪物质的消融,这样可以更多地消耗气温升高带来的热能,以免地球变得更热;而同时,当气温升高时,冰川脆性减弱,黏滞度增大,海水顶托所造成的冰川断裂可能会减少,冰川能更长久地保持与冰盖主体的团结,共同形成一个庞大的整体,保持"冷酷的心",对抗气温升高。这个"智能冰箱"是大自然的无尽智慧和慷慨馈赠,正是由于南极冰盖和格陵兰冰盖的存在,尽管全球气温在升高,但冰川是不会完全融化的。

张文敬还说,无论罗斯冰架,还是所有的南极周边陆棚冰,受到海水的浪蚀和顶托作用,终究是要脱离南极冰盖主体,渐渐融入大洋之中。不论全球气温升高还是降低,这条运动学的法则不变,南极周边陆棚冰都要缓慢地、不间断地"下海",通过这个自然运动规律来控制着冰盖自身的规模,同时也不断地向大洋里补充着水源。美国宇航局也指出,冰川崩解属于自然现象。

有关南极冰川增加还是减少的争议也不断。位于东南极洲的澳大利亚戴维斯科考站钻取的冰核显示,冰的厚度达到了1.89米,而自上世纪五十年代科考站建立之后,冰的平均厚度是1.67米。他们的最新报告称,南极洲的冰在增加,而不是减少。南极研究科学委员会在一份报告中也指出,南极"最近几十年气温大幅下降"。

张文敬微笑着对我们说,对地球上类似

南极"智能冰箱"的大自然自动调节功效，我们要有信心。呼吁善待人类共同生活的地球是必要的，人无远虑必有近忧嘛，但也不必杞人忧天，整日等着爬上"诺亚方舟"。其实，现在披着科学外衣的"末日说"也不少，一些是哗众取宠，对此，我们要警惕。

这一路上，张文敬教给我们不少有关南极及冰川的知识，还说了一些很有见地的新见解，使我们大开眼界，使这次南极游有了科学增值。

与南极学者和探险队员同去南极，真是一种明智的选择。难怪各家开展南极游的航运公司、旅游公司和探险俱乐部都把优秀的科学家和探险队作为自己的品牌。

站到了南极大陆

11月24上午，我们登上纳克港（南纬64度50分，西经62度33分），这是南极大陆仅有的几个登陆点之一，踏上纳克港，算是真正站到南极大陆了。

到达纳克港要经过安德沃德湾，这是一条深入南极半岛的海湾，距威德尔海大约50公里，海湾两侧是连绵高耸的雪山和瀑布般泻下的冰盖，海中漂浮的冰也越来越多，越来越大，有的整齐如长桌面；有的极不规则，给人无限的猜想；漂浮冰块与水面的接壤处呈现一种特别的蓝色，如同晶莹剔透和变幻无穷的蓝宝石。海湾的尽头就是纳克港。

我们一上岸就看到一座小房子。探险队员告诉我们，这是南极避难所。他们一再交代，除非万不得已，我们不可进避难所，进去看看也不行。

南极的气象复杂多变，突然而起的暴风雪对野外科考队员和游客形成了生命威胁，但这种恶劣天气通常2至3天就会过去。因此，在遇到特别危险情况下，为了使野外科考队员和游客能有一个临时躲避之处，一些国家就在南极某些地方设立了避难所。避难所里存放着食品、燃料、通讯器材、御寒服装等，可供几个人躲在避难所里过几天，待天气转好时再走或等待营救。这些避难所的门从不上锁，科考队员、游客和探险者，无论国籍，如遇险情，都可以自行进住，自行取用物资，全都免费。但避难后必须及时通知有关国家和机构，能使他们知情，他们也会尽快补充避难所里的物资，以防有人再次进入使用。这是扶危救难的国际人道主义精神在南极地区的体现。多年来，各国人员自觉遵守，运作很好。在南极蛮荒之地，一看到避难所，人人心里就特别踏实。

纳克港以一艘20世纪初抵达这里的捕鲸船命名。这个名字记载着人类的污点和羞辱，提醒我们对鲸的保护。

鲸浑身是宝，具有重要的经济价值。它

作者与梅园梅的身后是前进号

异国风情千百度

那巨大的躯体为人们提供了大量的肉、油和其他产品。从一头 120 吨重的蓝鲸体内可获得 40 多吨的油脂,这相当于数千头肥猪身上取下的油。自古以来,龙涎香就被当做一种昂贵的高级香料,用于化妆品之中,有"漂浮的黄金"美名,其实,它不过是抹香鲸患消化不良症之后,在肠胃里积存的一种废物。

一条鲸的市场价高达百万美元之上。由于鲸有着这样巨大的经济价值,引起人类贪婪和无耻的捕杀。欧洲、美洲一些国家和日本的捕鲸活动曾长盛不衰。南极水域盛产蓝鲸、长须鲸、座头鲸、露脊鲸、巨头鲸和抹香鲸,成为世界上最大的猎杀鲸之海。捕鲸技术的每一次改进,都意味着鲸会蒙受更大的灾难。

人类的滥捕滥杀导致鲸的数量急剧下降。到1892年,南大洋的露脊鲸已近于绝迹。从1930年以来,在南大洋被捕杀鲸的数量超过百万头。现在,蓝鲸的数量不到原来的5%,座头鲸只有原来的3%,巨头鲸也剩下一半。

为保护南极仅存的鲸,1964年,《南极条约》协商国制订了《保护南极动植物区系议定措施》。1972年,在联合国的人类环境问题会议上,100多个国家通过了一项决议案,呼吁全世界停止捕鲸10年。1979年第31届国际捕鲸委员会决定无限期禁止捕鲸工船在南极作业。1982年第34届国际捕鲸委员会又通过决议,在1986年度捕鲸季节过后,暂时终止商业性捕鲸。1993年设立了"南大洋鲸类保护区",这片保护区面积绵延1800平方千米,全球90%的鲸鱼在此捕食与繁殖,在此区捕鲸是非法的。1980年9月,中国在《国际捕鲸公约》上签字,停止捕鲸。尽管日本等国反对,但这些协议仍保护了南极海域的鲸类,鲸类的数量得以迅速增长。近年,某些国家的捕鲸船仍大规模出动,并且使用直升机、定点飞机和声纳追踪仪,在南大洋撒下天罗地网,对鲸穷追不舍,这违法做法又造成鲸数量的急剧减少。人类保护鲸,已经刻不容缓。

多年来,绿色和平组织为保护鲸做出了不懈和勇敢的斗争,甚至以命护鲸。2005年12月至2006年2月,绿色和平组织的"希望号"和"极地曙光号"在南大洋联合行动,经过29天与日本捕鲸船队的激烈交锋,挽救了82条鲸的生命。这些都迫使世界捕鲸业趋于衰落。我们对绿色和平组织的护鲸之举充满敬意。

不易见一面的鲸

探险队员薇若娜是一位瑞士籍墨西哥生物学家。她毕业于墨西哥国立自治大学。我们在墨西哥时,参观过这所大学,该校是世界上规模最大和最美的高校之一,学校采取自治自管,有自己的警察,校外警察不可入校办案。校园内的大型壁画十分精美,被联合国教科文组织列入世界文化遗产。2002年,薇若娜又在瑞士洛桑联邦综合工科学院获得博士学位。出于对野生动物观察的酷爱,她游历了世界,成为"前进号"探险队员后,她多次来到南极。

在船上举办的南极科普讲座上,薇若娜

介绍了南大洋的鲸。南大洋的鲸分为两大类，一类叫须鲸类，另一类叫齿鲸类。须鲸体型较大，没有牙齿，但在口腔内有由须板组成的梳状结构，用以从海水中滤取磷虾和鱼。较大型的须鲸有蓝鲸、鳍鲸、黑板须鲸、缟臂鲸、座头鲸、小鳁鲸和南方露脊鲸等。其中个头最大的是蓝鲸，它是南极最大的哺乳动物，也是世界兽类之最，长可达33米，重达181吨。齿鲸的体型小于须鲸，只有一个喷水孔。它们的下颚较窄，具钉状齿，用于捕食鱼、乌贼和其他一些哺乳动物，并把它们整个吞入腹中。较大的齿鲸有抹香鲸和逆戟鲸等。鲸在南大洋中的分布比较广泛，南极辐合带以南几乎都有它们的踪迹。他们的分布与磷虾群的分布有密切关系。

每年南极夏季到来的时候，生活在南半球的鲸就纷纷南下，南大洋就进入了一个鲸的世界。露脊鲸主要分布在亚南极地区，所以，我们此行最有可能看到的鲸是露脊鲸。但也可能看到其他在南大洋中游弋的鲸。在我们去南极之前，就在南极半岛，有加拿大游客遇到一头正在潜水的座头鲸，它的尾巴冲出海面，像突然出现的一座小山，让他们目瞪口呆，也获得意外惊喜。

在南极动物中，海豹等海洋哺乳动物和企鹅等用肺呼吸的海鸟，是一段时间生活在水里，一段时间生活在陆上，只有鲸终生在水中生活。

鲸是海洋哺乳动物，胎生，幼仔哺乳，用肺呼吸。很多鲸是在南极之外繁殖，一般每年一次，每胎产一仔。怀孕期一般为9至12个月，蓝鲸为12个月，抹香鲸的怀孕期长达16个月。仔鲸的生长速度很快。蓝鲸的受精卵的重量不到1毫克，小到肉眼难以辨别，而幼仔出生时体长则达7至8米，体重约2至3吨，是当今世界上最大的"婴儿"。幼仔的哺育期为7个月，每天的哺育量为400至500公斤。仔鲸在哺育期每小时可增加体重4公斤，一昼夜竟增长80至100公斤。须鲸的寿命一般为40至50年，最长可达100年之久。鲸是世界级的游泳和潜水专家，须鲸类的游泳速度一般为每小时30公里，最快可达每小时55公里，比万吨轮还要快。抹香鲸游泳速度较慢，一般为每小时10公里，最快时为25公里。鲸潜水的时间和深度也很惊人，它可潜入200至300米的深海，历时2小时之久。鲸的潜水深度虽比不上可潜入600米的威德尔海豹，但威德尔海豹长潜时间为70分钟，只有鲸的一半。鲸的肺活量大，它的肺可容纳15000升气体，下潜时贮存大量氧气，上浮时呼出大量二氧化碳，这是它能长潜的奥秘之一。鲸的脑袋很小，不到体重的1/1000，这是它们能够长潜和深潜的有利条件。

鲸鱼头顶上的那个"喷泉"，是它们特有的呼吸方式，鲸在水下生活期间，紧闭鼻孔，露出水面呼吸时，鼻孔张开，凭借肺部的压力和肌肉的收缩，伴随着一阵汽笛般的叫声，喷出一股白花花的水柱。不同鲸种喷出水柱的高度和形状不同，可做鉴别它们的标志。

鲸的胃口惊人，一头蓝鲸一天能吃8至10吨磷虾。蓝鲸口腔的容积达5立方米，张

异国风情千百度

口时，大量的磷虾和海水一起涌进。闭口时，把海水从唇须缝中挤出，滤出的磷虾被一口吞下。

我们在南极时，每天花大量时间在观景台和甲板上找鲸，眼睛都看酸了，也只有一次发现了3只露脊鲸，它们先是在船的一侧跳跃。薇若娜说，鲸类很喜欢跳跃。一头重达30吨的座头鲸，跳跃一次所用的力量，相当举起500人的力量，是动物所能完成的最强有力的单项动作。跳跃可能与鲸需要呼吸有关，也是它们相互联系的一种手段。这种跳跃也是"玩耍"，有助于幼鲸的发育成长。我们看到，三头鲸要分开或汇合时，它们的跳跃次数明显增多。它们跳了一会儿，就神龙见尾不见首地快速离去了。

鲸与南极，还有一件特别值得关注的事，就是在南大洋从没有发现过鲸的"集体自杀"。鲸的"集体自杀"很恐怖，少则几十头，多则上百头，甚至几百头鲸，突然朝着一个方向，沿着一条路线，集体冲向海滩，自取灭亡。人们挡都挡不住，这种轻生现象令人费解，至今仍是生物界的一大疑问。从目前研究成果看，可能与外界环境条件变化有关，如海滩、泥沙、岩礁、海岸的类型和噪声、污染物干涉了鲸的回声定位系统，从而使鲸迷失了迁徙方向；当少量的鲸误入歧途，搁浅海滩时，其他同伴赶来救援，结果越帮越惨；怀孕雌鲸在旅途中感到不舒服时，企图寻求一个安身之地，结果造成了搁浅，使母子双亡。可这种在世界其他海洋都发生过的鲸"集体自杀"，在南大洋却没有发现，人类尚未在南极海域发现过鲸的"集体自杀"，研究这个现象，对保护鲸有着重要的意义。

真正的南极土著是企鹅

探险队的约翰是鸟类学家，他给我们说了许多南极企鹅的故事。世界上约有20种企鹅，全部分布在南半球，以南极大陆为中心，北至非洲南端、南美洲和大洋洲，主要分布在大陆沿岸和某些岛屿上。我们在南非、南美和澳大利亚都见过企鹅。

南极企鹅的种类并不多，但数量相当可观。据鸟类学家长期观察和估算，南极地区现有企鹅近1.2亿只，占世界企鹅总数的

见到鲸不易，我们见到一眼

准备下海的企鹅

87%，占南极海鸟总数的90%。南极企鹅有7种，它们是帝企鹅、阿德利企鹅、金图企鹅（又名巴布亚企鹅）、帽带企鹅（又名南极企鹅）、王企鹅（又名国王企鹅）、喜石企鹅和浮华企鹅。

南极企鹅被喻为南极的象征，是真正的南极土著居民，它们共同的特征是：温文尔雅，绅士风度十足，训练有素，既能直立行走，又能在冰盖上匍匐爬行，还有游泳冠军美称，其游速可达60公里/小时。它们喜在沿海岛礁岩石上筑巢繁殖，严格实行一夫一妻制，每年产1至2枚蛋，幼鹅成活率仅有四分之一。企鹅群居栖息，少则数百只，多达10多万只，成为数量可观的大企鹅群，这是生物学家特别感兴趣的研究课题，也是游客的最爱。

企鹅是不能飞的海鸟，脚生于身体最下部，故呈直立姿势。趾间有蹼，跖行性，而其他鸟类是以趾着地的。前肢成鳍状。羽毛短，以减少摩擦和湍流。羽毛间存留一层空气，用以绝热。背部黑色，腹部白色。各个种的主要区别在于头部色型和个体大小。

我们在南极的岛上和海里都看到许多企鹅。我们共登岛6次，依次是长城站所在的乔治王岛、纳克港、天堂湾、彼得曼岛、拉可罗港和步行者湾，除了在步行者湾没有见到企鹅。在其他五个岛，我们都看见了它们，见到了阿德利企鹅、金图企鹅和帽带企鹅。

阿德利企鹅的名称来源于南极大陆的阿德利地，此地是1840年法国探险家迪蒙·迪尔维尔用他妻子名字命名的。阿德利企鹅是南极最常见和数量最多的企鹅。它没有金图企鹅高，约45至55厘米，眼圈为白色，头部

异国风情千百度

不怕冷的企鹅

太有损形象了吧

呈蓝绿色，嘴为黑色，羽毛由黑白两色组成，它们的头部、背部、尾部、翼背面和下颌为黑色，其余部分均为白色。金图企鹅的模样俊俏，眉清目秀。嘴细长，嘴角呈红色，体形较大，身长约60至80厘米。因眼睛上方有一个明显的白斑，所以也被称为白眉企鹅。帽带企鹅最明显的特征是脖子底下有一道黑色条纹，像海军军官的帽带，也像警察，故也有人称它为"警官企鹅"。除了这帽带以外，帽带企鹅与阿德利企鹅长得相似。

约翰特意提醒我们，山坡和海边那些留下企鹅足迹的小道是企鹅社会的高速公路，我们不能走，要远离避让；对不走这些高速公路而另辟蹊径的企鹅，我们要呆着不动，不能惊了它们。这里是它们的家园。我们是不请自到的闯入者，要表示自己的谦卑和不安。

我们每到一岛，就坐在雪地上，远远地欣赏企鹅。见到最多的是金图企鹅。约翰称它们为"绅士企鹅"，因为它们走路的样子左摇右摆，优哉游哉，憨态可掬，亦庄亦谐，绅士风度，十分可爱。在纳克港，海边的雪地里，几十只金图企鹅排着整齐的一字队形，来回散步，然后跳入大海中。它们还能排成距离、间隔相等的方队，如同团体操表演，阵势整齐壮观。

企鹅在陆地显得有些笨拙，可一入水就非常灵巧了，作为海鸟，它们不能飞了，可善游泳和潜水，这是物竞天择和适者生存的进化结果。企鹅还善跳跃，阿德利企鹅在春天从大洋中返回繁殖地时，要越过积冰，才能到达大陆，在行军中如遇到冰层阻挡，它们能垂直高跳2米，跳上浮冰后，继续前进。我们在船上苦等着看鲸时，常误把成群结队的企鹅出没浪涛和集体跳跃当作鲸出现了。

在距长城站不远的企鹅岛，我国科考队员亲眼见到企鹅绝妙的爬山本领。那是在难以容足的陡峭山坡，有的完全是直上直下，但企鹅凭借尾巴的支撑，双翼保持平衡，居然跳跃上山。在陆地上行走，企鹅比海豹、海狗都要敏捷许多。当遇到险情时，它们会立即卧倒，降低重心，张开双脚，舒展双翼，像游泳一样，快速匍匐前进。每当冬季过去，天气回暖时，渡海而来的企鹅越过海边的冰面，纷纷登岸，这时，企鹅会像滑雪一样贴着冰面，用双翼当桨，飞快地从冰上滑过来，速度惊人。

在天堂湾，我们看到一只金图企鹅突然脱离大队伍，离开高速公路，兴冲冲地走向无路的雪地，而另一端也有一只企鹅迎面而来，本以为两只邂逅的企鹅会发生一点状况，擦出火花，可就在两只企鹅即将碰头时，却彼此擦肩而过，视而不见。

在彼得曼岛，约翰带我们看了一场阿德利企鹅"石头秀"。阿德利雌企鹅每次产2枚蛋，为使娇嫩的蛋保持在融雪之上，企鹅必须用石子筑起一个合适的巢，以供孵卵时站立。在冰天雪地的南极，裸露的岩石是一个宝，而那些好看和易携带的小石头更是企鹅社会的珍稀宝石。阿德利企鹅喜欢群居，一块营巢地可能多达10万只，在繁殖期中，它们要及时从大海中获得食物，所以，营巢地设在海边，这样，可供筑巢的小石头更稀缺难找了。阿德利企鹅的配偶关系非常强烈，通常每年繁殖期都是同一个配偶，夫妻彼此记得对方的叫声，靠着叫声来找到对方。通常雄企鹅会先抵达营巢地，用小石头修复自己的巢，雌企鹅则晚数日抵达，在交配后产下两个蛋，立即交由雄企鹅孵蛋4周。如果夫妻觉得自个巢里的小石头色彩和数量不如别的企鹅，雄企鹅就会偷取其他企鹅筑巢石子，送到自己老婆的脚下。我们看到有一只企鹅巢里的石头又多又好，在"豪宅"周围就蹲着一圈居心不良的雄企鹅，乘主人不注意，它们东摸一个走了，西摸一个走了，不过，小偷和主人之间好像还蛮克制的，没有撕破面皮地打斗。企鹅的社会性很强，也颇团结。很多企鹅会聚在一起，互相提防贼鸥偷袭自己的蛋及小企鹅。企鹅社会有"幼儿园"，在父母外出寻食时，有专业的阿姨看护小企鹅。约翰让我们仔细观察，有一大群毛茸茸的小企鹅集中在一起，周围站着一些警惕的大企鹅。他说，这就是企鹅"幼儿园"。

南极企鹅主要以南极磷虾为食，岛上到处都有企鹅的粪便，呈橘黄色，腥气很大。有些游客因受不了这种气味，就提前下岛了。

企鹅不怕冷也是一个谜。这个谜没有完全揭开，只是略知一二。企鹅具有适应低温的特殊形态结构和特异生理功能。企鹅是温

准备下海的企鹅

企鹅看好自己的窝

异国风情千百度

血动物，体温恒定，一般保持在37摄氏度左右，但有时会产生同体异温现象，即身体的温度比脚的温度高，这是防止体温散失的一种适应能力，因为脚通常站在温度较低的冰雪上，脚的温度低，可降低热量散失的速度。维持低代谢水平也是企鹅适应低温的一种生理功能。企鹅的羽毛可以分为内外两层，外层为细长的管状结构，内层为纤细的绒毛，它们都是良好的绝缘组织，对外能防止冷空气的侵入，对内能阻止热量的散失。企鹅体内厚厚的脂肪层也是企鹅活动、保持体温和抵抗寒冷的主要能源。

企鹅是南大洋中豹海豹和虎鲸的主要食物，在南极生物链中占据着重要的一环。可事实上，上世纪以来，对企鹅危害最大的不是它们的天敌，如海豹，而是人类。联合国的一份极地科学报告指出，在1996年以前，每年有15万只企鹅被熬煮提油。有一个国家的南极考察队的行径令人不齿，他们从1901年至1903年乘船在南极冰区考察时，有12个月烧锅炉不用煤也不用油，直接用活企鹅。人类虐杀企鹅的卑劣丑剧在南极洲上演了多年，在此期间，约有七百万只企鹅遇难。没有一个民族生来就是邪恶的，也没有一个民族在生长过程中洁白无瑕。如今那些文明法治国家也有着不堪的过去，勇敢正视才能勇于改正。

现在，南极企鹅受到《南极条约》严格的保护，数量也在恢复。这是南极企鹅的幸事和解脱，也是人类文明的觉醒和心灵的救赎。

自由飞翔的精灵

一说起南极的飞鸟，约翰很兴奋。他说，常年和季节性栖息在南极地区的鸟类有40多种，其中常见、数量较多的有信天翁、巨海燕、雪海燕、南极燕鸥、南极鸽、海鸥、蓝眼鸬鹚和南极贼鸥。

南极鸟类中，除企鹅外，其他都能飞。只有雪海燕和企鹅是真正的南极土著居民，其他鸟类都是异洲侨民，随季节性变化，它们向北面的亚南极地区迁移。

在南极海鸟中，漫游信天翁是最大的一种，也是世界飞鸟中最大的一种，体重可达5至6公斤，两翼展开的距离可达3.2米，它有一身洁白的羽毛，仅尾端和翼端带有黑色的斑纹。它日飞千里，连续数日，中间不停留，可绕世界两极飞行，是真正的世界飞鸟之王。海员们都喜欢看到漫游信天翁，它在无际的大海上搏风击浪，无畏无惧，给他们增添航海信心和情趣，它还会导航。可惜我们一路上都没见到漫游信天翁。在航行和登岛中，我们见到最多的是南极海燕类，如南极雪海燕，全身都是洁白的羽毛，是南极海燕类中最美丽优雅的精灵，它一年四季都栖息在南极地区，是南极土著居民。长城站人说，它是科考人员的宠儿和忠实朋友。

南极贼鸥是南极鸟类中的猛禽，是企鹅的天敌，在企鹅的繁殖季节，它会抢企鹅的蛋或幼雏，我们在岛上看到一些打破的企鹅蛋，这都是贼鸥饱餐后丢下的。

有捣蛋的，也有帮忙的，我们看到跟在企鹅后面吃粪便的鸟儿，叫南极海鸟。约翰称它们为"清道夫"。

为了保持自然平衡和保证南极生物不受人类携带细菌的侵害，所有进南极的人一律不得向南极动物喂食。以前有科考队把剩饭喂给贼鸥，现在已不允许了。

在过德雷克海峡时，我们没有晕船，也可能与多看天空中飞翔的海鸟有关。这些自由的精灵围着船头船尾盘旋，突然冲上天空，尽情遨游；忽又穿入浪中，在波涛中翩翩起舞。它们似乎从不在船上停驻歇脚。在日出日落的金色烟霞中，在蓝天白云海水融为一体中，在大雨狂风与惊涛骇浪交织中，在海上出明月的朦胧夜色里，无论背景和场景如何变化，它们只是不停地飞呀飞呀，这种孤傲、倔强、执着和快乐，感染了我们，使我们的心情辽阔舒畅。

看到它们，我们小时候背诵的高尔基散文诗《海燕》就自然跳出了脑海。"苍茫的大海上，狂风卷集着乌云。在乌云和大海之间，海燕像黑色的闪电，在高傲地飞翔。一会儿翅膀碰着波浪，一会儿箭一般地直冲向乌云，它叫喊着，就在这鸟儿勇敢的叫喊声里，乌云听出了欢乐……"

可高尔基显然对企鹅有偏见，他在"海燕"里写道："蠢笨的企鹅，胆怯地把肥胖的身体躲藏在悬崖底下……只有那高傲的海燕，勇敢地，自由自在地，在泛起白沫的大海上飞翔！"这种描述至少不适用于南极企鹅。由于进化的需要，南极企鹅是不会飞了，可它们战严寒、斗风雪、越恶浪的勇气和本领也不亚于海燕，不能因为它们的体态肥胖一些，做派绅士一点，就被打入"蠢笨"之列吧。

欺骗岛"欺骗"我们

11月25日，探险队预定第二天上午登陆迪赛普申岛，又叫欺骗岛（南纬62度57分，西经60度37分），下午登步行者湾，也叫沃克湾（南纬62度38分，西经60度42分）。最吸引我们的是探险队在欺骗岛安排了雪地徒步6公里，他们说，这是一次艰难的徒步，但风景非常美，而且，在深深的雪地里跋涉，很有趣。对此活动，我们很期待，可以秀一把我们多年锻炼长途徒步的成果。更有趣的是，在欺骗岛火山岩形成的海滩上有温泉，游泳者可得一张由"前进号"船长签名颁发的"南极火山冬泳证书"，多牛！我们一大早就在里面穿上了游泳衣裤，提前作好准备。

在去南极的人中，欺骗岛的名声不小。它在南设得兰群岛上，是一片火山岩形成的小岛，是南极洲的活火山之一。

据说，20世纪初的某一天，南极海域大雾弥漫，几个捕鱼人偶然发现雾中有个岛，可海水一涨，这个岛又不见了，好像根本没

约翰教我们识别南极鸟类

异国风情千百度

晚霞中飞翔的海鸟

有这个岛,欺骗岛的名字由此而来。也有人称之为迷幻岛。按英语"欺骗"的音译,就叫迪赛普申岛。也有一说是,火山喷发后,岛上的考察站被迫关闭,以后再没有重建。为了记取这个教训,人们就把这个岛改名为欺骗岛,意在提醒人们,火山的平静有欺骗性,它随时会爆发。

据考证,在远古冰川纪时期,南极海底火山喷发,火山口塌陷,形成了这个天然港湾。欺骗岛平均气温约为零下25摄氏度,但却可以在海里游泳,其实也就是洗个热水澡,欺骗岛上有多处温泉喷涌,是南极目前唯一可泡温泉的地方,在欺骗岛下一次水,会成为南极游或科考的一个温馨的回忆,也是热门谈资。

等我们的船开到欺骗岛附近时,我们知道这样的好机会并不多。因为此时天气变了,海天混沌,四周暗淡,风越刮越大。

欺骗岛位于一个环形火山口,当火山喷发,山口倒塌,与外界形成一条通道,这通道宽约200米,但有一块岩石位于正中的水面下方,所以,可供"前进号"开进欺骗岛的水道仅有100米宽。因为风声在狭窄的通道中被放大,听起来很恐怖,这条通道被称为"海王星的咆哮"或"海神的风箱"。我们坐在7楼观景台的正前方,船长的驾驶舱就在我们下面的5楼,可以看到"前进号"几乎贴着通道两边的岩石,缓慢地驶进了欺骗岛。

"前进号"安全穿过"咆哮"大门后,一开进欺骗岛,就看到鲸鱼湾。早在1905年,鲸鱼湾就成为南极捕鲸业的船港。1912年,人们在此处理捕鲸船留下的鱼肉和鱼骨。1918年,英国水兵发现并占领了欺骗岛后,在此大肆捕鲸、炼制鲸油,当年英国人留下的木牌上写着,到1931年,英国人在此炼制了360万桶鲸油。他们可能忘了,欺骗岛是一座活火山。1967年12月4日,烈焰突然从岛内福斯塔湾北端的海底喷出,炽热的岩浆和浓烟升腾到几百米的高空。顷刻间,岛上所有的建筑物被摧毁,智利、阿根廷和英国的三座科考站化为灰烬,挪威的一座鲸鱼加工厂被吞没,英国的一架直升飞机被埋在两米厚的火山灰里。由于阿根廷站事先发出了预报,三个站的人员全部迅速撤离,才幸免于难。在火山喷发前,岛上的企鹅、海豹早已逃之夭夭。火山停止喷发后,海岛已面目全非,在福斯塔湾内隆起了一个高出海面62米的新岛,地形地貌也变了。此后,岛上的考察站被迫关闭,再没有重建。南极是一个白茫茫的冰雪世界,但在一些地方,如欺骗岛,存在着强烈的火山活动。近年,科学家利用红外摄影技术,发现南极冰下还有一些尚在散发着热量的火山。

欺骗岛这个火山锥像一个C字,在地图上极易辨认。原计划的徒步也就是走一遍这

象海豹

个C字。"前进号"在这C字里慢悠悠地游荡。探险队员们冒着狂风大浪,乘着冲锋艇出发,去寻找登岛的地点,同时切身感受一下恶劣天气。我们用望远镜看到三艘载有探险队员的冲锋艇在C字里转来转去,却无法登陆。在我们船的不远处也有一艘大船在游荡,估计也在等待能否登陆的决定。后来,探险队员们回来了,一番商议后,广播和电视里传来他们的决定:由于天气因素,为了保证安全,取消了登陆欺骗岛。船上一片惋惜声,欺骗岛"欺骗"了我们。

我们顶着狂风,上了甲板,再次感受一下"前进号"开出"海王星的咆哮"的飓风。

狂风中探望象海豹

"前进号"又驶向步行者湾,这个湾位于利文斯敦岛,由英国商人约翰沃克命名,1820至1822年,他的船队行驶此地,专门为了捕捞象海豹。今天,我们要上去探望已不可再被侵犯的象海豹。

船到步行者湾时,天气仍很恶劣。探险队员又去探路。正当大家对登岛已不再抱有希望时,广播里宣布步行者湾登陆照样进行,但希望年老体弱者不要参加了。我们十分高兴和兴奋,这是我们在南极的最后一次登陆机会了。

上冲锋艇时,发现同舟共济的还有张文敬和于丹。与前几次坐冲锋艇的感觉大不相同。这次,冲锋艇在海浪中起伏颠簸,有了坐过山车的快感和恐惧。迎面扑来的风浪打在脸上。眼看覆盖冰雪的步行者湾已不远了,可就是迟迟不到。还是张文敬这位"老冰川"有经验,他说:这雪山冰川看着近,实际很远。

登上步行者湾时,发现探险队员都有些紧张,风很大,也很凌厉。一阵阵刮来,人都站不住,飘飘然然,我们互相搀扶,以增

异国风情千百度

动植物化石

加身体的重量。天色也更加灰暗，气温大大下降，开始冻手冻脚，照相机有点拿不住了，清水鼻涕也直流下来。一侧是黑色波涛翻滚的海面，另一侧是魅影般山峰。南极变得面目狰狞了。我们在雪地里的行走变得越来越困难。如贴着山走，风小一些，但怕山上突然滑落大块冰雪。

这时，我们见到了二三十头象海豹。

常年生活在南极辐合带以南的海豹有六种，总量约达3200万头，栖息在南极海冰区、岛礁和大陆沿岸。这六种海豹是威德尔海豹、象海豹、豹海豹、食蟹海豹、罗斯海豹和海狼。我们在步行者湾见到了象海豹，加上此前见过的豹海豹和食蟹海豹，这次去南极，我们共见到了三种南极海豹，也算不错的了。

威德尔海豹是南极最为常见的海豹之一，雄性体长3至4米，体重400至500公斤。长城站人说，他们附近栖息着不少头威德尔海豹，可惜我们这次去，一头也没看到。

我们在过雷麦瑞海峡时，在远远的浮冰上，看到一头食蟹海豹，它孤独地在大洋中随波逐流。刘结对我们说，这对它是一种险境，如被鲸发现，就是死路一条。他曾亲眼见过，几头鲸围着浮冰上的食蟹海豹，不断地跃起，掀起的浪使浮冰倾斜，海豹滑入水中，被鲸捕获。食蟹海豹喜独栖，分布于南极大陆周围浮冰上，在冰上行动迅速，有的甚至可到达新西兰、澳大利亚、南非和南美南端。食蟹海豹的名字是一种误会，早期探险者看到它们吃磷虾后嘴边留下的橘黄色，以为吃了蟹，其实南极根本就没有蟹。

豹海豹是南极地区数量较少的一种海豹，不少长城站越冬的科考人员都无缘相见，可我们这次却有幸见到，还是刚刚出生不久的幼豹海豹。豹海豹全身有花斑，貌似金钱豹。体态细长，约3至4米，体重约300至

400公斤，雄性体态较雌性小，性情凶猛，游速很快，牙齿锋利，嗅觉灵敏，善于突击猎物，如企鹅或其他小海豹，被喻为"南极海盗"，使其他种类的海豹都望而生畏，敬而远之。在南极未禁狗时，有科考队员带狗进去，有的高大凶猛的军犬不拿懒洋洋、看似蠢笨的豹海豹当回事，上前撩逗它们，结果被突然跃起的豹海豹一口就咬掉一条腿，惨不忍睹。

象海豹是因为在其嘴唇的上方长有一块形状特像大象鼻子的肌肉，故名象海豹。大都分布在南极大陆的海滩和岛礁上，群居，一群有数十头，多则上百头。象海豹是一夫多妻制，雄性象海豹体长5至6米、体重3至4吨，性情凶猛，占地为王，妻妾成群。雄性象海豹为维护夫权，会发生激烈的撕杀，落败者常常遍体鳞伤。

薇若娜说，我们在步行者湾见到的象海豹都是雄性，好像是一群男光棍在泡吧，交流着泡妞和打斗的经验，其中有几位还是情窦初开和少不更事呢。几头象海豹身上有明显的伤痕，薇若娜说，这是它们闹着玩的印迹。

让我们佩服的是，在把我们刮得歪歪倒倒的狂风中，象海豹坚如磐石，半天不动一下，难得用肚皮匍匐前进几步，或抬头张嘴打个哈欠。与硕大的身躯相比，象海豹的小头小脑实在是太秀气了，可这是它们深潜的需要。

在步行者湾狂风中，探险队员波比和范给我们看了一些化石。波比是退休的美国地质学家，范是荷兰人，自然地质学硕士，定居挪威，他们给我们看的化石是树木和昆虫的化石，这说明南极洲也曾有绿色盎然和百鸟争鸣的春天。南极洲原是古冈瓦那大陆的核心部分。大约在1.85亿年前，古冈瓦那大陆先后分裂为非洲南美洲板块、印度板块、澳洲板块并相继与之脱离。大约在1.35亿年前，非洲南美板块一分为二，形成了非洲板块与南美板块。大约在5.5千万年前，澳洲板块最后从古冈瓦那大陆上断裂下来，飘然北上，只剩下了南极洲。

后来，步行者湾上的风越刮越猛，也越来越冷，以防意外，探险队指挥我们立即撤离，我们奋力走回冲锋艇上，小艇冲破波浪和狂风，回到了"前进号"。

张文敬对我们说，这种恶劣气候才是真正的南极。前两天遇到好天气时，我们还在心里嘀咕："这是寒极和风极的南极吗？"同行的几位"老南极"也说，对这种南极好天气"有一种不真实感"。当时，探险队员们就肯定地对我们说，纯属幸运，我们碰巧了，这真不是南极的真面目。所幸在即将告别南极的时候，我们见识和体验到南极的常态，否则心里真有一些疑惑。

难怪有"老南极"提醒说，目前南极旅游存在的缺陷，不在于环保措施，而在于对安全防范的不足。例如，在陆地上，有的积雪下可能会有很深的裂缝，需要有经验的探险队员指定路线。还有南极天气变化很快，如何避险，需要更多的安全措施。

异国风情千百度

极地探险的奸雄和英雄

汪洋大盗德雷克

在南极，无论是海峡、岛屿、高山和冰盖，还是外国的常年科考站，多是用洋名命名的，如德雷克海峡和美国的阿蒙森—斯科特科考站。这里有一部分是为了纪念早期的探险者和冒险家。他们中有的是混世奸雄，有的是真心英雄，有的人更为复杂，他们的人格、精神、经历和见识令人感慨，也给后人留下许多有滋有味的故事，按当下时髦说法，叫励志、给力、正能量吧。

德雷克海峡的命名就来自名副其实的汪洋大盗德雷克。

1492年，哥伦布发现了美洲大陆；1519年，麦哲伦首次完成了环球航行。一时间，许多欧洲人扬帆出海，梦想靠海致富，海盗和贩奴是其中很黑的偏门。

1540年，弗朗西斯·德雷克出生于英国西南部德文郡的一个佃户家庭，他一出生就是苦孩子，10岁出海谋生，20岁熬成在近海做点运输生意的小船主。为了发大财，他卖掉自己的小船，加入到表兄霍金斯的船队，参与贩卖黑奴的生意。

1568年，霍金斯和德雷克带领五艘贩奴船前往墨西哥，途中受到风暴袭击，船只受到严重损坏。西班牙总督同意他们进港修理，但在几天后，总督突然翻脸，下令将他们全部处死。德雷克和霍金斯侥幸逃脱。从此，德雷克立下誓言，与西班牙人誓不两立，要无情残酷地向他们复仇，抢他们的商船，击毁他们的军舰。

德雷克的海盗志向和复仇烈焰得到英国女王的热情鼓励和煽动。那时，西班牙在海上耀武扬威，不可一世。如西班牙已彻底控制了中南美，为了垄断欧亚之间的贸易路线，他们封锁了航路，严禁一切国家的船只来往，浩瀚的太平洋一时间成了西班牙的内海。西班牙在中南美洲大肆掠夺，开采金矿，把金条和金币运回西班牙。

英国早就对西班牙大发横财垂涎三尺，可无奈自个海上武装力量还很弱。于是，英国女王想出一条毒计：借用海盗的力量黑吃黑。这就是历史上臭名昭著的"私掠许可证"制度。当时，英国对海盗的处罚很严酷，海盗被英国海军逮到后，就会被判绞刑处死。"私掠许可证"制度颁布后，海盗只要持有女王颁发的"私掠许可证"，被英国海军逮到后，就立即被无罪释放。但这是有条件，"持证海盗"必须将自己抢到财富的一部分上交女王，好像对女王纳税。女王甚至还会对一些有发展前途的海盗做点"个人投资"，使他们有更好的装备，更能打能抢。鼓励海盗抢西班牙人成了英国一项国策，真是盗亦有道。

德雷克是首批得到这种钦点"私掠许可证"的船长。有了"国营海盗"的好名头，依托女王和英国的"好政策"，他踌躇满志，也怒火中烧，他要出手了。

1572年5月，他率领两只帆船和70多位水手，杀向加勒比海。当时，巴拿马地峡北部的迪奥斯港是西班牙人转运黄金的重要枢纽之一，在此，德雷克率领英法海盗，抢到了10万金币和15吨银锭。当他带着抢来的财宝回到家乡普利茅斯时，受到各界的热烈欢迎，他一下子就成了英国英雄，也成了英国年轻人就业、致富、励志和成功的好榜样。一时间，做"皇家海盗"成了一种热门职业。伊丽莎白女王召见了德雷克，赞誉有加，据说还赐了他一个昵称。

杀人越货和滥报私仇弄出个英国英雄，这对德雷克是极大的刺激和鼓励。1578年9月，德雷克再次率领三艘帆船来到麦哲伦海峡。太平洋上巨浪滔天，船队中最小的"玛丽哥特号"被风浪打翻；另一艘船"伊丽莎白号"被吹回海峡；只有德雷克率旗舰"金鹿号"通过了海峡。船在顺风向南航行了几个昼夜后，水手们惊奇地发现，西边的海岸消失了，眼前出现一望无际的汪洋大海，这就是现在叫德雷克海峡的海域。

后人以为是海盗德雷克发现了这一大片海峡，就命名为德雷克海峡，这一点倒是举贤不避盗，英雄不问出处。而实际上，早在1525年，西班牙藉航海家荷赛西已发现了这条航道，并亲自驶船经过这个海峡，可是西班牙人对此秘而不宣。因为麦哲伦海峡很狭窄，易把守，可以保证太平洋成为西班牙人的内海，而德雷克海峡太宽，无法看守。如不是西班牙人财迷心窍，这海峡或许现在该叫"荷赛西海峡"。

西班牙人相信只要扼守住麦哲伦海峡就万无一失了，他们在太平洋上根本就没有部署兵力。进入太平洋后，德雷克扬帆北上，沿着南美洲西海岸，一路抢掠，如入无人之境，很快就使"金鹿号"成了一座大洋上的流动金库。为了躲避西班牙舰队的搜捕，好赌的德雷克认定，"既然大西洋与太平洋在美洲南端相连，在北端也一定是相连的"，于是他向北航行，希望找到回家的路。"金鹿号"沿着墨西哥西海岸和美国西海岸一路北行。由此，德雷克第一次标出了美国西海岸的具体位置，这一成就与他发现德雷克海峡一样，歪打正着，使他跻身于世界著名航海家之列，也算是对世界航海事业作出了不小的贡献。

1580年9月26日，"金鹿号"载着56名幸存的冒险者和满船财宝货物回到英国普利茅斯港。此次航程58000千米，相当于绕行赤道一圈半，继麦哲伦之后，德雷克成为历史上第二个完成环球航行的人。这海盗的确不同凡响。

这次劫掠之旅获取的财宝相当于西班牙国王在美洲矿产年产量的三分之一到二分之一，等于英国王室一年的整个收入。德雷克将全部抢劫财物的三分之一献给了女王，其中最大的一颗宝石，这颗宝石今天还镶嵌在英国女王的王冠上。高兴万分的伊丽莎白女王将德雷克请进王宫，花了6个小时，兴致勃勃地听他讲述了他们的冒险经历。随后，她亲自登上"金鹿号"，册封德雷克为爵士。

德雷克完成从海盗变爵士的华丽转身

异国风情千百度

后,更加牛气。按2012年的时髦说法,就是"获得了正能量"。1587年,西班牙"无敌舰队"讨伐英国。已经享不尽荣华富贵的德雷克没有沉湎在温柔乡,更没有转移资产"办移民",也没有端着架子"装贵族",国家有难,爵士有责,他的血管里依然流动着野性十足、视死如归的"海盗血",47岁的他主动请缨,再次披挂上阵,亲率25艘海盗船,支持女王政府。德雷克的舰队不断偷袭西班牙人,类似于我们熟悉的游击战,搞得西班牙正规海军很痛苦。最后,看似弱小的德雷克海盗和英国海军竟打败了不可一世和庞大无比的西班牙"无敌舰队"。为此功绩,德雷克又被封为英格兰勋爵,成就了海盗史上的最大传奇。

1596年1月28日,最后一次远征的德雷克死在自己的海盗船上,才55岁,水手们为他举行了海葬。他是世人眼中的海盗魔王,却是英国人的民族英雄。当代还有不少歌颂他的书籍和影视。可念叨他最多的还是我们这些去南极的人,谁不知道、谁会忘记波涛汹涌的德雷克海峡?

阿蒙森和斯科特都是英雄

人类南极探险史不过200多年,除了德雷克这样职业海盗和业余探险家,还有一大批有理想的探险者和真心英雄,如挪威的阿蒙森和英国斯科特,他们各自为自己祖国比赛谁最先到达南极点的故事,令人感动,留下千古佳话。

1911年10月20日,阿蒙森一行5人开始了南极点的远征。12月14日,到达南极点,设立营地,设置天文台,进行了连续24小时的太阳观测,确定出南极点的平均位置,并垒起一堆石头,插上雪橇作标记,竖起挪威国旗。他们在地球的最南端共住了3天。1912年1月25日,阿蒙森等5人,乘11条狗拉得两架雪橇,安然回到了他们的过冬基地。

阿蒙森用99天建立了到达南极点的功勋。1月30日,阿蒙森登上"前进号",离开了南极洲。3月初,"前进号"号抵达澳大利亚的霍巴特。立刻,电讯把他的伟大创举传遍全世界。同年夏季,他回到了挪威,受到了全国上下前所未有的热烈欢迎。他把11条与他患难与共的"南极老狗"送到自己别墅里,使它们安享天年。

阿蒙森是挪威人的英雄。我们乘坐"前

电梯里的阿蒙森

进号"的电梯里悬挂着阿蒙森头像。我们一天要见他十几遍。

1911年11月1日，斯科特的5人探险队离开麦克默多海峡，向南极点进发。他们所带的西伯利亚矮种马无法在软雪中行走，三辆履带式拖拉机也成了一堆废铁，只好靠人拉雪橇来运补给品。在阿蒙森到达南极点之后的第35天，斯科特他们终于也到达了南极点，发现了阿蒙森留下的标记，这使斯科特非常失望，心情郁闷。但尽管如此，他们仍在南极点住了两天，重新确定了南极点的位置，测得的结果与阿蒙森确定的南极点只差几百米。1月18日，他们开始返回，由于食物不足，加上天寒地冻，体力不支，全体人员在风雪中丧生。最感人的是，有队员为了把生的机会留给同伴，留下食物和帐篷，自己走进了暴风雪之中。8个月后，营救人员发现了他们的遗体和斯科特留下的日记及遗书，他的日记记到了最后一天。在一边放着一只大袋子，里面是他们宁死不丢弃的15公斤岩石标本。

斯科特是一位"失败的英雄"，许多文学作品称他为"伟大悲剧"的主角。我国学校课文里就有"伟大悲剧"的内容。

为了纪念他们这种高尚和无畏的精神，1957年，美国在南极点的科考站就命名为阿蒙森-斯科特站。

张扬人性的探险家

在"前进号"的另一台电梯里，镶着南森爵士的像，餐厅前还竖着南森爵士的雕像，橱柜里也陈列着他的遗稿和探险工具等。

在船上的演讲中，梅园梅一提起南森爵士就颇为激动，敬佩不已。于丹在北极已听过南森爵士的故事，说起来也是感慨万分。

梅园梅女士说，虽然南森爵士探险和我们现在的南极游没有直接联系，但有间接的联系，如阿蒙森抵达南极点的探险和我们现在所乘坐的"前进号"都是源于他。

1861年，南森生于挪威的奥斯陆附近的豪门望族，他勤奋好学，成绩优异，喜爱运动，尤其擅长滑雪。1888年，在他27岁时，获哲学博士学位，同时兼任卑尔根博物院动物学馆长。当时人们发现，格陵兰近海出现过从西伯利亚森林漂来的木头，南森为了实地证明，他决定到北极进行一次探险，利用洋流来自行漂流。

在北冰洋上航行，怕的不是夏季冰雪消融时散缀在北冰洋外缘的流冰，而是横七竖八排在北极附近的巨大浮冰块。它们顺流漂移，随潮上下，时而冻结，时而分离，互相挤压。不经特殊设计的船经不起这种冰块的挤压。当时的船被冰封时，会被挤得粉碎，船员难以活下来。

南森想制造出一种不一样的船，整条船应像鳗鱼一样，能挣脱冰块的怀抱，当冰块向它围过来时，船不会被冰压碎，而是被冰的压力托抬起来，浮在冰的表面。为此，南森与著名苏格兰造船家科林·阿切尔共同设计出一只粗短而坚固的船，这只船的船头、船尾和龙骨都做成流线型，使冰块无法抓住船的任何一部分，这只新设计的船能容纳13个人，装有供5年使用的燃料和食物。随船

异国风情千百度

配备了一台蒸汽机做为补助动力，船上还装有一台可由轮机、手摇或风车带动的发电机，供在北极圈内过冬时使用。1892年10月26日，这艘探险船下水，命名为"前进号"。它就是我们现在乘坐"前进号"的1.0版。

1893年6月24日，南森告别歌唱家的妻子爱娃和6个月的女儿伍莉，率"前进号"向北极驶去。

9月24日，"前进号"已被厚厚的冰块围住了，看不到海水，只见缓慢漂移的巨大浮冰块围拢过来，处在其间的"前进号"随时都有被挤破的危险。10月9日，冰堆上下起伏着，向"前进号"挤压过来，但是，奇迹出现了，船没有被冰块压垮，冰却把船抬了起来，立在冰面上。当冰块压力缓解时，船又慢慢地降落下去。"前进号"防冰挤压的造型获得成功。

随着"前进号"缓慢移动，在第二个冬天到来时，南森和约翰逊离开了"前进号"，这时他们距离北极点只有563公里，以前从未有一只船这样接近过北极点。

最初几天，他们每天可以前进22多公里，可很快，他们就陷入了难以逾越的冰墙和冰块迷宫，他们向北跑，而脚下的浮冰却向南移，吃了许多苦头，却在原地打转。从离开"前进号"起的26天内，他们一共走了199公里，离北极点只差360公里了，这是前人从未达到过的一个记录。

因为实在无法再前进了，他们只好带着遗憾，掉头朝南面大约643公里的约瑟夫地群岛出发。回途仍是千辛万苦。食物逐渐缺乏了，南森只好把一些弱狗杀掉，给其余的狗充饥，

南森爵士

这些狗可是他们患难多日的好朋友呀。

直到他们向南走了3个半月后，才在远处地平线上看到他们要找的岛。他们在这个荒无人烟的岛上度过他们在北极区的第三个冬天。

他们最后搭一艘来自挪威的货船回国，这时，国内的人以为他们早已死在北冰洋上了。

南森回国一个星期后，"前进号"也安全返回，正如南森预料的那样，"前进号"后来继续随着洋流漂移，尽管最后偏离了北极点，但还是安全地通过了北极海区。

南森是第一个证实北极点是海洋的探险家，虽然他最终未能到达北极点，但为以后到达北极点的探险者开拓了道路。他在此期

间所写 599 页日记成了研究北极点和海洋学的珍贵资料。作为一位"失败的英雄",他赢得了挪威人的敬重。第一艘"前进号"现在保存在首都奥斯陆"前进号"博物馆里,成为珍贵的国宝。我们在奥斯陆参观了这艘神奇的船。

南森以后的故事更加精彩感人。

正当他踌躇满志和精心准备率队探险南极而再获至高荣誉之时,年轻的挪威探险家阿蒙森向他借用"前进号"去南极探险。他思考再三,认为阿蒙森比他更有希望获得成功,就毅然把他最心爱的"前进号"交给了阿蒙森。阿蒙森果然不负众望,大获成功。

第一次世界大战结束后,国际联盟委以南森重任,让他安排 50 万名战争囚犯返国,这个任务异常困难,可南森在政府及志愿机构的支持下,取得成功。1921 年,国际联盟设立难民事务高级专员一职,南森出任首位专员。上任后,南森全力保障难民的安全,帮助他们获得合法身份及经济自立的能力。对于无国籍人士,南森为他们安排一本最终获得 52 个国家认可的"南森护照"。

1922 年,南森荣获诺贝尔和平奖。他把奖金捐献给了国际难民救济事业。

1930 年,一次重要裁军会议的椅子空着,原本要来参加会议的南森在家悄然去世,享年 69 岁。现在,在奥斯陆附近一座安静的花园里,有他的墓,墓十分简朴,碑上只写着"弗里德托夫·南森",没有任何日期,这意味着他的精神永恒。

1954 年,联合国设立"南森奖",每年颁发一次,授予对难民事业作出特殊贡献的组

作者告别探险队员

异国风情千百度

前进号探险队员和中国年轻的极地游团队

织和个人。

我们现在乘坐的"前进号"得到南森"前进号"的命名,是他和阿蒙森所乘"前进号"的升级版,成为他们追梦的延续。我们今天的南极游也受惠于他们的探险,感受着他们的高尚精神和人格。每每乘坐"前进号"电梯时,我们都向他们的照片默默致敬。

今天的"前进号"秉承了南森"前进号"的探险精神,使用最先进的技术建造,非常适合在极地水域开展探险活动。同时,"前进号"也继承了南森的人文关怀,除了航海的安全性以外,船内的设施、服务和装潢都很温馨舒适。有127间舒适客舱;明亮的观景大厅、宽敞的户外平台以及甲板都能使游客近距离地接近海洋;"前进号"上由本地艺术家创作的装饰极富极地风格,其中有油画、山水画、印刷品和雕刻作品,连灯具都是冰川造型。

南极是永远的记忆

回程中,又过德雷克海峡时,我们竟遇到它一年中难得的"温柔",船还是摇晃的,但对我们也无大的影响,学着企鹅走路姿态,可不扶栏杆行走了。一日三餐,胃口很好。这次"前进号"除了自己的大厨,还特邀了北京大董烤鸭店的总厨孙宪厚和行政总厨高新宇主理中餐。中西合璧的美味佳肴吸引了中外游客和船员。我们连续听了不同的讲座,特别是探险队员们为我们所作的南极探险小结,受益匪浅。我们成了他们的粉丝,请他们一一签名合影留念。

告别"前进号"时,我们依依不舍,好像已经喜欢上这种动荡和科考的生活。全体探险队员都集中在下船处,送别我们,大家再次合影留念。

我们去南极前看过一个纪录片,一对夫妇带着两个孩子,开着十几米长的帆船去南极,越过德雷克海峡,在南极浮冰之间穿行,十分危险,而他们却无所畏惧,勇往直前。后来有人问妻子,你先生怕过什么吗?妻子说:"怕过,他对穿西装扎领带日复一日到写字楼上班的白领生活充满着恐惧。"

斯科特在留给妻子的遗书中写道:"关于这次远征的一切,我能告诉你什么呢?它比舒舒服服地坐在家里不知要好多少!"他嘱咐妻子要培养儿子"热爱自然,喜欢户外活动"。他给那几位同他一起罹难伙伴的妻子和母亲写信,为他们的英勇精神作证。他写道:"我不知道,我算不算是一个伟大的发现者。但是我们的结局将证明,我们民族还没有丧失那种勇敢精神和忍耐力量。"

南森说:"那冰原和极地上漫漫的月夜多么令人神往,但如今已像一个来自另一世界的遥远的梦——一个转瞬即逝的梦。但是,生活中要是没有梦,那生活又有什么价值呢?"

去过南极的人,或多或少都会被它震撼,被它感动,会一生难忘,形成永久的记忆,这或许是一种白色无瑕的洁净,一种令人心颤的美丽,一种万般寂静的无言,一种大自然与各种生命之间的沟通和默契,一种用百万年做度量的天与地。对此,我们除了敬畏,还是敬畏;除了谦卑,还是谦卑。这一刻,你或许会看到自己,看到自己的生命和生活。每一个被南极打动过的人,可能都会珍惜这样的感受、这样的联系和这样的思考。因为,只要地球还有这样的地方,我们的心才能安顿,我们的思绪才能飞扬。

从此,我们的精神再不会告别南极!

(左)顾德宁南极旅游证
(右)顾燕南极旅游证

第八目的地 北极

第一节 世界最北的城镇 ··321
北极熊的故乡
最北的城——朗伊尔城
拜访黄河站

第二节 斯瓦尔巴德全球种子库 ··326
种子诺亚方舟
人类粮食面临危机
为何放在斯瓦尔巴德？
进库探秘

第三节 探险家航程 ··331
再见"前进"号
怎么到了俄罗斯？
南北极有很大的差别
接连不断地登岛
北极动物对变暖最敏感

第四节 世界最北的首都 ·· 338

公交车成了"个人专车"

首善之都名副其实

冰岛不"冰"

哈尔格林姆斯教堂

晶莹透明的音乐厅

热水罐成了珍珠楼

必游的"黄金圈"和蓝湖

第五节 在格陵兰观鲸 ·· 344

世界最大的岛

鲸鱼离我们只有十几米

格陵兰鲸的趣事

第六节 比格岛上看历史 ·· 348

比格岛是博物馆岛

海盗船旁说海盗

"前进"号最值得骄傲

异国风情千百度

Viking

北极

世界最北的城镇

朗伊尔城博物馆里的北极熊标本

北极熊的故乡

打开世界地图，最上面接近北极点的穹顶里有一片岛，这就是斯瓦尔巴德群岛，也叫做斯匹次卑尔根群岛，它们是挪威的属地，位于北冰洋上，巴伦支海和格陵兰海之间，由西斯匹次卑尔根岛、东北地岛、埃季岛和巴伦支岛等组成。西斯匹次卑尔根岛最大，斯瓦尔巴德群岛的首府——朗伊尔城就在该岛的西岸，位于北纬78°13′，是世界最北的城或首府，距北极点也就有1000多公里。

比朗伊尔城更北一点的新奥尔松位于北纬78°55′，这个岛常年只住几十个人，是多国北极科考队的常驻地，我国北极科考站——黄河站就设在此岛。新奥尔松被称为世界最北的镇。

2013年8月，我们一路北行，先到挪威首都奥斯陆，再搭机飞到距挪威大陆北海岸还有657公里的朗伊尔城，在此乘坐海达路德公司的"前进"号邮船，游弋于斯瓦尔巴德群岛之间，参加"北极探险之旅"。期间，我们在朗伊尔城玩了三天，在新奥尔松参观了半天，对世界最北城镇有了一些印象。

"斯瓦尔巴德"意为"寒冷海岸"，地理位置很偏僻，气候恶劣和寒冷，人迹罕至，可却是北极王者——北极熊的故乡乐土，群岛上的北极熊有5000多头，比居民人数还多。朗伊尔城常住一两千人，可在周围活动的北极熊却有两三千头。我们一下飞机就见到一头，它就站在行李盘的中间，浑身雪白，凶悍强壮，不过它只是一座标本。后来，在朗伊尔城的人家、宾馆、商店、总督府、博物馆和教堂里，我们都见到过这种活灵活现的

异国风情千百度

向导杰斯帕和他的爱犬

北极熊标本。当地法律规定，北极熊是斯瓦尔巴德群岛的标志和宝贝，它们属于完全被保护的动物。人如果遇到它们，要尽量躲避，只有在自卫的情况下才允许开枪。如果有人为保命打死了北极熊，事后必须向斯瓦尔巴德群岛的总督作出解释。一地有这么多的北极熊标本，看来以前死于人类枪口的北极熊不在少数。

冰冻三尺的北极冬天是北极熊最快乐的日子，因为有大量的海豹供它们消遣和充饥。在这季节，它们对人和城没有一点兴趣。可8月是北极的夏天，海豹很少，饥饿难忍的北极熊就会到城里或城边觅食。前几年就有游客在朗伊尔城边丧生熊口。我们一到朗伊尔城就得到警示，我们不带枪，在市中心转转可以，若到城边或附近山里，就一定要有带枪向导的陪同，特别是那些设有北极熊出没警示牌的地方，这是当地的法律，人人都要严格遵守。我们参加了一次在朗伊尔城附近山区的 hiking（荒原徒步），两位挪威壮汉加我们共四人，就雇了一位叫杰斯帕的年轻人做向导。他是瑞典人，因酷爱无拘无束的大自然生活，就住在朗伊尔城外的小房子里，养了一百多条爱斯基摩犬。他熟知朗伊尔城外围的地形，有丰富的野外徒步探险经验，常为游客 hiking 做向导。我们雇了他，每人付了500元挪威克朗，约等于500元人民币，非常值得。我们先参观了他的狗场，爱斯基摩犬高大威猛，可温顺可爱，它们争先恐后地想与我们亲热，似乎都迫不及待地想与我们一起外出溜达。杰斯帕除了带着一头高大的爱斯基摩犬、来福枪和充足的子弹，还带着一支短的信号枪。他说，这种枪能发出巨响和色彩，可用来吓跑北极熊。

我们对这次北极之行能否看到北极熊有些忐忑。跑这么远不就是为了亲眼看一看北极野外的北极熊嘛。可如果真的遇到了，还真很抖呵。幼熊体重也有两三百公斤，成年熊可重达六百多公斤，它们冲刺时速高达64公里，嗅觉是犬类的7倍，当它们饥肠辘辘时，会不会拿我们做了开胃小菜？当地人告诉我们，见到熊时不要惊慌，要镇静下来，倒着慢慢走。可我们能做到如此临危不惧吗？

传来的信息也大相径庭。杰斯帕说，他在这附近荒野已转了四年了，从未遇到过北极熊。可能也是，我们跟着他在荒野里走了8个多小时，翻山越岭，走过冰川，涉水小溪，一路瞪大眼睛，左顾右盼。挪威人还不断用军用望远镜四处寻觅。我们也就见到几头北极驯鹿，它们的毛色为灰棕，在金黄色的苔原上显得很突出。母鹿带着幼鹿，好像还在喂奶。杰斯帕告诉我们，幼小驯鹿的生长速度是一个传奇，母鹿在冬季受孕，在春季的迁移途中产仔。幼仔产下两三天后就可跟着母鹿一起赶路,一个星期之后,它们就能像父母一样跑得飞快,时速高达48公里。与杰斯帕的"无熊论"截然相反,为我们开出租车的司机卡尔却说,他经常看见北极熊,让我们一定要小心。

在朗伊尔城和其他斯瓦尔巴德群岛诸岛的登陆和徒步中,我们没有遇到过北极熊,但看到向导和探险队员个个高度戒备,枪不离身,四处设岗,知道遭遇北极熊的机会并不少。船在穿越斯瓦尔巴德群岛一处峡湾时,我们终于见到了令人又爱又怕的北极熊,没有丝毫危险,一大一小似母子的北极熊在海里游弋。它们露出水面的毛发不是很白,微微变黄。这是夏季的毛发变化?还是我们遇到了灰北极熊?灰熊是北极熊和棕熊的一个亚种,灰北极熊是灰熊的后代。

在"前进号"上,我们听了探险队专家所作的北极熊讲座。他介绍说,北极熊是北极地区最大的食肉动物,也是最有代表性和象征北极的动物。它们分布于北欧三国的北部、俄罗斯的北部、美国阿拉斯加的北部、加拿大的北部和格陵兰岛。这些地区都拿北极熊作为自己的旅游纪念品或动物保护标志。在冰岛,我们就看见家家旅游商店都在卖中国产的长毛绒北极熊。

北极熊栖居于北极附近海岸或岛屿地带,生活的中心地区是冰盖,独居,常随浮冰漂泊。它们生性凶猛,行动敏捷,善游泳,善潜水。主要以海豹为食。1960年被射杀于阿拉斯加的一头雄北极熊,站立起来有3.9米高,体重1002公斤。北极熊的毛非常特别,是中空的小管子,北极熊的毛发白色是由于光线在小管子间的折射和散射所致。在阳光的照射下,小管子"毛发"也会变成美丽的金黄色。北极熊的寿命可高达40岁。

尽管北极早已严禁捕猎北极熊,但它们仍难逃脱全球气候变暖带来的灭顶之灾。有人在斯瓦尔巴德群岛发现两只溺亡的北极熊,就是因为冰块快速融化,使它们无立足之地。如果未来全球气温不断升高,北极冰层加快融化,北极熊的生存环境就会更加恶化,我们看到它们的机会就会越来越少了。

最北的城——朗伊尔城

朗伊尔城被称为"北冰洋上的一颗明珠",它曾是一座煤矿城,市中心地标就是一座下班归来矿工的雕像。现在,朗伊尔城开采的矿已不多了,主要是作为北极科考和旅游的门户。

矿工雕塑

异国风情千百度

在10月末至来年2月中，朗伊尔城为极夜，能见到北极光。4月中至8月中为极昼，能见到午夜阳光。我们去时是8月，下午是阴天，雾蒙蒙的，到夜里12点却突然放亮，出了太阳，一片辉煌。大多数游客会在夏季抵达朗伊尔城，由此进出斯瓦尔巴德群岛。

城里的房屋全涂成鲜艳的彩色。城区不大，可五脏俱全，体育馆、超市、酒吧、宾馆、教堂、剧院、艺术廊和博物馆等，一个都不少。特别是教育，从幼儿园到大学都有。斯瓦尔巴德大学中心有教职工70余名，学生来自世界各国，每年学生人数保持在300左右。不知这所大学是不是世界最小的大学，但肯定是世界最北的大学。我们进校拜访了该校唯一的中国留学生陈相材，他在此开展北极极光研究。陈相材介绍说，极光是来自于太阳的高能粒子与地球磁场相互作用，最终导致粒子在极区沉降的结果。而携带高能粒子的行星际磁场则与地球磁场发生重联效应，他正是利用地面的极光全天空数据与高频雷达数据对地球磁场重联的开闭合磁力线边界进行研究。在朗伊尔城美术馆，我们看了一部有关极光的纪录片，片子记录的极光五彩缤纷，形状不一，变幻莫测。极光虽然美丽，深受旅游者和探险者的喜爱，但这种能量常会搅乱无线电和雷达的信号。怎样减少极光的危害并利用其能量造福人类，是科学界的一项重要任务。我们与小陈的相识颇有戏剧性，在从奥斯陆飞往朗伊尔城的飞机上就我们三位中国人，却坐到了一起，一路上聊得投机。后来，在小陈住所，我们又巧遇中国极地研究中心的刘勇华研究员和吴名君，他们次日要从这里飞往新奥尔松黄河站。天赐良机。我们与他们约好在新奥尔松黄河站再见。

拜访黄河站

两天后，我们的船一大早就到达新奥尔松。下船后，我们直奔黄河站，在多个国家的科考站中，黄河站最好找，因为门前有两尊亦庄亦谐的中国石狮子。新奥尔松是北极科考的热土，在这里，我们看到有挪威、德国、法国、英国、意大利、日本、韩国和印度等国的科考站。

黄河站建于2004年7月28日，是一栋两层楼房。刘勇华带我们里里外外参观了黄河站。他告诉我们，黄河站总面积约500平方米，包括实验室、办公室、阅览休息室、宿舍、储藏室等，可供20多人在此工作和居住。重点开展极区高空大气物理、冰川海洋、生物生态、气象地质等学科的观测和研究，已获得了许多具有国际先进水平的成果。他特意带我们去看我国学者在国际高端学术杂志上发表北极科研论文的壁报，仅他本人和他所在的高空大气物理研究室的同事们就

朗伊尔城外秀丽景色

黄河站门前，顾燕与刘勇华展开扬子晚报

有厚厚的一叠。他领我们去看了楼顶部的五个小"阁楼"，那里是我国北极科考的重要设施——光学观测平台。他又指着黄河站下面的一大片天线和仪器，兴奋地告诉我们，那就是今年新部署的磁力计，用于研究磁层超低频波现象，同时也可以监测能量粒子沉降和电离层电流变化。他们就是为此而来的。

刘勇华说，黄河站目前拥有全球极地科考中规模较大的空间物理观测点，这为解开空间物理、空间环境探测等众多学科的谜团，提供了有利条件。在同一条地球磁力线的南北两端，同时进行空间物理现象的观测和对比，是科学家探寻地球外层空间奥秘的一条途径。由于我国南极中山站和北极黄河站基本在磁纬75度上，可在南北两极对地球磁场变化和极光等进行同步追踪和研究，观察太阳对地球的影响等。刘勇华就分别在南极中山站和北极黄河站做这个项目研究，真正意义上的南北极对话。

2013年5月15日，中国成为北极理事会的正式观察员。中国能被接纳为正式观察员，正是自身多年来加强北极事务能力建设的结果，其中包括北极科考和科研能力。为此，黄河站是立了大功的。

刘勇华介绍科研

> 异国风情千百度

斯瓦尔巴德全球种子库

种子诺亚方舟

2008年2月,一座叫"斯瓦尔巴德全球种子库"的农作物基因库在挪威北极的斯瓦尔巴德群岛上建成启用,它是世界第一座属于全人类的粮食种子库,也是目前全球最安全和最全面的农作物种子库。有媒体称它为"种子诺亚方舟"或"世界末日种子库"等,形容它是拯救人类粮食生物多样性"末日"的"诺亚方舟"。

这座神秘的种子库就深藏在朗伊尔城附近的大山里。机会千载难逢,在朗伊尔城上船前或下船后,我们能否进库探秘?我们跃跃欲试,可上网一查,心有点凉。为了保护种子的安全,这座种子库极少开门进人。目前世界上少数有关入库采访的报道,如美国有线电视新闻网和国家地理频道的新闻,都是趁着开启仪式或某国送种子的机会,记者跟进去瞧瞧。个别允许入库参观的例子也有,如联合国秘书长潘基文。

好像还没有中国人进过斯瓦尔巴德全球种子库,如我们能进去,至少是中国媒体第一人。抱着不妨一试的心情,我们给挪威农业部网站上公开的部长信箱发了信,表达了自己对这座种子库的兴趣,希望他们能安排我们入库采访。

没想到,几日后就接到瑞典农业大学的Roland von Bothmer教授来信。他说,挪威政府已将我们的信转给了他,由他负责解答和安排,因为他负责斯瓦尔巴德全球种子库的对外联络和参观。据他介绍,种子库由三方建设和维持。挪威政府是拥有者;全球农作物多样化信托基金是捐赠者;北欧遗传资源中心负责具体运作和管理。三方共同对种子库制定了非常严格的访问制度,一年内只有四五次,一般安排在有新种子入库时。种子库没有日常管理人员在朗伊尔城。所以,我们的愿望很可能落空。但他答应,他将一直关注这事,如果我们在朗伊尔城时,恰好又有了开库的机会,他一定帮我们争取。

就在我们即将启程出国前,Bothmer教授又来信告诉我们一个好消息。他说,全球农作物多样化信托基金会执行理事Aslaug Marie Haga女士于8月7日视察种子库,她很愿意接受我们的采访并领我们参观整个种子库。Haga是挪威人,曾任挪威高级外交官、议员、挪威政府三个不同部门的部长。

人类粮食面临危机

8月7日,我们见到Haga女士。她先向我们介绍了全球农作物遗传多样性保护的现状。Haga说,目前,全球农作物面临着天灾人祸的威胁,如不可预测的世界气候改变,地球温度每升高1摄氏度,世界粮食就要减产10%,升高到3到4摄氏度,粮食就会减产25%。还有世界人口的快速增长,到2050年,世界人口预计增加到90亿,这将对人类所需要的基本生存资源形成巨大的压力，人类要能在较少的土地保持收获较高产量的农作物，就一定要永久保护好现有的农作物多样性，而要做到这一点，就要永久保存好哪些更能适应气候变化、需要较少土壤、化肥和水、还可以抗病和抗虫的优良粮食种子，它们是天地精华，是人类上万年来传承的宝贵生命遗产，是保证人类现在和未来不挨饿的希望。但目前世界农作物多样性的丧失正在使农业失去良好的基础，也使人类更加面临着饥饿的严重威胁。

Haga 说，她们建立全球农作物多样化信托基金就是为了应对这种威胁，通过抢救和保存农作物的种子来维护农作物多样性，虽然现在各国大都有了自己农作物的基因库，有的搞得非常好，但有的因缺乏经费、位置不合适或管理不到位等，还不能确保本国粮食种子的安全，特别是遭遇天灾人祸时，如地震或战争，当地的种子库就可能会毁于一旦，瞬间永久丧失了一国人民多年来赖以生存的优秀粮食品种。比如，伊拉克战争、阿富汗战争和 2006 年袭击菲律宾的台风就严重地破坏了当地种子库。所以，为了做到永久安全地保护全世界农作物的多样性，就需要在地球最安全的地方备份人类所有的优良农作物种子，使它们的储藏地免于战争、政局动荡、自然灾难和经济因素的影响，以防万一，即使当地种子库被毁了，也可用这些异地储藏的种子重新启动当地农业。斯瓦尔巴德全球种子库是确保全球粮食安全的最后一道防线。

为何放在斯瓦尔巴德？

我们问为何把维系全人类粮食安危的种子库放在斯瓦尔巴德群岛。Haga 解释说，斯瓦尔巴德群岛的地理位置很偏僻，气候恶劣寒冷，人迹罕见，可使种子库远离各种外在威胁。但此地又不像南极那样非常不易到达，朗伊尔城有很好的码头和机场，这给各国来此运输种子提供了便利。斯瓦尔巴德群岛拥有永久冻土带，种子库建在冻土带的岩石中，即使不用现代化的温度调节系统或在长期断电状态下，冻土带也是一座天然冰箱，能使种子处于低温环境中，这非常适合种子的长期储藏，而不受气温变化的影响。在建这座种子库时，科学家们周全地考虑了现在和未来世界可能发生的各种最坏险情。如种子库位置高于海平面 130 米左右，即便以后格陵兰的冰盖融化或南极的冰层完全消融了，海平面上升许多，种子库也不会被淹没。种子库深藏在半山腰岩石里，可以应对强烈地震、小行星撞地球或核战争等大灾难。

Haga 强调，这座种子库虽然可以把一些农作物的种子保存千年万年，但它不是博物馆，就在眼前，它对解决人类吃饭大事已非常实用了，成为保护世界农作物生物多样性中最基础和最紧迫的工作之一。一些农作物生物多样性丢失的"末日"其实就已在眼前，比如，叙利亚战云密布，所幸的是，几年前，叙利亚就有人把他们农作物的种子存进了斯瓦尔巴德全球种子库。从人类生命的角度看，优良农作物种子远比黄金更加珍贵。

异国风情千百度

在入口，Haga等和顾燕拿着扬子晚报合影

进库探秘

一位高个子女士开车来接我们。车开出朗伊尔城，一侧是无际的大洋，一侧是绵延的山脉。十几分钟，我们就看到一座山的半山坡上有一座堡垒般的建筑。Haga告诉我们，这就是斯瓦尔巴德全球种子库，从外面看，真是不起眼。夏季的朗伊尔城外，山上只有少量残雪，大片裸露的黑色岩石使这座不高的建筑清晰可见。但可以想象，到了大雪覆盖的冬季和不见光亮的极夜，它就会被掩盖在白色的雪山和漆黑的夜色之中，十分隐蔽，难以看到。

我们的车子停在种子库的门前，一位先生已在此等候，第一道门要由他打开。门前有一段几米长的钢铁踏板，这是为了化雪时，让雪水流过。过了踏板就是一扇金属门，门不高，也不宽，外表简朴，没有装饰。接着门的是一座钢筋水泥通道，约十几米长，从山腰里伸出。水泥通道一侧的墙壁上用英文写着"斯瓦尔巴德全球种子库"。我们此前看过一些报道，说此通道设计如何"艺术"，可反射北极光，就特意问了Haga。她说，大门和入口通道设计没有考虑艺术性，一切都是

打开冰霜封堵的门很费力

通道顶上和两侧都排列着许多管道　　　通道尽头呈丁字型分开

为了种子的安全和便于管理，如暴露部分的外墙有一米多厚，门是防爆的。

打开首道门后，我们一眼就看到一条很宽敞的通道，约有几十米长，通道顶上和两侧都排列着许多或粗或细、或直或曲的管道。Haga 说，这是种子保障和研究系统，如一直保持零下 18 摄氏度的恒温。虽然库内外平时都无人看守，可这里的一举一动或细微变化都被遥控监测。通道的一侧有几间房子，里面放有仪器。桌子上有一本入库签到册，我们在上面签下自己的名字。走到通道尽头，呈丁字型分开，有一过渡的"客厅"，颇为宽敞。这里有两道气闸保护，然后才能进入储存种子的地窖。"客厅"的顶部和四周壁都是凹凸不平的，像是天然雕琢的原始山洞，壁面呈白色，凝结的冰霜如同万年的岩石和冰川，厚厚实实，冷冷冰冰。其实这是一条人工挖掘出来的隧道，深 122 米，因内壁不做任何装饰，反而显得顺其自然。也有说这种凹凸壁面可防导弹攻击。由这间"客厅"可分别进入三间独立的种子室。

开首道门的汉子留在通道处，Haga 和高个女士领着我们来到居中的一间种子室，只见金属门上布满了冰霜，锁眼也被冰霜封住，钥匙插不进去。看来 Haga 她们以前遇到过这种情况，她们找来一把刷子，细心地刷出锁眼中的冰霜，再插入钥匙，拉门时很费力，因为门缝里都是冰霜。开门一看，才知道这是第二道门，经过一个过道，还有一道门。此处有一个温度计，我们一看，正好是零下 18 摄氏度。

Haga 打开种子室的最后一道门，领着我们进入。先围着种子室转了一圈，只见室内整齐地排放着一排排金属架，架上摆放着一个个规格一致的种子盒。金属架按英文字母排列，种子盒按阿拉伯数字排列，将不同种子按照来源、种类、数量以及贮存条件分门别类地摆放，很容易寻找。每个种子盒子上都标有国家名。这套管理系统是梅琳达·盖茨基金会研发的。比尔·盖茨和他太太梅琳达的基金会是斯瓦尔巴德全球种子库的主要赞助者之一。包裹种子的是一种银色新型种子袋，可以使种子长久保存在干燥和冷冻状态下。我们发现架上还有朝鲜存放的农作物

异国风情千百度

Haga介绍情况

种子。叙利亚的农作物种子也静静地躺在这里，远离了纷争不断的祖国。美国存放的种子好像特别多。

我们最终也没看到中国农作物的种子。Haga遗憾地告诉我们，目前，这座种子库还没有存入中国农作物的种子。她说，中国是农业大国，有着广泛的农作物生物多样性，这对中国人及人类都是至关重要的。她正在与我国管理农业遗传物质的部门商谈，希望这座种子库能早日存进中国农作物的种子。

斯瓦尔巴德全球种子库的面积约1000平方米，我们看到的这间种子室面积大约为270平方米，可存放150万个样本容器。共有三间这样大的种子室，将容纳大约450万个编有条形码的农作物种子样品。每个样本容器中包裹着500粒种子。也就是可以储存22.5亿粒种子。目前，这座种子库虽已存入多个国家和地区的78万多种农作物的种子，但还有很大的储存空间。我们看到，不少架子是空的。

Haga特意向我们解释，这座种子库为各国免费保存农作物的种子。各国把自己的种子放在种子库，就如同把珍宝存放在银行的黑匣子里，要签订法律协议的，只有存放种子的国家才对种子拥有主权和使用权，没有他们的同意和授权，挪威政府、她们基金会和其他参与管理及科研的机构都不可擅自取出或使用的。所以，各国尽可放心。

探险家航程

再见"前进"号

8月8日，再见海达路德公司的"前进"号时，我们倍感亲切，南极与她一别，已有大半年了。上了船，我们熟门熟路，各处转转，好像回到海上的家。船长换了，可探险队里还有去南极时的熟人，如队长卡琳。

"前进"号此行叫"探险家航程"，在8天里，船沿着斯瓦尔巴德群岛西北海岸线行驶。"探险家航程"对此行的描述是："遥远、神秘和极致，斯瓦尔巴德群岛是挪威北极的明珠，是一群被海洋和海风锤炼锻造的岛屿，是冰雪覆盖的原生态地区，有迷人的峡湾和巨大的冰川。还有冰冻王国的顶级掠食者——北极熊。每到夏天，海鸟会向陡峭岩壁迁徙。登陆探险活动既提供了发现这些奇妙北极野生动植物的机会，也能跋涉苔原、乱石、海滩、冰川和群山，探寻早期探险者留下的众多遗迹。这些活动都将为您留下一次难以忘却的北极探险经历。"前进"号是南北极探险旅游的专家，有丰富的经验。"探险家航程"安排如下：第一天在朗伊尔城过夜；第二天游览朗伊尔城及其周边风光。到达巴伦支堡；第三天登陆 Hornsun 岛；第四天到达 Bellsun 岛，在 Ahlstran 半岛或 Calypsobyen 登陆。第五天到达康斯峡湾，登陆新

美丽荒凉的北极

异国风情千百度

> 北极风光

奥尔松；第六天到达木峡湾和 Liefdefiorden 峡湾，再向摩纳哥冰川的方向行驶，途中将穿过众多岛礁；第七天到达西北斯瓦尔巴德国家公园，穿越北纬 80°，登陆西北角。前往位于北纬 80° 的姆芬岛；第八天到达伊斯峡湾，回到朗伊尔城，结束航程。

怎么到了俄罗斯？

"前进"号停靠的首站叫巴伦支堡，这是一座俄罗斯管辖的小镇，建于 1935 年。我们一上岸就收到我国驻俄罗斯使馆的问候短信。在挪威拥有主权的斯瓦尔巴德群岛，怎么到了俄罗斯的地盘？这就要说一说《斯瓦尔巴德条约》了，由挪威海盗在 12 世纪首先发现斯瓦尔巴德群岛之后，17 世纪这里成为重要的捕鲸中心，20 世纪初发现了煤炭。几个世纪以来，多国对其提出主权要求。1920 年，由英国、美国、丹麦、挪威、瑞典、法国等 18 个国家在巴黎签订《斯瓦尔巴德条约》，将整个群岛的主权划给挪威。1925 年，又有许多国家参加了《斯瓦尔巴德条约》协约签字。该条约是迄今为止北极地区第一个，也是唯一的具有国际性的政府间非军事条约。尽管挪威对这群岛"具有充分和完全的主权"，但该条约规定，斯瓦尔巴德群岛"永远不得为战争的目的所利用"，各个缔约国、协约国公民，可以自由进入和逗留，只要不与挪威法律相抵触，就可以在这里从事生产、商业和科考活动。俄罗斯在挪威主权的斯瓦尔巴德群岛中拥有巴伦支堡，是表示其在北极这个地区的存在。俄罗斯还在巴伦支堡设有领馆。巴伦支堡目前却使用挪威邮政地址和电话号码。更有意思的是，巴伦支

> 身后有冰川塌陷的轰鸣声

冰川消融

堡成了挪威开展北极旅游的一个目的地，当地俄罗斯人也靠此增加收入，彼此配合默契。我们在巴伦支堡逛逛，这里是一家过气煤炭公司的后勤基地，常住人口有几百人，但住宅、医院、幼儿园、学校、体育馆、剧场和宾馆一应俱全。还有一座列宁的雕像。我们在剧场看了一场地道的俄罗斯歌舞秀。

在我国，知道《斯瓦尔巴德条约》的人不多。但我们应该知道，因为，在中国近代史上，我们和外国签订了许多条约，大多丧权辱国，而《斯瓦尔巴德条约》是一个令人欣慰的例外。1925年，段祺瑞临时执政的北洋政府代表中国参加了《斯瓦尔巴德条约》协约签字。朗伊尔城博物馆里保存着发黄的《斯瓦尔巴德条约》签字国名单，上面就有China。我们现在不知道段祺瑞当时是怎么想的，但他做对了，为中国此后进入北极铺平了国际法理之路。斯瓦尔巴德群岛成为中国公民可以自由出入、逗留的海外唯一的地方，在遵守挪威法律的前提下，可在那里进行正常的科学和生产活动。中国建立黄河站的一个根本法理依据就是《斯瓦尔巴德条约》。

南北极有很大的差别

北极是指地球自转轴的北端，北极点是北纬90°，在北冰洋上。北极地区是指北极附近北纬66°34′北极圈以内的地区。

南北极有很大的差别。南极境内没有一个国家，也不属于任何一个国家；而北极境内有挪威、丹麦、加拿大、美国、俄罗斯、芬兰、冰岛、瑞典的领土伸入。南极圈内没有常驻从事生产与生活的人口，有些科考站虽然有人坚持常年考察，但要轮换；北极圈内有城镇和常驻人口。南极矿藏丰富，但国际社会达成一致，要保护南极环境，都暂不

异国风情千百度

开采；北极的煤炭、石油等资源的开发已有百年历史。南极由于有大洋阻隔，人们难以到达，污染较轻；北极交通比较方便，人员众多，污染较重。

北极地区的气候终年寒冷，但没有南极那么冷。北极冬季，北冰洋完全封冻结冰。夏季，气温上升到冰点以上，北冰洋的边缘地带融化。但北冰洋表面的绝大部分终年被海冰覆盖，是地球上唯一的白色海洋。中央北冰洋的海冰已持续存在了300万年，属永久性海冰。

站在甲板上，我们很快就见到了浮冰和冰川，北极的浮冰与南极的浮冰相比，差异甚大。南极圈内的冰山高大，有的就是巨无霸；北极的冰山相对矮小。这是因为洋流北极地区虽然属于不折不扣的冰雪世界，但由于洋流的运动，北冰洋表面的海冰总在不停地漂移、裂解与融化，因而不可能像南极大陆那样经历数百万年积累起数千米厚的冰雪。所以，北极地区的冰雪总量只接近于南极的十分之一，而且大部分集中在格陵兰岛的大陆性冰盖中，而北冰洋海冰、其他岛屿及周边陆地的永久性冰雪量仅占其中的很小一部分。

探险队员告诉我们，也不能因此就小瞧了北极浮冰。这些从陆缘冰架或大陆冰盖崩落下来的冰体一般直径大于5米，厚度可达几百米，也有较大的冰山，有几公里，甚至十几公里长。北冰洋海冰形成的浮冰，与来自格陵兰等岛屿的浮冰会合，随海流进入大西洋或阿拉斯加外海，可以向南漂浮很远，对航行造成威胁。1912年，"泰坦尼克"号首航，就是在大西洋途中，撞上了一座从北极北冰洋漂出的冰山，船沉人亡。

接连不断地登岛

我们的整个航程就是不停地登岛。上午出发，下午再出发，有时回船时已到晚上，不过是极昼，夜里也明亮。与南极登岛不同的是，在南极登岛时，我们只能在边缘上走走看看，而在北极登岛则可以比较深入。特别是我们参加了两次探险队组织的hiking和kayak（皮划艇），对北极荒岛有了更多的了解。

苔原

北极罂粟

冰川下的海鸟

　　南极圈内没有草木，仅仅生有苔藓类低等植物；而北极圈内有些地方有草原、鲜花和茂密森林，远比南极丰富多彩。可我们徒步的荒岛都接近北纬80°，已看不到树木，距海滩不远处或冰川融化后的冰水流淌处，长着厚厚的苔原，有的还很辽阔。苔原基调是绿色的，也有黄色，中间长着许多不知名的小草，盛开着许多白色、黄色、红色的小花。有一种黄花格外突出，在十几厘米高的纤细花梗上，顶着一朵朵杯形的黄花，几乎没有叶子，这就是北极罂粟。它那杯形的花朵，就像反光镜一样，靠鲜艳的花瓣将太阳能聚焦到花蕊上，为其提供热量，保证花蕊能够正常发育生长。

　　我们看到许多"雪绒花"，就是北极棉花，一阵风吹过，它的种子就散布四方。虎耳草也不少，花茎上长着一朵朵紫红色的小花，妩媚动人。还有一种粉红色的小花，特别惹人喜爱……北极是一个极端恶劣的环境，可冬天过后仍有鲜花烂漫，这与北极植物之间的相互合作和依存有关。在北极，最常见的植物就是苔藓，灌木和草本植物的根茎以及嫩芽都隐藏在这一层中，彼此可以得到很好的保护，形成一个互惠的保护圈。我们看到的北极植物都是垫状低矮的，如此"低调"是与恶劣的自然环境有关，在这里，不要说"木秀于林风必摧之"了，一根草、一朵花秀于苔原，风雪也必摧之，如此"低调"，加上抱团取暖，就是最大的生存智慧。

　　这里是永久性冻土带，每年夏天，只有地表才能融化薄薄的一层，这样的一冻一化，久而久之，就形成了厚厚的植物层，构成千

异国风情千百度

奇百怪、斑斑驳驳、各种各样的美丽图案。融化的雪水渗透不下去，所以，苔原中有些地方积水，行走时有些危险。但也不是绝对不能走，一定要有向导领路。每次登岛时，探险队都提前探路，在苔原的危险地带插上警示红旗。走在没有积水的苔原上，就像走在厚厚的羊毛地毯上，非常舒服，可惜这样的享受机会不多，越过苔原，一般都要经过一大片乱石阵，根本无路可走。有些石头很大，在大石头之间跳着走，反而比走在足球或拳头大的滚石上要舒服安全。岛上的山都不太高，虽是夏日，山顶仍有厚厚的积雪，化雪处的山脊露出黑黑的岩石。

仅从岛上看，北极冰川的消融显然比南极要厉害许多，冰川分解和后退的痕迹明显，大块游离和隔断的冰块夹着黑色，看起来脏兮兮的。探险队员告诉我们，这是冰川在退缩时裹挟了岩石。他们亲眼看到，这里的冰川在不断地后退、缩小和变薄。冰川外周看起来也不那么坚固，感觉它们会突然坍塌。我们在走近冰川时，还有我们乘冲锋艇和划皮划艇接近它们底下时，都听到一阵阵闷雷的声音，这可能附近又有冰川塌了。

随着全球气候变暖，北极的许多冰盖开始融化，冰融水形成了一条条溪流，这些溪流最终又会流入冰川锅穴之中。冰川锅穴就是冰川中近于直立的井穴或洞穴，是由冰面因融化等原因坍落而形成的。人站在这样的冰面上，可以听到地下的水流声，非常恐怖。如果跌入冰川锅穴，必死无疑。我们在朗伊尔徒步时，越过一大段冰川，冰川面很滑，风刮过冰川时，会变得异常猛烈强劲，我们感觉自己像纸片一样，被风吹得飘飘忽忽。杰斯帕很有经验，他先在自己鞋子上绑上钉

冰川锅穴

风雪中的北极驯鹿

条，又把一头拴狗的绳子系在腰间，让我们五个人紧紧手拉手，一起侧着身体过冰川。五个人加一条狗的重量，虽是步履艰难，但顺利过关了。就在过这片冰川时，我们见到一个冰川锅穴，约有几十厘米宽，似有水声。杰斯帕大声警告我们，千万不要滑进去。后来，他心有余悸地对我们说，他前一段时间过来时，这座冰川锅穴的裂缝还没有这么大，真是太危险了。

北极动物对变暖最敏感

北极地区对全球变暖效应比较敏感，因为北极冰山为浮冰，海水的温度对其消融有很大的影响。对此，北极动物先知先觉。姆芬岛位于北纬80°以北，因为此地是海象和鸟类等野生动物的栖息地，所以严禁登陆和近海岸航行。我们从船上看到姆芬岛海岸上有几十头海象，周围的海已没有什么浮冰了。几千年来，海鸠都习惯于将巢穴建在北极的悬崖峭壁上，因为附近冰川可为它们提供最好的捕食场所。虽然，我们在冰川附近的悬崖峭壁上仍发现大批海鸟，但随着冰川的融化，它们将无法适应新的环境。

我们在岛上徒步时，从未见到北极熊的踪影。只见过两次北极驯鹿。我们也没见到北极狐。在朗伊尔城博物馆里见到北极狐的标本。它们的体长只有五六十厘米，尾巴很长。北极狐能在零下50摄氏度的冰原上生活。它们的脚底上长着长毛，在冰上行走时也不打滑。陈相材告诉我们，冬季，他曾在朗伊尔城见过北极狐，浑身雪白，十分可爱。北极是地球上最后的大片未开发的土地之一。北极生物圈的生态系统十分脆弱，自我修复能力不强。频繁的人类活动对北极地区的生态环境造成了影响。所以，与去南极一样，对去北极的人也有很高的环境保护和文物保护要求。岛上有一些木质房子、乱石堆砌的墓、鲸鱼骨骼和油桶，这些都是前人探险和捕杀鲸鱼时留下的痕迹，现在成了受法律保护的历史遗迹，游客只能看看，不可动手。

异国风情千百度

世界最北的首都

托宁湖

公交车成了"个人专车"

国人多说北欧四国,其实北欧有五国,除了瑞典、丹麦、芬兰和挪威,还有冰岛。冰岛位于北大西洋和北冰洋的交汇处,靠近北极圈,是欧洲第二大岛。冰岛地广人稀,面积为10.3万平方千米,约等于我国江苏省的面积,而江苏人口为7920万人,冰岛人口只有32万左右。

冰岛首都雷克雅未克市(雷市)是冰岛最大的城市,位于北纬64°09′,距北极圈很近,它是世界最北的首都。冰岛的大部分地方不适合人居,约有一半人住在雷市及附近的卫星城里。我们在雷市住了一周,对城大人少的印象深刻。雷市的公交线路四通八达,可坐车的人却寥寥无几,我们坐了几次,基本是"个人专车",当地人说,雷市公交司机常常一个人开着空车跑来跑去。我们看了两场电影,每场都不超过十个人。找当地人问问路,在路边要等十几分钟,才见踪影。我们住的地方距托宁湖只有几分钟的路,托宁湖是当地人最爱的休闲场所之一,市政厅、国家总理和总统办公室都在附近,可平日里也只有几位孩子在此用面包喂喂鸭子,偶尔有人跑步经过。我们参观国家图书馆和博物馆时也没遇几个人,几个馆员过来招呼我们,问他们可以提供什么帮助。只有一天例外,

雷市一景

8月24日是雷市的一个节日，市中心有七八处露天摇滚表演，街上和草地上到处都是欢快的人群，一家人扶老携幼，年轻人成群结队，雷市人倾城而出。可第二天，又恢复了常态。

首善之都名副其实

雷市被誉为世界首善之都，真是名副其实。雷市人乐于助人。我们问个路，提个问题，当地人都热情诚恳，尽力帮助。过街时，如无信号灯，过往的车辆都会主动停下来，司机微笑招手，示意我们先行。冰岛是世界上第一个完全消除文盲的国家；冰岛人均著书、出版和购书排世界第一；冰岛人的贫富差距不大；冰岛的犯罪率极低；冰岛是世界上第二长寿国家，2005年人均寿命达到了81.15岁；冰岛被选为"最适合人居国家"和"世界上最幸福的国家"；雷市还是联合国教科文组织授予的"文学之城"，与"文学之城"爱丁堡、墨尔本、爱荷华和都柏林齐名。

除了安全、安静和友好，还有洁净。"雷克雅未克"在冰岛语里有"冒烟的海湾"之意，这冒烟就是地热蒸汽。早在1928年，雷市就建起了地热供热系统，为市民提供热水和暖气。雷市没有锅炉和烟囱，极少使用石油和煤等，是世界著名的"无烟城市"，几乎没有空气污染。市容整洁，天空蔚蓝。我们去过的卫生间里都有热水洗手。

冰岛不"冰"

虽位于北极圈附近，但由于受到墨西哥暖流的影响，雷市冬天的气温不会低于零下15摄氏度，而夏天又很少高于20摄氏度，故有"天然冰箱"之美誉。我们8月在雷市时就感觉到"冰岛不冰"，但出海或在野外下雨时还比较冷，太阳一出，就暖了许多。冰岛多雨，每年平均有148天有雨。我们就曾遇到阴雨绵绵时。雷市的下雨、放晴和出太阳像电影里的蒙太奇，镜头快速切换，反复无常。可能正是因为如此，我们多次看到七

霍夫迪楼

异国风情千百度

哈尔格林姆斯教堂

名声显赫,丘吉尔等许多国家元首在此楼住过。特别是在1986年10月,美国总统里根和苏联领导人戈尔巴乔夫在此会晤,标志着冷战结束。我们特意买票进去参观,别墅不奢华,却很舒适。里根和戈尔巴乔夫会谈的客厅隔着海峡面对群山,景色诱人。

哈尔格林姆斯教堂

雷市街道排列整齐,房屋涂成各种色彩,到处有绿地。从各个角落都能看见位于市中心山丘上的哈尔格林姆斯教堂。教堂以冰岛宗教诗人和牧师哈尔格林姆斯的名字命名,纪念他对冰岛文学的巨大贡献。教堂前门广场上的雕像是雷夫·埃里克松,公元1000年,他成为第一个航行到美洲的欧洲人。雕像下面写道:"这是为了纪念阿尔庭一千年,美国送给冰岛的礼物。"

阿尔庭非常值得说一说。公元930年,一群厌恶当时欧洲君主统治制度的海盗移民在冰岛荒野的一块平地上聚会,决定全民每年举行一次大会,平等地讨论和表决有关民众的大事。这就是冰岛阿尔庭的由来。"阿尔"是全体的意思,"庭"就是开会,阿尔庭这个词后来转化为世人都知道的"会议"。此后,冰岛人年年都在这块平

彩缤纷和跨越天际的美丽彩虹。

雷市西南滨海,长长的海滨道里有专门的行人道和骑车道。北面和东面有高山环绕,每当朝阳初升或夕阳西下,山峰呈现出娇艳的紫色,海水也变成深蓝。冬季,这些山都覆盖着白雪。海滨大道旁有许多漂亮的房子,其中有一座叫"霍夫迪楼"的白色两层别墅,

雷克雅未克音乐厅和会议中心

晶莹透明的音乐厅

由哈尔格林姆斯教堂走到海边，要经过几条小街，街边有许多卖冰岛特色旅游品的小店，如长毛绒北极熊和善知鸟、冰岛手工编织的毛衣手套；还有餐饮店、咖啡屋、酒吧；我们最喜欢的是冰岛特色餐厅、牛肉面馆和冰淇淋店。冰岛不进口肉类，自产的牛羊肉品质很高。羊肉烧胡萝卜是冰岛的特色菜，味道鲜美，我们多次品尝。牛肉面名副其实，肉多面少。冰淇淋要坐在街面的椅子上吃，一抬头就看到哈尔格林姆斯教堂的全貌。

走到海边，最突出的建筑是Harpa，全称是"雷克雅未克音乐厅和会议中心"。这座2.8万平方米的音乐厅坐落在陆地和海洋之间的边界，像岸边凸起的一块巨大岩石，可附近又可以清楚地看到浩瀚海洋及山脉的独立位置。音乐厅的透明砖墙不断在变化着色彩和光线，这创作灵感来自于北极光和戏剧性的冰岛风光，可体现出冰岛的特色。Harpa内部结构也是晶莹透明的，许多玻璃建筑构成了不同的演出区、休闲区和艺术区。我们多

地上开会，不分尊卑，平等议事。从公元10世纪一直开到18世纪末，延续了800多年。阿尔庭是世界上最早的议会，也是最早的共和制政府，比英国议会的出现还要早300年。冰岛人创立的阿尔庭对后来欧洲议会制度的产生有着深刻的影响。1845年，冰岛又恢复了阿尔庭。如今的冰岛议会阿尔庭每四年选一次，有63位成员。

哈尔格林姆斯教堂的造型标新立异，74米高，像冰岛火山爆发后遗留下来的玄武岩石柱体，也有人说像管风琴。从不同角度看上去，教堂都有一面阴影似凹进去的洞穴，像一座天然溶洞。教堂内部的结构非常简洁，30多米高的主厅穹顶像冰窟，显示出冰岛的地貌风格。教堂里的管风琴有15米高和5000多个风管。我们正好碰上了雷市的"神圣宗教音乐节"在这里彩排，就静静地坐下来，听了一曲曲宗教音乐。而后，又坐电梯登上教堂的塔尖，俯瞰雷市全貌。

Harpa内部

异国风情千百度

次来此喝咖啡、吃冰激凌和休息。还看了一场叫"60分钟成为冰岛人"的脱口秀,演员是一位冰岛的教授,他风趣幽默地介绍了冰岛人的生活习俗和冰岛的"冰与火"风光。他说,冰岛人很勤奋,做事就像中国人,此时背景音乐响起"红色娘子军"的主题曲"向前进,向前进"。教授与我们相视一笑。

因为演出前,要求每位观众自报国门,都知道我们是在场的唯一两位中国人。

热水罐成了珍珠楼

雷市的中心不大,可外延不小。距市中心不远处的珍珠楼也是雷市的一处地标,珍珠楼高25.7米,占地面积为3700平方米,穹顶由1176块玻璃组成,在阳光辉映下,像一颗精美的大珍珠,很远就能看到。珍珠楼是一家热水供应公司,周围的6个大铝罐都储存着热水,地下排列着巨大的管道,通向雷市各处。

珍珠楼顶的餐厅是世界最好的餐厅之一,以鱼为特色,冰岛政府在此款待国宾,江泽民和李鹏都曾在此就餐。我们兴冲冲地想去品尝一下,一看人均最低消费要三四千人民币,便悄然而退了。站在珍珠楼顶,可以远眺雷市中心全景。夜晚的珍珠楼流光溢彩。

珍珠楼内有各种展出,最有名的是《萨迦》(Saga)故事硅像馆。《萨迦》是冰岛的一部文学巨著。"萨迦"就是讲故事的意思,有人说《萨迦》是人类最早的小说。公元12和13世纪前后,冰岛人和挪威人用散文把过去叙述祖先英雄业绩的口头文学记载下来,加工整理成《萨迦》。流传至今的《萨迦》有150多种,反映了冰岛和北欧氏族社会的英雄等。《萨迦》对冰岛人的性格和品质形成有重要的影响,是冰岛民族精神的支柱之一。我们住的那家酒店就叫Saga。

必游的"黄金圈"和蓝湖

雷市周围四五十公里内的景点就更多了。雷市的旅游业很成熟,有多家旅游公司,你只要在宾馆打一个电话,一会儿就有人上门接你去玩。项目很多,惊险的有坐升降机下到活火山熔岩附近;舒服轻松的有泡蓝湖温泉。最经典的旅游路线就是"黄金圈",即依次参观议会旧址、黄金瀑布和间歇泉。

"黄金圈"不仅有壮丽的自然景观,也有冰岛民族和国家的象征。议会旧址,也叫议会平原,就是前面提到的阿尔庭,这是一块空旷的平地,与周围的湖泊、峡谷、断崖、瀑布、教堂等组成议会平原国家公园,冰岛法律规定,此地作为冰岛民族的财富和圣地,永远不得出卖或抵押。议会平原附近有一条深深的大裂谷,这是世界上唯一能在海平面

阿尔庭原址

蓝湖温泉

以上看到的欧亚板块和美洲板块交界处。每年,这两个板块还自交界线各自向外移动2厘米。2004年,联合国教科文组织将议会平原国家公园认定为世界自然遗产。

黄金瀑布是欧洲最大的瀑布,从32米的高处飞流直下,分为两级,上级落差11米,下级落差21米,宽100多米,奔流到2.5千米长的陡峭峡谷中。我们去时下雨,走时雨停,瀑布上出现一条巨大的彩虹,绚丽无比。瀑布入口处立有一块铜牌,这是为了纪念当地一位农民的女儿。政府曾有计划在此建造一座水电站,可农民女儿认为这样会破坏自然景观,她坚持与政府打官司。结果,她赢了,为后人留下这片蔚为壮观的瀑布。

冰岛有许多间歇泉。"黄金圈"里的一些间歇泉已不喷发了。有一座每隔8分钟左右喷射一次,水柱高达20几米。

我们去泡蓝湖时,老远就看到那家有名的地热发电厂,烟囱周围,白烟飘渺。海水经过地下高热火山熔岩层吸收热量,变成160℃的水蒸气,用来发电。部分水流入死火山口,就形成了蓝湖温泉,蓝湖终年呈深蓝色,水温为38℃,水中富含的矿物质有保健作用。水底有白色的温泉泥,这是火山灰形成的矿物质,主要成分是二氧化硅,涂在脸上,可以美容。

蓝湖温泉离凯夫拉维尔国际机场只有22公里,不少游客一到冰岛就先去蓝湖泡温泉,消除疲劳,再回到雷市。也有人离开冰岛之前过来泡泡,再到机场。蓝湖温泉管理部门为此提供方便,廉价保管行李。交通也方便,一些旅游公司在雷市、蓝湖和机场之间有班车。

泡蓝湖很舒服,特别是靠近出水口处,虽有些烫,但感觉更爽。在蓝湖温泉水里,我们看到,各国人袒露相见,笑脸相迎,彼此友好,好像是温泉里的"阿尔庭"。最感人的是,一些家庭或朋友抬着瘫痪的家人来泡,所到之处,都有人伸出援手。泡蓝湖的价格不等,如你不需要大毛巾、浴袍和饮料等,每人约300元人民币,当地人都是选这种"裸泡"。外国游客多选有大毛巾和浴袍的那一种,价格要贵一点。蓝湖温泉的礼品店销售各种以蓝湖温泉矿物质为成分的美容护肤品,价格不菲。温泉里还有美容店和餐厅等配套服务,当地人常常是一家老少在这里泡一天,度假休闲。

异国风情千百度

在格陵兰观鲸

格陵兰航空的小飞机

世界最大的岛

格陵兰岛现在属于丹麦，但搞了自治。我们去格陵兰，有了多次进出的申根签证还不行，还需要有格陵兰岛的签证。我们一到冰岛的雷克雅未克，就找到了丹麦驻冰岛大使馆，办理了去格陵兰岛的签证。

格陵兰是世界最大的岛，面积有216万平方千米，在北美洲东北，北冰洋和大西洋之间。全岛约有五分之四的地区在北极圈内，大部分土地被冰所覆盖，北极冰雪多在格陵兰。格陵兰不该叫Greenland（绿地），而是真正的Iceland（冰岛），据说是当年发现它们的海盗玩了花样。

我们乘坐的格陵兰航空公司的飞机小巧玲珑，红色，只有20几个座位，一位空姐，两位飞行员。飞机虽小，飞得却十分平稳，一路没有颠簸。最令人意外的是，两位飞行员一路开着驾驶舱通往客舱的小门，我们上前几步，就能透过驾驶舱俯瞰格陵兰的山脉、冰川和峡湾。用民航飞行员的视野看地面风景，看空中云彩，是我们从未有过的体验，奇妙新鲜。更让我们有点吃惊的是，乘客中一位德国小伙子竟坐进了驾驶舱，与飞行员开心地聊起来。犯罪率极低的地方，人与人之间就少了戒心，多了信任和亲密。

格陵兰人中多数是因纽特人，也就是以

中间的孩子太像中国人了

前人们所说的爱斯基摩人。"爱斯基摩"意为"吃生肉的人",含有侮辱之意。"因纽特"有"真正的人"之意。所以,现在都称北极因纽特人,以示尊重。为了避开深度严寒,格陵兰居民主要分布在稍暖的西部和西南部。格陵兰岛的首府——努克(Nuuk)就位于西岸戈特霍布海峡口。在格陵兰语中,Nuuk意为海岬。努克是格陵兰最大的港口城市,约有居民一万两千多人。

我们在网上预订了努克的公寓,因为我们到达努克时已过了下午四时,公寓管理人员就把我们公寓的钥匙放在机场。我们取了后,直接打的"回家"。公寓虽然便宜,但品质不差,电磁炉和锅碗瓢盆齐全,此后几天,我们都到超市买菜,自己烧,又省钱,又好吃,格陵兰海鲜价廉物美。公寓实行客人自我管理,规矩不少,比如,离开时,只要留下一个未洗净的碟子,就要罚几百元,直接从你的信用卡上扣除。

受温暖海流的影响,8月的努克并不太冷。虽然附近海面上还漂浮着巨大的浮冰,周围山顶也有积雪,但紫色的虎耳草和黄色的罂粟花已经盛开,有的地方还长着矮矮的绿色灌木。

努克市区不大,房子涂成各种彩色。这是北极城市的一个共同特点,因为冰雪的白色过于单调,人们对鲜艳的色彩有特殊的喜爱。我们四处转转,雕像、教堂、博物馆、超市、艺术宫、体育场、电影院、电视台和港口等,一个都没少。当地人也没拿我们当外人,因为中国人与因纽特人长得实在太像了。在格陵兰博物馆里,我们看到因纽特人祖先的图片,看来因纽特人与我们亚洲人真是同根同源。

鲸鱼离我们只有十几米

我们到格陵兰,主要是想看鲸鱼。找到一家旅游公司,接待我们的小姐告诉我们,因为现在格陵兰出海看鲸鱼要凭运气,所以,她们公司已取消了"观鲸之旅",改为"峡湾巡游",巡游中或许会邂逅鲸鱼。听多了那种打包票的"观鲸之旅"宣传,我们对她这种"谦逊"的姿态有了好感,买票上了船。

船很小,连开船的船主在内,也就有9

鲸鱼露出水面的脊背

异国风情千百度

母子同行

个人。一位瑞典女士为大家打气,她说,昨日,她已出过一次海,很快就见到了鲸鱼,就距离十几米远,太刺激了,因为没看过瘾,今天想再看一次。船主信心满满,胜券在握。他对我们说,船一出港湾,就迎着鲸鱼游弋捕食的路线驶去,二三十分钟内,让我们看到鲸鱼。我们听了,很是兴奋,希望不虚此行。

我们很快就中了头彩。站在船头,突然看到远处波涛中喷出一股水柱,接着又是一股,就像我们才在冰岛见过的间歇泉喷发。我们的船加速向喷水海域驶去,快接近时,减速,慢慢停了下来。几分钟后,我们就看到两头鲸鱼露出水面的脊背,黑黝黝的,宽宽的,约有七八米长,像一节游动的礁石。一会儿,脊背不见了,却翘起尾巴。船主轻声说:"它们在下潜。"露出水面的鲸鱼尾巴活像一只美丽的大蝴蝶,有六七米长。尾巴向前翻卷,露出里面的白色。这时,鲸鱼距我们只有十几米,连尾巴上面的白色斑纹都清晰可见。因为鲸鱼尾巴里面的颜色和纹路如同我们人类的指纹,世上没有相同的,独一无二。所以,格陵兰自然资源研究所在船上贴了通知,留了电子邮箱,希望游客将自己拍到的鲸鱼尾巴背面发给他们,以便统计格陵兰的鲸鱼数目。我们一回国,就照办了。

格陵兰鲸的趣事

我们见到的鲸叫格陵兰鲸,又称北极鲸或格陵兰露脊鲸。因长有一个巨大而独特的弓状头颅,还被叫做弓头鲸。它们是北极最大的鲸,雌鲸身长达21米,雄鲸比雌鲸稍短。体重可达上百吨。巨大的头部占了整个身体的三分之一。头下部呈白色,与黑色的身体之间,有一条深深的狭窄颈部。我们只见到

尾巴象大蝴蝶

颈部那个狭窄处，没有见到硕大的鱼头。

船主告诉我们，格陵兰鲸会跃身击浪，垂直跃出水面，躯体的上半部跃在空中，而后半部留在水中，最后，再侧向一边入水，庞大身体溅起巨大的浪花，十分壮观。这种跳跃多在春季迁徙时出现。可惜现在是夏季，我们没此眼福。船上就有巨鲸跃出水面半个身体的图片，还有游客以空中跃起的巨鲸为背景留影，让人羡慕嫉妒恨。

弓头鲸拥有一副浑厚的嗓子，在迁移、进食和社交时发声，互相沟通。其中一些长而重复的"鲸歌"可能是交配的讯号。我们七八次接近它们，屏住呼吸，竖起耳朵，也没听到它们说话和唱歌。

格陵兰鲸是须鲸，它们在海里张着大嘴，移动摄食。格陵兰鲸为胎生，怀孕期长达10至12个月，初生的鲸鱼就有4米多长。格陵兰鲸有保护幼鲸的天性，当幼鲸受到侵害时，母鲸的攻击极其凶猛。我们看到有两头大小不一的鲸时刻不离前后。船主说，这肯定是母子俩。

格陵兰鲸虽然用肺呼吸，但潜水能力非凡，一次呼吸后，可在水下待80分钟，下潜深度可超过200米。我们第一次见到它们后，等了十几分钟，不见它们踪影。然后，突然又在我们船的附近出现。它上浮时，力大非凡，50厘米厚的冰层，它们都能用脊背顶出一个大窟窿。当它们靠近船时，我们能感觉到波涛滚滚而来。

虽然，大多数格陵兰鲸被认为只能活到50岁左右。可《美国国家地理》报道，已发现一头雄性弓头鲸的寿命达到200岁。以前，北极的格陵兰鲸不少，但遭到人类的无情捕杀，现在成了稀罕之物了，受到了保护。我们在格陵兰近距离看到它们，还拍摄到不少难得的图片，实属幸运。

异国风情千百度

比格岛上看历史

比格岛是博物馆岛

奥斯陆是挪威的首都和最大城市，坐落在奥斯陆峡湾北端的山丘上，面对大海，背靠山峦，布局整齐，风格独特，环境幽雅，风光旖旎。与奥斯陆市中心隔海相望有一个小岛，叫做比格岛，上面有多家博物馆、国王的夏宫和农场。游客登岛多是为了看挪威的历史。从诺贝尔和平奖中心附近的码头坐91号船就可以上岛，也可坐30路公交从陆地登岛。

比格岛上绿树成荫，有很多座漂亮的别墅，庭院里种着苹果树。岛上的博物馆很多，游客只能选着看。我们先去了挪威民俗博物馆，这家以露天为主的博物馆分隔成几个区域，反映从中世纪至现代挪威人的生活起居、饮食习惯和建筑特色。里面有170座从挪威各地迁移过来的木造建筑，其中一座教堂有800多年的历史，是挪威典型的木板塔式教堂。一些精壮的维京马和维京奶牛就养在院中。

海盗船旁说海盗

接着，我们看了海盗船博物馆。在挪威，海盗船博物馆类似于我国的长城和故宫，有国宾来访，必会领去参观一番。访问过奥斯陆的我国领导人几乎都去看过。我们参观时，也看到各国游客络绎不绝。这里展出的海盗船是挪威最有价值的出土文物之一，它们记载着挪威先人精湛的造船及航海技术、古代的生活图景。还有一点很重要，就是挪威人对"北欧海盗时代"有一种复杂的情结。

挪威海盗就是北欧海盗，又称维京人（Viking），他们的老家是挪威、瑞典和丹麦，从公元8世纪到11世纪，他们打遍欧洲无敌手，一度控制了欧洲的大部分地区。欧洲这一时期被称为"维京时期"或"北欧海盗时

维京马

维京奶牛

海盗船

代"。北欧海盗残暴凶狠，被说成是"来自地狱的魔鬼"。可另一面，北欧海盗也是卓越能干的工匠、水手、探险家、商人和农夫，他们那种不惧危险和牺牲、不停探险和发现的英勇无畏精神，也使他们有"北欧勇士"之名。我们才去过的斯瓦尔巴德群岛、冰岛和格陵兰岛，都曾是无人知晓的不毛之地，全都是由北欧海盗最先发现、定居和拓荒的。在哥伦布发现新大陆之前的500年，北欧海盗就已经越洋到过北美。对北欧海盗的这些"历史功绩"，挪威人至今难掩自豪。海盗船博物馆就是一种纪念。

海盗船博物馆目前保存完好的海盗船有两艘。一艘叫"高克斯塔"号，大约建造于公元890年，1880年被挖掘，它是一艘典型的海盗战船，23.3米长，船身扁平，有5米宽，船底却像锋利的尖刀。船的首尾高高翘起，尖细，犹如探头出海的蛟龙，船头和船尾雕着龙头，所以，这种海盗船也被称为"龙船"。船中间有高大的桅杆。船上有15块坐板，每条坐板上坐两个桨手，另外还有观向员和船长等，所以这艘海盗船需要35至40人。船体是橡木的，桅杆是冷杉木的，十分坚固；船上缆绳是海象皮做的，非常耐磨。这种海盗船的设计、造型和人员配置，不仅能使一千多年以前的海盗能在大海上乘风破浪，神速前进，而且吃水浅，利于登陆作战。"高克斯塔"号上还载有好几艘几米长的小船，类似于我们现在的冲锋艇，使登陆奇袭更加神出鬼没。许多艘这样龙头高昂的海盗船突然出现在海面上，也有巨大的威慑力。北欧海盗的人数并不多，但能打那么远，屡屡得手，这种当时速度最快的海盗船功不可没。

另一艘海盗船叫"奥斯保"号，9世纪建造，1904年出土，21.4米长，16块坐板，船身刻有龙和蛇的造型。它是从海盗女王墓地出土的。这艘船可能是风平浪静时的海盗娱乐船，后用于海盗女王的陪葬。出土时发现舱里收藏着当时最珍贵的艺术品，这是北欧至今发掘出最大批的维京年代艺术品。其中一些珍品也在海盗船博物馆里展出。

海盗船上的龙头

第八目的地 北极

异国风情千百度

前进号在北极

"前进"号最值得骄傲

挪威人以"海洋民族"为荣,祖先做海盗的历史,再牛,也不宜过分炫耀,至今,海盗也不是什么光彩的词。海盗船博物馆不远处的"前进"号博物馆,才是最值得挪威人骄傲和颂扬的。这家博物馆也是我们最想拜访的,因为我们去南极和北极所乘的"前进"号,正是"前进"号博物馆里"前进"号的"儿孙",在往返两极的路上,我们已对"前进"号与挪威探索极地的英雄——南森和阿蒙森的故事耳熟能详。在南极一章,我们有详细的介绍。

一走进"前进"号博物馆,我们就见到"前进"号的1.0版,没想到第一代"前进"号有这么高大。"前进"号是一艘三桅帆船,船长39米,排水量800吨。当年,"前进"号是世界上唯一一艘同时去过南极和北极的船只。从二楼可以登上"前进"号,逐一参观这艘传奇船的各个角落。船头甲板上有一巨大的金色舵盘。顺着狭窄的楼梯,我们下到船舱,参观了机房、厨房、餐厅、卧室、娱乐室和船长室。这些航海设施在当时非常先进。船员的生活安排很好,餐饮设施齐全,

"前进"号

娱乐项目不少,还有钢琴、小提琴和台球桌。还有简易的医疗设施,如手术刀和止血钳等。

"前进"号博物馆建于1935年,以后不断引入最新技术。我们仔细参观后,对包括挪威英雄在内的人类极地探险有了更多的了解。这里不仅有保存完好的"前进"号船体,还有许多当年南森和阿蒙森等人使用过的实物、他们的著作及日记。每一个参观节点都有多国语言介绍,供游客自选。还有不断播出的电影,介绍阿蒙森等人对北极的探险。这家博物馆是传播极地探险历史和知识的大课堂。"前进"号船头一侧竖立着的高大的金色的南森雕像,令人肃然起敬。

天地四方，需将每一个地标记录。旅途茫茫，总相信下一个惊喜就在不远的前方。谈笑间，需呼朋唤友，共同分享阳光下最美的风景。指尖还感受着书页的温度，脑海却已在一边回忆一边畅想。稍作休息，未来，盼望与你携手同行。

图书在版编目（CIP）数据

异国风情千百度.2/顾德宁，顾燕著.-- 2版.
-- 南京：东南大学出版社，2014.1
ISBN 978-7-5641-4659-7

I.①异… Ⅱ.①顾…②顾… Ⅲ.①散文集-中国
-当代②随笔-作品集-中国-当代 Ⅳ.①I267

中国版本图书馆CIP数据核字（2013）第283569号

东南大学出版社出版发行
（南京市四牌楼2号 邮编 210096）
出版人：江建中
江苏省新华书店经销 南京精艺印刷有限公司印刷
开本：787mm×1092mm 1/16 印张：22 字数：406千字
2014年1月第1版 2014年1月第1次印刷
ISBN 978-7-5641-4659-7
定价：70.00元
（凡因印装质量问题，可直接向读者服务部调换。电话：025-83791830）

热情期待你延伸阅读本社已出版的
《异国风情千百度——美洲、欧洲和欧亚》